# 책벌레의 하극상

사서가 되기 위해서라면 뭐든지 할 수 있어

### 제 4 부 귀족원의
## 자칭 도서위원 III

## 카즈키 미야
miya kazuki

길찾기

## 등장인물

### 3부 줄거리

귀족이 된 로제마인은 영주의 양녀이자 신전장으로서 바쁜 나날을 보낸다. 인쇄기가 만들어지고, 성의 판매회에서 카루타와 트럼프가 큰 인기를 끈다. 그러나 게오르기네의 방문으로 불안한 분위기가 감돈다. 죄를 범한 빌프리트, 납치 당할 위기에 놓인 샤를로테를 구하기 위해 동분서주하는 로제마인은 정체를 알 수 없는 적이 먹인 약 때문에 죽음의 위기를 맞게 된다. 치료를 위해 들어간 유레베에서 로제마인이 깨어난 것은 2년이 지난 후였다.

### 로제마인

주인공. 2년간 잠들어서 겉으로 보기에는 7세 정도. 내용물도 변하지 않았다. 귀족원에서 책을 읽기 위해서 수단과 방법을 가리지 않는다. 귀족원 1학년생

## 에렌페스트 영주 후보생

### 빌프리트

질베스타의 장남. 로제마인의 오빠로 귀족원 1학년생

### 샤를로테

질베스타의 장녀. 로제마인의 동생으로 한 살 아래.

## 로제마인의 보호자들

### 페르디난드

질베스타의 이복동생. 로제마인의 보호자 역할을 하고 있다

### 질베스타

에렌페스트의 아우브(영주). 로제마인을 양녀로 맞아들인 양아버지

### 플로렌치아

질베스타의 아내. 후보생 세 명의 어머니. 로제마인에게는 양어머니가 된다

### 칼스테드

에렌페스트의 기사단장. '귀족' 로제마인의 호적상 아버지

### 엘비라

칼스테드의 제1 부인. '귀족' 로제마인의 호적상 어머니

### 보니파티우스

질베스타의 숙부이자 칼스테드의 아버지. 로제마인에게는 할아버지가 된다

**리카르다**
수석 시종. 세 보호자의 어린 시절을 꿰고 있는 상급귀족

**리젤레타**
견습 시종으로 중급 귀족. 안게리카의 여동생

**브륀힐데**
견습 시종으로 상급 귀족. 귀족원 3학년생

**하르트무트**
견습 문관으로 상급 귀족. 오틸리에의 막내 아들

**필린느**
견습문관으로 하급 귀족. 귀족원 1학년생

**안게리카**
견습 호위 기사로 중급 귀족. 귀족원 6학년생. 리젤레타의 언니

**코르넬리우스**
견습 호위 기사로 상급 귀족. 귀족원 5학년생. 칼스테드의 삼남

**레오노레**
견습 호위 기사로 상급 귀족. 귀족원 4학년생

**유디트**
견습 호위 기사로 중급 귀족. 귀족원 2학년생

**다무엘**
호위 기사로 하급 귀족

**오틸리에**
시종. 하르트무트의 어머니

### 로제마인의 측근

엘　라 ……… 전속 요리사
푸　고 ……… 전속 요리사
로지나 ……… 전속 악사

### 로제마인의 전속

**힐쉬르**
에렌페스트의 사감
페르디난드의 스승

### 귀족원의 교사들

프림베르 ……… 클라센부르크의 사감
루　펜 ……… 단켈페르거의 사감
프라우렘 ……… 아렌스바흐의 사감
파울리네 ……… 프뢰벨타크의 사감
　　　　　　　 음악 선생
솔랑쥬 ……… 귀족원의 도서관 사서

## 귀족원의 학생

| 로데리히 | ······· | 에렌페스트의 견습 문관. 중급 귀족으로 구 베로니카파 |
| 트라우고트 | ······· | 에렌페스트의 견습 기사. 상급 귀족으로 리카르다의 손자 |
| 레스티라우트 | ······· | 단켈페르거의 영주 후보생 |
| 한넬로레 | ······· | 단켈페르거의 영주 후보생 |
| 아돌피네 | ······· | 드레반헬의 영주 후보생 |
| 오르트빈 | ······· | 드레반헬의 영주 후보생 |
| 디트린데 | ······· | 아렌스바흐의 영주 후보생. 게오르기네의 딸 |

**에그란티느**
클라센부르크의 영주 후보생

**아나스타지우스**
중앙의 제2 왕자

## 신전 시종들

| 프랑 | ······· | 신전장실 담당 |
| 잠 | ······· | 신전장실 담당 |
| 니콜라 | ······· | 신전장실과 요리 조수 |
| 모니카 | ······· | 신전장실과 요리 조수 |
| 길 | ······· | 공방 담당 |
| 프리츠 | ······· | 공방 담당 |
| 빌마 | ······· | 고아원 담당 |

| 카시크 | ······· | 필린느의 아버지 |
| 요시라 | ······· | 필린느의 새어머니 |
| 콘라트 | ······· | 필린느의 동생 |

## 필린느의 가족

## 평민 마을의 상인

| 벤노 | ······· | 플랑탱 상회의 주인 |
| 마르크 | ······· | 벤노의 오른팔 |
| 루츠 | ······· | 견습 다프라 |
| 오토 | ······· | 길베르타 상회의 주인 |
| 코린나 | ······· | 길베르타 상회의 재봉사 |
| 구스타프 | ······· | 상업길드의 길드장 |

## 그 외의 귀족원

| 슈바르츠 | ······· | 도서관의 마술구 |
| 바이스 | ······· | 도서관의 마술구 |
| 오스빈 | ······· | 아나스타지우스의 수석 시종 |

## 그 외의 귀족들

| 에크하르트 | ······· | 페르디난드의 호위 기사로 칼스테드의 장남 |
| 유스톡스 | ······· | 페르디난드의 문관으로 리카르다의 아들 |
| 램프레히트 | ······· | 빌프리트의 호위 기사로 칼스테드의 차남 |
| 브리기테 | ······· | 로제마인의 전 호위 기사. 일크너로 돌아갔다 |
| 빅토어 | ······· | 브리기테의 남편. |
| 게오르기네 | ······· | 질베스타의 누나. 아렌스바흐의 제1 부인 |
| 베로니카 | ······· | 질베스타의 어머니. 지금은 유폐 중 |

| 귄터 | ······· | 마인의 아버지 |
| 에파 | ······· | 마인의 어머니 |
| 투리 | ······· | 마인의 언니 |
| 카밀 | ······· | 마인의 남동생 |

## 평민 마을의 가족

## 그 외의 사람들

| 디르크 | ······· | 델리아가 동생처럼 보는 고아. 신식. |
| 델리아 | ······· | 청색 견습무녀 시절의 옛 시종 |

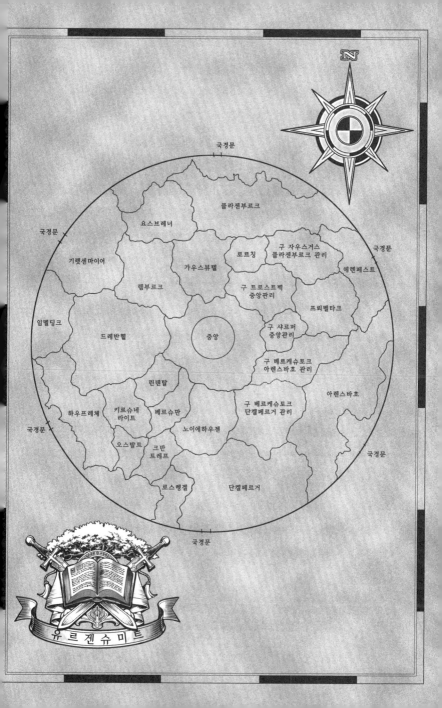

# 제4부 **귀족원의 자칭 도서위원 III**

| | |
|---|---|
| 프롤로그 | 14 |
| 봉납식과 성으로 귀환 | 28 |
| 어머님과 하르덴첼의 인쇄업 | 44 |
| 겨울 사교 | 58 |
| 눈보라의 끝과 호출된 상인들 | 74 |
| 내가 돌아갈 장소 | 89 |
| 기베 하르덴첼과 면담 | 110 |
| 귀족원에 돌아가다 | 118 |
| 사교 수업 시작 | 134 |
| 영지대항전 준비와 유스톡스 | 148 |
| 왕자와 면담 | 162 |
| 영지 전체 다과회 | 177 |
| 영지대항전 | 202 |
| 안게리카의 졸업식 | 218 |
| 1학년 종료 | 236 |

정보 매수와 마력 압축 강좌 ——————— 252

필린느의 집안 사정 ——————————— 269

콘라트를 신전으로 ——————————— 285

판매회와 반성회 ——————————— 296

약속 ——————————————————— 308

나와 신관장 ——————————————— 319

에필로그 ——————————————— 328


시간의 흐름과 새로운 약속 ——————— 341

졸업식과 축복의 빛 ——————————— 359


후기 ——————————————————— 378

**일러스트** 시이나 유우   **지도제작** 후지시로 요   **번역** 김 봄

**디자인** 백진화   **편집** 정성학 김일철   **마케팅** 이수빈   **주간** 조성길

제 4 부

# 귀족원의 자칭 도서위원 Ⅲ

# 프롤로그


오늘도 바깥은 눈보라다. 길은 창문을 세차게 때리는 눈을 보았다. 지금 분명 겨울의 주인이 날뛰고 있음이 틀림없다. 얼른 기사단이 쓰러뜨려 주면 좋겠는데……라는 생각이 들었다. 그러면 눈이 멎어서 그의 주인인 로제마인이 좋아하는 겨울 열매, 파루를 따러 갈 수 있으니까.

"카이, 이 상자도 들고 가 주세요. 셀림은 이 선반에 있는 종이를……."

지시를 내리는 길의 입김이 그대로 얼어서 땅에 떨어질 정도로 새하얗다. 로제마인 공방에는 종이 등, 불에 잘 타는 물건이 가득한 데다 본래 창고로 썼던 곳이라 난로가 없다. 공방 안은 발끝부터 얼어버릴 듯 얼어붙어 있었다. 길은 제자리에서 발을 동동 구르며 이따금 손끝에 입김을 불었다.

"길, 옮길 짐은 이게 답니까?"

회색 신관인 아힘이 물었다. 길은 다시 한번 공방 안을 둘러보았다. 종이류도 공구류도 준비한 물건은 전부 회색 신관들이 끄집어냈다. 수작업 도구는 이제 공방에 남아있지 않았다. 길은 고개를 끄덕이고, 문을 잠갔다. 아힘과 둘이서 최대한 빠른 발걸음으로 공방을 뒤로했다. 이제는 난로가 있는 고아원 식당에서 작업이다.


"추운 날씨에 감독하느라 수고했어요. 길, 담당은 어쩔까요? 슬슬 교대할까요?"

돌아온 길을 본 프리츠가 지시를 멈추고 길에게 다가왔다. 계속 감독을 하겠냐는 질문에 길은 잠시 생각에 잠겼다. 어제까지 길이 회색 신관들을 감독했었으니 슬슬 교대하는 편이 좋을지도 모른다. 로제마인에게 조금이라도 정확하게 보고하고자 둘은 적절히 업무를 교대해 왔다. 두 사람의 눈으로 보면 회색 신관의 업무 자세나 인간관계 등에서 깨닫는 바가 다르기 때문이다.

"오늘은 내가 제본 작업을 맡을게요. 프리츠는 카루타와 오셀로 작업을 부탁합니다."

작업 감독 담당을 정하고, 프리츠는 회색 신관이 작업하는 곳으로 향했다.

길은 제본 작업 중인 회색 무녀들이 있는 곳으로 이동했다. 늦겨울에 성에서 열릴 판매회 전까지 제본 작업을 마쳐야 했다. 해마다 판매회의 중요성은 커지고 있고, 간행수도 점점 늘었다. 겨울 수작업은 할 일이 산더미다.

"자, 디르크. 여기를 잘 봐. 종이와 종이를 깔끔하게 포개야 해."

로제마인의 시종이었던 델리아가 작업을 돕고 싶어 하는 디르크에게 방법을 가르치고 있다. 디르크는 작년 겨울까지 작업에 방해되지 않게 식당 한구석이나 1층에 있는 어린이 방에 격리했었다. 요즘에는 어른이 하는 말을 잘 들을 만큼 자라서 조금씩 업무를 돕고 있다.

'이것도 로제마인 님께 보고하는 편이 좋겠어.'

로제마인은 유달리 두 사람의 생활을 걱정했다. 계약 마술에 얽매여 가족으로서 만날 수 없는 남동생 카밀의 성장을 디르크를 통해 겹쳐보고 있어서다.

"어머, 길. 오늘은 이쪽이야? 이왕이면 디르크가 얼마나 성장했는지 보고 가지 않을래? 이젠 제법 잘해. 로제마인 님께도 보고해 줘."

부모 못지않게 동생에게 지극정성인 델리아가 길을 보고 손짓했다. 길은 근처 의자에 앉아서 고군분투하는 디르크를 바라보았다. 검정에 가까운 짙은 갈색 눈동자가 몹시 진지하다. 델리아가 지적한 부분을 주의하면서 조심스럽게 종이를 쌓아 올렸다.

"디르크도 슬슬 공방에 출입해도 되겠어. 눈이 다 녹으면 숲에 데려가도 될 것 같아."

"정말? 그러잖아도 빨리 공방에 가고 싶어 했었는데 잘됐네, 디르크."

옛 친구인 델리아와 이야기해서일까. 길의 입에서 저도 모르게 예전 말투가 나왔다. 하지만 델리아는 그 말투를 들어도 '신전장의 시종답지 않다'라고 지적하지 않았다. 디르크는 길의 말을 듣고 더욱 진지하게 종이를 쌓아 올렸다.

그런 디르크의 모습에 한 번 미소를 지은 델리아는 포갠 종이를 끈으로 엮어서 제본을 완성해갔다. 길도 마찬가지로 제본 작업을 시작했다.

"저기, 길. 로제마인 님 상태는 어때?"

작업 도중에 갑자기 델리아가 말했다. 시선은 손끝에 둔 채 잡담이라도 하는 분위기로. 길은 그녀의 옆얼굴을 힐끔 쳐다본 뒤 "시찰하러 오셨잖아."라고 흘려 넘겼다. 길의 대답이 바라던 것이 아니었는지, 델리아가 입을 살짝 삐죽였다.

"모니카가 고아원에 왔을 때 마술구로 겨우 움직일 정도로 몸이 약해지셨다고 들었어. 그런데 고아원을 시찰하러 왔을 땐 아무렇지 않게 움직이셨잖아. 원체 허약하셨으니까 정말 회복했는지 걱정되어서 그래. 이상한 데서 몸을 사리지 않는 구석도 있고⋯⋯."

청색 견습 무녀였던 무렵의 시종이었던 델리아는 모니카와 니콜라도 모르는 '마인'을 안다. 귀족인 척하지 않는 모습을 가까이서 봤던만큼 눈치가 빨랐다. 델리아와 같은 걱정을 했었던 길은 강한 동료 의식을 느꼈다.

"아직 마술구를 못 떼어내나 봐. ⋯⋯그런 몸으로 봉납식까지 참가하실 예정이야. 성에서는 귀족을 상대하고, 귀족원에서 겨우 돌아왔다 했더니 신전에서는 신관장님 일을 도와야 하지 않나, 일일이 식사하라고 부르러 가야 하지 않나. 그런 일을 2년이나 잠들었던 환자에게 시키는 건⋯⋯ 너무해."

길의 입에서 속마음이 불쑥 튀어나왔다. 델리아가 표정을 살피듯 길을 보았다.

"⋯⋯그런 상태인데 프랑은 아무 말도 안 해?"

"프랑도 잠도 신관장님이 계시니까 괜찮다는 말만 해. 대체 너희는 누구 시종이냐고 따지고 싶어질 때가 있어."

신전장실 소속 시종들이 하나같이 신관장 바라기인 모습에 위화감을 느꼈다. 길은 그 점이 상당히 불쾌했다. 그렇다고 로제마인의 행동 범위를 정하는 페르디난드를 못 믿겠다는 말을 신전장실에서는 꺼내기가 어려웠다. 프랑이나 잠과 사이가 나빠지면 성가셔질 것 같아서 평소에는 마음속에만 묻어두었다. 하지만 로제마인을 최우선으로 생각해 주길 바랐다. 델리아라면 자신의 의견에 찬성해줄 거라 믿어서인지 속마음이 술술 나왔다.

"흐음⋯⋯. 하긴 프랑은 신관장님의 시종이었고, 전부터 신관장님의 의견에 무조건 복종하는 편이긴 했어. 하지만……."

재차 고개를 끄덕이며 길의 말을 듣던 델리아가 파란 눈동자로 길을 보았다. 잔잔한 샘 같은 눈동자다.

"로제마인 님만 아끼느라 주변 사람의 충고와 의견에 귀 기울이지 않으면 너도 나와 같은 처지가 될 거야. 나는 디르크를 위험에 빠뜨리고 싶지 않았거든."

오직 디르크만 지키자고 생각했던 델리아는 프랑과 다른 이들의 충고를 무시하고 전 신전장을 찾아갔다. 그 결과, 정작 지키고 싶었던 디르크의 목숨까지 위태로울 뻔했다. 마찬가지로 로제마인에게만 맹목적으로 빠지지 말라는 충고를 듣고, 길은 따귀를 맞은 듯한 충격을 받았다.

"귀족 사회가 어떤지 우리는 몰라. 몸 상태가 심각한데도 로제마인님이 신관장님의 제안을 받아들였다면 그래야 할 이유가 있는 거야. 넌 구텐베르크라서 신전을 비우는 시간이 다른 시종보다 많은 만큼 되도록 주변과 소통해."

후훗 하고 웃는 델리아의 성장이 이제야 눈에 보였다. 키가 자라고, 일 처리가 능숙해져도 자신의 내면은 여전히 어린애라고 길은 느꼈다.


"오늘은 프랑과 모니카가 시중을 드는구나."

신전 시종은 주인의 식사가 끝나야 밥을 먹는다. 하지만 반드시 로제마인에게 붙어서 시중들 사람이 있어야 하므로 다함께 먹지는 않는다. 신전장실의 안쪽 문 너머에는 창고와 시종이 이용하는 계단, 수석 시종의 방이 있다. 시종이 교대로 식사하는 곳이 바로 이 수석 시종의 방이다. 주인이 종을 울려 사람을 부르면 바로 달려갈 수 있는 구조다.

"그런데 길. 조금 전에 델리아와 무슨 얘기 했습니까?"

식사 중에 프리츠가 묻자, 길은 잠시 생각에 잠겼다. 잠도 함께하는 자리에서 신관장을 비판하는 발언을 꺼내도 괜찮은 걸까? 수프를 떠먹는 잠을 힐끗 보았다. 길의 시선을 느낀 잠이 살짝 경계하듯 녹색 눈동자를 번쩍였다.

"설마 델리아의 움직임이 뭔가 수상쩍던가요?"

전 신전장의 견습 시종이 되어 신관장과 로제마인을 위험에 빠뜨렸던 델리아를 '솜방망이 처벌'했다고 생각하는 사람은 많다. 그 당시에는 길도 같은 마음이었다. 하지만 지금은 델리아를 위험인물로 생각하지 않고, 평생 고아원에서 나가지 못하는 처벌이 결코 가볍다고 생각하지 않는다.

"델리아는 로제마인 님께 감사하고 있으니 이제 그런 위험한 짓은 하지 않을 겁니다."

딱 잘라 말한 길은 주변과 소통하라던 델리아의 말을 떠올렸다. 질문한 프리츠가 아닌 잠을 쳐다보며 대답했다.

"2년 만에 깨어난 지 얼마 되었다고 바빠 보이시는 로제마인 님이 걱정된다고 합니다. 꼭 그렇게 허약해진 몸을 마술구로 억지로 움직이게 해야겠냐면서. 그렇게 로제마인 님을 고생시킬 필요가 있느냐고…… 그건 저도 같은 마음입니다."

델리아에게 충고를 들은 지금도 길은 페르디난드의 방식에 불만을 지울 수 없었다. 그런 마음이 전해졌는지 잠이 불쾌한 듯 미간을 살짝 찌푸렸다.

"신관장님의 말씀을 못 믿겠다는 겁니까? 신관장님이 안 계셨다면……."

"신관장님이 로제마인 님을 구해주신 것도, 대단한 분이신 것도 압니다."

잠의 말을 자르고, 길이 고개를 저었다.

"그럼 신관장님께 맡기면 문제없다는 것도 알겠네요."

언제나 똑같은 잠의 말에 길은 반감이 일었다. 페르디난드에게 감사하고 있고, 귀족 중에서는 말이 통하는 사람인 것도 안다. 하지만 허약한 로제마인에게 그런 부담을 주는 행동이 옳다고 생각하지는 않았다.

"완쾌하기도 전에 성과 귀족원에 보내는 이유가 뭡니까? 그게 아프셨던 로제마인 님께 해도 되는 결정인가요? 로제마인 님은 이제 괜찮다며 웃으시지만, 저에게는 힘이 없어서 비틀거리는 몸과 공포에 굳은 얼굴로 주변을 돌아보시는 모습이 더 인상에 강하게 남습니다."

길은 지금까지 쌓았던 불만을 전부 내뱉었다. 로제마인을 도와줘서 감사하는 마음과 잔뜩 쌓인 불만은 별개다.

"길, 마음은 알겠지만 조금 진정하세요."

프리츠가 제지하자, 길은 입술을 잘근 깨물었다. 진정하라는 말이 왠지 모르게 자신의 의견을 부정하는 의미로 들렸다. 이곳에는 내 편이 없는 건가, 그렇게 느꼈을 때 니콜라가 입을 열었다.

"전 길의 마음이 이해돼요. 지금 로제마인 님은 신관장님의 마술구 덕분에 움직이시지, 스스로는 걷지도 못하세요. 목욕할 때도 마술구를 차야 하는걸요."

로제마인의 목욕을 담당하는 니콜라는 그녀가 눈을 떴을 때 얼마나 몸을 움직이지 못했는지, 얼마나 불안해했는지 누구보다 잘 안다.

"신관장님의 업무를 돕는 일도, 귀족과의 교류도 중요하겠지만, 지금은 회복에 전념하셨으면 좋겠어요. 로제마인 님의 침울한 표정은 보고 싶지 않아요."

니콜라가 동의해 준 것만으로 길은 크게 안도했다. 자기 말고도 로제마인을 제일로 생각해 주는 시종이 있었다.

둘의 의견을 듣고 잠시 생각하던 잠이 뭔가 깨달은 듯 길과 니콜라를 보았다.

"신관장님도 그렇고, 프랑과 저도 로제마인 님이 조금이라도 빨리 회복하시길 바라고 있습니다. 이건 진심이에요. 정말 그렇게 생각합니다. 하지만 귀족 사회에서는 약한 모습을 보이면 안 됩니다. 우리 사이에는 그런 인식 차이가 있는 것 같군요."

"무슨 의미죠?"

"길과 니콜라는 로제마인 님이 첫 주인이라서 귀족의 저택에 간 적이 없지요? 진짜 귀족이 어떤지, 귀족 사회를 본 적이 없으니까 그런 겁니다. 신관장님은 로제마인 님께서 귀족으로 사시면서 최대한 부담이 적은 방향을 고민하시고 계십니다."

잠의 말대로 길과 니콜라는 귀족의 저택에 가본 적이 없다. 직접 본 귀족은 신전을 찾아오는 귀족뿐이라 귀족 사회는 원래 그러하다는 말에 반론할 수가 없었다. 꼭 너희 생각이 틀렸다는 말을 들은 기분이다. 그것이 분한 길은 뭔가 되받아칠 말을 필사적으로 생각했다.

"……하지만 요 며칠간 신관장님은 공방에 틀어박혀 연구만 하시고, 로제마인 님이 불러야만 식사하시는데, 그게 오히려 민폐 아닙니까? 그것이 귀족 사회에 필요한 부담입니까? 무엇보다 신관장님 본인께서 자신만이 구할 수 있다고 말씀하신다면 로제마인 님의 회복을 최우선으로 생각해주셔야지요."

그런 지적을 받을 줄 몰랐는지 잠의 녹색 눈동자가 휘둥그레졌다. 파고들 틈을 발견한 길은 가장 하고 싶었던 말을 꺼냈다.

"신관장님이 대단하신 줄은 알지만, 잠은 로제마인 님의 시종이 잖습니까. 그러면 로제마인 님을 더 생각하고 모셔야 한다고 생각합니다."

이겼다고 생각한 길은 다음 말을 이으려고 했다. 그러자 프리츠가 손을 들어 말을 끊었다.

"길, 잠이 신관장님을 먼저 걱정하는 건 당연합니다. 엄밀히 말해서 잠은 로제마인 님의 시종이 아니에요. 로제마인 님을 최우선으로 생각해 달라는 건 억지입니다."

프리츠가 길을 달래는 어투로 그렇게 말했다. 길뿐만 아니라 잠까지 놀란 눈으로 프리츠를 보았다. 온화하게 미소 짓는 프리츠가 무슨 말을 꺼냈는지 이해할 수 없었다.

"프리츠, 그게 무슨 의미죠? 절 모욕하는 겁니까?"

"모욕이 아니라 사실입니다. 그리고 저는 그게 나쁘다고 생각하지 않아요. 잘 설명하면 길과 니콜라도 이해할 겁니다."

프리츠는 그렇게 말하며 과거 이야기를 시작했다.

"저와 잠은 예전에 시키코자라는 분을 모셨었습니다. 굉장히 난폭하고 감정적이라 모시기 어려운 분이셨죠. 그래도 회색 신관은 주인이 있고, 없고의 생활이 하늘과 땅 차이입니다. 그것을 시키코자 님이 귀족 신분으로 돌아가시고, 고아원으로 되돌아와서 깨달았죠. 당시 고아원 상태가 심각했지 않습니까?"

길은 고개를 끄덕였다. 당시 고아원을 나갈 수 없었던 길은 그 청색

신관을 직접 본 적이 없다. 하지만 프리츠와 잠이 고아원에 돌아왔던 무렵의 기억은 선명하다. 그 시기에 시종에서 잘린 회색 신관이 하나둘 되돌아오면서 고아원 생활이 단숨에 궁핍해졌었다. 누군가가 구해주길 간절히 바랐고, 그런 상황에서 로제마인의 시종으로 뽑혀서 기뻤다.

"저와 길과 니콜라를 구해 주신 분은 로제마인 님이시지만, 잠을 구해 주신 분은 신관장님이십니다. 그리고 로제마인 님의 시종이 부족하니까 신관장님이 잠에게 이동을 명령한 거죠. 비록 로제마인 님을 모시고 있어도 잠이 충성하는 분은 신관장님이십니다. 나쁜 것이 아니라 입장과 생각의 기준이 다른 겁니다."

"그렇군요……."

니콜라와 잠도 프리츠의 주장을 이해한 듯했다. 길도 쉽게 납득이 갔다. 길이 구텐베르크로 일할 때 플랑탱 상회 측의 말을 잘 따르라고 로제마인에게 명령받을 때와 마찬가지다. 그렇게 생각하면 시종으로서 로제마인을 모시는 것과 페르디난드에게 충성하는 것이 길의 머릿속에서 양립되었다.

"그래도 공방에 틀어박혀 계시는 건 잘못됐다고 생각합니다……."

길이 입을 삐죽 내밀자, 니콜라도 동의하며 씁쓸하게 웃었다. 잠이 훗 하고 웃으며 "반대로 생각하면 이해하기 쉽습니다."라고 말했다.

"만약에 신관장님이 자리를 비워서 로제마인 님이 2년 정도 책을 못 읽고, 일에만 파묻혀서 고생하셨다고 칩시다. 그 뒤에 신관장님이 돌아오셔서 로제마인 님이 온종일 독서 삼매경에 빠지고 싶다고 하시면 길은 어떻게 할 건가요? 2년이나 고생했으니까 며칠 정도는 책을 읽게 해 주고 싶지 않겠습니까?"

잠이 든 예시를 듣고, 왜 이 시기에 공방에 틀어박히느냐고 분개했던 길의 마음이 사그라졌다. 현재는 로제마인을 구하느라 2년간 줄곧 혼자서 견뎌 온 페르디난드의 짧은 휴식 시간이다. 아마 로제마인도 그걸 알기에 "또 공방이에요?"라고 불평하면서도 이해해 주고 있음이 틀림없다.

납득한 길을 보고, 프리츠가 안도의 미소를 지었다.

"신관장님께 드릴 말이 있다면 시종이었던 잠이나 프랑을 통하면 고려해 주실 겁니다. 예를 들어 로제마인 님을 진찰한 후에 연구해 줬으면 좋겠다……라든지."

잠이 피식 웃으며 "제안해 보겠습니다." 하고 고개를 끄덕였다.

"지금 로제마인 님은 플랑탱 상회와 계약 마술을 해지하는 일로 굉장히 불안해하고 계십니다. 그건 어떻게 생각하시는지 신관장님께 물어봐 주십시오."

"알겠습니다. 물어보지요."

웃으며 승낙해 준 잠이 고마웠다. 비밀의 방에서 루츠와 플랑탱 상회 사람들과 이야기할 때와 비밀의 방에서 나온 로제마인은 다르다. 비밀의 방에서 그녀를 본 사람이 아니면 모르리라. 그녀는 귀족의 삶을 보냄으로써 자신의 가족과 구텐베르크를 지키고 있다. 이제는 무리하지 않고, 루츠나 벤노와 대화할 때처럼 로제마인이 편하게 웃으며 지낼 수 있는 환경을 만들어주고 싶었다. 프랑처럼 '신분이 달라졌으니 어쩔 수 없습니다'라는 한마디로 포기하고 싶지 않았다. 평민촌 집에 돌아갔을 때처럼 안심한 미소를 보고 싶다.

'생각만 할 뿐, 내가 할 수 있는 일은 아무것도 없지만.'

길은 머릿속에 쓸쓸한 기억을 떠올렸다. 자신의 머리를 쓰다듬으며 칭찬하려고 했던 로제마인을 섭섭하게 한 기억이다.

로제마인이 잠든 동안 길은 그녀가 하루라도 빨리 일어나고 싶어지게끔 새로운 책을 늘리겠노라는 일념으로 열심히 인쇄했다. 어서 빨리 어른이 되어 능력을 인정받고 싶었다. 그래서 잠과 프랑이 자신을 어린애 취급하면 이젠 그렇게 어리지 않다며 반발했다. 그래서 머리를 쓰다듬으려고 한 로제마인에게까지 반사적으로 같은 말을 내뱉어 버렸다.

황급히 얼버무리며 무릎을 꿇자, 로제마인은 쓸쓸한 목소리로 칭찬했다.

2년간의 노력과 성장을 인정해 주는 그 말이 정말 뛸 듯이 기뻐서…… 가슴이 뭉클해졌다.

아아, 이 상냥한 온기도 마지막이라고 생각하니 미치도록 외로워서…… 바보같이 반발하지 말고 더 쓰다듬게 하고, 칭찬을 들을 걸 하고 후회했다.

그와 동시에 머리를 쓰다듬던 그 손이 기억 속보다 훨씬 작게 느껴져서 눈물이 핑 돌았다.

목숨을 구해 주고, 도움과 보호를 받았던 지금까지와 달리 이제는 자신이 어리고 불안에 떠는 이 주인을 보살필 차례라고 생각했다.

계약 마술 해지 얘기가 나왔을 때 평민촌과 로제마인의 연결고리가 사라지게 되어 불안해진 건 길도 마찬가지다. 처음 신전 밖을 나간 날, 마인을 집까지 데려다주려고 평민촌을 함께 거닐었던 추억이 머릿속에 생생하다. 이제 로제마인은 평민촌으로 나갈 수도 없다. 그 무렵의 추억이 조금씩 희미해지는 듯한 느낌이 들 때가 있다.

길이 생각에 빠져 있는 사이에 식사가 끝났다. 식기를 치우고, 고아원에 음식을 보낼 준비를 했다. 신의 은총을 운반하는 일은 식사가 끝나도 식당에서 수작업을 하는 길과 프리츠의 역할이다. 둘은 큰 냄비를 올려서 묵직해진 웨건을 밀면서 걸었다.

"길, 신관장님께 부탁한다고 해서 계약 마술의 해지는 막지 못할 겁니다. 만약 해지하게 되면 길은 어쩌고 싶나요? 신관장님께서 로제마인 님께 뭘 해드리느냐 보다 길이 어떻게 모시고 싶은지가 중요하지 않겠습니까?"

프리츠의 질문에 길은 고민에 빠졌다. 자신이 할 수 있는 일이 뭘까. 로제마인은 무엇을 바랄까.

"루츠가 편지를 전달해서 로제마인 님과 평민촌을 이어줬듯이 이번에는 신전에 있는 내가 평민촌과 로제마인 님을 이어주고 싶습니다."

"……좋은 생각이군요. 로제마인 님과 플랑탱 상회도 든든하겠어요."

하다못해 새로운 책을 손에 넣었을 때의 미소만큼은 변하지 않도록, 귀족이 그녀를 바꾸지 못하도록 그녀를 돕고 싶다. 길은 목표를 바라보며 웨건을 쥔 손에 힘을 주었다.

# 봉납식과 성으로 귀환

두 점 종이 울리고 아침 식사를 하는데 안게리카가 다가왔다.

"안게리카, 왠지 오랜만에 보내요."

"보니파티우스 님의 훈련도 있었고 부모님도 호출하셔서요. 그래도 앞으로는 신전에 묵어도 된다는 허가를 받았습니다."

안게리카는 아직 귀족원을 졸업하지 않아서 신전 호위만 특별히 허가받은 상태다. 숙박까지는 허락받지 못해 집에서 통근해야 했다. 하지만 눈보라가 몰아치는 악천후 속을 누비는 편이 위험하므로 묵게 해달라고 그녀의 부모에게 부탁한 것이다.

"신전 업무도 허락받은 김에 특별히 겨울의 주인 토벌에 참여해도 되나고 스승님께 부탁드렸는데 거절당했습니다."

아쉬워요, 라며 안게리카가 뺨을 손으로 감싸고 눈을 내리깔았다. 슬픔에 잠긴 미소녀의 고민이 '강한 적과 싸우고 싶다'인 줄 언뜻 봐서 누가 알까.

세 점 종이 울리면 신관장실로 이동한다. 그것이 신전에 있는 동안 나의 일상이다.

"신관장님, 세 점 종이 울렸어요. 일할 시간이에요."

이렇게 공방을 향해 말을 걸면 "……알겠다."라는 떨떠름한 대답과 표정으로 페르디난드가 나오는 것도 최근 며칠 사이에 일상화되었다.

"고작 하루에 한 번 부르는 건데 그렇게 무서운 눈을 하지 말아주세요.”

공방에서 나온 페르디난드가 쏘아보자, 나도 되받아치듯 째려보았다. 누가 좋아서 방해하는 것이겠는가. 공방에 틀어박히면 종소리를 일절 무시하니까 일일이 알려주는 거다. 에크하르트는 하도 자주 불러서 이제는 불러도 아예 무시한댔다.

“제가 부르는 게 싫으시다면 에크하르트 오라버니의 목소리를 들으시면 되잖아요.”

“……그대는 하루에 한 번이지만, 에크하르트는 시도 때도 없이 말을 건다. 옛날의 보니파티우스 님을 연상케 해.”

“네? 할아버님이 뭘 어쩌셨는데요?”

내가 두 사람의 접점을 떠올리자, 페르디난드는 “이미 끝난 일이다. 떠올리고 싶지도 않군.” 하고 인상을 팍 찌푸리며 고개를 가로저었다. 아무래도 페르디난드가 넌더리 칠 만한 일을 보니파티우스가 저질렀던 모양이다.

페르디난드를 공방에서 끄집어내면 업무 시작이다. 나는 평소의 지정석에 앉아서 석판을 꺼냈다.

“로제마인 님은 신전에서 항상 이런 일을 하시나요?”

신전의 업무 풍경을 처음 본 안게리카가 믿을 수 없는 표정으로 나와 한가득 쌓인 자료를 번갈아 보았다.

“신전 서류는 신관장님이 처리하세요. 원래는 신전장인 내가 해야할 일인데 도맡아주시는 거죠. 내가 할 수 있는 일은 간단한 계산 정도라 아직 결제 처리는 맡지 못하고 있어요.

“……이만큼 계산하시는 것도 대단하세요.”

공부가 싫어서 기사가 된 안게리카는 푸른 눈동자를 반짝이며 나를 보았다. 그런 가운데 페르디난드는 계속해서 업무를 분담했다. 신관장실에 있는 사람들에게 평등한 업무량을 나눠주었다

"에크하르트는 이거, 다무엘은 이것과 이것, 안게리카는 다무엘과 함께……."

"저는 호위 기사로서 문을 사수하겠습니다."

안게리카가 화들짝 놀라며 문짝에 찰싹 붙었다. "이제 겨우 귀족원 이론이 끝났는데……." 하고 울먹이는 모습을 보고, 페르디난드는 안게리카를 바로 포기했다.

"하긴 겨우 낙제를 면한 문제아라고 보니파티우스 님이 그러셨지. 무능한 녀석에게 일을 시키면 시간만 낭비하겠군. 시작하자."

다무엘은 '무능'으로 치부해 버린 안게리카가 걱정되었는지 안게리카의 눈치를 봤지만, 당사자는 누가 봐도 안심한 표정이다. 쓸데없는 걱정이다.

신관장실에 있으면서 혼자만 서류 업무에서 벗어난 안게리카는 사뭇 심각한 표정으로 문 앞에 꼿꼿이 섰다. 호위 업무는 완벽하게 할 생각인 듯했다.


모두가 묵묵히 서류 작업을 처리하는 사이에 점심시간을 알리는 네 점 종이 울렸다.

"신관장님, 제대로 드시고 공방에 들어가셔야 해요. 아셨죠?"

내가 테이블 위를 정리하면서 주의하자, 페르디난드가 이쪽을 빤히 보았다.

"아니다. 오후에는 그대의 몸을 진찰하마."

"……네?"

"어제 저녁 식사 때, 그리고 오늘 일하는 움직임을 보니 마술구에 너무 의존해서 회복이 더뎌 보이는구나. 귀족원에서 돌아온 이후로 그대의 몸 상태를 진찰하지 않았다고 지적까지 들었다. ……지금 안색을 살펴보니 상당히 안 좋아 보이는 것 같은데?"

"그, 그렇지는 않은데요?"

어떻게든 어물쩍 넘기고 싶었지만, 연구에서 잠깐 눈을 뗀 페르디난드를 속일 수 없었다. 살짝 입꼬리를 올린 그는 속마음까지 꿰뚫을 듯한 눈빛으로 빤히 쳐다보았다.

'어떡해. 혼나겠다. 아무것도 안 한 걸 들키겠어.'

나는 주변에 도움을 구했지만, 다무엘과 안게리카는 내 시선을 피했고, 프랑은 "상태가 좋지 않다니 무슨 말씀입니까?"라며 살짝 차가운 미소로 물었다. 전면적으로 페르디난드 편인 에크하르트는 내 편이 되어줄 것 같지도 않다. 내 편이 없다. 위기다.

"프랑, 오후에 가마."

"알겠습니다. 기다리고 있겠습니다."

'프랑, 멋대로 정하지 마! 난 아직 대답 안 했어!!'

저기요~, 하고 마음속으로 반론해도 아무도 듣지 못했다. 페르디난드의 시종들은 '신관장님께서 연구를 일단락 지으셨나 보다' 하고 조용히 쾌재를 불렀다.

"그럼 로제마인. 방에 돌아가서 점심을 먹어라."

내 편을 찾으며 안절부절못하는 사이에 나만 빼고 오후 일정을 정해 버렸다.

"신관장님은 공방에서 연구하셔도 돼요. 슈바르츠와 바이스에게 줄 새로운 의상도 서둘러야 하고……."

"분명 내년 겨울까지 만들면 된다고 그대 입으로 말했지 않았느냐."

'윽. 맞아. 그랬어. 난 정말 바보야!'

"어, 아, 그렇지. 힐쉬르 선생님도 마술구를 고쳐주길 목이 빠지게 기다리고 계세요."

"이미 고쳤다."

'아? 네? 벌써?'

"그럼 음악 편곡은요? 귀족원에 돌아가기 전까지 서둘러 달라고 부탁드렸잖아요. 빛의 여신에게 바치는 곡을⋯⋯."

"내일 오후에 그대가 페슈필을 연습할 때 함께 하지. 악사를 귀족원에 두고 왔다는 핑계로 연습에서 도망칠 속셈일지도 모르니까."

'들켰어!?'

"그럴 리가 있겠어요? 호호호⋯⋯ 호호⋯⋯."

"포기를 모르는 녀석이군. 오늘 일정은 정해졌다. 얼른 방으로 돌아가서 점심을 먹어라. 내가 가기 전까지 마술구를 풀어두도록."

"⋯⋯네."

신관장실을 나온 나는 힘없이 신전장실로 돌아갔다. 역시 끝까지 속이지 못했다. 오후 진찰이라면 지금부터 근력 운동을 해도 이미 늦지 않은가.

"프랑, 왜 멋대로 일정을 정한 거예요?"

내가 화풀이하듯 째려보자 프랑은 온화한 미소를 보냈다.

"플랑탱 상회와도 면담이 끝났고, 봉납식까지 일정이 없으니 최대한 빨리 진찰받는 편이 좋지 않겠습니까? 저도 로제마인 님의 건강이 걱정되던 참이었는데 마침 신관장님께서 봐주신다니 한숨 놓았습니다."

귀족원으로 가기 전 상태밖에 모르니 현재 상태를 파악해두고 싶다는 프랑의 말에 시종들이 입을 모아 "신관장님께 맡기시면 괜찮습니다."라며 찬성했다. 내가 쓸 유레베를 만들고, 해독하며 2년 동안 나를 돌봐온 페르디난드를 나보다 더 신뢰하는 것 같다. 완패다. 나는 입을 꼭 닫았다.

"신관장님이 본인의 연구를 미루고 일부러 시간을 내어주셨습니다. 그만큼 로제마인 님을 걱정해서겠지요. 말씀은 엄격하셔도 상냥한 분이십니다."

프랑이 존경의 눈빛으로 페르디난드를 칭찬했다.

'아니야, 아니라고. 상냥해서가 아니야. 당황한 나를 보고 비열하게 웃는 걸 봤어. 프랑은 신관장님에게 세뇌당한 거야!'

차라리 에크하르트와 시종들이 애원할 때 나의 체력과 근력이 돌아오기 전까지 페르디난드를 공방에서 꺼내주지 말 걸 그랬다.

'완전히 망했어. 암굴의 문아, 컴백!'

점심 후, 나는 빌린 올도난츠로 오틸리에에게 기베 하르덴첼과 면담을 잡아 달라고 부탁했다. 그것이 끝나자, 모니카와 니콜라가 내 몸에 장착된 마술구를 하나씩 풀었다. 그러자 갑자기 몸이 무거워졌다. 나는 미리 준비된 의자에 털썩 주저앉았다.

"로제마인 님!? 괜찮으세요!?"

"괜찮아요. 별거 아니에요."

"갑자기 힘이 빠져서 일어서지도 못하시지 않습니까. 별것 아니라니요."

니콜라와 모니카가 마술구를 손에 든 채 울먹이며 나를 들여다보았다. 가볍게 손을 들어 괜찮다는 걸 보이고 싶은데 팔이 바로 움직이지 않았다. 나는 정신을 집중해서 마력을 몸 곳곳에 보내어 신체를 강화했다. 그리고 손을 들고 흔들었다.

"마술구를 푸니까 몸이 바로 적응하지 못해서 그래요. 봐요, 괜찮죠?"

"……갑자기 주저앉으셔서 깜짝 놀랐어요. 정말 괜찮으십니까?"

나는 몸을 일으켜서 평범하게 움직이는 모습을 보여주었다. 안심한 니콜라와 모니카의 표정이 풀리는 것을 보고, 아무렇지 않게 옷을 입고 페르디난드를 기다렸다.

"로제마인, 신체강화 마술을 해제해라."

들어오자마자 전부 간파해 버렸다. 페르디난드의 한숨 섞인 말에 나는 슬그머니 시선을 피했다. 단박에 들킨 모양이다.

"아니면 억지로 신체강화를 풀어야 할 정도로 공격받고 싶으냐?"

차가운 표정으로 나긋나긋하게 말하는 페르디난드의 오른손에 슈타프가 나타난 것을 본 순간, 나는 얼른 신체강화를 풀었다. 동시에 마검 슈팅루크를 든 안게리카가 나와 페르디난드 사이에 끼어들었다.

"갑자기 폭력을 쓰려고 하다니 너무하잖아요!"

나는 안게리카의 등 뒤에서 얼굴만 빼꼼 내밀어 비난했지만, 페르디난드는 콧방귀만 뀌었다.

"누가 들으면 오해하겠군. 방금 그 말은 손이 가게 하지 말라는 의미다."

"그런 귀족 표현은 들어본 적이 없어요!"

신체강화 마술을 푼 탓에 서 있기도 괴로워진 나는 그 자리에 털썩 주저앉으며 반론했다. 슈팅루크를 손에 든 안게리카도 내게 동의하며 고개를 끄덕였다.

"공부가 부족하구나."

어이없다며 고개를 젓는 페르디난드의 말에 내 방패가 되어주던 안게리카가 깜짝 놀란 듯이 눈을 휘둥그렇게 떴다. "확실히 제가 공부에 소홀하여 미처 그런 의미인 줄 몰랐습니다."라며 옆으로 쓱 빠졌다.

'잠깐만. 그렇게 쉽게 날 버리지 마.'

안게리카에게 매달리려는 나를 보고, 페르디난드가 뒤를 돌아보았다.

"에크하르트, 귀족문 앞 광장에서 안게리카와 잠깐 훈련을 하고 와도 좋다. 안게리카도 계속 방 안에 갇혀 있느라 몸이 쑤시겠지."

"그래도 됩니까!?"

"여긴 다무엘만 있으면 된다. 올도난츠로 부를 때까지 돌아오지 마라."

안게리카는 "네! 알겠습니다."라며 신나게 에크하르트와 나가 버렸다. 진찰할 때야말로 여기사가 필요한데 나가면 어쩌란 말인가.

'안게리카, 이 바보야! 그렇게 쉽게 휘둘리면 어떡해!'

"흠. 망설임 없이 내게 칼을 겨눌 정도로 충성심은 있다만, 머리는 텅 비었군. 로제마인, 정말 저 녀석을 호위 기사로 둬도 괜찮겠는가?"

"……오늘 제일 불안해졌어요."

페르디난드의 지시로 프랑이 나를 안아 들어서 의자에 앉혔다. 나는 시키는 대로 다리와 팔을 움직였다. 신체강화가 없으니 괴로웠다.

"정말이지……. 귀족원에서 아예 훈련을 안 했구나."

"이런저런 일이 많아서 매일 바빴어요."

"후반에는 매일 도서관에 갔었다고 보고하지 않았나?"

"도서관 왕복이 제 운동이었어요."

"귀족원에서는 약점을 보이면 안 되지만, 이곳은 습격 위험이 없으니 신전에서 지내는 동안은 완벽히 회복하도록 해라."

나는 페슈필 연습 외에도 마술구를 착용한 채 봉납 가무 연습과 마술구를 푼 재활 훈련을 의무적으로 시행하게 되었다.

"봉납식 때 대량의 마력을 써야 하니 신체강화를 보조하는 마술구는 벗어야 효율적으로 봉납할 수 있을 거다. 그러려면 조금은 자력으로 움직일 수 있게 해야지."

"마술구 없이 신체강화를 쓰면 돼요. 조금은 능숙해졌거든요."

"그렇게 단정하지 마라. 그대는 익숙지 않으니까."

진찰을 본 후부터 매일같이 힘든 재활 훈련이 시작되었다. 페르디난드에게 "지금 저대로 놔두면 로제마인은 평생 마술구를 달고 살아야 한다."라는 말을 진지하게 받아들인 프랑을 비롯한 시종들은 필사적으로 내게 재활 훈련을 시켰다. 시종의 걱정과 사랑은 고맙지만, 나는 목청 높여 말하고 싶다.

'신관장님은 자기 연구 시간을 갖고 싶어서 저러는 거야, 다들 정신 차려!'

나는 페르디난드가 작성한 일정대로 재활 훈련을 강행했다. 마술구를 풀고, 팔다리를 움직이는 게 다지만 지금까지 마술구에 의존해서 제대로 몸을 움직인 적이 없었기에 매일 녹초가 됐다. 설상가상 페르디난드가 페슈필 선생이 된 탓에 고강도 연습을 해야 했다.

"우우, 빨리 귀족원에 돌아가고 싶어요. 귀족원은 도서관도 있고, 과제가 이렇게 많지도 않은 최고의 환경이었단 말이에요."

"그대가 제멋대로 굴수록 주변이 고생한다는 걸 알아. 영지대항전 직전에 귀족원에 보내주마. 겨울 사교계에서 귀족 사교를 조금이나마 배워두지 않으면 너무 위험해."

"너무 잔인해요. ……나의 도서관이."

풀이 죽은 내게 페르디난드가 "더 잔인한 계획도 있다."라며 진지하게 말했다.

'그게 뭔데, 무서워!'

봉납식 아침은 분주하다. 몸을 청결히 하고, 신전장의 의식용 의상을 몸에 걸친 후, 겨울 귀색인 빨강과 흰색 꽃 장식을 머리에 꽂아서 몸단장을 한다. 오늘은 이미 마술구를 풀어놓은 상태라 몸을 움직일 수 있게 온몸에 신체강화 마술을 걸었다. 신체강화 이미지는 이거다. 라이더들이 잘 입는 전신 가죽…… 이걸 뭐라더라, 그래, 전신 타이츠다. 나는 지금 마력으로 된 전신 타이츠를 입은 상태.

페르디난드가 신체강화를 익힐 때 쓰는 보조 마술구라고 설명했듯이 줄곧 마술구를 착용했던 나는 체력과 근력 회복을 희생한 만큼 신체강화 능력이 조금 향상했다.

"봉납식은 대체 뭘 하는 의식입니까?"

그런 안게리카의 질문에 다무엘이 대답했다. 작은 성배에 마력을 담아 봄에 있을 기원식 때 에렌페스트의 기베에게 나누어 준다고 설명했다. '안게리카 성적 올리기 부대'에서 선생 역할이었던 다무엘은 안게리카가 이해하기 쉽게 설명하는 데는 도가 텄다.

"다무엘은 대단해요. 기사인데 신관장님의 업무까지 돕고요. 로제마인 님의 호위 기사가 계산 능력까지 필요할 줄은 생각도 못 했습니다."

안게리카에게 계산업무를 시키면 두 번 수고하게 된다고 한다. '가만히 있는 것이 최고의 도움'이라고 부모가 신신당부했다.

"넌 로제마인 님을 호위할 때는 한 치의 망설임도 없어. 그건 혀를 내두를 정도야. 난 페르디난드 님께 칼을 겨눌 생각은 일절 못 했거든."

진찰 전에 페르디난드가 슈타프를 꺼냈을 때 다무엘은 순간, 늘 하는 일종의 으름장이라고 판단하고 움직이지 않았다. 어떻게 보면 호위 실격이다. 주인에게 무기를 겨눴으니 지키는 것이 호위의 임무이니까.

"안게리카가 훈련에 혹해서 곁을 벗어나지만 않았다면 만점짜리 호위였을 텐데……."

"다음부터는 현혹되지 않겠습니다."

똑 부러진 얼굴로 안게리카가 대답했지만, 에크하르트와 무슨 훈련을 했고, 얼마나 강했는지 신나게 떠드는 모습을 보면 또 쉽사리 넘어갈 것 같다.

"신전장님, 신관장님께서 부르십니다."

회색 신관의 부름에 나는 옷자락을 밟지 않게 조심하면서 의식의 방으로 이동했다. 의식의 방에는 오직 신관만이 들어갈 수 있다. 호위 기사는 문 앞에서 대기한다. 대기 중인 에크하르트를 보고 페르디난드가 이미 와 있다는 걸 알았다.

의식의 방은 제단에 피운 향냄새로 가득했다. 이미 캄펠과 프리닥, 다른 두 회색 신관이 페르디난드에게 받은 마석을 손에 들고 기다리고 있었다.

"신전장님, 건강한 모습을 뵈어 안심했습니다."

페르디난드의 보조를 맡은 캠펠과 프리닥이 진심으로 안도하는 목소리로 그리 말했다. 청색 신관이 잠에서 깬 나를 이리도 반겨줄 줄은 몰랐다. 나는 웃으면서도 내심 놀라며 예를 표했다.

"제가 없는 동안 여러분이 매우 고생해 줬다고 시종에게 들었습니다. 감사합니다."

청색 신관의 노고를 치하한 나는 제단을 향해 걸어갔다. 제일 앞에서 무릎을 꿇고, 바닥에 깔린 빨간 카펫에 양손을 짚었다.

"……준비는 끝났나? 그럼 시작하자."

페르디난드의 재촉하는 목소리에 나는 가볍게 숨을 들이마시고, 기도문을 외웠다.

"나는 세상을 창조한 신들께 기도와 감사를 바치는 자."

이어서 뒤에 있는 다섯 명이 복창하고, 의식의 방에 낮은 목소리가 낭랑하게 울려 퍼졌다.

"높고 정정한 천공을 관장하는 최고신은 어둠과 빛의 부부신, 넓고 호호막막한 대지를 관장하는 다섯 기둥의 대신, 물의 여신 플류트레네, 불의 신 라이덴샤프트, 바람의 여신 슈첼리아, 흙의 여신 게두르리히, 생명의 신 에이비리베. 살아있는 모든 생명에 은혜를 내려주신 신들께 경의를 표하며 고귀한 신력의 은혜에 보답할 지어라."

기도문을 외는 사이 내 몸에서 마력이 스르륵 빠져나갔다. 마력을 흡수한 붉은 천이 반짝이며 빛나고, 마력이 빛의 파도가 되어 제단으로 흘러갔다. 이 모든 것이 이제는 익숙한 감각, 익숙한 광경이다. 그때 내 뒤에서도 빛의 파도가 잇따라 흘러나왔다. 그 기세에 내 몸에서 마력이 왕창 빠져나갔다.

'우악! 벗겨진다!'

마력이 줄줄 빠져나가면서 내 몸을 얇게 감싸던 신체강화 마술에 필요한 마력까지 함께 흘러나가는 것 같았다. 누군가가 전신 타이츠를 잡아당기는 듯한 감각에 나는 놀라서 눈을 크게 떴다. 견디려고 안간힘을 써도 뒤에서 흘러나오는 강력한 마력의 힘에 저항할 수 없었다. 신체강화를 더욱 높이려고 마력을 사용하면 강화에 쓰이기도 전에 붉은 천에 흡수되었다.

'아, 아, 아앗!? 벗겨졌다!'

내 몸을 감싼 마력이 벗겨지며 붉은 천 위로 흘러갔다. 예상치 못한 상황에 깜짝 놀랐다.

'의식이 끝나면 다시 신체강화 마술을 펼쳐야겠어.'

바닥에 이마를 딱 붙인 나는 마력이 빠져나가는 대로 몸을 맡겼다.

"이쯤하면 됐다. 마력 흐름이 아주 효율적이었다."

페르디난드의 말에 청색 신관들이 안심한 듯 숨을 내쉬며 일어나는 기척이 느껴졌다. 나는 다시 신체강화 마술을 걸려고 내 몸에 마력을 흘려보냈다. 하지만 붉은 천을 짚은 손에서 마력이 쑥 하고 빠져나갔다.

"의식은 끝났다니까."

페르디난드의 말과 동시에 그 자리에서 내 몸이 쓰러졌다. 다행히 무릎을 꿇고, 바닥에 양손을 짚은 자세로 옆으로 굴렀을 뿐이라 다치지는 않았다. 하지만 내가 쓰러지자 그 자리에 있던 청색 신관들이 허둥대기 시작했다.

"별거 아니니 소란피우지 마라. 원인도 다 안다."

박력 넘치는 페르디난드의 조용한 일갈에 의식의 방이 쥐 죽듯이 조용해졌다.

"신전장의 시종을 부를 테니 그대들은 퇴실하라."

페르디난드는 청색 신관을 내보내고, 내 시종을 불러오게 했다. 의식의 방에 둘만 남게 되자, 바닥에 널브러진 나를 내려다보며 "그러니까 익숙하지 않은 사람에겐 힘들다고 내가 말했지. 어리석긴." 하고 말했다.

"우……. 쓰러진 사람한테 냉정하게 설교하지 말아 주실래요."

"아무리 충고해도 금방 잊어버리는 그대의 머릿속에 각인시키려면 그만큼 충격적인 상황과 강렬한 인상이 상책이다. 신체 강화를 못 쓰는 상황이 생길 수도 있다는 것 정도는 예상해 두어라."

"신관장님 말씀대로 성실하게 훈련해서 체력과 근력을 키울 테니까 살려주세요."

"반성했나?"

"했어요."

페르디난드는 내 몸을 일으키고, 새파랗게 질린 채 방에 들어온 프랑에게 넘겼다.

"신체강화 마술을 못 쓰게 되는 상황을 본인이 상상하지 못한 것뿐이니 몸에는 이상 없다. 방에 돌아가서 마술구를 착용하면 되니 걱정하지 말거라."

"알겠습니다. ……로제마인 님의 괜찮다는 말은 절대 믿지 말아야겠습니다."

프랑의 정곡을 찌르는 말에 나는 고개를 푹 숙였다.


내가 신체강화에 쓸 마력까지 전부 소비한 덕분에 예상보다 일찍 작은 성배에 마력이 찼다. 닷새 정도였던 예정이 사흘 만에 끝났다.

비록 의식 중에 쓰러졌지만, 붉은 천에 손을 짚은 상태여서 신체강화 마술을 쓰지 못했을 뿐이다. 평소와 달리 열도 없었다. 진찰한 페르디난드에게 "조금은 건강해졌나 보군."이라는 말을 듣고서야 자신의 변화를 눈치챘다.

"이대로 쭉 건강한 몸을 만들어야겠어요. 뭘 할까요?"

"아니, 그대가 의욕적이면 오히려 민폐다. 과하게 훈련해서 쓰러질 미래가 눈에 훤하군."

과유불급이라는 의미의 말을 페르디난드가 거침없이 말했다. 짚이는 데가 있는 나는 고분고분하게 설교를 들었다.

"몸을 생각하면 여기서 훈련해야 마땅하지만, 사교를 더 배워야 귀족원에 돌려보낼 수 있으니 하는 수 없군. 성에 돌아가자."

그 말에 신전에서 성으로 이동할 준비가 시작되었다. 페르디난드는 업무 세트도 모자라 연구 세트까지 짐을 쌌다. 레서버스를 확장하지 않으면 짐을 다 싣지도 못할 양이다.

"반 이상은 그대의 의뢰다. 할 말 없겠지."

슈바르츠와 바이스의 자료, 힐쉬르가 맡긴 마술구, 악보와 페슈필, 전부 신전에 놔두고 가면 곤란해지는 사람은 나다. 레서버스의 차체가 클수록 눈보라에 쉽게 흔들리므로 최대한 아담한 편이 좋지만 어쩔 수 있나.

"눈보라 때문에 이상한 방향으로 날아갈 것 같으면 도와주세요."

"마력을 많이 쓰면 되니 본인 힘으로 따라와라. 더는 귀찮게 하지 말고."

"윽, 노력해 볼게요."

'어머님께 이 실태를 알려드리고 싶다! 신관장님한테 소설에 나오

는 상냥함과 달콤함 따위 없다고!'

그렇게 생각하면서 심한 눈보라 속을 헤치며 성으로 돌아갔다. 노르베르트가 열어준 문으로 레서버스가 날아 들어가자 곧바로 성문이 닫혔다.

"어서 오십시오, 로제마인 님."

노르베르트가 내 손을 잡고 내려주었다. 이미 지시를 받았는지 우르르 나타난 일꾼들이 레서버스 안의 짐을 내리기 시작했다.

"어서 와요. 기다리고 있었습니다, 로제마인 님. 방에서 느긋하게 인쇄업 얘기를 나누실까요?"

측근들과 함께 성에서 마중 나와 준 사람은 엘비라였다.

# 어머님과 하르덴첼의 인쇄업

"그럼 엘비라 님께서 기다리시니 서둘러 옷을 갈아입으실까요."

방에 돌아가자, 리카르다가 내 겉옷을 홀라당 벗겼다. 춥지 않게 잔뜩 껴입은 내 옷이 양파 껍질 벗기듯 한 장 한 장 벗겨졌다.

"로제마인 님, 채비가 끝나셨으면 엘비라 님께 드릴 선물 상자를 가지고 본관 면담실로 가십시다. 준비는 다 끝나 있습니다."

오늘은 엘비라와 외부에 노출되어서는 안 되는 책 얘기를 나누는 날이다. 그래서 시종으로 따라올 사람은 오틸리에, 호위는 안게리카뿐이다. 오틸리에는 엘비라와 친밀하고, 사적으로도 자주 만나는 친구라고 한다. 내가 성에 오게 됐을 때 오틸리에에게 시종을 부탁한 사람도 엘비라였나.

리카르다는 방에 남아서 신전에서 가져온 내 짐을 정리해야 한다. 힐쉬르가 맡긴 짐도 내 방에서 관리하라고 페르디난드가 명령한 탓이다.

"리카르다, 이쪽은 처리가 끝났고, 이쪽이 아직 처리가 덜 끝난 짐이래요."

"걱정하지 마십시오, 공주님. 짐에 달린 표를 보면 압니다."

"많이 기다리셨죠?"

내가 자리에 앉자, "가족에게 어리광부릴 시간도 필요하다고 해서 허가받았으니 편하게 하셔도 됩니다."라며 오틸리에가 귀띔해 주었다.

준비된 차와 과자를 한 입씩 먹는 모습을 보이고, 차를 맛보면 본론으로 들어간다. 나와 눈이 마주치자, 쿡쿡 하고 웃는 엘비라가 칠흑 같은 눈동자를 반짝거렸다.

"로제마인, 내 책은 읽어봤나요?"

"아니요, 아직 다 읽지는 못하고, 기사단 소설 한 편만 읽어 봤어요. 성에 꼬박 하루도 못 있었고, 꼭 방에서만 보라고 편지에 쓰여 있어서요."

제대로 약속을 지켰음을 어필했다. 엘비라는 만족스럽게 고개를 끄덕였다.

"잘 지켜줬으면 그거로 충분해요. 외부에 노출되면 안 되는 책이니까요."

"일단 어떤 내용인지 대강 훑어봤는데…… 어머님께서 실력 좋은 화가를 찾으셨나 봐요. 그림이 굉장했어요."

'신관장님이 실물보다 3배는 더 멋있었어.'

내가 마음속 목소리를 감추며 미소 짓자, 엘비라의 얼굴이 기쁜 듯 확 밝아졌다.

"후훗, 그렇죠? 내가 화가를 찾아서 직접 주문했답니다. 역시 연애 소설에는 아름다운 그림이 필수잖아요."

내가 만든 기사단 소설책에서 페르디난드를 모델로 그린 빌마의 일러스트를 보고, 어머님도 연애물만 모은 기사 소설집을 만들 의욕이 생긴 모양이다.

"하지만 어머님이 만드신 책은 페르디난드 님께 들키면 안 되니까 공개적으로 못 팔잖아요. 수익이 낮을 텐데 기베 하르덴첼이 어떻게 허락하셨나요?"

"당신에게 보낸 책은 내 친구에게 선물하려고 특별히 만든 책이에요. 하르덴첼의 이름으로 판매할 책은 다른 화가에게 맡겼으니 전혀 문제없답니다."

'내용은 같은데 그림이 다르다는 말이야? 우리 공방 사람들, 엄청 성가시고 급한 의뢰로 진땀 흘렸겠는데.'

첫 인쇄는 엘비라와 의견 조율을 해야 하므로 로제마인 공방에서 맡았을 터이다. 흔적을 없애려고 실패작까지 전부 거둬갔다는 보고는 들었는데 그림이 두 종류라서 고생했다는 말은 못 들었다.

"공방에서는 그림이 두 종류라고 보고하지 않던데요……."

"절대 외부에 알려지면 안 된다고 플랑탱 상회에 신신당부했거든요. 어디까지 지켜질까 걱정했었는데 로제마인 공방 직원들은 정말 우수하네요."

엘비라가 차를 마시면서 만족스럽게 미소 지었다.

"플랑탱 상회가 고객 비밀 보안이 철통인 건 확인했지만, 신전에 있는 공방 사람까지 정말 페르디난드 님께 보고하지 않고, 얼마나 비밀을 지킬지 가늠하지 못했었거든요. 그런데 설마 로제마인에게도 보고하지 않았다니요. 안심되네요."

좋은 부하를 두었다며 엘비라가 칭찬해 주었다.

"이 책의 존재가 페르디난드 님께 알려지는 날에는 하르덴첼은 인쇄 사업을 접어야 할 거예요. 그런 일이 일어나면 오라버니께 끔찍하게 혼나겠죠."

하르덴첼에서 인쇄한 연애소설이 기베의 예상보다 훨씬 잘 팔리자, 기베 하르덴첼은 이대로 인쇄업을 밀고 나갈 계획이라고 한다.

"다음에는 페르디난드 님의 귀족원 시절 소설을 쓰려고 한답니다. 그런데 이건 삽화를 바꿔도 눈치챌 것 같아서 막상 착수하기가 겁나네요……."

"그건 바로 눈치챌 거예요. 너무 위험해요."

귀족원 시절의 페르디난드 전설에는 놀라운 에피소드가 수두룩하다. 하지만 그것을 책으로 엮으면 틀림없이 본인이 알아차리리라.

"페르디난드 님 전설은 귀족원에서도 종종 화제로 나와요. 다과회에서 얘기가 나오기도 할 테고, 반대로 화제로 삼기 싫어하는 사람도 있을 것 같아서 측근을 시켜 정보를 모았는데…… 어머님도 읽어보시겠어요?"

나는 "어머님께 드리는 선물이에요."라며 가져온 상자를 오틸리에에게 꺼내게 했다. 그 안에는 모두가 모아온 페르디난드 전설을 로데리히가 열심히 정리한 자료가 들어 있다. 엘비라는 "세상에나! 너무 훌륭한 선물이에요."라며 기쁜 듯 상자 속 내용물을 꺼내어 하나하나 읽기 시작했다.

'나도 신관장님의 삽화가 아니어도 되니까 어머님이 만든 책 읽고 싶다~.'

엘비라는 정말 페르디난드의 정보에 관심이 많은지 "어머, 소재 수집 때 이런 말씀을 하셨군요?" "제일 중요한 연애 얘기가 빠졌네요." 하고 일일이 평가하며 정보를 음미하고, 자신이 아는 이야기와 몰랐던 이야기로 재빠르게 정보를 나누었다.

"내가 아는 페르디난드 님 이야기는 에크하르트가 보고 들은 정보뿐인데 이렇게 다른 영지에서 나오는 이야기도 재미있네요."

페르디난드가 재학하던 무렵부터 시간이 지나면서 사람들 입을 통해 과대 포장된 이야기는 소재로 써먹기에 딱 적당하댔다.

"로데리히라는 1학년이 이걸 정리했어요."

"사냥대회에서 빌프리트 님을 함정에 빠뜨린 베로니카 파 중급 귀족이 아닌가요?"

"잘 알고 계시네요, 어머님."

설마 로데리히를 아는 줄은 몰랐다. 내가 재차 눈을 깜빡이면서 바라보자, 엘비라는 잔을 놓고 곤란한 아이를 보듯 나를 쳐다보았다.

"로제마인, 위험한 존재는 무슨 일이 있어도 기억해야죠."

로데리히는 위험한 아이가 아니다. 나는 그 인식을 조금이나마 바꿔보려고 입을 열었다.

"……부모 말에 꾀였을 뿐이지 로데리히에게 악의는 없었어요."

"네, 그렇겠지요. 하지만 가장 무서운 건 그러한 악의 없이 불이익을 가져오는 상대입니다. 누가 봐도 적이거나 대놓고 악의를 드러내는 상대라면 오히려 경계하기 쉽죠."

엘비라는 말을 듣지 않는 자식을 타이르는 듯한 얼굴로 말했다.

"세력이 커져서 유리해지면 중급 귀족과 하급 귀족은 자연스럽게 모여들게 되어 있어요. 자기 몸을 지키려고 조금이라도 우세한 쪽에 붙으려고 하는 것이 그들 나름의 처세술이니까요. 그 방식을 비난할 생각은 없지만, 그만큼 신용할 수도 없지요."

신분 차이로 대우가 확연히 갈리는 귀족 사회에서는 힘센 자를 따라야 삶이 안전해진다. 집단의 우두머리인 영주 일족이나 상급 귀족의 입장과는 사고방식이 다른 셈이다.

"로제마인, 당신은 매사를 이해관계보다 감정에 앞서서 판단할 때가 많아요. 본인의 마음에 든 하급 귀족을 측근으로 삼았지만, 세력 판도가 바뀌어 혹여나 배신이라도 당하지 않을까 항상 걱정이에요."

"배신이라니…… 다무엘과 필린느는 정말 충성해 주고 있어요."

두 사람은 그런 사람이 아니다. 특히 다무엘은 목숨을 걸면서까지 나를 지켜준 호위 기사다. 배신할 사람이었다면 이미 나는 이 세상에 없다. 내가 고개를 세차게 젓자, 엘비라는 "알죠."라고 고개를 끄덕였다.

"다무엘과 필린느의 충성심은 진심일 겁니다. 그걸 증명하는 자료도 있어요."

귀족원에 들어간 이후에 측근으로 삼은 필린느의 충성심이 진심인지 판단할 자료가 있다는 말에 눈에 휘둥그레졌다. 엘비라는 귀족 여성스럽게 우아하게 웃었다.

"내 정보망을 만만하게 보면 안 되지요."

"로제마인 님, 엘비라 님은 우수한 문관이셨습니다."

그렇게 말한 오틸리에가 웃으며 엘비라와 눈빛을 주고받았다. 나는 귀족원에서 견습 문관들이 고군분투하는 모습을 보았고, 그들이 모아온 정보를 정리했다. 그제야 다과회가 정보 수집 장소라는 것과 다양한 곳에서 다양한 정보를 모으는 엘비라가 얼마나 우수한지 깨달았다.

"당신이 어지간히 소홀하게 대하지 않는 한 다무엘과 필린느의 충성심은 흔들리지 않겠지요. 하지만 그렇다고 다른 중급 귀족과 하급 귀족도 똑같이 보면 안 됩니다."

"……알겠습니다."

엘비라가 매번 사족을 못 쓰는 페르디난드 전설로 로데리히의 노력을 인정받아 측근으로 삼고 싶었다. 그런데 오히려 쉽게 신용해서 측근으로 삼으면 안 된다는 충고를 들어 버렸다.

"그리고 적대 파벌에 지급하는 보수는 같은 파벌의 60% 정도부터 시작하고, 결과에 따라 조금씩 올려야 마땅합니다, 로제마인."

"네?"

"적대 파벌에 속한 자에게도 보수를 지급하는 공평성을 보여주는 동시에 같은 파벌에 속한 자를 우대하여, 같은 편에 붙는 편이 좋다고 상대방이 판단하게 만들지 않으면 흡수하기 어려워요. 대우가 같으면 파벌을 바꿀 의미가 없죠. 그리고 적과 아군을 동등하게 대우하면 어느 누가 좋아할까요? 당신이 파벌에 관련된 인식이 부족해서 그렇지만, 그런 상식을 모르면 지지자들이 불만을 품을 거예요."

대체 그녀는 귀족원에서의 나의 언행을 어디서부터 얼마나 입수한 걸까? 질베스타도 페르디난드도 이런 설교는 하지 않았다.

"내가 귀족원 사정을 꿰뚫고 있어서 놀랐어요? 당신이 신전으로 이동한 후부터 리기르다에게 보고를 받고 있었답니다. 기숙사를 비우기 일쑤인 힐쉬르 사감은 도움이 되지 않으니 기숙사 관리인을 한 사람 더 두자는 말도 나오고 있어요."

"관리인, 이요?"

지금까지 에렌페스트는 다른 영지의 관심 밖이었다. 그래서 유행을 퍼뜨려도 1년 차는 영향이 크지 않을 줄 알았다. 그런데 나 때문에 왕족과 상위 영주 후보생, 선생들까지 귀족원에서 가장 영향력이 큰 사람들과 생각지도 못한 교류가 생겨 버렸다. 영주 회의 전까지 상위 영지에 관해서 조금이라도 많은 정보를 모아야 하는 마당에 사감은 슈바르츠와 바이스 연구에 빠져서 전혀 도움이 되지 않는다.

"그래서 귀족원의 상황과 당신의 행동을 상세히 보고해 줄 사람을 투입하자는 의견이 나왔어요. 페르디난드 님한테서요."

'이게 바로 신관장님이 말했던 조금 더 잔인한 계획!? 그러니까 날 전담할 관리인을 붙이겠다는 말이지!? 조금이 아니라 엄청 잔인하잖아!?'

안 돼에에에, 하고 머리를 싸매는 내 앞에서 엘비라는 로데리히가 정리한 페르디난드 전설 자료에 시선을 떨구고, 황홀한 듯한 한숨을 내쉬었다.

"그나저나 귀족원에 페르디난드 님의 정보가 이렇게나 많이 남아 있었네요."

"네. 저도 놀랐어요. 정보 모집원의 말을 들어 보니 에렌페스트보다 다른 영지 사람이 페르디난드 님을 더 자세히 알더래요."

에렌페스트 사람은 신전에 몸담은 페르디난드 얘기를 공공연하게 떠들지 않았다. 다무엘은 페르디난드를 존경하고 있었지만, 요즘 학생은 대부분 그를 모른다. 에렌페스트 기숙사 내에서 떠도는 페르디난드 전설만 모아도 절반 이상이 과장이거나 다른 사람 이야기라고 생각될 정도였다. 무엇이 사실이고 거짓인지 판별이 어려웠다.

"왜 이렇게 정보량이 다른 걸까요?"

"페르디난드 님이 너무 우수한 나머지 베로니카 님의 미움을 사버렸거든요. 그래서 에렌페스트에서는 아무도 그분 얘기를 입 밖에 꺼낼 수 없었답니다."

엘비라가 슬픈 표정으로 시선을 내리떴다.

베로니카의 친자식은 아니지만 페르디난드는 엄연히 영주의 자제로서 세례를 받은 영주 후보생이다. 그가 세례를 받기 전에 베로니카의 두 딸은 이미 다른 영지로 시집을 갔고, 에렌페스트에 남은 영주 후보생은 둘뿐이었다. 질베스타에게 화가 생기면 자동으로 페르디난드가 차기 영주의 자리에 앉게 되는 셈이다. 꼭 그렇지 않더라도 다른 영지에까지 명성이 자자할 정도로 우수한 페르디난드와 별 의욕도 없고 업무의 절반 이상을 페르디난드에게 떠넘기는 친아들, 질베스타를 비교하면 베로니카의 위기감이 배로 커졌으리라.

"세례식 무렵부터 줄곧 페르디난드 님을 심하게 괴롭히던 분이셨어요. 선대 영주가 병으로 자리에 누운 후부터 페르디난드 님이 두각을 보이면 보일수록 그 괴롭힘은 더욱더 심해졌죠. 주위 사람들도 말리지 못할 정도로요. 그래서 질베스타 님이 신전으로 도망치라고 조언했던 거예요."

그러고 보니 예전에 부친이 돌아가시기 직전에 신전에 들어간 탓에 장례식에도 참가하지 못했다는 말을 들은 적이 있다. 부모의 임종을 지키지 못한 페르디난드를 떠올리면 베로니카의 처사가 얼마나 가혹했을지 상상이 가지 않는다.

"며칠만 더 성에 있었더라면 부모의 임종을 지킬 수 있었을 텐데 페르디난드 님이 너무 안쓰러워요."

"……아마 만나 뵈었을 거예요. 페르디난드 님께서 신전에 들어가시고 얼마 뒤에 정식으로 공표되었거든요. 실제로는 그 전에 멀고 높은 곳에 오르셨겠죠."

영주의 장례식은 영주 회의 뒤에 열렸다고 한다. 영주 회의에 사망을 보고하고, 차기 영주를 승인한 후에 영지에 돌아와 장례식을 치른다. 장례식에는 근방 영주와 귀족이 찾아오므로 그때까지 시간을 멈추는 마술로 유체를 보존한다. 그래서 실제 사망과 공식 사망일이 다르다고 한다. 실제로는 만났지 않았을까, 하고 엘비라는 말했다.

'정말 그랬다면 좋을 텐데.'

"지금 페르디난드 님은 이목을 의식하지 않고 활약하고 계세요. 저는 그것만으로도 충분하답니다."

"……어머님은 왜 그렇게까지 페르디난드 님께 열중하시나요? 지금은 그렇다 치고 예전에는 대놓고 편을 들어주기 어려웠잖아요."

그렇게나 집요하게 핍박이 있었다면 페르디난드의 편만 들어도 베로니카에게 찍혔을 터였다.

"어쩌나. 딱히 비밀은 아니지만, 질베스타 님이나 빌프리트 님의 관계를 고려하면 내 개인적인 의견을 들려줘도 좋을 게 없을 텐데."

고민되네요, 하고 엘비라가 뺨에 손을 대고 고개를 갸웃거렸다. 그런 그녀 대신 추가로 차를 따라주던 오틸리에가 슬픈 표정으로 시선을 내리떴다.

"사실은 엘비라 님도 베로니카 님께 괴롭힘을 당하셨답니다."

"네?"

"내 어머님이 베로니카 님의 이복 언니이셨거든요."

"할머님이요?"

세례식 전에 귀족의 이름을 외우라며 준비해준 리스트가 있었다. 그것은 칼스테드의 혈통 중심으로 작성한 계보라서 엘비라의 계보가 어떤지는 전혀 몰랐다. 하지만 베로니카와 이복 언니의 사이가 상당히 나빴다는 얘기는 기억한다. 베로니카의 남동생인 전 신전장의 유품까지 거부할 정도로 불화가 있었으리라. 설마 그 사람이 엘비라의 친족이었을 줄이야.

"4대 영주의 자제가 내 조부님이세요. 조부님께 아렌스바흐의 가브리엘레 님이 시집온 것이 지금 일어나는 소동의 가장 첫 원인일 겁니다.”

가브리엘레는 영지대항전에 참석한 엘비라의 할아버지의 다정함에
반했다. 그녀는 대영지의 영주 후보생치고는 마력이 적었다. 하지만
당시 에렌페스트는 현재보다도 영향력이 낮았던 영지. 대영지의 딸인
자신을 고맙게 받아들여 줄 것이라며 부친의 권력에 의지하여 시집을
왔다. 이미 두 명의 자식이 있었던 첫째 부인, 엘비라의 할머니를 둘째
부인으로 밀어내면서.

4대 영주는 영지 내의 세력이 가장 컸던 라이제강 백작의 딸을 둘
째 부인으로 떨어뜨리는 것, 또 아렌스바흐의 영향력이 커져서 소동이
일어나지 않을까 우려했다. 그래서 엘비라의 할아버지를 영주 후보에
서 제외하여 그레첼 백작으로 삼고, 보니파티우스의 아버지를 영주 자
리에 앉혔다. 대신 보니파티우스와 라이제강의 딸을 결혼시켜서 백작
의 불만을 잠재웠다고 한다.

‘이흑. 이야기만 들어서는 이해가 안 되어서 계보를 그려봤는데 너
무 복잡해서 헷갈려. 혈연관계가 뒤죽박죽이야.’

그럴 때 시집온 가브리엘레는 “이런 시골은 살기 불편해.”라며 줄
곧 아렌스바흐로 돌아가고 싶어 했다고 한다. 결국 셋째 자식을 낳은
뒤 건강이 악화하여 어린 자식을 남기고 사망했다.

가브리엘레의 첫째 아들은 모든 자제를 통틀어서 가장 마력이 컸
다. 아렌스바흐의 후원에 힘입어 그레첼 백작의 후계자로 지목되었
다. 둘째가 바로 베로니카였는데 에렌페스트에서는 빼어날 정도로 마
력이 풍부했다. 그래서 차기 영주의 첫째 부인이 되기 위한 교육을 받
게 되었다. 아픈 몸으로 무리해서 낳은 셋째 아들은 상급 귀족치고 마
력이 현저히 낮았다. 모친의 친족인 아렌스바흐의 후원과 입양도 없이

신전으로 쫓겨났다.

그로부터 몇 년 뒤, 첫째 아들이 사망했다. 베로니카는 신전으로 쫓겨난 남동생과 빈번히 연락을 주고받았다. 그들은 서로를 끔찍이 아끼고, 의지하며 자랐다고 한다.

"6대 영주의 첫째 부인이 된 베로니카 님은 이복형제들을 괴롭히기 시작했어요. 자신보다 위인 형제보다 그들의 자제인 조카가 표적으로 딱 좋았겠죠. 나와 내 오라버니는 정말 온갖 괴롭힘을 당했어요."

기베 하르덴첼의 자제라서 평소에는 대놓고 괴롭히지 못했지만, 여자들만 모이는 다과회에 참가하면 설명할 수 없는 괴롭힘을 일삼으며 못살게 굴었다고 한다.

"할아버님은 그런 상황을 우려해서 나를 칼스테드 님과 결혼시켜 고립에서 지켜주려고 하셨어요."

그리하여 엘비라는 베로니카에게 배척된 자들만 모아서 파벌을 만들었고, 프뢰벨타크에서 시집와서 시어머니에게 들볶이는 플로렌치아와 첩의 아들이라며 박해당하는 페르디난드를 보호하려고 힘썼다고 한다.

"선대가 멀고 높은 곳에 오르자, 오라버니가 다스리는 하르덴첼에 엄격하게 대응하기 시작했어요. 하르덴첼은 에렌페스트의 북쪽에 있잖아요? 이 근방보다 겨울이 혹독하거든요. 세금이 오르면 백성의 생사와도 직결되죠."

영지 전체의 운영이 삐걱거리는 상태라 하르덴첼만 면제해 줄 수도 없었다. 전체 세금이 인상되자, 특히나 하르덴첼의 피해가 다른 지역보다 컸다고 한다.

"로제마인에게 큰 도움을 받았다고 오라버니가 말씀하시더군요."

내가 청색 견습 무녀가 되면서 작은 성배로 마력을 얻게 된 하르덴첼은 영지 생산량이 증가했다. 또 베로니카와 전 신전장의 죄를 적발하여 처벌했고, 플로렌치아와 친여동생인 엘비라가 이끄는 파벌이 최강이 되었다. 덕분에 하르덴첼이 되살아났다고 한다.

"게다가 오라버니가 반신반의로 협력한 책도 예상 이상으로 팔렸어요. 이제는 본인이 더 하르덴첼에 인쇄를 보급하고 싶어 난리세요."

"그건 정말 좋은 소식이네요."

다만 인쇄에는 단연 종이가 필요하다. 원래 계획은 식물지 공방도 동시에 세울 예정이었다. 하지만 내가 잠든 탓에 사업 추진에 제동이 걸렸다. 그건 일크너의 성공을 계기로 제지업을 추진하고 싶어 하는 다른 기베들도 마찬가지다.

"판매가 계약 마술에 묶여 있다죠?"

내가 맺은 상인의 계약 마술은 에렌페스트 마을에만 판매를 한정하는 세약이다. 계약 미술의 범위가 모효하고, 무엇이 어떻게 저촉될지 몰라서 플랑탱 상회를 통해서만 팔 수 있게 했다. 책의 가짓수가 적은 지금이면 몰라도 앞으로 계속 이러한 상황이면 곤란하다. 그러니까 계약 마술을 해지해야 한다는 말이었다. 그 말을 듣고 나는 무심코 무릎 위에서 주먹을 꽉 쥐었다.

'루츠와 벤노 씨와 맺은 계약 마술은 해지하기 싫어.'

귀족가에 끌려가는 일이 생겨도 실낱같은 관계를 남겨서 만날 기회를 만들려고 벤노가 필사적으로 고민해 주었고, 루츠가 신변의 위험을 각오하면서까지 맺어 준 계약 마술이다. 그런 계약을 해지하고 싶지 않았다. 그런 내 마음이 얼굴에도 드러났던 걸까? 엘비라가 나를 달래듯이 미소를 지었다.

"로제마인, 당신은 정말 좋은 사람들의 인연으로 보호받고 있네요."

"……네?"

"플랑탱 상회는 오라버니가 몇 번을 캐물어도 자세한 계약 내용은 아우브 에렌페스트에게 문의하라고 일관하더군요. 로제마인이 신전에서 지내던 당시에 당신을 지키려면 꼭 필요했던 계약이었다면서요."

상급 귀족들이 다그치는 상황에서도 벤노는 내 과거가 밝혀질지도 모를 계약 내용을 절대 입 밖에 내지 않았다고 한다. 그 말이 기뻤고, 벤노와 루츠가 자랑스러워서 나는 조그맣게 고개를 끄덕였다.

"하지만 지금의 당신을 지켜주기에는 그 계약은 한계가 있어요. 책과 인쇄를 보급하려면 지금의 당신에게 맞는 새로운 계약을 맺어야 하지 않을까요?"

"……새로운 계약이요?"

"그래요. 계약이 사라진다고 플랑탱 상회와의 관계가 변하는 것은 아니에요. 지금 당신에게 맞는 새로운 계약을 맺는 게 어때요?"

계약이 변한다고 해서 연결고리가 사라지는 것은 아니다. 새로운 계약을 다시 맺으면 된다. 그건 엘비라가 말한 대로였다.

'하지만 그건 이미 마인과 루츠의 계약이 아니야.'

아무에게도 말할 수 없는 말 대신 나는 조용히 숨을 내뱉었다.

# 겨울 사교

성에서 지내게 되자, 시종과 후견인인 페르디난드가 필사적으로 나눠야 할 정도로 매일같이 면담 의뢰가 쇄도했다. 이 전부가 인쇄업이나 제지업을 추진하고 싶은 귀족의 의뢰였다. 만나도 괜찮은 귀족인지 아닌지 판별이 어려운 나는 페르디난드와 시종들에게 선별을 맡기고, 엘비라에게 끌려다니며 플로렌치아와 샤를로테와 함께 온갖 다과회에 출석하게 되었다. 거기서도 인쇄와 마력 압축 방법의 질문이 쏟아졌고, 남편이나 일족을 소개하려는 사람들로 눈이 핑핑 돌 것 같았다.

이번에 처음으로 알게 된 일인데 다과회가 끝나면 엘비라와 플로렌치아는 항상 반성회를 한다. 다과회에서 나온 화제나 소문을 서로 확인하고, 사세히 조시히고 싶은 사항을 정리하는 것이다. 나와 샤를로테도 정보 수집을 공부할 겸 반성회에 참가하게 되었다.

"로제마인, 샤를로테. 둘은 누구의 어떤 얘기가 기억에 남던가요?"

"저는 언니의 화제가 너무 많이 나와서 놀랐어요. 작년과는 분위기가 확연히 달랐어요."

샤를로테는 바로 대답했지만, 나는 금방 대답이 나오지 않았다. 아직도 동석한 귀족의 얼굴과 이름이 일치하지 않을 정도다.

"저는…… 글쎄요. 마력 압축 방법이 제법 화제가 되는 것 같아요. 희망자가 몰리는 것 같은데 인원 조정은 되고 있나요?"

"그럼요. 로제마인의 승인만 남은 사람도 몇이나 있어요. 로제마인, 빌프리트와 측근은 귀족원에서 어떻게 행동하던가요?"

플로렌치아는 역시 아들이 걱정되는 모양이다. 나는 그가 기숙사를 하나로 모으려고 고군분투하고 있다고 말해 뒀다.

"빌프리트 오라버니에게 마력 압축 방법을 가르칠지 말지는 아직 정해지지 않았어요. 사촌이 여는 다과회 결과가 어떻게 나오느냐로 판가름이 날 것 같아요."

"걱정이네요. 디트린데 님이었죠? 아렌스바흐 영주 후보생은 게오르기네 님과 얼굴이 똑 닮아서 금발에 녹색 눈동자라지요? 다시 말해 빌프리트를 애지중지한 베로니카 님과 쏙 닮았다는 말이잖아요."

나는 베로니카를 만난 적이 없어서 모르는데 그녀는 금발에 녹색 눈동자라고 했다. 디트린데를 처음 만났을 때 보였던 빌프리트의 그리운 표정이 떠올랐다. 플로렌치아의 말대로 나까지 점점 불안해졌다.

"분명 괜찮을 거예요. 빌프리트 오라버니와는 다과회에서 꺼낼 화제도 말을 맞춰놨어요. 그리고 페르디난드 님께도 자주 질문서를 보낸대요."

내가 플로렌치아를 안심시키자, 이번에는 엘비라가 고민에 빠진 얼굴로 미간을 찌푸렸다.

"난 램프레히트가 걱정이에요. 아렌스바흐 상급 귀족과 결혼 허락을 못 받았잖아요. 영지간의 관계 때문에 어쩔 수 없었다지만, 아렌스바흐의 영주 후보생이 빌프리트 님께 비난의 화살을 돌리지 않으면 좋으련만."

램프레히트가 귀족원에 다니던 시절에는 베로니카가 건재하여 아레스바흐와의 교류를 권장했었다. 그러나 시대 흐름이 바뀌었다. 영주가 결혼을 허락하지 않으니 방법이 없다. 변심이 아니라고 성심성의껏 납득시키고 헤어지는 것이 영지를 사이에 낀 연인 간의 가장 원만한 거절 방법인 듯했다.

"아렌스바흐는 에렌페스트보다 격이 높고, 그녀의 부모가 램프레히트를 혼약자로 탐탁지 않아 한다고 들었는데 아렌스바흐가 집요하게 물고 늘어져서 놀랐어요. 다음 영주 회의는 분위기가 험악해지겠어요."

"프뢰벨타크에 있는 오라버니가 협력을 요청하기 전에 지금부터 대책을 짜 둬야겠네요."

"영지 간에 어떤 거래를 할지도 정해야 하지요? 로제마인이 교류를 튼 왕족과 상위 영지…… 정보가 턱없이 부족하네요."

'미안해. 이렇게까지 에렌페스트에 정보가 없는 줄도 몰랐어. 난 양아버님이 유행을 퍼트리라고 해서 퍼트린 것뿐이야.'

"그런데 언니가 잠에서 깼으니 마력 압축과 인쇄업 이야기가 진행될 걸 알아서일까요, 작년보다 파벌의 힘이 단숨에 커진 것 같아요."

"샤를로테의 말이 맞아요. 우리 파벌에 들어오지 않으면 마력 압축을 배울 수가 없으니, 파벌에 들어오고 싶은 중급 귀족과 하급 귀족이 몰리고 있어요."

작년 상황을 모르는 나는 비교할 수 없지만, 파벌의 세력이 갑자기 커진 모양이다.

"아군이 되면 어떤 이익이 생기는지 잘 보여주는 능력도 중요하답니다, 로제마인."

엘비라가 그렇게 말하며 싱긋 웃었다.

이렇게 나는 여자들의 다과회에 시달리며 정보를 수집하여 정리하고, 문관에게 더 상세한 정보를 모으도록 지시를 내리는 방법을 배웠다. 마찬가지로 내년에 귀족원에서 활동해야 하는 샤를로테도 진지한 얼굴로 귀를 기울였다. 언니로서 질 수 없지.

"로제마인, 귀족원 다과회에서도 최대한 많은 정보를 얻어서 이렇게 보고해 줘요. 영주 회의 전까지 최대한 정보를 많이 모아야 해요."

플로렌치아의 요청에 내 머릿속에 물음표가 떠다녔다.

"양어머님, 제가 귀족원으로 돌아가는 시기는 영지대항전 직전이라고 들었어요. 영지대항전은 졸업식 전날이죠? 다과회에 참석할 여유가 있을까요?"

페르디난드는 나의 낮은 사교 스킬 때문에 직전까지 귀족원에 돌려보내지 않겠다고 했다. 도무지 다과회에 참석해서 정보를 모을 여유가 없을 것 같다.

"정보 수집 때문이든 영지대항전 준비 때문이든 로제마인은 일찍 돌려보내야 하지 않을까요? 영주 후보생이 있어야 할 상황이 많을 텐데요."

"하지만 페르디난드 님이 난색을 보이실 거예요. 문제가 일어나지 않을까요?"

플로렌치아와 엘비라가 서로 얼굴을 마주 보더니 동시에 관자놀이를 눌렀다. 나를 두고 어찌할지를 고민하는 모습에 내심 진심으로 사과했다.

'귀족 상식이 부족해서 미안해요. 다음에는 제대로 잘할게요!'

가르쳐 준대로 노력하리라 주먹을 불끈 쥔 순간, 머리 한구석에서 '그대가 의욕적이면 오히려 민폐다'라던 페르디난드의 목소리가 들린 것 같았다.

"로제마인, 봄부터 가을까지 공방을 얼마나 세울 수 있지?"

면담 의뢰 편지를 골라내는 작업을 어느 정도 일단락 지은 페르디난드가 나를 불러서 공방 확장에 관한 질문을 던졌다. 제지업 공방 개설의 허가를 원하는 귀족은 많으나 실제로 개설할 수 있는 수는 한정적이다. 왜냐하면 교육 담당으로 파견할 인원이 부족해서다.

"인쇄 공방은 평민촌에서 인쇄기에 들어가는 부품을 전부 만든 후에 구텐베르크 일행이 직접 가져가서 설치하고, 기술을 가르쳐야 해서 올해는 어려워요. 봄에는 하르덴첼에 가야하고, 구텐베르크에게 새로운 인쇄기를 만들라는 의뢰도 아직 하지 않았거든요."

인쇄 공방은 사전에 그 지역의 대장간이나 목공방, 상업 길드에서 만반의 준비를 하지 않으면 시작도 못 한다. 올해 할 수 있는 건 파견 순서를 정하는 정도다.

"인쇄 공방을 세우고 싶어 하는 귀족은 뒤로 미루고, 우선 제지 공방을 세우려고 하는 귀족을 면담하고 싶어요."

"그쪽은 수가 세한직이지 않은가?"

"일크너처럼 1년 동안 체류해서 특산품을 만들지 않고, 지금 비율로 포린지 제작 방법을 가르치기만 한다면 어느 정도는 늘릴 수 있을 거예요. 물론 플랑탱 상회와 교육 담당이 이동해야 하니까 한계는 있겠지만요."

제지 공방을 세우고, 그 지역에 에렌페스트 종이 협회를 세우기 위해서라도 반드시 플랑탱 상회에서 한 사람은 파견한 후, 실제로 제작 과정을 보여 줄 지도자도 필요하다. 하지만 플랑탱 상회에도 보낼 인물이 그리 많지 않고, 지도자로 보낼 회색 신관도 부족하다. 핫세나 일크너 공방의 인원을 보충한다고 해도 1년에 세 군데가 한계이리라.

"다른 지방과 차별화하려고 특산품을 원하는 귀족이 많지 않을까요?”

“연구는 각자 맡기면 된다.”

페르디난드는 그쪽이 더 재미있다고 생각하는 것이 틀림없다.

‘연구에 미친 박사는 이해하기 어렵겠지만, 모두가 당신처럼 연구를 좋아하지 않아요.’

“그대의 말은 잘 알아들었다. 서둘러 공방을 확장해야 하니 일크너에도 교육 담당을 보낼 수 있는지 물어보마. 이 일이 제일 시급하군.”

페르디난드의 한마디에 기베 일크너와도 면담을 하게 되었다.

기베 일크너와 면담 일정이 정해지고, 나는 다무엘에게 이 일을 말해 두기로 했다. 도청방지 마술구를 빌려서 주변에 시종과 다른 호위 기사가 있는 방에서 다무엘과 마주 보았다.

“다무엘, 브리기테와 만나기 껄끄러우면 업무를 쉬어도 돼요.”

“……일하겠습니다.”

“괜찮겠어요? 그, 미련 같은 거, 있지 않나요?”

브리기테의 이름에 굳어지는 얼굴을 보며 질문하자, 다무엘의 눈이 크게 떠졌다.

“로제마인 님, 그런 말은 대체 어디서!? 아, 여성들만 모이는 다과회에서군요. 하아…….”

딱히 다과회에서 알게 된 것은 아닌데 다무엘은 멋대로 납득했다. 내가 대답을 기다리자 잠시 단어를 찾듯이 시선을 헤맨 후, 입을 열었다.

“미련이라기보다 후회가 듭니다. ……제 경솔함이 브리기테를 웃음거리로 만들었습니다. 그게 제일 후회됩니다.”

다무엘의 입에서 나온 말은 페르디난드에게 들은 간략한 보고와는 전혀 다른 사정이 있는 것처럼 들렸다.

"페르디난드 님은 신분이 달라서 결혼이 어렵다고 하셨는데 저는 아직도 이해가 안 돼요. 무엇이 어떻게 어렵죠?"

"저도 형님에게 혼나기 전까지는 잘 몰랐습니다. 상층부와 주변 생각이 다르다는 것을 인식하지 못했었어요."

다무엘은 브리기테와 결혼한 후에도 끝까지 호위 기사를 계속하며 귀족가에서 살 생각이었다. 자신의 실수를 용서하고, 측근으로 받아준 내가 해임하지 않는 한 나를 끝까지 섬길 생각이었다.

하지만 주변 생각은 그와 달랐다. 다무엘의 형인 헨릭의 입장에서는 일크너에 가지 않는 행위가 하급 귀족인 자신들이 가문의 영토를 가진 중급 귀족과 친척이 될 수 있는, 평생에 있을까 말까 한 행운을 걷어차는 어리석은 행위로 보였다.

"형님은 브리기테를 시집오게 하는 짓은 터무니없다……라고 하셨습니다. 기베의 여동생이 어떤 생활에 만족하는지 저는 잘 모릅니다. 무엇보다 제가 일크너에 데릴사위로 가면 중급 귀족으로 지위가 오르지만, 브리기테가 제게 시집오면 그녀는 하급 귀족으로 떨어지게 되는 것도요."

브리기테가 하급 귀족이 되는 상황까지 깊이 고려하지 못한 다무엘에게 헨릭이 일일이 예를 들어 설명해 주었다고 한다. 중급 귀족에서 하급 귀족이 되면 브리기테는 친구부터 가족까지 관계가 확연히 달라져 버린다. 하급 귀족의 사교를 익혀야 하고, 태어난 자식도 하급 귀족으로 자라야 한다.

"……그건 브리기테에게 부담이 컸겠네요."

지금까지 대등했던 가족과 신분이 달라진 상황을 떠올리고, 나는 입술을 잘근 깨물었다. 내 앞에 가족이 무릎을 꿇고, 공손한 말투로 마치 타인처럼 이별의 말을 내뱉던 때가 떠올랐다.

　"그리고 일크너는 브리기테의 혼약 파기를 이유로 상대측의 집요한 괴롭힘을 당하고 있었고, 심지어 일크너를 지탱할 대관이 될 하급 귀족도 당시에는 거의 없는 상태였다고 합니다. 기베 일크너가 몸소 영지를 돌아다녔다는데, 저는 그것이 얼마나 어려운 상황인지 이해하지 못했었습니다."

　신전과 기사 기숙사만 왕복하며 본가에도 잘 들리지 않았던 다무엘은 몰랐다. 그러나 문관인 헨릭에게는 아주 유명한 이야기였던 모양이다. 결혼을 계기로 브리기테가 일크너로 돌아가 오빠를 돕고 싶어 하는 건 누가 봐도 뻔했다.

　"가족에게 쉽게 상담도 못 하는 상태에서 브리기테가 귀족가에서 하급 귀족으로 생활할 수 있을 것 같나. 네가 호위 기사를 관두고 데릴사위로 들어가야 마땅하다. 저는 그 말을 듣고 브리기테의 생활이 어떻게 바뀔지 전혀 고려하지 않았다는 것을 깨달았습니다."

　호위 기사는 자랑스러운 임무지만, 하급 귀족인 다무엘에게는 과분한 지위이기도 하다. 실제로 내게 마력 압축 방법을 배워서 마력을 키운 다무엘을 질투하여 주변에서 중급 귀족이나 상급 귀족으로 호위를 교체해야 한다는 의견도 분분하다고 한다.

　"로제마인 님을 신전 시절부터 아는 저를 윗선에서 놓아줄 리도 없겠지만, 자세한 사정은 정말 제한된 사람밖에 모릅니다. 형님은 물론이고, 브리기테도 몰랐을 테니 그녀도 제가 당연히 데릴사위로 들어올 줄 알았을 겁니다."

서로의 생각이 너무나도 달랐다며 다무엘이 고개를 푹 떨구었다.

"……신분이 다르면 이렇게나 고충이 따르는군요. 서로 좋아하는 마음만 있으면 어떻게든 될 줄 알았어요."

"부끄럽지만 저도 그랬습니다. 마력만 맞으면 해결될 줄 알았는데 생각이 부족했습니다. 제가 구혼해 놓고, 일크너에 가지 않겠다고 거절한 꼴이니."

'맙소사! 다무엘이 찼어!? 미안. 난 또 브리기테한테 차인 줄 알았어.'

"다무엘에게도 조만간 어울리는 인연이 나타날 거예요."

"로제마인 님의 마력 압축으로 브리기테에게 청혼할 만큼 마력이 늘어서 이제는 하급 귀족 중에 마력이 맞는 여성이 거의 없는데 그래도 그렇게 말씀하실 건가요?"

나는 나를 빤히 쳐다보는 그 눈빛을 살짝 피했다.

"네? 이, 음, 앞으로 마력 압축으로 마력이 늘어난 하급 귀족도 나오겠죠. 젊고 귀여운 여성들에게 인기 만점이 될 거예요. ……분명."

"상대가 너무 어립니다. 로제마인 님의 또래가 결혼 적령기가 됐을 때쯤이면 저는 20대 중반입니다."

다무엘은 힘없이 고개를 떨궜다. 하지만 귀족끼리 그 정도 나이 차이는 흔하다고 들었다. 노력하면 가능하다. 노력할 사람은 다무엘이지만.

"그때까지 마력을 키우고, 돈도 모아서 성인 남자의 매력으로 어떻게든…… 해 보세요. 내가 열렬히 응원할게요."

너무 안쓰러워서 "어머님께 부탁해 볼까요?"라고 물었더니 다무엘은 "꼭 부탁드립니다."라며 애원했다. 조만간 어머님께 부탁해 봐야겠다.

기베 일크너와 면담하는 당일, 나는 페르디난드와 시종, 다무엘을 비롯한 호위 기사와 함께 면담실에 들어갔다. 그곳에 기베 일크너 부부와 브리기테 부부가 함께 와 있었다. 결혼해서일까, 브리기테의 분위기가 예전보다 훨씬 부드럽고, 여성스러웠다. 살짝 머금은 미소가 행복해 보여서 안심했다.

이 중에서 유일하게 초면인 브리기테의 남편이 앞으로 나와 내 앞에 무릎을 꿇었다.

"로제마인 님, 생명의 신 에이비리베의 엄격한 선별을 통한 특별한 만남에 축복을 기도함을 허가해주십시오."

"허가합니다."

"브리기테의 남편 빅토어라고 합니다. 뵙게 되어 영광입니다."

빅토어는 말투가 상냥하고, 척 봐도 문관 분위기를 풍기는 사람이었다. 문관이 극명하게 부족한 일크너에는 꼭 필요한 인물이리라. 기베 일크너와 브리기테와 나란히 서 있어도 분위기가 한데 어우러져 아주 잘 어울렸다.

'참 잘 찾았네. 역시 어머님이셔.'

속으로 감탄하면서 빅토어를 바라보는데 기베 일크너의 뒤에서 서자판을 든 낯익은 사람이 눈에 들어왔다. 조금 분위기가 달라졌지만, 예전에 회색 신관이었던 볼크였다. 설마 성에서 볼크를 만나게 될 줄이야. 내가 놀라움에 눈이 휘둥그레지자, 내 시선을 눈치챈 볼크가 기쁜 미소로 반갑게 응답해 주었다. 이 자리에서 볼크에게 말을 걸 수 없는 나는 브리기테에게로 시선을 옮겼다.

"오랜만에 뵙습니다, 로제마인 님."

"브리기테도 건강해 보여서 다행이에요."

"로제마인 님께서 눈뜨실 때까지 기다리지 못해서 줄곧 마음에 걸렸었습니다."

브리기테는 혼약만 해 두고 내가 눈뜰 때까지 기다린 후에 결혼하고 싶었지만, 최대한 빨리 결혼해서 일크너에 일손을 늘리라고 엘비라가 제안했다고 한다. 경쟁자가 없을 때 빨리 판로를 개척하여 팔아두어야 하니까 하르덴첼이 인쇄를 시작하기 전까지 일크너에서 최대한 많은 종이를 만들어 달라고 부탁했다고 한다.

"결혼하자마자 신혼생활을 보낼 새도 없이 엘비라 님과 플랑탱 상회에서 잇달아 상품을 독촉해서 일크너는 기쁨의 비명을 지르고 있습니다."

브리기테의 말에 빅토어가 부드러운 표정으로 고개를 끄덕였다.

"로세마인 님께서 깨어나셔서 가지에 공방이 생기면 일크너가 우세할 기회를 잃게 되니 새로운 종이 개발에도 힘을 쏟고 있습니다."

"로제마인 님의 후원과 제지 공방 덕분에 하급 귀족들도 일크너로 돌아왔고, 영지 경영이 매우 편해졌습니다. 진심으로 감사드립니다."

기베 일크너 부부가 그렇게 말하며 내 앞에 무릎을 꿇었다.

"이것을 받아주십시오. 새로운 종이입니다. 일크너에서는 포린보다 수확량이 많은 린파이를 소재로 만들었습니다. 플랑탱 상회가 원하던 등사원지로 쓸 수 있을지도 모릅니다. 이것을 연구에 써 주십시오."

뒤가 비치는 매우 얇은 종이 더미가 구김이 가지 않게 일크너 특산품인 매끈하고 딱딱한 종이에 싸여 있었다. 포장지를 조심스럽게 펼쳐서 한 장만 집어 들었다. 내가 잠든 사이에 장인들의 실력이 일취월장했나 보다. 얇은 종이의 높은 완성도에 나는 활짝 웃었다. 이걸로 등사원지가 완성된다면 지금까지 토론베지밖에 쓸 수 없었던 등사원지의 가격을 확 낮출 수 있으리라. 그러면 당연히 인쇄 가격도 내려간다.

'책이 조금 더 저렴해지겠어! 만세!'

"감사하게 생각합니다. 등사원지로 사용할 수 있는지 바로 연구해 볼게요."

내가 볼에 비빌 기세로 새로운 종이를 만끽하는데 브리기테가 목소리를 낮추었다.

"로제마인 님, 이건 도움이 될지 어떨지 모를 정보이긴 한데 마목인 난세이브로 만든 종이가 마치 마술구 같았습니다."

"마목으로 종이를 만들면 마목의 성질을 그대로 띠기도 해요. 뭔가 발견했나요?"

불에 타지 않는 토론베지를 예시로 꺼내기는 어려웠다. 나는 애매하게 말끝을 흐리며 물었다. 브리기테가 말하길 공방에서 나온 실패작은 찢고, 녹여서 재생지로 만든다고 했다. 그래서 난세이브지도 마찬가지로 찢었는데 난세이브지 조각이 가장 큰 조각을 중심으로 슬금슬금 움직이며 모이더라고 했다.

"로제마인 님과 페르디난드 님이라면 뭔가 마땅한 용도를 생각해 주실 것 같아서 이렇게 보고 드립니다."

"그 종이를 사마. 지금 이곳에 가져왔느냐?"

브리기테의 보고에 반응한 사람은 여전히 연구열이 식지 않은 페르디난드였다. 가격은 묻지도 않고 속전속결이다.

"견본으로 열 장 정도 가져왔는데 플랑탱 상회를 통해서 매매하셔야 합니다. 초봄은 되어야 드릴 수 있습니다."

"흠. ⋯⋯그럼 조만간 아우브 에렌페스트가 호출할 때 플랑탱 상회와 협상하겠다. 일정이 정해지면 연락하마."

봄까지 기다릴 순 없나, 하고 나는 생각했지만, 기베 일크너는 난세이브지를 팔게 되어 기쁜 모양이다. 미소 짓는 그를 보던 페르디난드의 표정이 굳었다. 동시에 빅토어가 자세를 고치고, 볼크가 서자판과 연필을 들었다.

"기베 일크너. 로제마인이 눈을 떴으니 앞으로 에렌페스트는 제지업을 확장하게 될 거다. 일크너에도 그랬듯이 플랑탱 상회의 직원과 신전 공방의 회색 신관을 파견할 예정이야. 그런데 수가 부족해. 종이 제작을 가르칠 기술자를 일크너에서 서너 명 보내줬으면 한다."

"그건⋯⋯ 정말 어려운 요구입니다, 페르디난드 님."

대답한 사람은 기베 일크너가 아닌 빅토어였다. 그는 모든 제지 작업을 일크너가 맡고 있어서 요구량을 소화할 일손이 부족한 상황이라고 설명했다. 농시에 리이벌을 늘리는 일에 협력해 달라는 요구에 난색을 보였다. 그러자 기베가 끼어들었다.

"빅토어, 자네의 주장은 틀리지 않지만, 일크너는 로제마인 님께서 지식과 기술을 공여해 주신 덕분에 지금이 있는 걸세. 나는 로제마인 님이 협력을 바라신다면 최대한 받아들일 각오가 있어. 로제마인 님, 부디 자세히 말씀해 주십시오."

기베 일크너가 웃으며 설명을 재촉했다. 브리기테도 오빠에게 동조하듯 고개를 끄덕였다. 요구를 들어주려는 태도가 고마워서 가슴이 뭉클해졌다.

"제지 공방을 늘리고 싶은데 여러 지역에 한 번에 파견할 만큼의 인원이 부족해요. 그래서 일크너에서 기술자를 빌려줬으면 해요. 다만 일크너처럼 1년간 회색 신관을 보내어 그 땅 특유의 종이를 연구하는 방식이 아니라 포린지 제작 방법만 가르치면 됩니다. 봄에서 가을 사이에 몇 군데를 돌게 할 거라 한곳에 오래 체류할 예정도 없고, 다른 종이를 만드는 방법을 가르칠 필요도 없어요."

내 말에 페르디난드가 설명을 덧붙였다.

"앞으로 중앙과 거래할 때를 대비해서 제지 공방 수를 늘리는 것이 시급하다. 그 땅의 소재를 사용한 새로운 종이 개발은 각 지역에 맡길 생각이다. 빅토어가 우려하던 일크너의 우세는 당분간은 지속되겠지."

우세를 보증하자 빅토어의 표정이 밝아졌다.

"1년간 회색 신관을 파견해 주신 로제마인 님께서 우리 일크너를 얼마나 우대해 주셨는지 깊이 깨달았습니다. 앞으로 에렌페스트를 위해 기꺼이 협력하겠습니다."

자세한 얘기는 난세이브지를 매입할 때 플랑탱 상회를 끼워서 논의하기로 했다.

'또 귀족들에게 시달리게 될 텐데 벤노 씨 괜찮을까?'

그런 생각을 하고 있자, 문 쪽에서 호위 중이던 다무엘이 심각한 표정으로 리카르다 쪽을 향해 걸어왔다. 뭔가 전언이 있는 모양이다. 그의 말을 들은 리카르다가 눈썹을 씰룩이며 눈을 크게 뜨더니 페르디난드에게 다가갔다.

"말씀 중에 실례합니다. 기사단에서 겨울의 주인이 나타났다는 전갈을 보내왔습니다."

리카르다의 말에 페르디난드가 벌떡 일어났다. 다무엘 외의 호위 기사들 사이에서 긴장감이 감돌았다. 나는 예전에 겨울의 주인을 토벌했던 때를 떠올렸다. 겨울의 주인 토벌에는 칼스테드와 에크하르트를 비롯한 내 가족이 떠난다. 축복으로 조금이라도 힘이 되어 주고 싶었다. 나는 페르디난드를 올려다보았다.

"페르디난드 님, 제 축복이 필요한가요?"

"있으면 고맙지. 기베 일크너, 미안하지만 오늘 회담은 여기서 마쳐야겠다."

"네. 더 시간을 빼앗을 수 없지요. 저희는 이만 실례하겠습니다."

기베 부부가 일어났다. 빅토어가 씁쓸하게 웃으며 브리기테의 어깨를 가볍게 두드렸다.

"……당신은 이제 기사가 아니니까 인상 펴."

"동료들의 심각한 표정을 봐서 그런지 제가 착각했나 봅니다."

빅토어의 지적에 브리기테가 쑥스러운 듯, 그리고 쓸쓸하게 웃었다.

"방해되시지 않게 이만 물러가겠습니다. 여러분이 무운장구를 빌겠습니다."

기베 일크너 일행과 함께 걷기 시작한 볼크의 등을 향해 나는 무심코 말을 걸었다.

"볼크."

자기를 부를 줄 몰랐는지 볼크가 놀라움에 가득한 얼굴로 뒤돌아보았다.

"부인과 사이좋게 지내고 있어요? 일크너에서 행복해졌나요? 그게 걱정되었어요."

내게 볼크는 처음으로 다른 지역에 팔려간 회색 신관이다. 그것도 노동력이 아닌 결혼상대로 내다보고. 결혼도 가정도 모르는 회색 신관이 나아간 길의 결말이 궁금해서 참을 수가 없었다. 타박하는 듯한 페르디난드의 시선을 느끼면서 내가 묻자, 볼크가 내 앞에 조심스럽게 무릎을 꿇었다.

"로제마인 님의 말씀을 깊이 새겨 매사에 참기만 하는 것이 아니라 서로 긴밀히 대화하고, 양보하려고 카야와 노력하고 있습니다. 로제마인 님께서 잠드신 동안 아이도 태어났고, 처음으로 가족이라는 존재를 알았습니다. 매일 작은 행복을 느낄 때마다 행복의 길을 가도록 밀어 주신 로제마인 님께 진심으로 감사드리고 있습니다."

자랑스럽게 말하는 볼크의 얼굴은 주인을 섬기는 회색 신관의 얼굴이 아니라 가족을 지키는 아버지의 얼굴이었다.

# 눈보라의 끝과 호출된 상인들

"다무엘은 토벌하러 갈 준비를 해라. 준비가 끝나면 이 방에 집합하여 기사단 훈련소로 가겠다. 로제마인은 여기서 대기하라!"

겨울의 주인을 토벌하러 갈 멤버는 성인이 된 기사들이다. 견습생은 데리고 갈 수 없으므로 신전 동행을 허가받은 안게리카도 이번에는 대기조다.

견습 호위 기사들과 함께 대기 명령을 받은 나는 기베 일크너 일행이 떠난 방에 남아 의자에 앉았다. 리카르다가 곧바로 내 방한복을 가지러 갔다.

"견학 삼아 견습 기사들도 데리고 가면 좋은 공부가 될 텐데……."

"그렇게 위험한 곳에 데려갈 리가 없지 않습니까, 공주님."

"하긴 쓸데없이 짐만 되면 기사들의 부담만 커지겠죠."

협동심이 부족한 견습 기사들에게 기사단의 실전을 보여주면 공부는 되지만, 그 격한 싸움에 방해꾼에 불과한 견습생을 데리고 가줄 턱이 없다.

'하다못해 캠코더라도 있으면 좋았을 텐데.'

다무엘과 페르디난드가 갑옷과 망토를 착용하고 돌아왔다.

"자. 기사단 훈련장으로 가자."

나는 리카르다와 견습 호위 기사들을 레서버스에 태우고 페르디난드와 다무엘의 망토를 놓칠세라 거친 눈보라 속을 달렸다.

도착한 훈련장에는 이미 기사들이 집합해 있었다. 칼스테드, 에크하르트, 램프레히트도 서 있다. 레서버스의 등장에 눈이 휘둥그레진 그들에게 나는 조그맣게 손을 흔들어 보였다.

"기다리게 했구나."

페르디난드의 말에 모두가 일제히 무릎을 꿇었다. 나도 기수에서 내려서 그의 옆에 섰다.

"에렌페스트의 성녀가 그대들에게 신의 축복을 내려 주겠다고 한다."

나는 무릎을 꿇은 기사들 앞으로 다가가서 슈타프를 등장시킨 팔을 높이 치켜들었다. 이만한 인원수에게 축복이 골고루 미치도록 마력을 담으며 무용의 신께 기도를 올렸다.

"불의 신 라이덴샤프트의 권속, 무용의 신 앙리프의 가호가 여러분께 있기를."

슈타프에서 뿜어져 나온 낯익은 파란 빛이 기사들 머리 위로 쏟아져 내렸다. 인원수가 많아서 생각보다 많은 마력을 소비했지만, 저번 슈네티름 전투보다는 피로감이 덜했다. 역시 유레베로 마력 덩어리를 녹인 만큼 마력이 늘어난 모양이다.

"성녀의 축복에 감사한다. 지금부터 토벌이 끝날 때까지 북쪽 별채에서 나오지 마라. 견습 호위 기사들은 똑똑히 감시해라. 코르넬리우스, 알겠나? 리카르다, 내가 없는 동안 잘 부탁한다."

"네!"

"알겠습니다, 페르디난드 도련님."

먼저 성으로 돌아가라는 말에 나는 리카르다와 함께 레서버스에 올라탔다. 성으로 돌아가는 길은 견습 호위 기사들이 앞장서야 해서다.

코르넬리우스와 안게리카와 레오노레의 망토를 바짝 뒤쫓아 가자, 등 뒤에서 "출격 준비!"라는 목소리가 들렸다.

기사단 대부분이 출정하면 호위의 수가 줄기 때문에 토벌 완료까지 나와 샤를로테는 결계가 쳐진 북쪽 별채에서 외출이 금지되었다. 북쪽 별채에 있는 건 딱히 문제가 없었기에 나는 책을 읽거나 샤를로테와 차를 마시며…… 아마 잠에서 깬 이후로 가장 느긋하게 시간을 보냈다.

지금도 샤를로테와 차를 마시는 중이다. "귀족원에서 돌아오시자마자 바로 신전으로 가시고, 또 그 뒤로도 사교로 바빴으니 언니와 단둘이서 차를 마시고 싶어요."라는 귀여운 말을 하는데 거절할 이유가 없다. 곰곰이 생각해 보니 샤를로테와 단둘이서 차를 마신 지도 빌프리트가 방해한 그날 이후로 2년 만이다.

"옛날에는 토벌이 끝날 때까지 며칠은 아버님과 어머님이 방에 계셔주셔서 겨울의 주인이 나타나길 기다려질 때가 있었어요."

겨울 사교로 분주한 부모와 느긋하게 지낼 수 있는 귀중한 며칠이었다고 한다. 그렇게 샤를로테의 추억담을 들었다. 추억담 속에 종종 멜키오르의 이야기도 나왔다. 그런데 연년생인데도 빌프리트는 거의 등장하지 않았다. 베로니카가 지냈던 동쪽 별채에서 자라서다.

"남매가 이렇게나 다르니까 쓸쓸하네요."

"……저는 그게 당연해서 딱히 쓸쓸하지 않았어요. 다만 제게는 엄격한 할머님이 오라버니에게만 매우 상냥하셔서 굉장히 부러웠어요."

베로니카는 플로렌치아를 닮은 샤를로테에게 엄했다고 한다. 신전에서 자란 것으로 되어 있는 나는 할 말이 거의 없었다. 모친의 얼굴도 모르는 갓난아기 때 칼스테드가 페르디난드에게 보살펴 달라며 맡겼다는 설정이다. 무슨 말을 해도 들통날 것 같아서 설정을 떠올리며 짤막하게 대답했다. 그러자 내게 추억담은 떠올리고 싶지 않은 괴로운 화제라고 판단한 샤를로테가 화제를 바꿔 주었다.

"신전 이야기는 다음에 들을게요. 그것보다 언니는 영주가 되면 어떻게 하고 싶으세요?"

"난 영주가 될 수 없는데요?"

"전 선생님께 영주가 되면 어떻게 영지를 다스리고 싶으냐는 과제를 받은 적이 있어요. 언니라면 어떻게 대답했을지 조금 궁금해져서……."

어린애들끼리 '크면 뭐가 되고 싶어?'라며 장래의 꿈을 나누는 느낌일까? 재차 고개를 끄덕이며 샤를로테의 이야기를 들은 나는 그렇게 생각했다.

'내가 다스리게 된다면 어떤 영지로 만들고 싶은지 뻔하지!'

"만약 내가 영주가 되면 온통 책으로 가득 찬 영지로 만들 거예요. 인쇄 공방이 잔뜩 있고, 각지에서 인쇄 원고가 쉴 틈 없이 몰려오는 책의 도시 말이에요. 매일, 매월, 어딘가의 공방에서 새로운 책이 만들어지는 행복의 영지. 의무적으로 영주에게 견본을 바쳐야 하니까 내가 제일 먼저 새로운 책을 모두 손에 넣을 수 있어요. 도서관을 확장해도 또 새로 세워야 할 정도로 책이 넘쳐나고, 영민에게도 글자를 가르치고, 독서의 즐거움을 널리 보급해서 모두가 마음껏 책을 읽는 영지…… 아아, 어쩜 이리도 멋질까요! 어쩜 이리도 행복할까요! 이게 바로 나의 이상 도시예요."

'앗!? 큰일이다! 분위기가 썰렁해졌어!'

샤를로테가 넋을 잃은 얼굴로 나를 보았다. 흥분이 과했나 보다.

"무, 물론 꿈이니까 바로 실현되지는 않겠죠. ……실현하려면 끊임없이 노력해야겠지만요."

"언니는 정말 책을 좋아하시네요."

키득키득 웃는 샤를로테는 '못 말리는 언니'를 보는 듯한 따뜻한 미소를 지었다. 견습 호위 기사와 시종들도 웃음을 참는 표정이고, 리카르다는 완전히 기가 찬 표정이다.

'아아아아아아, 실패다. 좀 더 멋진 대답을 할걸! 그런 대답 따위 생각도 안 나지만! 누가 내게 모범해답을 줘요, 제발!'

조금 창피한 기분을 느낀 뒤부터는 차를 마시며 귀족원에서 성적향상 위원회의 활동을 설명하고, 샤를로테에게 올해 어린이 방의 상황을 들으며 시간을 보냈다.

내가 샤를로테와 힘께 있으면 이욕이 생긴다는 사실을 깨달은 리카르다가 페슈필과 신부수업으로 레이스 짜기, 자수 연습을 둘이서 하도록 준비했다. 주위의 의도에 속절없이 놀아나고 있지만, 하는 수 없다. 나는 샤를로테에게 '멋진 언니'이고 싶으니까.

책을 읽고 싶은 충동을 느끼면서 깨작깨작 꽃을 수놓고 있으니 우라노 시절이 떠올랐다. 어머니는 "자, 시작하자. 책 덮어!"라며 내게 자수를 시켰었다. 애초에 옷은 사면 그만이고, 프린트된 옷감도 있는데다 재봉틀로도 수를 놓을 수 있는 마당에 굳이 왜 이런 귀찮은 짓을 해야 하는지 의아했던 기억이 되살아났다.

'아무 쓸모도 없을 줄 알았던 주부 아트가 이런 데 도움이 될 줄이야.'

우아하면서도 지겨운 나날이 며칠간 이어지고, 겨울의 주인을 토벌한 모양이다. 눈보라가 그치고 맑은 하늘이 펼쳐졌다. 녹초가 된 기사들이 돌아오고, 교대로 일을 쉬겠다는 얘기를 코르넬리우스에게 들은 후, 또 며칠이 지났다.

모두가 일상으로 돌아왔을 때 곧바로 움직일 수 있도록 나는 플랑탱 상회 앞으로 편지를 썼다. 기베 일크너에서 협력해 주기로 했다는 것, 올해는 하르덴첼에만 인쇄 공방을 세우지만, 내년에는 다른 지역에도 늘릴 수 있게 구텐베르크들이 준비하게 할 것, 인쇄 공방을 늘릴 때를 대비해 사전 준비 자료가 필요하다는 것, 페르디난드가 일크너의 난세이브지를 구매하고 싶어 한다는 사항 등이다. 리카르다에게 성에서 보내는 초대장과 함께 보내도록 문관에게 부탁해달라며 편지를 넘겼다.

이참에 질베스타에게도 신전에서 결정한 내용과 기베 일크너와의 면담 결과를 보고서도 보내 두었다. 페르디난드에게 보고를 받았겠지만, 보고·연락·상담을 강요했었고, 페르디난드의 보고와 상인 시점으로 보는 내 보고가 다를 가능성도 있다. 비록 대화가 목적인 호출이지만, 평민인 벤노와 플랑탱 상회 사람들에게 직접 답할 기회는 분명 없으리라. 애초에 명령만 들어야 한다면 웬만큼 수용이 가능한 요구를 하도록 질베스타에게 얘기해 두는 편이 좋으리라.

'지금 양아버님이 평소처럼 황당무계한 명령을 내려서 벤노가 실패한다면 이건 상인의 실패가 아니라 에렌페스트의 실패가 되어 버릴 거야.'

실패한 상인의 우두머리만 교체하고, 가게를 망하게 해서 새로운 곳에 맡기면 그만이었던 지금까지와 다르다. 왕족과 클라센부르크를 상대로 실패하면 우두머리에서 내려오게 될 사람은 상인이 아니라 바로 질베스타다.

'어휴, 무섭다, 무서워.'

기사들이 전부 복귀하고, 성에는 다시 일상이 찾아왔다. 본관 출입 허가가 떨어진 건 내가 기사단에 축복을 내린 지 일주일이 지난 무렵이었다.

보고서 관련으로 나는 영주의 집무실에 불려갔다.

"로제마인, 넌 사교는 모두가 머리를 싸매게 할 정도로 형편없으면서 장사 얘기만 나오면 정말 강하구나."

"누구나 잘하고 못 하는 것이 있기 마련이죠."

'평민처럼 할 말을 다 할 수 있으면 편한데. 귀족의 사교는 어렵단 말이야.'

표현이 심하게 우회적이라 아직도 뜻을 모르는 것도 있고, 의미를 살짝 다르게 해석할 때가 있다. 다과회의 반성회 때 엘비라와 플로렌치아와 대화하면서 내가 다르게 해석할 때가 종종 있음을 깨달았다. 서로 빙빙 돌려서 말하는데 잘못 해석해도 위화감 없이 대화가 성립되는 구석이 무섭다.

"거래처로 계약하는 영지는 두 곳까지라. 더 늘릴 생각은 없는 게냐?"

"린샴과 머리 장식은 에렌페스트에서 유행을 타기 시작해서 공방을 몇 군데 더 늘렸다는데, 대영지와 계약하게 되면 고객이 얼마나 늘지 가늠이 안 되어서요."

일단 귀족원 학생의 비율을 보면 대강 예상이 된다. 하지만 계약하는 영지가 드물고 상품 수가 적으면, 상업상 좋은 기회로 보고 상품을 사재기하려는 상인이 많아지기 마련이다.

"상품이 떨어져서 계약 상대가 불만을 품으면 안 하느니만 못해요. 그리고 식물지는 계약 마술로 제한되어서 공방을 늘리지 못하고요. 거래 상대가 너무 급격히 늘어나면…… 영주 간에 계약을 파기하는 사태가 생기지 않을까요?"

'다음 영주 회의에서 아우브 에렌페스트에게 비난이 쏟아질 거다'라는 내 마음속 목소리가 제대로 닿은 모양이다. 질베스타는 물론이고, 영주 회의에 동석해야 하는 문관들이 납득한 얼굴로 고개를 끄덕였다.

"계약 상대를 엄선해야 하는 이유는 알겠다. 또 한 가지 더, 이건…… 실제로 상품을 거래하는 사람은 상인이므로 영주 회의에 대비할 정보수집 장소에 평민촌도 추가하자는 안건 말인데……."

질베스타가 말을 멈추고, 말하기 난처한 듯이 나를 보았다.

"나도 이 보고서에 나온 의견에 찬성해. 하지만 문관이 명령하면 상인은 무조건 복종해 왔거든. 지금까지의 방법으로도 충분했는데 문관이 정보를 얻으러 평민촌에 가겠냐는 말이지."

"……본인이 좋아서 평민촌에 가는 문관은 상당히 특수하긴 하죠."

신나서 평민촌에 가는 문관은 내가 아는 한 한 사람밖에 모른다. 영주까지 포함한다면 귀족을 통틀어서 두 사람이다. 냄새가 고약하고, 더러운 평민촌에 귀족이 발을 들이기 싫어하는 것쯤은 나도 이해한다.

"그럼 평민촌에서 정보를 모을 수 있게 관의 주도로 최대한 빨리 마을을 정비하게 하세요. 로제마인 공방에 드나드는 상인들 이야기를 들어보니까 에렌페스트의 평민촌은 다른 영지 상인의 눈에는 더럽고 매력 없어 보인다고 하니까요."

"다른 평민촌은 깨끗한가?"

평민촌은 평민이 사는 곳이니까 원래 더럽다. 그런 인식이었을 질베스타가 의아한 표정을 지었다. 그건 질베스타를 섬기는 문관들도 마찬가지였다.

"저도 다른 영지를 방문한 적이 없어서 몰라요. 하지만 다른 마을을 돌아본 행상인이 그렇게 말했으니 어느 정도 맞는 말일 거예요."

"······흠."

"여태까지 이곳을 찾는 다른 영지 귀족이나 상인이 적었고, 오더라도 에렌페스트의 상태를 잘 아는 사람이었어요. 하지만 앞으로 중앙이나 클라센부르크의 상인이 방문하면 에렌페스트를 어떻게 볼지······."

귀족가가 속해 있는 영주의 직영지가 이러면 상품의 평가까지 떨어진다며 호소해 봤다. 하지만 문관들은 영 이해하지 못하는 눈치다.

"로제마인 님. 평민촌과 귀족가는 다릅니다. 지금까지 그랬듯이 귀족은 귀족가에서 대접하면 되지 않습니까?"

당연한 얼굴로 그렇게 말하는 문관과 달리 실제로 평민촌을 돌아다녀 본 질베스타는 내가 하고 싶은 말의 뜻을 이해했으리라. 입꼬리를 씩 올리며 문관들을 둘러보았다.

"약속하고 방문했더니 마중 나온 시종은 복장이 칠칠치 못하고. 약속한 물품 양도 충분히 준비하지 못했다. 정원부터 현관, 복도가 진흙 범벅인 상태로 손님을 맞이한다. 자네들이 손님이라면 그런 저택과 시종을 관리하는 주인을 어떻게 생각하겠느냐? 면담할 방이 깨끗하고, 주인만 잘 차려입으면 바르게 평가하겠느냐? 로제마인은 그걸 말하고 있는 거다.”

질베스타의 정확한 예시에 문관들의 표정이 굳어졌다. 다른 영지에서 온 손님이 귀족가에 출입하려면 평민촌을 지나야 한다. 이곳 현지인은 귀족가와 평민촌으로 나누어 부르며 엄연히 다른 장소라고 생각하지만, 다른 영지 사람의 눈에는 통틀어 하나의 에렌페스트다.

“잘 알겠습니다. 서둘러 깨끗하게 정비할 필요가 있겠군요.”

‘그래그래. 알아줘서 고마워.’

“일단 평민을 싹 몰아내고, 처음부터 다시 평민촌을 정비해야 하지 않겠습니까?”

‘뭐? 잠깐만. 지금 뭐라고?’

“그럴 만한 마력의 여유는 없다. 재건은 이미 어렵다고 치고, 일단 어떻게 정비할 수 있을지 설계해 보겠나?”

‘큰일이다. 양아버님과 문관에게 맡겼다간 마을이 위험해질 것 같은 예김이 들이!’

“잠깐만요. 평민에게 보수를 줘서 오물 처리나 거리 청소를 시킨다든지, 손 씻기와 목욕을 의무화해서 몸을 청결하게 한다든지, 가능한 범위부터 시작하도록 해요.”

“그래. 로제마인의 말대로 평민촌을 처음부터 개조할 만큼 여력은 없어. 마력이 부족하니 골치가 아프군.”

‘아니, 나는 마력의 마도 꺼내지도 않았다고.’

다행히 에렌페스트에 마력이 부족한 덕택에 극단적인 비포에프터를 극적으로 피하고, 하나씩 개선해가는 방향으로 이야기가 마무리되었다. 나는 안도의 한숨을 쉬었다. 작은 제안이 이런 전개가 될 줄 누가 상상이나 했겠는가.

'하마터면 핫세의 작은 신전 제2탄이 될 뻔했어. 아이고, 심장아.'

문관들에게 평민촌까지 포함해서 하나의 에렌페스트라는 인식을
심는 데 어느 정도 성공했다고 느낀 날로부터 며칠 뒤. 세 점 종에 상
인들이 방문하게 되었다. 사전에 플랑탱 상회가 작성한 자료를 훑어본
후에 아우브를 알현하자는 생각에 플랑탱 상회만 따로 오전부터 성에
오도록 하고, 나머지는 오후에 오게 했다.

"로제마인, 사전 회의에도 문관 몇 명이 동석하기로 했다. 그대가
어떤 식으로 상인과 논의하는지 봐두고 싶다는구나."

페르디난드가 말하길 평민촌의 정보가 필요한 건 이해했지만, 여
태껏 명령만 내렸던 터라 문관들이 어떻게 대응하면 좋을지 모른다고
한다.

"어린 그대가 상인의 말재간에 휘둘리지 않는지 확인하려는 의도
도 있겠지. 거절하면 더 부자연스러우니 일단 수락해 뒀다. 그러니까
표정 변화나 감정 제어는 신중하게 처리해라."

페르디난드는 주변에 들리지 않을 정도로 작은 목소리로 속삭였다.

"평민촌은 그대의 최대 약점이다. 그걸 건드리면 그대가 어떻게 폭
주할지 우리도 예상할 수 없어. 그대가 평민촌과의 연결고리인 플랑
탱 상회와 계약 마술을 해지하고 싶지 않아 하는 것을 엘비라가 눈
치챘듯이 의심받을 짓은 하지 말도록. ……그들을 위험에 빠지게 할
테니."

너에게 악감정을 품은 상대가 약점을 간파하면 어떻게 나올지 알
지? 라는 질문에 나는 고개를 끄덕였다.

"신전에 돌아가기 전까지 반드시 감정을 억제하도록."

"……네."

나와 페르디난드는 각자의 시종을 거느리고 플랑탱 상회의 세 사람이 기다리는 방으로 들어갔다. 그들뿐만 아니라 이미 네 명의 문관도 와 있었다. 기베 일크너와 빅토어는 의자에 앉아 기다리고 있다.

장황한 인사가 끝나고, 나는 플랑탱 상회에 부탁해둔 자료를 받아서 쭉 훑어보았다. 그러는 동안에 페르디난드는 플랑탱 상회를 통해 난세이브즈를 구매했다.

벤노가 작성한 자료에는 하르덴첼의 사업에 필요한 사전 준비와 공방 설립 절차가 꼼꼼하게 적혀 있었다. 이 또박또박한 글씨는 마르크의 글씨체다. 이것을 인쇄해서 기베에게 돌리면 각자 알아서 필요한 준비를 하리라.

"플랑탱 상회의 자료 덕분에 다음 인쇄 공방을 세울 후보지를 정하기 수월해졌고, 제지 공방을 어떻게 준비해야 하는지 이해가 잘 되네요. 고맙습니다."

"로제마인 님께 도움이 되어 다행입니다."

"구텐베르크는 봄에 열릴 하르덴첼의 기원식에 맞춰서 이동하도록 하죠. 그리고 각지에 제지 공방을 세우기 전에 지도해 줄 장인 세 사람과 에렌페스트 종이 협회를 세울 때 힘쓸 일손을 준비가 완료된 공방에 보내야 해요. 일크너, 핫세, 고아원에서 각 세 사람씩 지도자를 보내기로 했는데 플랑탱 상회 쪽은 이의 있나요?"

제지 공방에는 공방과 도구를 갖춘 후에 지도자를 파견하게 된다. 초지틀을 만들고, 도구와 장인을 모으는 과정에는 장시간이 소요된다. 아마 하르덴첼에서 돌아온 후에 제지 공방으로 출발하게 될 터였다.

"문제없습니다. 배려해 주셔서 감사하게 생각합니다."

그 뒤 나는 자료에 적혀 있던 가능한 생산량부터 계약할 영지를 두 군데로 좁히라고 영주에게 요청했다는 말을 전했다. 문관들의 진지한 시선을 느끼면서 나는 벤노와 의견을 주고받았다. 편지로 미리 전해 둔 덕분에 의논이 순조롭게 끝났다. 그때 벤노가 머뭇거리며 "계약 마술은 해지하실 겁니까?"라고 묻기 전까지는.

"네. 에렌페스트 전역으로 산업을 발전시켜서 다른 영지에 판매하게 될 상황을 고려하면 현실상 적합한 계약이 아니니까요. 아우브도 같은 생각이세요."

표정이 굳어지지 않게 주의하며 나는 싱긋 웃어 보였다.

나의 첫 계약은 파기될 운명이다. 인쇄와 제지를 영지 산업으로 발전시키려고 하는 지금, 이 계약 때문에 공방을 세울 때마다 영주가 아닌 나의 허가를 받아야 하고, 루츠가 속한 플랑탱 상회를 통해서만 판매하게 되면 많은 사람이 곤란해져서다. 그래서 계약 파기 대신에 지급할 금액과 앞으로 플랑탱 상회의 역할에 관해서 이야기를 나누었다.

"아우브 에렌페스트의 감사한 배려에 몸 둘 바를 모르겠습니다."

"앞으로 플랑탱 상회의 활약을 기대하고 계세요."

벤노의 등 뒤에서 대기하는 루츠의 얼굴에는 감정이 보이지 않았다. 어느새 몸에 밴 상인의 미소로 나를 보고 있었다.


구스타프와 오토까지 참가한 오후 회의는 매우 간단하게 끝났다. 지금까지 협의한 내용을 확인만 하는 회의였다. 직접 대답할 수 없는 상인은 결정 사항을 전달하는 문관의 말을 가만히 듣고만 있어야 했다. 그래도 미리 의논해서 상인 측의 의견을 전달한 점은 지금까지와 확연히 달라진 모양이다. 귀족 특유의 황당무계한 명령이 아니라 실행 가능한 범위의 명령을 내리게 되었다.

"그럼 이쪽에 서명 부탁드립니다."

문관이 마지막으로 내민 것은 계약 마술을 해지하는 양피지였다. 계약 마술의 고유 번호 두 개와 이를 해지하겠다는 간결한 문장이 쓰여 있었다. 계약 때와 마찬가지로 서명을 하고, 혈도장을 찍는다. 벤노와 루츠가 서명한 뒤, 내 차례에는 문관이 건네준 마력으로 쓰는 펜으로 서명했다. 계약했을 때의 이름인 마인이 아니라 로제마인으로.

내가 서명을 끝내자 양피지는 금색 불꽃에 휩싸여 타들어 갔다. 단 몇 초 만에 마인과 루츠와 벤노의 계약이 허무하게 사라졌다.

가느다란 연결고리가 싹둑 잘려나갔다. 소중한 터전이 멀어지는 느낌에 내 마음은 형용할 수 없는 불안감에 흔들렸다. "계약이 사라져도 우리 관계는 변함없죠?" 하고 벤노와 루츠에게 묻고 싶다. '변함없다' 라는 명확한 대답을 듣고 싶어서 미칠 지경이다. 신전에 돌아가기 전까지 감정을 억제하라는 말을 떠올리고, 나는 배에 힘을 꾹 주었다.

"흠. 이걸로 문제없이 제지업과 인쇄업을 퍼트릴 수 있게 되었군."

"공방 설립을 가로막았던 원인이 사라졌으니까요."

안도하는 영주와 그에 동의하는 문관들의 목소리가 내 귀를 마구 긁었다.

# 내가 돌아갈 장소

계약 마술을 해지한 뒤, 아우브 에렌페스트의 주도로 제지업과 인쇄업을 확장하기 위한 새 계약 마술을 맺었다. 세대가 교체해도 영주가 사업을 추진할 수 있도록 질베스타 개인이 아니라 아우브의 이름으로 계약했다. 마찬가지로 벤노도 세대교체를 고려해서 플랑탱 상회로 계약했다. 영주의 양녀이며 인쇄업 확장의 실질적 주도자인 나는 개인명으로 계약서에 서명했고 이익을 얻게 되었지만, 플랑탱 상회의 다프라 견습생에 불과한 루츠는 이번 계약에 이름을 넣지 못했다.

새로운 계약으로 지금까지 내가 가졌던 제지 공방을 정할 권리와 루츠가 가졌던 판매할 권리를 아우브 에렌페스트에게 파는 형태로 넘겼고, 플랑탱 상회에는 앞으로도 제지와 인쇄로 얻는 이익의 일부를 주는 계약이다. 물론 지금까지처럼 정산 비율도 아니고, 다른 상회도 매매할 수 있게 되었다.

"……플랑탱 상회, 이거로 문제없겠지?"

문관이 내민 새로운 계약 마술 종이를 노려보듯이 빤히 쳐다보던 벤노가 고개를 끄덕였다.

"아우브 에렌페스트의 배려와 파격적인 대우에 황송할 따름입니다."

지금까지 사업을 일으켜 온 플랑탱 상회와 내게 최대한 배려해 준 새로운 계약 내용에 벤노는 감사를 표했다. 새로운 계약에 루츠가 제외된 시점에서 내게는 파격이고 뭐도 아니지만.

벤노가 서명하고 혈도장을 찍은 뒤, 나도 동의하는 서명을 하고, 마지막으로 문관에게 계약 마술 종이를 건네받은 아우브 에렌페스트가 사인했다. 계약 마술이 금색 불꽃에 휩싸이면서 새로운 계약이 성립되었다. 하지만 거기에 루츠의 이름이 없다. 엘비라는 새로운 계약으로 새로운 연결고리를 만들면 된다고 했지만, 새로운 연결고리 따위 생기지 않았다. 줄곧 함께해온 루츠와 멀어져 버린 현실이 눈앞에 닥치자, 마음이 차갑게 식어갔다.

'루츠에게 꼭 안기고 싶어.'

관계가 변하지 않았다는 안도감을 느끼고 싶다. 감촉, 온기, 귀족이 된 지금은 느낄 수 없는 것을 절실히 원했다.

'집에 가고 싶어.'

계약 마술을 맺은 후, 평민촌 정비에 관해 문관이 이야기하기 시작한다. 창조마술로 한 번 만에 싹 바꾸는 방법이 가장 빠르지만, 평민촌에 그만한 마력을 쓸 여력이 없으므로 어떻게든 인력으로 해결하라는 말을 복잡한 표현으로 말했다.

"아우브를 번거롭게 할 수는 없지요. 이쪽에서 알아서 처리하겠습니다."

단숨에 평민촌을 싹 바꿔 버리겠다는 발언에 새파랗게 질린 길드장과 벤노가 극구 사양했다. 그것도 그렇다. 길드장과 벤노는 핫세의 작은 신전이 마술로 세워지는 광경을 직접 보았다. 그런 방식으로 평민촌을 손대다니 상상만으로 끔찍하다. 나는 문관과 상인의 대화에 끼어들어 입을 열었다.

"평민촌 정비에 관한 예산 편성은 제가 문관에게 지시해서 준비할게요. 실제로 시행할 사람은 평민촌에 사는 평민들이니까 구스타프에게 총괄을 맡길게요. 사람의 왕래가 잦은 서문에서 동문으로 가는 큰 길가부터 시작하세요. 어떤 식으로 평민촌을 아름답게 꾸밀지는 나중에 의논합시다."

"로제마인 님의 분부대로 하겠습니다."

내 말에 상인들이 고개를 숙였다. 누가 들어도 안심한 목소리였다.

사전에 정해진 회의가 끝나고, 영주의 해산 명령에 상인들이 방을 나갔다. 알현실을 나가는 그들의 움직임에 망설임이 없다. 나는 모두의 움직임을 유심히 바라보았다. 루츠는 단 한 번도 이쪽을 돌아보지 않았다.


상인들과 회의가 끝나고, 나는 곧바로 영주의 집무실로 불려갔다. 수뇌진과 몇 명의 문관에게 둘러싸인 채 한 문관이 오늘 회의에 참석하지 않은 사람들에게 보고하는 결과를 들었다.

"요청하신 대로 새로운 계약서에는 플랑탱 상회에 최대한 배려해 주었습니다."

보통은 권리만 사면 끝인데, 일부분에 불과하지만 앞으로 발생할 이익을 플랑탱 상회에 내주기로 했다. '로제마인 님께서 후원하는 데가 아니었다면 생긴 지 고작 몇 년인 신흥 상회와 이런 식으로 계약하지 않았을 겁니다.'라고 돌려 말하는 문관에게 짜증이 일었다. 새로운 기술을 만들어 내는 고생도 모르고, 무지한 우리에게 벤노가 얼마나 큰 후원을 해 줬는지도 모르면서 편파적이라는 식으로 비꼬는 말에 무심코 미간이 찌푸려졌다.

"로제마인."

그 모습을 본 페르디난드가 가볍게 손을 들어 참으라고 지시했다.

나는 천천히 호흡을 가다듬으며 젖 먹던 힘을 다해 미소를 지었다.

"조금 전에 플랑탱 상회와 맺은 계약은 제지업과 인쇄업에 관련된 제조, 판매 계약이니까 기술 제공은 포함되어 있지 않죠?"

"……로제마인?"

"앞으로는 내가 로제마인 공방에서 지도자를 파견하고, 에렌페스트 종이 협회와 인쇄 협회 설립을 플랑탱 상회에 부탁해서 공방을 설립할 겁니다. 그때 기술 제공비를 설정해서 기베에게 회수하겠어요. 그리고 그 금액에서 플랑탱 상회와 지도 인원을 보내 줄 일크너에 그에 상응하는 금액을 지급하겠어요."

나의 갑작스러운 발언에 모두의 눈이 휘둥그레졌다. 질베스타가 의아하다는 듯이 눈을 깜빡였다.

"갑자기 왜 그래? 대체 왜 그런 말을 하는 거야?"

"지금까지 대화한 내용으로 미루어 보니까 계약 내용에 포함되지 않는다는 이유토 플링탱 상회와 장인에게 그에 걸맞은 사례와 기술료를 지급할 기미가 안 보이는걸요. 봄에서 가을 사이에 직원을 몇이나 보내야 하는 새 사업에 동참하면서도 기존 업무까지 처리해야 하는 상인과 장인의 고생을 귀족인 문관이 이해해 줄 것 같지가 않아서요."

자선 사업도 아닌 영주가 발주한 대형 사업이다. 그런데 그만한 예산을 할애하고, 구텐베르크가 제대로 일할 수 있는 환경을 만들어 줄 거라는 기대가 전혀 들지 않았다. 까다롭고 무모한 귀족 때문에 아끼는 장인들이 고초를 겪을 미래가 뻔히 보였다.

"평민과 귀족은 다릅니다."

사업적 이해가 부족한 귀족들에게 맡길 수 없다는 내 말을 문관이 조금 이상하게 해석한 모양이다. 나는 속으로 '넌 아웃이야'라며 낙인을 찍었다.

"그러네요. 애초에 이해할 마음이 눈곱만큼도 없는 자에게 제 중요한 사업을 맡기고 싶지 않아요. 인쇄업과 제지업을 관리할 문관은 제가 직접 키울래요."

내가 웃으며 내뱉은 선언에 페르디난드가 눈을 부릅떴다.

"로제마인, 잠깐 진정해. 그건 그대가 멋대로 정할 일이 아니다."

아우브 에렌페스트가 주도로 추진하는 사업이 되었으니 내 말은 월권이며 무례한 발언이다. 하지만 무례하든 어쨌든 플랑탱 상회와 구텐베르크를 혹사하려는 짓은 용서할 수 없다.

"제가 정하지 않으면 누가 정하죠? 제지업과 인쇄업의 지식을 얻어서 장인과 상회와 보조를 맞추며 여기까지 키워온 사업을 더욱 발전시킬 수 있는 문관이 얼마나 있을까요? 제가 잠든 2년간 페르디난드님이 키우셨어요? 아니면 아우브 에렌페스트가 하셨나요? 새로운 사업으로 전개할 생각이라면 문관 정도는 양성하셨겠지요? 그랬다면 제가 키울 필요도 없어요."

'여기 있는 문관 수준을 보면 안 봐도 뻔해.'

나의 마음속 목소리가 그대로 쏟아져 나왔다. 2년간 페르디난드에게 떠맡기고 제지업과 인쇄업에 관여하지 않은 질베스타는 시선을 피했고, 페르디난드는 관자놀이를 누르며 신음하듯 말했다.

"……2년 동안 유스톡스가 어느 정도 파악해 뒀을 거다."

"그럼 유스톡스를 중심으로 문관을 키울게요."

유스톡스는 정보 수집에 목숨을 거는 괴짜지만, 평민촌을 기피하지 않으며 새로운 것을 좋아한다. 새 사업에 가장 적합한 인물이리라. 제법 괜찮은 인재 같다는 생각에 내가 웃으며 고개를 끄덕이자, 페르디난드가 "안 된다."라고 고개를 가로저었다.

"써먹기 좋은 녀석을 뺏어가면 내가 곤란해진다."

"로제마인, 유스톡스는 페르디난드의 측근이다. 멋대로 부리면 안 돼. 사업에 쓰려면 여기 있는 문관을 써."

질베스타는 맘껏 부려 먹어도 된다고 했지만, 사절이다. 무능한 자는 필요 없다.

"아우브 에렌페스트, 제지업과 인쇄업은 지금까지 제가 처음부터 끝까지 참여해서 키워온 중요한 사업이에요. 종이를 만드는 것도, 인쇄하는 것도, 그걸 만드는 도구를 만드는 것도 전부 평민이 해왔고, 여태껏 귀족의 도움 없이도 처리했어요. 플랑탱 상회와 장인이 얼마나 중요한지도 모르면서 억지로 책임만 강요하고, 노동 착취 능력밖에 없는 문관에게 맡길 생각은 추호도 없습니다."

"그 말인즉슨 여기에 있는 문관으로는 안 된다는 말이냐?"

"네. 인재 부족은 통감하지만, 저어도 지금이나마 장래성이 보이는 사람이 필요해요."

신전 출입을 기피하지 않는 자, 평민과 평범하게 얘기할 수 있는 자, 새로운 사업에 관심이 있는 자, 그렇게 필요한 자질을 하나씩 열거하자 질베스타가 머리를 싸맸다.

"그건 기존 문관의 자질과 전혀 관계가 없어."

"당연하죠. 기존의 문관이 평민과 함께 사업하는 법을 알 턱이 없죠. 아우브에게 유능한 자와 제게 유능한 자는 달라요."

내 말에 질베스타는 "그렇군." 하고 고개를 끄덕이며 팔짱을 꼈다.

"……알겠다. 제지업, 인쇄업을 담당할 인재 육성은 로제마인에게 맡기마. 에렌페스트 내에서 네가 이 사업을 가장 잘 이해하고 있고, 나는 도무지 그 필요한 자질을 이해하기 어려우니까."

"잠깐 괜찮을까요?"

가만히 이야기를 듣고 있던 엘비라가 뺨을 괴고, 입을 열었다.

"기베가 대관으로 부리는 중·하급 문관을 양성하면 어떨까요?"

생각지도 못한 제안에 모두가 일제히 엘비라를 쳐다보았다. 이곳에 모인 사람은 대부분이 귀족가에서 태어나고 자란 귀족이다. 기베 하르덴첼의 딸로 자란 엘비라를 제외하고는 영토를 다스리는 귀족이 없다고 해도 과언이 아니다.

"귀족가에서 자란 귀족보다는 평민을 접할 기회가 많고, 새로운 사업으로 자신들의 고향이 윤택해진다면 진지하게 사업을 배우지 않을까요."

"……그거 좋은 안이네요. 검토해 보겠습니다."

좋은 안이지만, 각지의 기베에게 기술 제공비를 거두기 어려워질지도 모른다. 문관의 자질로는 괜찮을 것 같으니 벤노와 상담해 봐야겠다.


그날 밤, 나는 꿈을 꾸었다. 끝이 보이지 않는 길고 긴 평탄한 길을 걷는 꿈이다. 하늘에서 북극성처럼 빛나는 별을 지표 삼아 걸었다.

처음에는 혼자였다. 그러다가 점점 가족이 늘고, 루츠가 붙고, 벤노와 마르크가 붙어서 더욱더 주위가 북적북적해졌다. 루츠의 등에 업혔다가 아빠의 어깨에 목말을 탔다가, 벤노와 마르크에게 안기기도 하면서 나도 그들과 함께 걸었다. 모두가 시시콜콜한 수다를 떨며 웃었다.

도중에 프랑과 길이 붙었고, 어느새 곁에 페르디난드도 있었다. 그 때쯤에는 땅에 조금씩 풀도 자라났다. 밟으면서 걸어도 될 만큼 부드러운 풀이다. 가족과 루츠가 번갈아 가며 내 손을 잡고 끌어주었지만, 점점 걷기 불편할 정도로 풀이 무성하게 자라기 시작했다. 성가신 풀이라며 내가 입술을 삐죽이고 발밑을 보는 사이 그들과 길이 갈렸다. 그래도 방향은 같았고, 함께 이야기하며 걸을 수 있었다. 나는 계속해서 별을 향해 걸었다.

'좀 멀어진 것 같은데.'

아직 손은 잡고 있지만 조금씩, 조금씩 거리가 벌어졌고, 모두의 걷는 속도가 점차 빨라졌다. 풀에 걸려 휘청거리면서도 나는 필사적으로 다리를 움직였다.

'기다려. 기다려. 날 두고 가지 마!'

걸으면 걸을수록 길이 벌어졌다. 모두가 웃는 얼굴로 즐거워 보이는데 뒤처지는 나를 알아주는 사람은 아무도 없다. 어느샌가 손도 풀리고, 나는 혼자가 되었다.

'아빠, 엄마, 투리, 기다려! 루츠, 루츠, 나 혼자 두고 가지 마!'

내 키만큼 자란 풀을 헤치며 눈물로 모두를 찾을 때 누군가가 "공주님." 하고 나를 불렀다.

"……리카르다?"

내 몸을 흔드는 누군가의 손길에 눈을 떴다. 걱정스럽게 나를 내려다보는 리카르다가 보였다. 꿈을 꾸면서 울었는지 베개가 축축하다.

천천히 몸을 일으켜서 눈가를 닦았다. 꿈에서 본 광경을 떨치려고 재차 머리를 흔들었다. 그래도 뇌리에 새겨진 양 그 정경이 머릿속에서 떨어지지 않았다.

"공주님, 심하게 가위를 눌리시는 것 같던데 괜찮으세요?"

전혀 괜찮지 않다. 머릿속이 저리듯이 지끈거렸고, 몸속의 마력이

부글부글 끓어서 뜨거워지는 느낌이다. 그런데도 미치도록 추웠다.

"리카르다, 페르디난드 님께 돌아가고 싶다고 전해주세요."

"……알겠습니다."

꼭두새벽이지만, 리카르다는 곧바로 올도난츠를 날려 보냈다.

나는 얼굴을 씻고, 옷을 갈아입고, 아침을 먹었다. 아침을 먹는 중에 페르디난드가 보낸 올도난츠가 돌아왔다. 하얀 새가 페르디난드의 목소리로 같은 말을 세 번 반복했다.

"로제마인, 리카르다에게 얘기는 들었다만, 오늘은 기베 하르덴첼과 면담이 있다. 면담이 끝날 때까지 참을 수 있겠나?"

도무지 참을 수 있을 것 같지가 않다. 기베 하르덴첼은 인쇄 사업을 확장하고 싶지만, 계약 마술 때문에 제지 공방을 세우지 못한 사람이다. 지금 이 상황에서 '계약 마술이 해지되어 다행이다'라는 말이라도 들었을 때 내가 감정을 주체할 수 있을지 자신이 없다.

"로제마인이네요. 문제를 일으키기 전에 혼자 돌아갈래요."

내가 답장하자, 이번에는 곧바로 페르디난드에게서 한숨 섞인 답장이 돌아왔다.

"면담 일정을 취소하고 데리러 가마. 제멋대로 행동하지 말고 준비하면서 기다려라."

또 기다려야 한다니. 나는 어금니를 꽉 깨물었다. 그런 내 어깨를 리카르다가 가볍게 토닥거렸다.

"자, 자. 공주님. 어서 마저 아침 드세요. 페르디난드 도련님의 목소리를 들어 보니 금방 데리러 오실 겁니다. 이른 아침부터 불러놓고 아직 준비가 안 끝났냐며 한 소리 들으실지도 몰라요."

조금이라도 분위기를 풀어 주려고 하는 리카르다의 말에 고개를 끄덕이고, 음식에 손을 뻗었다. 그동안 오틸리에는 신전에 돌아갈 준비를 해주었다. 방한복을 갖추고, 호위 기사에게 올도난츠로 연락하는 모습이 보였다.

"오늘은 평소보다 한층 더 안색이 좋지 않으시네요. 공주님은 신전이 더 편하시지요? 조금은 느긋하게 계시다 오십시오."

리카르다가 살짝 쓸쓸하게 웃었다.

리카르다의 말대로 페르디난드는 금방 데리러 와주었다. 멍하니 아침을 먹고 있었다가는 혼났을지도 모른다.

"로제마인, 준비가 끝났으면 바로 나가자."

신전에도 생활용품이 갖춰져 있기 때문에 준비라고 해 봤자 가져갈 짐은 많지 않다. 이번에는 기베 일크너에게 받은 린파이지가 가장 큰 짐이다.

"다녀오십시오, 로제마인 님."

페르디난드와 에크하르트를 선두로 내가 운전하는 레서버스가 뒤를 이었고, 다무엘과 안게리카가 후방을 호위했다. 조급한 마음에 속도를 올려 신전으로 돌아가자, 프랑이 마중을 나와 있었다.

"어서 오십시오, 로제마인 님."

내가 기수에서 내리기도 전에 기수를 거둔 페르디난드가 프랑에게 다가갔다.

"프랑, 연락은?"

"이미 끝냈습니다. 시종들이 고아원 원장실을 정리하고 있습니다."

"상당히 쌓인 모양이다. 쓸데없는 인사는 생략하고, 직접 비밀의 방으로 안내해라."

"알겠습니다."

내가 기수에서 내리자, 페르디난드가 내게 가죽 주머니 하나를 내밀었다.

"로제마인, 여기에 손을 넣고, 최대한 마력을 빼 둬. 감정에 휘둘려 마력이 폭발해서 주변을 다치게 하고 싶진 않겠지?"

"알겠어요."

나는 페르디난드에게 맡은 가죽 주머니를 들고, 곧장 고아원 원장실로 향했다.

"이른 아침부터 신관장님께서 보내신 연락을 받고 다들 깜짝 놀랐습니다."

프랑이 씁쓸하게 웃으며 그렇게 말했다. 슈타프가 없는 상대는 올도난츠를 쓸 수 없다. 새처럼 나는 페르디난드의 마술구 편지로 플랑탱 상회를 부르라는 명령을 받았다고 한다.

"길이 서툴러 딜려갔습니다. 곧 루츠를 데리고 올 겁니다."

난로에 불을 뗀 지 얼마 지나지 않은 모양이다. 평소 사용하지 않는 고아원 원장실은 아직 냉기가 돌았다.

"방이 아직 쌀쌀하니 방한복을 입고 계십시오."

프랑의 말에 나는 방한복을 껴입은 채 고아원 원장실로 들어갔다. 청색 견습 무녀였을 무렵과 변함없는 방의 풍경에 안도하면서도 뚜렷해진 거리감을 발견하고, 그 꿈이 현실이 되지 않을까 하는 불안감이 더욱 커졌다.

"로제마인 님과 다무엘 님은 비밀의 방에서 기다려주십시오. 안게리카 님은 문 앞에서 호위를 부탁드립니다."

"맡겨주십시오. 프랑은 지휘가 완벽하군요."

상인과 협상하는 어려운 자리는 다무엘에게 맡기는 편이 확실하다며 안게리카가 들뜬 표정으로 원장실 문 앞에 섰다. '머리 쓰는 일은 사양한다'라는 안게리카의 주장에 페르디난드와 똑 닮은 프랑이 머리를 싸쥘 줄 알았는데 그러지 않았다. 프랑도 브리기테보다는 편한 상대인지 큰 긴장감 없이 안게리카를 대했다.

계단을 올라가면서 "오랜만에 그 광경을 보는 건가요."라는 다무엘의 중얼거림을 무시하고, 나는 비밀의 방으로 들어갔다. 비밀의 방에 출입할 수 있게 된 시종이 서둘러 청소했는지 방이 이미 정리되어 있었다.

루츠가 들어 올 수 있게 방문을 활짝 열어두고, 프랑이 나를 의자에 앉혔다. 걱정스럽게 내 얼굴을 들여다본 프랑이 곤혹스러운 표정을 지었다.

"신관장님께서 주신 가죽 주머니를 쓰심이 어떻습니까? 눈동자 색깔이 조금 불안해 보입니다."

나의 눈동자 색깔이 바뀌면 마력이 폭주할 때가 많았다. 프랑의 지적에 나는 서둘러 페르디난드에게 받은 가죽 주머니 속에 손을 집어넣었다. 그 속에 조그맣고 동그란 물건이 잔뜩 들어있는 것이 감촉으로 느껴졌다. 곧바로 마력이 쭉 빨려 나갔다.

'뭐가 들어있는 거지?'

속을 들여다보니 일부는 금색가루가 된 검은 마석들이 보였다. 아무래도 나의 폭주를 억제하면서 소재를 회수할 계획인 모양이다. 빈틈없는 페르디난드의 용의주도함에 짜증이 나는 사람은 나뿐일까?

"루츠를 데려왔습니다!"

길이 원장실로 뛰어 들어왔다. 전속력으로 달려왔는지 숨이 끊길 듯이 헐떡였다.

"길, 로제마인 님은 비밀의 방에 계십니다. 루츠를 그쪽으로 안내하세요."

"알겠습니다."

두 사람이 계단을 올라오는 발소리가 들렸다. 최근 들어 안정된 움직임을 보이던 두 사람의 발소리가 빠르고 조금 흐트러져 있었다.

"루츠, 아침 일찍부터 와 주셔서 감사합니다. 나머지는 잘 부탁합니다."

프랑은 루츠를 방에 들이고, 얼른 문을 닫았다. 완전히 닫히기까지 기다리지 못하고, 나는 벌떡 일어났다. 길과 루츠도 전속력으로 달려왔는지 어깨를 아래위로 크게 들썩이며 거친 숨을 내쉬었다. 나는 그 품에 뛰어들려고 달려갔다.

"루츠, 루츠, 루츠!"

품에 뛰어들려고 한 순간, 루츠가 내 어깨를 덥석 잡아 제지했다.

"왜 막아!? 안 돼!?"

"아니야. 아직 숨이 차서 그래. 적어도 몸을 세게 부딪치지만 말아줘."

일단 발을 멈춘 나를 루츠가 껴안으며 "진정해." 하고 가볍게 등을 토닥였다. 그 익숙한 몸짓에 불안이 사라지면서 몸에 힘이 빠져나갔다. 나는 루츠의 등에 팔을 둘러 하아, 하고 천천히 숨을 내쉬었다.

"있지, 루츠. 계약 마술이 없어져도 변하지 않을 거지?"

"넌 변할 거야?"

내 머리를 토닥이며 되묻는 루츠의 말에 나는 즉시 머리를 저었다.

"나도 마찬가지야. 계약 마술이 없어져서 조금 쓸쓸하지만, 내게 중요한 건 네가 고안한 물건은 내가 만든다는 약속이야. 아무것도 변하지 않아."

"그렇구나. 그러네. 다행이다. 오늘 아주 끔찍한 꿈을 꿨거든. 도무지 참을 수가 없어서 신전에 돌아왔어."

내 말에 루츠가 하아, 하고 지친 한숨을 내쉬었다.

"어이, 고작 악몽 때문에 이렇게 꼭두새벽부터 긴급사태라며 호출한 거냐……. 그 정도는 해결해 줄 녀석도 없어?"

"있었으면 이 사단이 안 났지. 불안은 커지고, 업무량도 점점 많아지는데 스트레스를 해소해 줄 사람이 없는걸."

"……그렇구나. 아직 한참은 내가 휘둘리겠네."

그렇게 말한 루츠의 얼굴도 어딘가 안심한 것처럼 보였다.

"참을성의 한계가 왔었어. 이제 루츠에게 응석 부려서 힘이 났으니까 다시 노력할 수 있을 것 같아. 고마워."

"적당히 해. 그러다 쓰러질라."

루츠가 얼굴을 찌푸리며 내 이마를 찰싹 때렸다. 아직 마술구를 풀지 못하지만, 의식을 잃고 쓰러지는 횟수는 줄었다. 나는 당당하게 가슴을 폈다.

"조금 건강해졌으니까 쓰러지진 않을 거야. 조만간은."

"그 말이 사람을 더 불안하게 하는데!?"

"완전하지는 않지만, 아직 회복 중이니까 괜찮아. 투리는? 투리는 어때? 엄청난 업무를 맡겨 버렸는데."

오토와 벤노는 각오한 듯 대답했는데 실제로 만드는 투리는 괜찮을까? 그렇게 묻자, 루츠가 투리의 말투를 따라 하며 살짝 고음을 냈다.

"아무리 그래도 그렇지, 이건 너무 갑작스럽잖아! 바보바보바보……랬어."

"아으, 미안, 투리."

"또 흔하지 않은 기회이고, 반드시 굉장한 걸 만들 테니까 기다리라고 했어."

'역시 우리 투리, 정말 천사야!'

"루츠, 루츠. 내가 투리를 정말 좋아한다고 전해 줘."

"그건 싫어."

느닷없는 거부에 "왜!?" 하고 눈을 부릅뜨자, 루츠가 매우 씁쓸한 표정을 지었다.

"고아원에 같이 예절을 배우러 다닐 때 주위에 투리와 사귄다는 소문이 퍼졌어. 그런 상황에서 그런 말은 죽어도 전하고 싶지 않아."

"뭐야, 우리 투리한테 불만 있어? 소문이라도 기쁘게 받아들여야지. 상대가 투리인네?"

내가 입술을 쑥 내밀자, 루츠가 미간을 찌푸리며 고개를 가로저었다.

"싫어. 괜한 질투를 사고 싶지는 않아."

"질투? 역시 투리는 인기 만점이구나? 역시 우리 투리야! 더 예뻐졌지? 보고 싶어."

나는 잠에서 깬 이후로 아직 한 번도 투리, 그리고 우리 가족의 얼굴을 보지 못했다.

"머리 장식이 만들어지면 만날 수 있잖아. 투리가 직접 건네주고 의견을 듣고 싶댔어. 또 카밀이 장난감을 갖고 싶어 한대."

"그러면 만들어 줘야지! 어떤 장난감을 주면 좋아할까? 새로운 그림책도 필요하지? 글자를 외우려면 카루타? 인고의 공방에 판자를 주문할까? 일크너의 종이를 써볼까?"

고아원에서 아장아장 걷던 디르크가 채집하러 따라갈 만큼 자랐다. 내가 잠자는 동안 카밀도 많이 컸을 터이다. 내가 네 살배기가 좋아할 만한 장난감을 고민하는데 루츠의 얼굴이 굳어졌다.

"……아이고. 내가 실수했네. 어이, 네가 먼저 고민해야 할 건 제지와 인쇄 쪽이야. 제발 우선순위 좀 잊지 마."

"에엥~? 카밀이 1순위면 안 돼?"

"알면서 묻냐?"

"응, 알아. 그냥 말해봤어. ……이런 대화, 너무 좋다. 안심이 돼."

헤헤 하고 웃는데 문에 박힌 마석이 빛났다. 건너편에서 문을 열려는 사람이 있음을 알려주는 신호. 노크 소리까지 완전히 차단하는 방이라 방문자를 알리기 위해 마석을 빛나게 한 것이다.

내가 루츠에게 떨어져서 바르게 앉는 것을 확인한 길이 문을 열려고 움직였다. 열린 문 앞에 있는 사람은 프랑과 벤노와 마르크였다.

"로제마인 님, 플랑탱 상회에서 벤노 님과 마르크 님께서 오셨습니다."

'어? 뭐라고?'

저도 모르게 고개를 갸웃거린 나를 보고, 프랑이 머뭇거리며 시선을 떨구었다.

"긴급사태이니 플랑탱 상회를 호출하라는 신관장님의 서신을 받고, 루츠뿐만 아니라 플랑탱 상회에 소집 연락을 넣었습니다. 죄송합니다."

"……그랬, 군요. 프랑 탓 아니니까 미안해하지 않아도 돼요."

나는 프랑에게 물러나라고 손짓으로 지시하고, 긴급사태라는 말에 새파랗게 질린 얼굴로 찾아온 벤노와 마르크를 올려다보았다.

"대체 무슨 긴급사태야!?"

문이 닫히자마자 벤노가 침을 튀기는 기세로 물었다. 그 기세에 눌려 무심코 루츠의 뒤에 숨으면서 나는 솔직하게 대답했다. '계약 마술이 끊겨서 불안할 때 악몽을 꿔서 루츠가 보고 싶었다'라고.

"이…… 멍청이가!"

"꺅! 아야야야야!"

눈꼬리가 올라간 벤노가 루츠 뒤에 숨은 나를 끌어냈다. 그리고 분노의 주먹으로 나의 양 관자놀이를 끼고 마구 돌렸다. 물론 노성까지 끝날 기미가 없다. 말려주는 사람도 없다.

"성에서 회담이 끝난 게 어제다! 긴급호출이라기에 놀라서 달려왔더니 악몽이라고!? 뭐가 긴급이냐!"

"정신석으로는 힌계였다고요! 마력이 폭주할 것 같으니까 신관장님도 긴급사태라고 연락한 거잖아요!"

"아~, 맞아 내가 도착했을 때 눈동자 색이 조금 바뀌어 있었어."

루츠의 말을 들은 벤노가 내 머리에 주먹돌리기를 하던 손을 멈추었다. 그리고 내 얼굴을 들여다보며 볼을 잡아 쭉 찢고, 힘 빠진 한숨을 쉬었다.

"……이젠 진정됐냐? 그럼 돌아간다."

"잠깐만요. 얘기는 해야죠. 이른 아침부터 불러놓고, 어리광만 실컷 부린 뒤에 돌려보내면 미안하잖아요."

플랑탱 상회의 알현이 끝난 후에 영주 집무실에서 나온 내용을 대강 설명했다. 부당한 요구로 구텐베르크들이 고생하지 않도록 내가 문관을 양성할 권리를 손에 넣었다고 보고하자, 마르크가 "그거 잘됐군요."라며 활짝 웃었다. 지금 당장 인쇄 공방을 세우라는 엘비라와 협상하느라 진땀을 흘렸었다고 했다.

"나 열심히 했죠? 잘했죠? 칭찬해 주세요. 어서!"

우후후훗 하고 자신 있게 말하는 순간, 인상을 쓴 벤노에게 딱밤을 먹었다.

"아얏! ……왜요!?"

"칭찬하면 우쭐해져서 폭주할 것 같아서."

"너무해! 화낼 때 주먹돌리기를 했으면 칭찬할 땐 제대로 칭찬해 주셔야죠! 노력한 사람을 때리다니 이런 게 어디 있어요!"

"아~, 알았다, 알았어."

오냐오냐하고 국어책 읽듯이 말한 벤노는 힘을 실은 손으로 조금 전의 딱밤 맞은 곳을 쓰다듬었다. 은근히 아프다. 볼을 잔뜩 부풀리며 "절 너무 막 대하시네요, 벤노 씨!"하고 불평하자, 루츠가 못 말리겠다는 듯이 힘 빠진 미소를 지었다.

"너 있잖아, 주인님께 툴툴거리면서도 얼굴은 웃고 있어. 귀족들 사이에서는 이런 대화도 못 하니까 즐거운 거지?"

루츠가 웃으면서 지적하자, 나는 말문이 막혔다. 정답이다. 이런 대화가 반갑고, 기쁘다. 에헷 하고 웃자, 벤노와 마르크는 어처구니없다는 듯이 고개를 저었다.

"그래서 문관 얘기로 돌아가서 누구를 어떻게 키운다고?"

"평민과 어느 정도 이야기할 수 있는 사람이어야 하는데 저는 일거리를 맡길 만한 귀족을 거의 몰라서요. 누구 아는 사람 없어요?"

내가 묻자, 벤노와 루츠가 입 맞추어 "유스톡스 님이면 되잖아."라고 했다. 유스톡스는 일 처리가 빠르고, 하르덴첼의 상급 귀족과 다르게 플랑탱 상회의 의견을 들어 주었다고 한다. 그래서 내가 잠든 동안에도 문제없이 활동한 모양이다.

"유스톡스는 신관장님의 문관이라 못 빌려 준대요."

페르디난드에게 허가를 받지 못한 게 한이다. 다시 한번 부탁해 볼까 생각하는데, 마르크가 가볍게 손을 들어 발언했다.

"저희보다 길드장이 말이 잘 통하고, 붙임성 좋은 귀족을 알고 있을 겁니다. 급성장으로 시기와 질투를 받는 플랑탱 상회가 추천하는 것보다는 모나지 않을 겁니다."

말은 그렇게 하면서 귀찮은 일을 길드장에게 떠넘길 생각이군, 하고 벤노가 피식 웃었다. 적재적소입니다, 라며 마르크는 평소와 같은 미소로 가볍게 넘겼다.

"그럼 길드장에게 후보를 추려달라고 부탁해 주세요. 그중에 몇 명을 쓸 수 있게 양아비님께 부탁해 볼게요. 그리고 이건 어머님의 제안인데 영토를 가진 귀족의 대관은 어떨까요? 평민의 삶을 알고, 자신의 영지를 윤택하게 하려고 열심히 배울 거래요. 하르덴첼에서 어떤 느낌이었어요?"

나는 아직 하르덴첼에 간 적이 없지만, 루츠와 벤노는 구텐베르크들과 함께 갔다. 대관이라는 사람은 문관으로서 어땠을까?

"기베 하르덴첼을 만난 건 주인님과 다미안뿐이고, 우리는 산하의 사람이 마을을 안내해 주었어. 그 사람이 문관이었으려나? 이곳과 달리 평민과 교류는 하더라."

"상급 귀족이 아니라 중급, 아니, 하급 귀족 정도의 대관이면 그나마 말은 통하는 건가……?"

일크너는 대관으로 삼을 귀족이 부족해 기베 일크너가 직접 제지 공방에 드나들며 진행 상황까지 확인했다고 한다. 자유롭게 일할 수 있었던 일크너와 반대로 하르덴첼에서는 그러지 못했다고 한다.

"하르덴첼은 축복이 약간만 부족해도 사람이 못 살 정도로 추위가 극심한 땅이라 서로 몸을 비비며 사는 곳이거든. 타지 사람에게 엄격하다고 할까, 꽉 막혔다고 할까······. 한 번 받아들이면 그 뒤로는 일사천리지만."

하르덴첼은 새로운 업무, 새로운 방식을 받아들이는 데 시간이 굉장히 걸렸다고 한다. 그 지방의 기질이라고 할 수도 있지만, 진행 속도가 느려서 진땀을 흘렸다고 한다.

"······봄이 되면 하르덴첼에도 제지 공방을 세우겠지만······."

루츠가 그렇게 말하며 팔짱을 끼고 고심하듯 신음했다.

"왜?"

"하르덴첼은 일크너보다 나무가 적어. 종이 제작에 쓸 만한 나무가 있을지 없을지도 몰라. 제지 공방을 세우고 싶어 하는 마음은 이해하지만, 에렌페스트보다 북쪽에 제지 공방이 몇 군데 생기면 거기서 종이를 사는 편이 좋을 것 같아. 아니면 하르덴첼에서 제일 남쪽에 공방을 세운다든지. 네가 제안해 주지 않을래?"

"알았어. 나한테 맡겨. 그리고 벤노 씨. 구텐베르크의 체류 기간 말인데요······."

인쇄업부터 가족 얘기, 그 외에도 중요하지 않은 이야기까지 나누고 속이 후련해진 나는 웃으며 그들과 헤어졌다. 내게 정보를 얻은 세 사람도 "아예 헛걸음은 아니었으니 용서해 주마." 하고 웃으며 플랑탱 상회로 돌아갔다.

# 기베 하르덴첼과 면담

"신관장님께서 오후에 얼굴을 보이시랍니다."

내가 신전장실에 돌아오자마자 잠이 그렇게 말했다. "신관장님도 로제마인 님을 걱정하고 계실 겁니다."라는 말에 나는 그가 준 가죽 주머니를 보았다. 감사의 마음을 담아 이 안의 마석은 전부 금가루로 바꾸는 편이 나을까?

"로제마인 님의 안색이 돌아온 것 같아 안심했어요."

그렇게 말하며 기쁜 듯이 웃는 모니카는 이미 점심 준비를 시작하고 있었다. 내 생각보다 훨씬 그들과 수다를 오래 떨었던 모양이다.

점심을 먹고, 신관장실로 향했다. 이른 아침부터 일정을 뒤엎고, 신전으로 돌아가겠다고 징일기렸으니 화를 내지 않을까? 내가 쭈뼛거리며 신관장실로 들어가자 페르디난드가 미간에 주름을 새긴 채 이쪽을 힐끗 흘겨보았다. 깜짝 놀란 나는 얼른 사과했다.

"신관장님, 폐를 끼쳐서 죄송해요."

"동감이다. ……그래도 만족한 모양이구나."

"덕분에 불안 요소도 사라지고, 기력도 충분히 보충했어요."

내 안색을 확인한 페르디난드는 내가 들고 있는 가죽 주머니를 가리켰다.

"그건 도움이 되었는가?"

"감사하게 생각합니다. 신관장님의 용의주도함에 놀랐어요."

나는 감사의 인사를 하고 가죽 주머니를 반납했다. 그것을 받아들고 속을 확인한 페르디난드가 인상을 팍 쓰고 관자놀이를 손가락으로 톡톡 두드렸다.

"……부족하지 않아서 다행이군. 하나도 남김없이 가루로 만들다니 대체 마력과 감정을 얼마나 쌓아두고 있었던 거냐. 성에서 감정이 폭발하는 최악의 상황은 면했지만, 플랑탱 상회에 의지하지 않아도 해결할 방법을 생각해야겠구나."

페르디난드가 얼토당토않은 방법을 생각해내면 곤란하다. 나는 아직 플랑탱 상회와 이어져 있고 싶다.

"괜찮아요, 신관장님. 기운 차렸으니까 앞으로도 열심히 책을 전파하겠습니다!"

"그대가 열심히 하면 과할 때가 많으니 정해진 범위 내에서 움직이도록 해라."

"……윽. 그럼 정해진 범위를 알려주세요."

그러고 나서 기베 하르덴첼과의 면담을 대비해서 미리 상의했다. 계약 마술을 해지하면서 제지 공방의 설립 허가를 영주가 내릴 수 있게 되었다. 그래서 이번 미팅이 메인이라고 한다. 내가 기베와 논의해야 할 주제는 구텐베르크들의 체류 기간이다. 조금 전 벤노와 의논해서 결정한 사항을 페르디난드에게도 보고했다.

신관장실에서 면담을 끝낸 뒤, 엘라만 남겨두고 온 성으로 서둘러 돌아갔다. 리카르다가 "모처럼 시간이 생겼는데 조금 더 느긋하게 계시지 그러셨어요."라며 바쁜 스케줄에도 입술을 삐죽이며 마중을 나와 주었다. 하지만 계속 귀족 사회에서 도망칠 수도 없는 노릇이다. 나는 내 몸을 걱정해 주는 샤를로테와 저녁을 먹었다.

이틀 뒤 오후에는 기베 하르덴첼과 면담이 있고, 그때 후견인인 페르디난드가 동행하기로 했다. 귀족은 눈코 뜰 새 없이 바쁘다.

　상급 귀족을 맞이하는 면담실은 지금까지 사용했던 면담실보다 호화로웠다. 색상이 화려한 태피스트리, 가구도 세월이 느껴지는 좋은 물건으로 보였다. 그런 방에 기베 하르덴첼 부부와 엘비라가 기다리고 있었다.

　나와 페르디난드가 착석하자, 기베 하르덴첼 부부가 인사하러 다가왔다.

　"이제야 로제마인 님께 정식으로 인사드리는군요. 생명의 신 에이비리베의 엄격한 선별을 통한 특별한 만남에 축복을 기도함을 허가해 주십시오."

　"허가합니다."

　'기베 하르덴첼은 어머님과 많이 닮았네.'

　진한 녹색 머리카락 새가 검은 눈동자도 비슷했다. 사람 좋아 보이는 미소를 짓고 있지만, 날카로운 눈빛으로 나를 지그시 관찰하는 것이 느껴졌다. 무릎을 꿇고 인사하는데도 내 쪽이 압도된다고 할까, 박력이 있다고 할까, 사람들 위에서 지휘하는 사람임을 한눈에 알 수 있는 듬직한 분위기를 풍겼다.

　"하르덴첼을 대표해서 감사하다는 인사를 줄곧 전하고 싶었습니다."

　기베 하르덴첼 부부는 내가 세례를 받은 날, 칼스테드의 저택까지 와 주었지만, 인사를 나누기도 전에 내가 빌프리트에게 끌려가서 포기, 데뷔 무대 때도 실수로 축복을 내리는 바람에 일찍이 해산, 그 이듬해 겨울에는 빌프리트 무리와 뭉쳐서 구 베로니카 파의 귀족과 신경전을 벌이느라 정식으로 접촉하지 못하고 끝나 버렸다.

"……제가 뭘 했다고 고마워하시는 건가요?"

나는 엘비라에게 들었던 내용과 같은 얘기를 들었다. 하르덴첼은 내가 청색 견습 무녀일 때 봉납했던 마력을 채운 작은 성배를 얻게 되면서, 영지 전체의 생산량도 올라 영지가 조금 풍요로워졌다. 그 조금이 하르덴첼에는 매우 큰 영향이었다고 한다.

에렌페스트 내의 지리를 공부할 때 배운 바로는 하르덴첼은 강이 꽁꽁 얼 정도로 추운 땅이라서, 사람들이 똘똘 뭉쳐 생활한다고 한다. 광대한 땅이지만, 남쪽에 인구가 집중되어 있어서 북쪽은 거의 황무지나 다름없다. 무엇보다 심각한 건 하르덴첼에 겨울의 주인이 나타나는 확률이 높다는 것이다.

"로제마인 님의 축복이 겨울의 주인을 퇴치하는 데 도움이 되었다고 토벌에 참여한 하르덴첼 기사의 보고를 받았습니다."

"깃발 색깔도 돌아왔고요."

기베 하르덴첼 부인이 우아한 얼굴로 환하게 웃었다. 방금 말한 깃발 색깔이 돌아왔다는 말은 수뇌부가 아렌스바흐에 물들 뻔한 것을 막아 줬다는 의미이리라.

"게다가 하르덴첼은 겨울이 길어서 인쇄 사업으로 먹고살게 된 사람도 많아졌습니다."

그 뒤부터 하르덴첼의 시점에서 본 구텐베르크의 활동을 보고받았다. 루츠와 회색 신관이 인쇄 공방으로 준비된 공방에 부품을 들이고, 인쇄기를 조합하여 인쇄 시범을 보였다. 그러나 하르덴첼에는 글자를 읽을 줄 아는 평민이 전혀 없다. 금속활자를 짤 때도 그림 찾기 하듯이 맞추느라 상당한 시간이 걸렸다고 한다.

"에렌페스트의 장인은 글자를 모르는 사람이 없어서 깜짝 놀랐습니다. 올해 겨울은 구텐베르크에게 배운 기술을 익히는 데 급급했지만, 앞으로는 하르덴첼의 영민에게 글자를 가르쳐야 할 듯합니다. 활자가 뒤집힌 것도 모르면 안 되지 않습니까."

"제가 운영하는 고아원에서는 다들 카루타와 그림책으로 놀면서 글자를 익혔는데, 금방 익히기 어려울 것 같으면 당분간은 시범 인쇄한 글자를 교정하는 작업을 하급 문관과 견습 문관에게 맡기면 되겠네요."

귀족에게 파는 책의 교정 작업은 마인 공방에서도 가장 신경을 많이 쓰는 업무다.

"로제마인 님께서 양성하신 구텐베르크는 젊은데도 실력이 출중한 사람들이라고 하르덴첼 장인들 사이에서 칭찬이 자자합니다."

잉크 공방에는 잉크 제작법을, 목공방에는 인쇄기에 쓰이는 목제 부품 제작법을 가르쳤다. 봄부터 가을까지 체류하는 동안 잉크와 목공 관련은 어떻게든 해결될 것 같고, 교정 담당으로 문관을 붙이면 인쇄는 할 수 있었다. 하지만 대장간의 기술이 부족해서 금속활자와 갖가지 부품에서 요한의 합격을 받지 못했다고 들었다. 인쇄에 사용하는 금속활자를 만들 실력을 갖추지 않으면 곤란하다. 활자는 인쇄 과정에서 깎이기도 하고, 흠도 잘 생기니까.

"봄에는 반드시 구텐베르크에게 합격을 받겠다며 대장장이가 힘을 합쳐 노력하고 있다고 보고받았습니다."

"제가 구텐베르크에게 받은 보고로는 하르덴첼이 자신들을 받아들이지 않는 것 같다고 하던데 꼭 그렇지 않다고 하니 안심이에요."

초반에는 구텐베르크들을 향한 하르덴첼의 경계심이 대단했다고 들었다. 나는 구텐베르크에게 들은 보고와 제안을 설명했다.

"하르덴첼은 외지인이 거의 없고, 새로운 문화가 들어오는 경우가 드물어서 상인들에게도 저항심이 있었나 봅니다. 하지만 영민끼리 결속이 매우 단단하고, 한 번 받아들이면 소중하게 지키는 기질이 있습니다. 인쇄 기술이 얼마나 큰 혜택을 가져다줬는지 깨닫는다면 로제마인 님께서 주신 은혜와 인쇄 기술을 절대 잊지 않고 소중히 여길 겁니다. 구텐베르크의 제안도 일단 하르덴첼에서 검토한 후에 대답해 드리고 싶습니다."

"공방을 세워 새로운 사업을 시작하는 것이니 하르덴첼에 무엇이 가장 최선일지 찬찬히 검토하세요. ……그나저나 에렌페스트 안에서도 지역마다 차이가 있군요. 일크너와는 분위기가 상당히 다른가 보네요."

나는 기원식 때 에렌페스트 전체를 돌았지만, 축복을 내리는 아주 짧은 시간에 기원식 무대에 선 것만으로는 세밀한 분위기의 차이를 느끼지 못했다.

"봄에 구텐베르크와 함께 로제마인 님께서도 방문해 주신다고 들었습니다. 그때 봐 주십시오. 험한 환경이지만, 이를 견디는 인내력 강한 하르덴첼의 영민을."

자신의 영민을 자랑하는 기베 하르덴첼의 미소에 덩달아 나까지 미소가 지어졌다. 험한 환경 속에서 끝까지 영민을 지키려는 기베와 기베를 중심으로 강한 결속을 보이는 영민의 모습이 눈앞에 아른거렸다. 일크너와는 다르지만, 하르덴첼도 좋은 토지일 거라는 생각이 들었다.

"저도 하르덴첼을 방문할 날을 기대하고 있습니다."

"기베 하르덴첼, 구텐베르크를 파견할 수 있는 기간은 기원식부터 늦여름까지다."

페르디난드의 말을 들은 기베 하르덴첼은 그 말의 의미를 살피듯 팔짱을 끼고 살짝 미간을 찌푸렸다. 페르디난드는 앞으로 에렌페스트 전역에 인쇄 공방을 확장해야 하는데 그러려면 구텐베르크에게도 준비 기간이 필요하다고 설명했다.

"구텐베르크의 파견을 손꼽아 기다리는 지역이 수두룩하다. 이번에 두 번이나 하르덴첼에 구텐베르크를 파견하는 것이 특별한 대우라고 생각하길 바란다."

생각을 정리하려는 듯이 기베 하르덴첼이 눈을 질끈 감았다. 짧은 침묵 뒤, 천천히 눈을 뜨고 엘비라를 꼭 닮은 칠흑 같은 눈동자로 나를 똑바로 바라보았다.

"로제마인 님, 저는 귀녀가 에렌페스트의 상층부에 계셔서 참으로 마음이 든든합니다. 기족을 아끼는 엘비라의 딸이라면 고향을 무시하지 않으시겠지요."

"……저기, 기베 하르덴첼. 칭찬해 주시는 것 같습니다만, 저는 가족 일이면 마음이 약해지는 버릇을 고치라고 페르디난드 님과 어머님께 한 소리를 듣고 있어요."

가족을 대우해 달라고 요구하는 듯한 말에 나는 곤혹스러워하면서 페르디난드와 엘비라를 쳐다보았다. 하지만 두 사람 모두 조용히 기베의 다음 말을 기다릴 뿐이다. 내가 다시 기베를 쳐다보자, 기베는 아니라고 고개를 가로저으며 칠흑 같은 눈동자를 반짝였다.

"그런 의미가 아닙니다. 이렇게 새로운 것들을 많이 발명하시는 로제마인 님이시라면 귀족원에서 다른 영지의 유혹도 많을 겁니다. 그래도 고향과 가족을 생각하셔서 에렌페스트에 남아 계시기를 바랍니다."

가족을 대우하라는 말이 아니라 다른 영지로 가지 말라는 의미였다. 또 말을 잘못 해석했나 보다.

나는 살짝 한숨을 내쉬었다. 기베에게는 미안하지만, 가족을 생각하라는 말에 머릿속에 떠오른 얼굴은 귀족이 아니었다. 평민촌에 사는 가족이다. 계약 마술로 금지된 만남 중에 머리 장식을 받을 때나 핫세로 가는 호위 병사와의 만남 등, 얼마 남지 않은 작은 연결고리는 내가 에렌페스트에 있지 않으면 사라져 버린다. 나는 가족이 있는 이 땅을 벗어날 생각은 추호도 없다.

"……제 가족이 에렌페스트에 있는걸요. 아우브 에렌페스트의 명령이 없는 한, 제가 돌아올 곳은 여기예요."

내가 그렇게 선언하자, 안도한 듯 기베 하르덴첼의 표정이 풀어졌다. 동시에 시야의 한편에서 미간을 찌푸리는 페르디난드가 보였다.

# 귀족원에 돌아가다

기베 하르덴첼과 면담한 후, 나는 겨울 사교계에서 페르디난드와 리카르다가 골라낸 귀족과 면담하거나 플로렌치아가 속한 파벌의 다과회에서 정보를 수집했고, 엘비라와 여성들이 좋아할 만한 연애 소설 책을 만들기 위해 머릿속 이야기를 글로 옮기면서 시간을 보냈다.

어제는 샤를로테와 함께 어린이 방에 가서 1학년의 공부 상황에 관해 모리츠와 이야기를 나누었다. 지도나 연표를 볼 기회가 없는 하급 귀족이 가장 어려워하는 과목이 지리와 역사다. 이러한 과목도 겨울 어린이 방에서 가르치자는 이야기를 하고, 올해 1학년을 위해 정리한 참고서를 건넸다. 조금이라도 지식이 생기면 흥미 범위가 넓어지고, 수업 이해도도 높아지리라.

"로제마인 공주님, 오늘 오후에 아우브 에렌페스트의 면담 예약이 들어왔습니다."

리카르다에게 그 말을 들은 건 아침 식사가 끝난 뒤였다.

"굉장히 갑작스럽네요. 면담 예약을 당일 오후에 넣으시다니……."

"아침 일찍 빌프리트 도련님께서 보고서를 보내셨는데 공주님 의견을 듣고 싶으시다네요."

귀족원에 무슨 일이 생긴 걸까? 나는 오후에 들어온 면담을 승낙하고, 엘비라가 좋아할 만한 연애소설을 이어서 쓰기 시작했다.

오후가 되고, 점심 후에 영주 집무실로 이동했다. 페르디난드도 호출되었는지 보고서로 보이는 목패를 읽고 있었다.

"빌프리트 오라버니가 보고서를 보냈어요?"

"그래. 보고서라기보다 로제마인을 돌려보내 달라는 탄원서다."

질베스타가 내미는 보고서를 받은 나는 내용을 쭉 훑었다.

에렌페스트 학생 대부분이 수업을 통과했고, 귀족원에도 본격적인 사교 시즌이 찾아왔다고 한다. 유행과 관련된 질문이 쏟아졌고, 다과회 초대장이 작년보다 곱절 가까이 늘었다고 한다. 역시 여성은 머리 장식과 린샴에 흥미가 있는지, 여성만 모이는 다과회에서 빌프리트와 그 측근이 상당히 진땀을 흘렸다고 한다.

"여성만 참가하는 다과회라면 브륀힐데나 리젤레타를 보내면 됐을 텐데 왜 굳이 빌프리트 오라버니가 갔을까요?"

"……상대가 그대에게 보낼 요량에 영주 후보생 앞으로 초대장을 보냈다면 영주 후보생인 빌프리트가 갈 수밖에 없었겠지."

"그렇구나. 빌프리트 오라버니도 고생했겠네요."

내가 귀족원에 있었다면 나만 다과회에 끌려다녔을 거라는 뜻이다. 귀환 명령이 나와서 천만다행이었는지도 모르겠다. 그만큼 빌프리트가 고생하게 됐지만 그저 도와줘야지, 어쩔 수 있나.

"이 보고서는 디터에 관해서다."

페르디난드가 건넨 목패에는 단켈페르거의 디터 재대결 제안을 거절하지 못하고 받아들였다는 보고가 적혀 있었다. 하지만 나의 술책도 없고, 주력인 안게리카와 코르넬리우스가 없는 탓에 순식간에 완패했다고 한다. 대적한 후에 루펜이 심히 실망한 얼굴로 "로제마인 님은 언제 돌아오나?"라고 물었다고 한다.

'루펜 선생님은 나를 견습 기사로 착각하는 게 분명해.'

또 아렌스바흐와 프뢰벨타크와의 사촌 모임도 끝난 모양이다. 사촌 모임에서는 에렌페스트의 성적이 갑자기 오른 이유, 램프레히트가 결혼을 거절한 이유, 새로운 유행에 관해서 디트린데의 질문 공세를 받았다고 한다.

"이래서는 봄에 있을 영주 회의가 걱정되는군."

"음. 아렌스바흐와 구 베로니카 파가 어떻게 움직일지 자세히 지켜봐야겠어."

그리고 나머지는 프뢰벨타크의 뤼디거가 내게 혼약자가 있는지 은근슬쩍 캐물었고, 디트린데는 빌프리트의 혼약자를 물었다고 한다. 빌프리트가 영주 회의 무렵이면 정해질 거라고 대충 둘러댔다고 적혀 있다.

"……설마 프뢰벨타크에서 제게 구혼 신청을 하려는 거예요?"

우라노 시절까지 통틀어 첫 구혼이 아닌가. 오오오, 하고 감동하면서 목패를 반복해서 읽는데 페르디난드가 한숨을 내쉬면서 목패를 낚아챘다.

"명백히 마력을 노린 구혼이다. 좋아해서 어쩌자는 거냐?"

"프뢰벨타크 도서실에는 장서가 얼마나 있을까요? 에렌페스트보다 많을까요?……윽, 따, 딱히 구혼을 받고 싶다는 말이 아니라 순수하게 장서 수가 궁금해서 그래요. 장서 목록도 궁금하고요."

페르디난드가 의심스러운 눈빛으로 나를 노려보았다.

"그대가 앞으로 인쇄하면 금방 뒤집을 수 있는 차이다."

"그렇군요. 그럼 양아버님. 프뢰벨타크에서 구혼이 들어오면 인연이 아닌 것 같다고 거절해 주세요."

"……로제마인, 구혼을 거절하는 이유가 그게 다냐!? 그것 말고도 많잖아!? 장서 수로 판단해서 어쩌자고!?"

질베스타가 믿을 수 없다는 듯이 눈을 부릅뜨고 호통을 쳤지만, 페르디난드는 "새삼스럽기는."라고 중얼거리고 콧방귀만 뀔 뿐이다. 그 태도에 짜증이 일었지만 맞는 말이다. 도서실 장서 수 외에 중요한 게 있다고? 아니, 없다.

"프뢰벨타크의 구혼보다 그대가 봐야 할 항목은 이것 아닌가?"

페르디난드가 보고서의 한 곳을 가리켰다. 그곳에는 아나스타지우스가 언제 오냐며 재촉하고, 에그란티느는 친구를 소개하고 싶다며 나의 다과회 일정을 물었다고 한다.

"……그냥 못 본 척하고 빌프리트 오라버니에게 전부 떠넘기고 싶네요."

아나스타지우스는 내가 아니라 머리 장식과 신곡을 기다리는 것이 분명하고, 에그란티느가 친구를 소개하는 다과회라면 순위가 높은 영지의 영애들이 모이는 모임이다. 가뜩이나 사교 센스가 없다고 해서 자신감을 잃었는데 또 실수 요소가 가득한 지뢰밭에 내 발로 걸어 들어가고 싶지 않다. 내 중얼거림을 들은 질베스타가 가볍게 고개를 끄덕이며 동의했다.

"마음은 이해해. 하지만 콕 찍어 초대하는데 네가 출석을 안 할 수 없지 않으냐. 벌써 네가 없어서 세 번이나 거절했다니까 적어도 돌아가는 날 정도는 알려 줘야지. 그러지 않으면 거절하는 빌프리트만 불쌍해. 페르디난드, 로제마인을 언제 돌려보낼 예정이야?"

모두의 시선을 한 몸에 받은 페르디난드가 관자놀이를 가볍게 톡톡 두드렸다.

"다음 땅의 날이다. 이쪽에서 해야 할 정보 수집은 거의 끝난 것 같으니 그때쯤이면 유스톡스도 다소 여유가 생기겠지."

"무슨 여유요?"

내가 귀족원에 돌아가는 날과 유스톡스가 대체 무슨 관계가 있다는 걸까? 고개를 갸웃거리며 페르디난드를 올려다보자, 그보다도 먼저 칼스테드가 매우 복잡한 표정으로 입을 열었다.

"트라우고트의 시종으로 유스톡스를 붙이게 됐거든."

"……트라우고트의 시종은 따로 있지 않아요? 왜 유스톡스가? 아니, 그 이전에 페르디난드 님은 트라우고트에게는 유스톡스를 빌려주는 거예요? 저한텐 빌려주지 않았으면서 왜요?"

불만 가득한 눈으로 노려보자, "절반은 그대 때문이다."라며 페르디난드도 나를 째려보았다. 서로 노려보는 우리의 시선을 차단하듯이 칼스테드가 난처한 표정으로 끼어들었다.

"로제마인, 트라우고트는 해임에 가까운 사임이었지?"

칼스테드가 말하길 휴가를 얻은 리카르다가 노발대발하며 트라우고트의 부모에게 달려갔다. 그리고 부모를 호되게 꾸짖고, 일족의 중대사라며 보니파티우스와 칼스테드까지 호출해서 트라우고트의 상태에 관해서 일족 회의를 열었다고 한다.

"리카르다의 얘기를 듣고, 아버님이 상당히 노하셔서…… 며칠 전에 수업을 마치고 돌아온 트라우고트를 엄하게 꾸짖으셨어."

"……최대한 다른 곳에 영향이 가지 않게 하려고 사임을 시킨 건데."

"표면상 해임보다야 영향은 적지만, 아예 없지는 않지."

칼스테드가 천천히 내 머리를 쓰다듬으면서 그렇게 말했다.

"그리고 네가 그랬다며? 신전에 떠넘기지 말고, 일족끼리 해결하라고. 일족이 내린 결론은 일족 중 한 사람을 트라우고트의 시종으로 붙여서 영주 일족을 모시는 상급 귀족의 마음가짐을 하나부터 다시 가르치자는 것이야."

"……유스톡스는 문관인데 시종 업무도 할 줄 알아요?"

문관과 시종은 필요한 능력이 다르다. 정보 모으기를 좋아하고, 다양한 정보를 수집하는 유스톡스가 문관으로 유능한 건 알지만, 주인의 신변을 보살피는 시종의 업무를 과연 할 수 있을까? 내 의문에 질베스타가 씩 웃었다.

"당연하지. 페르디난드가 귀족원에 데려간 시종이 바로 유스톡스야."

깜짝 놀라며 내가 페르디난드를 올려다보자, 페르디난드는 "그래." 하고 고개를 끄덕였다.

"지금은 문관으로만 쓰고 있다만, 유스톡스는 나의 시종이기도 하다. 리카르다의 뜻대로 견습 시종이 되었지만, 귀족원에서 흥미가 이끄는 대로 견습 문관 수업도 들었다더군. 내게 복수 수업을 병행해서 딸 수 있다고 가르쳐준 사람이 유스톡스다."

'페르디난드 전설의 배후 조종자가 유스톡스였구나.'

"유스톡스는 트라우고트의 재교육, 그대의 감시, 귀족원의 정보 수집, 에렌페스트의 보고 담당을 맡기로 했다. 철저하게 감시하지 않으면 정보만 모으는 녀석이지만, 이번에는 리카르다가 함께 귀족원으로 갈 거니 걱정 마라."

"정신없이 바쁠 것 같은데 유스톡스에게 견습 문관 교육까지 맡겨도 될까요?"

"견습 문관 교육?"

질베스타가 눈을 깜빡이며 의아해했다. 나는 천천히 고개를 끄덕였다.

"인쇄와 제지업을 맡을 문관을 제가 키우기로 한 얘기예요. 사실 평민과 소통할 하급과 중급 문관을 지금부터 고를 건데 그들을 총괄할 상급 귀족 문관이 없잖아요. 그 사람을 저나 빌프리트 오라버니, 샤를로테의 견습 문관부터 데려다 가르쳐 보려고요. 영지가 추진하는 새 사업이 되었으니 후세대 영주도 소통할 줄 알아야죠."

아직 누가 차기 영주가 될지 모르므로 세례가 끝나면 멜키오르의 문관도 참여시키고 싶다. 내 제안에 허가를 내린 뒤 질베스타는 잠시 고민하듯 시선을 떨구었다.

"나쁘지는 않은데 그러면 전부 견습생이잖아. 성인이 된 상급 문관이 없으면 그냥 오합지졸이다. 로제마인의 의도를 파악하면서 귀족과 이견을 조율할 수 있는 상급 문관 없어?"

질베스타가 페르니닌드를 쳐다보자, "로제마인의 의도를 파악할 줄 알아야 하는 부분이 제일 난관이군."라고 중얼거리는 그의 눈동자가 좌우로 흔들린다. 떠오르는 사람이 없나 보다.

잠깐 침묵이 흐른 뒤, 칼스테드가 손뼉을 쳤다.

"엘비라는 어때? 로제마인과 상급 귀족을 중개하는 중요한 역할에 적임자라고 생각하는데……."

"흠. 하긴 로제마인이 잠자는 동안에도 인쇄업에 관심이 많았고, 솔선해서 하르덴첼에 도입했었지. 다른 문관보다 지식도 많을 테니 그녀가 적임자로군."

페르디난드까지 찬성하자, 질베스타의 눈빛이 번뜩였다.

"타진해 보겠어?"

"본인이 책을 만들 정도니까 그녀에게 인쇄는 관심 있는 분야겠지. 자식들도 다 컸으니 문관 자리에 복귀해도 문제는 없을 거다."

모두의 의견 일치로 엘비라에게 인쇄업과 제지업의 총괄을 맡기는 방향으로 이야기가 진행되었다. 우수한 문관이었던 엘비라가 문관으로 일해 준다면 상당히 마음이 든든할 것 같다. 다른 의미로는 불안하지만.

'어머님께 맡기면 <신관장님 소설 만들기 부대>가 되어 버릴 것 같단 말이지. 아무렴 어때.'

제안한 사람은 칼스테드, 찬성한 사람은 페르디난드, 허가한 사람은 질베스타다. 엘비라가 마음껏 실력 발휘를 하게 해두자.

"유스톡스의 성격을 생각하면 녀석에게 견습 문관의 교육을 맡기기가 조금 불안하긴 하군. 하지만 인쇄를 담당할 문관 교육에 녀석을 빌려줄 수 있는 기간이 지금뿐이니 업무 내용에 포함해두마."


귀족원에서 사교를 시작하기 위해 나는 다음 땅의 날에 출발하게 되었다. 페르디난드는 신전으로 돌아가지만, 조금이나마 사교에 익숙해져야 하는 나는 성에 남게 했다.

'사교에 익숙해져야 한다더니 페르디난드 없이는 귀족 면담도 없고, 어머님이 여는 다과회도 일단락한 것 같은데.'

나는 귀족원에 출발하기 전까지 겨울 어린이 방에 가거나 샤를로테와 자수를 놓으면서 시간을 보냈다.

"이제 사흘 남았네요. 언니가 귀족원으로 돌아가시면 또 쓸쓸해질 것 같아요."

"이번에는 그렇게 오래 걸리지 않을 거예요, 샤를로테."

다과회로 일주일, 그 뒤에 열리는 영지대항전과 졸업식만 하면 귀족원 1학년 과정은 전부 끝난다. 이번 체류는 2주일도 안 되리라.

"내년에 들어올 샤를로테를 위해 에렌페스트의 순위를 최대한 올려둘게요."

"그래도 언니 몸이 최우선이에요. 그리고 저를 위해서라고 하신다면 조금은 제가 활약할 자리를 남겨 주세요."

활약할 기회를 오라버니와 언니에게 전부 뺏기겠어요, 라며 샤를로테가 볼을 부풀렸다. 1년 사이에 성적을 지나치게 올려 버리면 다음에 입학할 샤를로테에게는 장벽이 너무 높아지는 모양이다.

'샤를로테가 활약할 기회를 남길 생각을 못 했네.'

샤를로테와 자수를 연습하는 도중에 올도난츠가 날아왔다. 올도난츠는 페르디난드의 목소리로 같은 전언을 세 번 반복했다.

"길베르타 상회에서 주문한 머리 장식을 완성했다는 연락이 들어왔다. 제일 먼저 그대의 의견이 듣고 싶다는구나. 내일 오후에 가져오라고 전해뒀으니 그대도 잠깐 신전에 돌아오도록."

'투리를 만난다!'

노란 마석으로 돌아간 올도난츠를 슈타프로 톡톡 두드리고, 나는 멋대로 들뜨는 목소리를 꾹꾹 억누르며 "알겠습니다." 하고 올도난츠를 날렸다.

내가 올도난츠에 대고 하는 말을 들은 오틸리에는 엘라에게 신전으로 돌아갈 준비를 하라고 전하러 갔고, 리카르다는 방한복을 비롯한 신전에 돌아갈 채비를 재빠르게 시작했다.

"길베르타 상회의 머리 장식이라면 바로 성에 보내시면 될 것을. 굳이 공주님을 신전으로 부르다니 페르디난드 도련님도 참 센스가 없네요."

리카르다는 불만스러워 보였지만, 이건 페르디난드가 센스 있게 행동한 결과다. 투리는 아직 성에 출입하지 못하니까. 나는 길베르타 상회가 아니라 투리를 보고 싶은 거다.

"왕족이 의뢰한 머리 장식인걸요. 아우브 에렌페스트에게 보여드리기 전에 먼저 보고, 문제가 있어 보이면 수정하게 해야죠."

"공주님은 일 욕심이 너무 많으십니다."

"그래요. 아직 언니 몸도 성치 않잖아요."

샤를로테가 자수하던 손을 멈추고, 도구를 시종에게 건네며 타박하듯이 나를 보았다.

"걱정해 줘서 감사하게 생각합니다, 샤를로테, 리카르다. 머리 장식만 확인하고, 땅의 날에는 귀족원에 가야 하니까 내일 다시 성에 돌아올게요. 리카르다는 이쪽에서 채비를 해 주세요. 페르디난드 님이 맡긴 짐이 한가득 있죠? 신전에 돌아가면 또 늘어날 거예요."

힐쉬르에게 보낼 자료와 마술구를 신전 공방에서 대량으로 만들고 있음이 틀림없다. 여태껏 페르디난드가 성에 가져온 어마어마한 짐을 떠올렸는지 리카르다가 조그맣게 웃었다.

"네, 맡겨 주십시오. 준비해 두겠습니다."

호위 기사들을 이끌고 현관으로 향했다. 리카르다에게 연락을 받은 노르베르트가 일꾼들에게 지시를 내리는 광경이 보였다.

나는 내 호위 기사들의 얼굴을 쭉 둘러보았다.

"코르넬리우스, 레오노레. 땅의 날에는 귀족원으로 돌아갈 테니 준비하고 있으세요."

"알겠습니다, 로제마인 님."

나는 앞장서는 다무엘과 안게리카를 따라 신전으로 돌아갔다.

겨우 투리와 만날 기회가 찾아왔는데 어째서인지 페르디난드까지 동석하게 되었다. 왕족의 의뢰를 나한테만 맡기기 불안해서일까?

'어렵게 투리를 만나게 됐는데 신관장님은 훼방꾼이야.'

무표정하고 말투가 차가운 페르디난드 때문에 투리가 겁이라도 먹으면 큰일이다. 여기는 내가 든든한 방파제 역할을 하자. 그런 결의를 다진 나는 손님 맞을 준비를 끝낸 고아원 원장실에서 프랑이 끓여준 차에 만족하는 페르디난드를 최대한 무서운 얼굴로 노려보았다.

"……그 불만스러운 얼굴은 뭐지?"

"불만도 있으면서 엄청난 결의를 다진 얼굴이에요."

"경계심과 적의밖에 안 느껴지는데. 감정을 억제할 줄 알라고 누차 말했거늘."

페르디난드에게 볼을 꼬집힌 순간, 나의 최대한 무서운 얼굴은 금방 무너지고, 반 울상이 되었다. 페르디난드는 벤노와 달리 적당히 봐주지 않아서 꼬집으면 정말 아프다.

또 꼬집지 못하게 손바닥으로 볼을 가릴 때 1층에서 도착했다는 길의 목소리가 들렸다. 계단을 올라오는 발소리가 점점 크게 들렸다.

"신관장님, 이번에 길베르타 상회의 대를 이은 오토와 로제마인 님의 전속 장인인 투리입니다."

일행을 데리고 들어온 벤노가 초면인 둘을 페르디난드에게 소개하자, 두 사람이 앞으로 나와 무릎을 꿇었다.

"생명의 신 에이비리베의 엄격한 선별을 받은 귀한 만남에 축복을 내려주시길."

"진심으로 축복을 내리마. 생명의 신 에이비리베의 인도가 길베르타 상회에 있기를."

페르디난드가 축복을 내리자, 오토와 투리가 몸을 일으켰다.

"로제마인 님의 건강하신 모습을 뵐 수 있게 되어 기쁩니다."

투리는 열두 살답지 않게 놀라울 정도로 어른스러운 분위기를 풍겼다. 머리카락 색깔과 땋은 머리 스타일은 여전했다. 하지만 길베르타 상회의 견습복을 입고 사뿐사뿐 걷는 모습에는 숲을 뛰어다니던 무렵의 씩씩한 분위기가 없었다. 옛날부터 발육은 좋은 편이었는데 내가 잠든 2년 동안 팔다리가 더 길어지고, 가슴에도 볼륨이 생겼다. 옛 얼굴이 남아 있지만 앳된 모습이 사라지고, 엄마와 매우 닮아 있었다. 몸짓과 말투, 귀족을 대하는 예의에도 내가 아는 투리는 없었다.

나는 2년간의 공백을 느끼고 충격을 받았다. 그때 고개를 든 투리가 나를 보고 반가운 듯 기쁜 듯 파란 눈을 가늘게 떴다. '오랜만이야. 보고 싶었어.'라고 그 눈빛이 말하고 있다. 투리의 눈에 담긴 익숙한 애정 어린 눈빛에 내 몸을 감돌던 긴장감이 단숨에 풀어졌다.

"이것이 의뢰하신 상품입니다."

벤노의 목소리에 투리가 조심스럽게 목제상자를 열었다. 상품을 정중하게 다루는 손놀림도 2년 전과 다르게 어색함이 전혀 없었다. 동작이 매우 능숙하다.

상자에서 꺼낸 머리 장식은 흙의 여신 게두르리히의 귀색인 따뜻함이 느껴지는 붉은 코라레리에다. 큼지막한 꽃송이 주위에 작은 하얀 꽃이 둘러싸고, 봄이 느껴지는 파릇파릇한 이파리가 덩굴처럼 흘러내린다. 실부터 특별한지 꽃잎이 우아한 곡선을 그린다. 그 주위를 장식한 레이스가 섬세한 화려함을 더해준다. 지금까지 투리가 만든 머리 장식 중에서 단연 최고였다. 이것을 머리에 꽂은 에그란티느가 쉬이 상상되었다. 그 아름다운 금발에 잘 어울리리라.

"……멋져."

내가 황홀해 하며 감탄의 숨을 내쉬자, 페르디난드도 만족스럽게 고개를 끄덕였다.

"이거라면 문제없겠군. 잘했다. 길베르타 상회."

평소에 무서운 얼굴인 페르디난드의 솔직한 칭찬에 긴장했던 투리 의 얼굴에 안도와 만족의 미소가 퍼졌다.

"정말 훌륭한 작품이에요. 이거라면 의뢰하신 아나스타지우스 왕자 님도, 선물을 받으실 에그란티느 님도 좋아하실 거예요. 실력이 굉장 히 늘어서 놀랐습니다."

"감사합니다. 그리고 이것은 로제마인 님께 바치고 싶습니다."

투리가 내민 것은 나를 위해 만든 봄 머리 장식이었다. 나는 얼른 구매하기로 하고, 에전처럼 살짝 몸을 틀었다.

"달아줄래요?"

투리는 페르디난드의 눈치를 보면서 내게 다가왔다. 그리고 지금 달고 있는 머리 장식을 살짝 뽑은 뒤, 새로운 머리 장식을 달아주었다. 어깨 위로 살짝 흘러내린 머리카락 몇 가닥을 손끝으로 쓸어서 등 뒤 로 넘겨준다.

"어울리나요?"

"제가 로제마인 님을 위해 만든 머리 장식인걸요. 아주 잘 어울리 세요."

점잖은 표정 속에서 눈빛만은 장난스럽게 빛났다. 나는 투리와 시 선을 주고받고 웃었다. 그런 우리의 모습을 페르디난드는 무표정하게

가만히 바라보았다.

　머리 장식을 받고 나니 귀족원으로 돌아가는 날이 성큼 다가왔다.

　"로제마인이 폭주할 것 같으면 전력을 다해 막도록."

　주의를 받은 나의 호위 기사들이 한발 먼저 전이 마법진에 들어가서 모습을 감추었다. 나는 리카르다와 함께 이동하기로 했다. 먼저 에그란티느에게 줄 머리 장식과 빛의 여신에게 바칠 곡, 소량을 담은 린샴 샘플, 힐쉬르에게 줄 선물 등 보낼 짐이 산더미다.

　"우리도 영지대항전 때 관전하러 가마. 무슨 일이든 정도껏 해라. 너무 나서지 말 것. 알겠지?"

　"알고 있어요, 양아버님. 내년에 샤를로테가 활약할 여유를 남겨두는 편이 좋다는 거죠?"

　"로제마인, 넌 샤를로테밖에 모르냐!?"

　실베스타가 눈을 부릅뜨고, 느닷없이 엄빠지 소리를 질렀다.

　"……무슨 말인지 잘 모르겠지만, 제가 샤를로테를 생각하는 게 당연하죠. 언니잖아요."

　우후후훗 하고 득의양양한 내게 질베스타는 머리를 싸쥐었다. 뭐라고 신음하는 그의 어깨를 페르디난드가 가볍게 토닥이고, 포기와 어이없음이 섞인 눈으로 나를 보았다.

　"고민해 봤자 소용없다. 로제마인은 아무 생각이 없어."

　"그 말 상처예요. 전 샤를로테의 훌륭한 언니가 되려고 매일같이 노력한다고요."

　"그래. 그대는 엉뚱한 생각 말고 샤를로테를 위해서 노력해. 그리고 유스톡스에게는 정보를 모으라고 명령해 뒀다. 다과회에 꼭 데리고 다니도록."

하르트무트를 비롯해서 남성 문관을 데리고 참여할 수 있는 다과회는 거의 없다. 여자들의 은밀한 얘기가 오가는 모임이라 대부분 남성은 출입을 금지해서다.

"유스톡스를 다과회에 데려가라고요? 그 말은……."

"……전부 설명하게 할 생각이냐. 말 그대로다."

여장을 시켜서 데려가라는 말이다. 트라우고트가 아니라 내가 유스톡스를 데리고 돌아다니면 여장 취미가 있는 측근을 데리고 다닌다는 소문이 나는 건 내가 아닌가.

"힐쉬르 선생님도 그렇고, 유스톡스도 그렇고, 에렌페스트는 왜 이렇게 별난 사람들이 많죠? 다들 저까지 별나게 보면 어떡해요?"

나까지 괴짜 취급당하면 어쩌나 고민하는데 페르디난드와 질베스타, 칼스테드까지 묘한 표정을 지었다.

"……자각이 없어서 행복한 녀석이군."

"네?"

되물었지만, 페르디난드는 손을 휘휘 저으며 얼른 가라며 쫓아냈다.

납득하지 못한 채 전이 마법진에 있는 리카르다 옆에 서자, 마력이 움직이는 느낌이 들었다.

# 사교 주간 시작

"로제마인! 왜 이렇게 늦었어!"

귀족원 기숙사에서는 허리에 손을 얹은 빌프리트가 장승처럼 서서 벼르고 있었다. 내가 성에 귀환했을 때의 질베스타와 비슷한 자세로 비슷한 말을 한다. 그 부모에 그 자식이다.

"다녀왔어요, 빌프리트 오라버니. ……하지만 제가 아니라 귀환 일정을 정한 아우브 에렌페스트와 페르디난드 님께 화내셔야죠."

"그건 그렇지만 네가 없어서 이쪽이 얼마나 고생했는지 알아!?"

본격적인 사교 시즌에 돌입하자, 에렌페스트 기숙사에 다과회 초대가 폭발적으로 늘었다고 한다. 거절하지 못하는 상위 영지의 다과회에는 빌프리트가 출석해서 모호하고 무난한 대답으로 무마했다고 한다. 덧붙이자면 각 계급과 직무마다 예년보다 모임 초대가 늘었고, 에렌페스트에 질문에 쏟아졌다고 한다.

다과회가 많아진 것도 끔찍한데 주변의 관심이 쏠리면서 순위가 비슷한 영지의 탐색과 질투가 심해졌다. 지금까지 주목받지 못했던 에렌페스트의 학생들은 어떻게 대처할지 몰라 우왕좌왕했다고 한다.

원래 그러한 대처에 도움을 주고, 조언해 줘야 할 사감은 연구실에 박혀 나오질 않았다. 에렌페스트에 질문서를 보내도 대답이 돌아오려면 시간이 걸렸다. 고립무원 신세가 된 심정이었다면서 빌프리트가 호소했다.

'그 마음은 이해해. 하지만 그게 꼭 내 탓은 아니잖아. 솔직히 말하

면 힐쉬르 선생님 잘못 아냐?'

"쓸데없이 네가 아나스타지우스 왕자와 클라센부르크와 교류를 하니까……."

"저라고 좋아서 교류하는 거 아니에요. 초대받았는데 안 갈 수 없잖아요. 빌프리트 오라버니라면 거절할 수 있겠어요?"

"못하니까 이러지!"

지금은 나의 귀환 일정을 전달하고, 상위 영지의 사교를 잠시 막아 둔 상태랬다. 자기가 얼마나 고생했는지 필사적으로 호소하는 빌프리트를 보며 리카르다가 쓸쓸하게 웃었다.

"빌프리트 도련님, 여기서 서서 말씀하실 게 아니라 방에서 하시지요? 다른 이들도 공주님께 하고 싶은 말이 많지 않을까요?"

"그래요! 저도 로제마인 님께 해 드릴 말이 산더미예요."

나의 측근인 견습 기사 중에 유일하게 귀족원에 남았던 유디트가 "기다리고 있었습니다."라며 앞으로 나왔다. 유디트는 수업을 통과하면 곧장 에렌페스트로 돌아가서 호위 임무에 참여하려고 했다. 그런데 단켈페르거가 디터 재대결을 신청하였고, 나의 측근이라는 이유로 귀족원 사교에 휘말려 꼼짝없이 귀족원에 잡혀 있었다고 한다.

"저 당당하게 합격했습니다! 그런데 에렌페스트에 돌아갈 허가도 못 받고, 로제마인 님을 호위하지도 못했어요. 절대 제 실력이 부족해서가 아닙니다."

애절하게 호소하는 유디트를 곁눈질로 보던 빌프리트가 어깨를 으쓱했다.

"……에렌페스트에 돌려보낼 이유가 없지."

문의와 다과회 초대가 급격히 늘어난 탓에 인원수가 적은 에렌페스트 학생은 한 명도 빠짐없이 대응해야 하는 사태가 일어났다고 한다. 그래서 모두가 최대한 빨리 수업을 끝내려고 독촉에 떠밀리듯이 과감하게 시험에 도전하여 통과했다고 한다.

"자자, 긴 얘기는 다목적 홀에서 하세요. 공주님의 상태를 최우선으로 생각하지 않으면 또 쓰러지셔서 상황이 나빠집니다. 저는 짐을 정리하고 오겠습니다."

리카르다가 빌프리트의 등을 떠밀면서 방으로 향했다. 계단을 올라가는 리카르다를 멍하니 바라보고 있을 때 누군가가 그녀와 스쳐 지나가듯 계단을 내려왔다. 갈색 눈동자가 생기 넘치게 빛나고, 표정이 실로 신나 보이는 유스톡스다. 거의 질질 끌려오듯이 힘없이 뒤따라오는 트라우고트도 함께였다.

"오랜만에 뵙습니다, 로제마인 공주님."

"플랑탱 상회가 유스톡스에게 도움을 많이 받았다고 들었어요. 2년간 이래서래 힘씨줬고요. 고맙습니다 앞으로도 잘 부탁해요."

"항상 공주님 덕분에 귀중한 경험을 하고 있습니다. 기대에 부응할 수 있게 노력하겠습니다."

유스톡스와 대화하는 동안, 트라우고트는 무슨 말을 해야 좋을지 모를 표정으로 헤매는 시선을 결국 아래로 떨구었다. 자신만만하고 도도하던 표정이 완전히 죽어 있었다. 에렌페스트에서 친족들에게 호되게 야단맞은 모양이다.

내가 뭐라고 말을 걸어야 하나 고민하는데 유스톡스가 팔꿈치로 트라우고트를 쿡 찔렀다. 그 날쌘 동작과 트라우고트의 입에서 "윽." 하는 신음이 새어 나온 것을 보아 급소를 찔린 듯하다. 고통에 신음하는 그를 완전히 무시한 유스톡스의 표정에서 서글서글한 미소가 싹 사라졌다. 마치 딴 사람 같은 차가운 표정으로 트라우고트를 노려보았다.

"트라우고트, 공주님께 드릴 말이 있잖아. 멍청히 서서 뭐 해?"

어금니를 깨물고, 옆구리를 감싸듯이 서 있던 트라우고트가 천천히 내 앞에서 무릎을 꿇었다.

"……어리석은 제 생각 때문에 로제마인 님께 큰 결례를 범했습니다. 대단히 죄송합니다. 진심으로 사과드립니다."

내가 트라우고트의 용서를 받아 주려고 입을 연 순간, 유스톡스가 갈색 눈을 가늘게 뜨며 나를 제지했다.

"트라우고트에게 용서의 말을 해 줄 필요 없습니다, 로제마인 공주님. 이 녀석은 쉽게 용서할 수 없는 짓을 저질렀습니다."

유스톡스의 말에 주변에 있는 나의 측근들이 고개를 끄덕였다. 반사적으로 '이제 됐다'라고 말할 뻔한 나는 사전에 막아준 유스톡스에게 마음속으로 감사했다.

"그런데 공주님, 얼마 전에 페르디난드 님께서 문관 교육도 맡으라고 명령하시던데, 뭘 가르치면 됩니까?"

"앞으로 인쇄업을 담당할 인재를 키우려고 해요. 그러려면 평민과 교류할 수 있을 사람이 필요한데 평민과 협상할 때 어떤 점을 주의해야 하는지, 어떻게 사업을 추진해야 하는지……. 그 이전에 견습생을 문관으로 쓸 수 있을지 판단해 줬으면 해요."

나는 유스톡스와 문관 교육을 상담하면서 다목적 홀로 들어갔다. 시종인 유스톡스가 나와 이야기를 나누고, 그 뒤를 트라우고트가 졸졸 따라오는 모습은 완전히 주종관계 역전이다. 일족이 감시로 붙인 사람이라 트라우고트는 불평도 못 하리라. 아니면 불평을 털어놨다가 이미 된통 혼이 난 뒤일지도 모른다.

"어서 오십시오, 로제마인 님. 진심으로 돌아오시길 기다리고 있었습니다."

다목적 홀에 들어가자, 기숙사 내에 있던 학생들이 밝은 표정으로 나를 맞이해 주었다. 빌프리트가 말한 대로 올해 사교는 여간 고생이 아니었던 모양이다.

"다녀왔어요, 여러분. 빌프리트 오라버니에게 다들 고생했다고 들었어요. 내가 에렌페스트에 돌아간 이후로 어떤 일이 있었는지 알려주세요."

나는 신전에서 보고를 들을 때처럼 학년이나 파벌과 관계없이 차례대로 이야기를 들었다.

"사실 다른 영지의 영주 후보생을 초대하는 다과회를 아직 못 열고 있습니다. 봉납식 때문에 영지로 돌아가는 영주 후보생이 로제마인 님뿐이라 어쩔 수 없긴 하기만……."

여자 영주 후보생인 나를 두고 상급 귀족이 다과회를 열어서 다른 영지의 영주 후보생을 초대하면 그 영지를 업신여기는 꼴이 된다고 한다. 재학 중인 영주 후보생이 없었던 작년에는 상급 귀족 여학생이 에렌페스트의 이름으로 다과회를 열었지만, 올해는 그럴 수 없어서 영주 후보생을 상대하는 사교를 뒤로 미뤘다고 했다.

"……빌프리트 오라버니가 다과회를 열지 그러셨어요."

"다과회 개최는 기본적으로 여성의 일이라 잘 알지도 못하고, 나는 남자들 사교도 있었어. 초대받은 상위 영지의 다과회에 참가하는 것만 해도 빠듯했다고."

놀랍게도 남성은 미니 사냥 대회를 열거나, 게빈넨 같은 귀족의 게

임 대회에서 자기 실력을 과시하면서 정보를 교환한다고 한다. 그곳에서도 차나 디저트가 나오면 화제로 몇 마디 주고받지만, 여성만 있는 다과회와 다르게 어디까지나 덤에 불과하다.

"여러분, 고생이 많았네요. 앞으로는 나도 두 팔 걷어붙이고 사교에 임할게요. 내가 제일 먼저 할 일은…… 일단 도서관에 가서 슈바르츠와 바이스에게 마력을 공급하고, 다음엔……."

모두의 이야기를 듣고 내가 그렇게 발언하자, 주위가 일제히 눈을 부라리며 입을 열었다.

"잠깐만. 그게 무슨 터무니없는 소리야? 먼저 아나스타지우스 왕자와 면담을 잡아야지."

"클라센부르크에서도 귀환을 알려 달라는 당부가 있었습니다."

"다른 상위 영지의 문의도 많은데 도서관이라니요!?"

"로제마인 님의 귀환 날을 들은 루펜 선생님께서 디터 재대결 신청을……."

"에렌페스트 주최로 다른 영지의 영주 후보생들을 초대하는 다과회를 영지대항전 전까지 한 번은 열어야 합니다. 시간이 없습니다."

도서관에 가기 전에 해야 할 일들이 쏟아져 나오자, 머리가 아찔했다. 이것을 전부 영지대항전과 졸업식이 열리는 날까지 끝내라니. 지옥 스케줄이 따로 없다. 나는 리카르다에게 상담하려고 뒤돌아봤다가 그녀가 짐을 정리하러 간 것을 떠올렸다. 다목적 홀을 둘러봐도 바로 상담할 수 있는 상대는 유스톡스뿐이다.

'조금 불안하지만, 그 신관장님의 그 측근이고, 루츠와 벤노 씨도 우수하다고 하니까 조언쯤은 들어도 되겠지?'

"유스톡스."

트라우고트의 뒤에서 대기하던 유스톡스가 살짝 놀란 표정을 지었다. 자기를 지명할 줄 몰랐으리라. 그러나 그는 얼른 내 앞에 무릎을 꿇고, "무엇입니까, 공주님." 하고 고개를 숙였다.

"내가 제일 먼저 뭘 해야 할까요? 페르디난드 님이라면 어떻게 처리했을 것 같아요?"

"제가 발언해도 되겠습니까?"

"의지해야 할 사감이 없어요. 지금은 트라우고트의 시종이 아니라 페르디난드 님의 문관으로서 조언해 주지 않을래요?"

"네. 그럼 분부대로 하겠습니다. 견습 문관, 앞으로의 일정을 다오."

유스톡스는 하르트무트가 들고 있는 일정표를 들여다보고, 시선을 떨구며 곰곰이 생각에 잠겼다.

"먼저 확인할 것은 앞으로 사교에 인원수를 얼마나 투입하느냐 입니다. 영지대항전 준비는 끝내셨습니까?"

기숙사에 있있던 나는 대답을 구하며 주변을 둘러보았다. 빌프리트와 그 측근, 그리고 유스톡스의 옆에 있던 하르트무트가 곤란한 듯 미간을 꿈틀거렸다.

"……아니, 솔직히 말하면 그럴 여유 없었어."

"조금은 진행했지만, 아직 준비가 끝났다고 할 만한 상황은 아닙니다."

유스톡스는 손가락으로 날짜를 세고, "시간이 상당히 촉박하군요." 라고 조그맣게 중얼거렸다.

"그럼 공주님과 공주님의 측근이 아닌 사람은 다른 영지의 아우브도 뵐 수 있는 영지대항전을 최우선으로 준비하도록 합시다. 빌프리트 님과 측근이 중심이 되어 준비를 진행하십시오."

빌프리트와 그 측근이 고개를 크게 끄덕이는 것을 보고, 유스톡스는 시선을 내게로 돌렸다.

"공주님은 여태까지 밀린 사교가 최우선입니다. 먼저 왕자님께 면담 의뢰를 하십시오. 그리고 문의한 상위 영지에 올도난츠로 귀환을 알리고, 다과회 개최도 알리십시오. 왕자의 면담이 결정되는 대로 에렌페스트의 주최로 여는 다과회 일정을 잡아서 모든 영지에 초대장을 보내시면 됩니다. 최대한 많은 영지를 다과회에 초대하면 단 한 번으로 대부분의 사교를 끝낼 수 있겠지요."

한꺼번에 모아서 한 방에 끝내 버리자는 말에 마음이 한결 가벼워졌다. 이거라면 도서관에 갈 시간을 조금이나마 벌 수 있을 터이다.

"공주님께는 짬짬이 도서관에 가서 마력 공급을 할 시간을 드리겠습니다. 다만 마술구에 마력만 공급하시고, 책을 읽을 시간은 없습니다."

"으……."

"다과회 개최를 결정해도 상위 영지에서 호출할지도 모릅니다. 그리고 영지대항전 준비에 인원을 할당하면 측근을 몇이나 거느리고 도서관에서 시간을 보낼 여유가 에렌페스트에는 없습니다. 이해하시겠습니까?"

"……네."

내가 도서관에 가려면 측근을 몇이나 데리고 단체로 행동해야 한다. 혼자 홀가분하게 갈 수는 없다. 간단하게 도서관 출입을 금지한 유스톡스를 빌프리트가 눈을 동그랗게 뜨고 보았다. 그래도 괜찮겠냐는 듯이 불안한 얼굴로 나를 보았다. 상황이 이렇게 어려운데 도서관 출입 정도야 참을 수 있다.

'기숙사에서 읽으려고 책을 왕창 들고 왔지롱. 도서관에 틀어박히고 싶은 마음은 굴뚝같지만.'

"유스톡스, 단켈페르거에서 재대결을 신청한 건 어떡할까?"

빌프리트의 질문에 유스톡스의 눈썹이 씰룩거렸다.

"일말의 고려할 가치도 없습니다. 당연히 거절해야죠. 로제마인 님께 대결을 신청하다니, 루펜 선생님이 뭔가 착각하고 계시는 겁니다. 페르디난드 님도 아니고, 공주님은 견습 기사도 아닐뿐더러 1학년에겐 디터에 참가할 자격도 없습니다. 옛날과 달리 지금은 견습 기사가 실력을 겨루는 경기니까 거절하셔도 됩니다. 다행히 곧 영지대항전이 있지 않습니까?"

루펜과 같은 세대였던 유스톡스는 딱 잘라서 '재경기할 필요 없다'라고 했다. 물론 그 주장은 정론이 틀림없지만, 상위 영지의 제안은 거절하기가 어렵다고 들었다.

"단켈페르거의 제안이에요. 대체 어떻게 거절해야 하나요?"

"힐쉬르 선생님께 맡기면 됩니다. 그러라고 사감이 있는 것이고, 그분은 페르디난드 님이 학생일 때부터 루펜의 제안을 거절하는 데 익숙하시니까 문제없습니다."

'그러고 보니 유스톡스는 신관장님의 시종이었어.'

"하지만 힐쉬르 선생에게 어떻게 부탁하라는 거야? 연구실에서 꼼짝을 안 하는 사람인데."

불안해하는 빌프리트의 물음에 유스톡스가 단박에 대답했다.

"페르디난드 님께서 보내신 선물을 교환 조건으로 걸면 움직이실 겁니다. 힐쉬르 선생님은 중앙에 들어갈 만큼 실력 있는 분이시니 어떻게 이용하느냐에 따라 유능한 인재입니다."

페르디난드가 재학 중일 때도 두세 번 경기 제안이 있었는데 연구 조수로 페르디난드를 굴리고 싶은 힐쉬르와 디터를 겨루고 싶은 루펜 사이에서 거절하기 경쟁이 치열했다고 한다. 힐쉬르에게 맡겨두면 문제없을 것 같다.

"……왠지 유스톡스가 굉장히 믿음직스러워 보여요."

"어라, 지금까지 대체 어떻게 보셨을까요?"

'흥미 위주로 독주하고, 여장까지 하면서 정보를 모으는 괴짜라고 생각했어요.'

마치 나의 마음속 목소리를 들은 것처럼 유스톡스가 장난스러운 표정으로 "정보 수집은 제 일입니다만." 하고 중얼거렸다. 나는 지금까지 유스톡스의 정보 수집을, 일이긴 해도 완전히 취미로 하고 있다고 생각했다. 솔직히 그의 유능함에는 깜짝 놀랐다. 아무리 괴짜라도 페르디난드가 아끼는 측근이라는 사실을 간과하고 있었다.

"그럼 공주님은 별실에서 왕자님의 면담 예약과 주최할 다과회에 관해서 의논하십시오."

유스톡스의 말에 리젤레타가 회의실을 예약하러 다목적 홀을 나갔다. 유스톡스는 빌프리트 측으로 시선을 돌렸다.

"다른 분들은 빌프리트 님의 측근을 중심으로 기사, 문관, 시종으로 나뉘어서 영지대항전에 대비하십시오. 이미 일정이 빠듯하니 시간 낭비 없도록 충분히 생각하고 행동하도록."

페르디난드 같은 말투로 말을 끝맺은 유스톡스의 지시에 따라 모두가 움직이기 시작했다. 명확한 지시를 내려 주는 성인이 있으면 이렇게 마음이 든든해지는 법이다.

회의실을 잡은 리젤레타가 부르러 왔을 때쯤에는 견습 기사, 견습 문관, 견습 시종으로 나뉘어 영지대항전 회의가 시작되었다. 문화제나 체육 대회를 준비하는 것처럼 흥분한 그들을 곁눈질로 보면서 다목적 홀을 나온 나는 근처 회의실로 이동했다.

"모든 영지를 한 번에 초대하려니까 당초 예정보다 상당히 규모가 커지네요. 당일은 빌프리트 님께서 도와 주시지 않으면 다른 학생과 일면식이 거의 없는 로제마인 님이 고생하시겠어요."

"당일만이라면 기꺼이 도와주실 거예요."

짐 정리를 끝내고 방에 들어온 리카르다에게, 왕족에게 실례인지 아닌지를 상담한 후 아나스타지우스에게 귀환 보고와 머리 장식을 납품할 테니 면담하고 싶다는 내용으로 올도난츠를 날려 보냈다.

답장을 기다리는 동안 하르트무트와 필린느에게 에렌페스트의 새 사업인 인쇄업을 나와 엘비라 중심으로 진행한다는 사실을 전했다. 그리고 유스톡스기 견습 문관을 교육하게 되었음을 알렸다.

"새로운 사업이니까 차기 아우브가 될 사람도 관여할 수 있도록 빌프리트 오라버니, 샤를로테, 멜키오르, 그리고 나의 견습 문관과 기베가 보낼 문관, 평민과 교류를 하는 문관을 모아서 진행하게 됐어요."

"……로제마인 님, 제가 그렇게 큰 사업에 관여하나요?"

새파랗게 질린 얼굴로 이야기를 듣던 하급 귀족, 필린느가 잔뜩 겁에 질린 목소리로 말했다. 새싹 같은 초록색 눈동자가 불안으로 흔들렸다. 그러고 보니 마찬가지로 하급 귀족이면서 나의 호위 기사가 되어 마력을 키운 다무엘도 주위의 질투를 받았다고 들었다. 그러니 필린느도 분명 비슷한 고초를 겪게 되리라.

"인쇄업을 담당하기 두려우면 다른 부서를 알선해줄게요."

"……아니에요. 저는 로제마인 님과 책을 만들고 싶어요. 제 결심을 포기할 생각은 전혀 없습니다."

그래도 여전히 불안한지 꽉 쥔 주먹을 달달 떨었다. 하지만 필린느는 똑 부러지게 그렇게 말했다. 노력하기로 결심하는 모습에 나까지 얼굴에 웃음꽃이 피었다.

"하르트무트, 나도 주의하겠지만 필린느가 문관들 사이에서 괴롭힘을 당하지 않는지 잘 살펴보세요."

"알겠습니다."

앞으로 하르트무트와 필린느를 인쇄업 확장을 위한 심복으로 키우겠다는 것, 그러려면 짧은 기간 동안 유스톡스에게 문관 업무를 배우라고 명령할 때 올도난츠가 돌아왔다.

하얀 새는 "에그란티느에게 하루빨리 머리 장식을 선물하고 싶으니 내일 다섯 점 종에 와라."라고 아나스타지우스의 목소리로 세 번 말하고, 노란 마석으로 돌아갔다. 나는 알겠다는 답장을 보내고, 브륀힐데와 리젤레타를 바라보았다.

"아나스타지우스 왕자의 면담이 내일이면 다과회는 언제 개최할 수 있을까요? 거기에 맞춰서 모두에게 초대장을 보내야 하지 않을까요?"

"닷새, 아니, 나흘 후면 가능할 겁니다. 다과회는 하루라도 빨리 끝내는 편이 좋겠지요. 저희는 물론이고 손님들도 영지대항전 준비가 있을 테니까요. ……그리고 안게리카는 졸업식 준비도 있잖아요?"

브륀힐데가 안게리카를 쳐다보자, 리젤레타도 동의하듯 고개를 크게 끄덕였다. 하지만 졸업하는 당사자는 의아하다는 듯이 고개만 갸웃거렸다.

"의상을 가져왔으니까 따로 준비할 건 없습니다."

안게리카의 말에 브륀힐데의 눈꼬리가 쑥 올라갔다.

"영광스러운 무대인데 지금부터 치장하고 광을 내야죠! 안게리카는 외모가 출중하니까 린샴과 머리 장식으로 아름답게 꾸며서 에렌페스트의 유행을 선도하는 데 도와줘야 해요."

"안게리카 언니, 헤어스타일과 화장도 거의 정하지 않았다고 아버님과 어머님께 들었어요. 신전 임무를 핑계로 회의에서 도망쳤죠?"

리젤레타의 지적에 안게리카가 슬픈 얼굴로 시선을 떨구었다. 긴 속눈썹이 눈가에 그림자를 드리운다. 깊이 상처받은 미소녀의 그림 같았지만, 이건 엄청 귀찮을 때 나오는 표정이다. 나도 이제는 딱 보면 척이다. 당연히 여동생인 리젤레타도 그 표정을 눈치챘는지 어이없어하며 포기한 듯 미소 지었다.

"언니에게 어울리는 헤어스타일은 제가 알아서 고를 테니까 제발 당일에는 얌전히 우리한테 몸을 맡기세요."

정말 슬픈 표정으로 안게리카가 고개를 끄덕였다. 마치 원치 않는 정략결혼에 팔려가는 공주처럼 우울해 보이지만, 사실은 마냥 귀찮아서 저러는 거다. 참고로 안게리카는 예복을 차려입기는 싫어하면서 정작 호위 기사 제복은 마석으로 강화하거나 망토에 마법진 자수를 놓는 데는 열심이다.

"언니가 치장하는 목적이 전력 강화뿐인 줄은 알지만, 졸업식 의상이 볼품없으면 에스코트하는 상대까지 욕먹어요."

에스코트 상대라는 말에 나는 재차 눈을 끔뻑이며 안게리카를 보았다. '아버님'이나 '숙부님' 같이 가족을 가리키는 말이 아니었다. 즉, 누군가 분명한 상대가 있다는 말이다.

"안게리카를 에스코트하는 사람이 누구예요? 친족은 아니죠?"

"네? 로제마인 님도 모르세요? ……언니, 얼마 전에 보고 드리지 않았어요?"

리젤레타는 나, 안게리카, 주변을 순서대로 돌아보았다. 남 일 같은 얼굴로 고개를 갸웃거리는 당사자의 모습에 매우 곤란한 표정을 짓더니 얼버무리듯이 미소를 지었다.

"아직 아무도 모르시는 것 같으니 당일을 기대해 주세요."

'안게리카의 상대라니 누굴까? 엄청 궁금하네.'

# 영지대항전 준비와 유스톡스

"오늘 유스톡스가 공주님을 동행한다던데 아무리 질베스타 님과 페르디난드 님의 명령이라지만, 정말 괜찮으시겠어요?"

아침에 눈을 뜨자마자 리카르다가 상당히 험악한 얼굴로 그런 질문을 던졌다. 나는 오늘 하루 동안 트라우고트와 시종을 교환하기로 했다. 내가 자기 아들을 여장시켜서 시종으로 데리고 다닌다고 하니 리카르다가 상당한 충격을 받았나 보다.

"살짝 불안하긴 한데 나나 빌프리트 오라버니가 모은 정보로는 턱없이 부족해서 방법이 없어요. 그리고 유스톡스는 페르디난드 님이 추천하신걸요. 실패하지 않으리라 믿어요."

'또 심각히게 걱정하는 리카르다에게는 미안하지만, 무서운 것일수록 보고 싶은 사람의 심리라고 할까, 유스톡스가 여장한 모습이 궁금하거든.'

오늘은 오전 중에 도서관에 가서 슈바르츠와 바이스에게 마력을 주고, 오후부터는 아나스타지우스와 면담할 예정이다. 그 자리에 여장한 유스톡스를 시종으로 데려간다. 그동안 리카르다가 트라우고트의 시종으로 일하게 되었다.

"유스톡스는 본인이 관심 있는 일이 먼저니까 트라우고트의 시중이 제일 뒷전이겠지요. 유스톡스가 얼마나 시종 업무를 잘 해내는지 지켜봐야겠군요."

아마도 꼬치꼬치 체크할 심산이다. 리카르다의 검은 눈동자가 번쩍였다.

아침 식사 후에는 도서관 개관 시간까지 다목적 홀에서 영지대항전을 대비하는 회의가 있다. 영지대항전은 우라노 시절의 문화제와 체육 대회와 취직 설명회를 합친 듯한 행사다. 중앙 귀족, 각 아우브, 학부모에게 학생들이 장기자랑을 펼친다. 연인의 부모에게 결혼 허락을 받으려고 좋은 모습을 보이려다가 물거품이 된 사람도 있고, 학생의 무대를 본인의 연구 발표회로 만들어 버리는 선생도 있는 등, 매년 다양한 해프닝이 일어난다고 한다.

견습 기사들에게는 디터를 겨루는 자리다. 선생의 마술로 등장한 마물을 어느 영지가 빨리 쓰러뜨리는가를 겨룬다. 이 경기는 하루 만에 승패가 갈리고, 개인의 활약이 눈에 띄는 자리라서 영지대항전에서 인기가 있다.

선수를 선별할 정도로 수적으로 우세한 대영지와 한 명도 빠짐없이 출전해야 하는 소영지는 애초에 실력이 하늘과 땅 차이다. 하지만 이 또한 영지의 능력이다. 인원수로 따지면 에렌페스트는 솔직히 소영지에 가까운 중영지다. 땅은 넓어도 인구가 적은 편이니 인원 부족을 실력으로 채워야 한다. 지금까지의 견습 기사들을 보면 그 실력도 애매…… 아니지, 성장의 여지가 많다. 앞으로 마력 압축으로 마력을 키우고, 마물에 관해서 공부하고, 진형과 협동을 훈련하면 순위가 쑥쑥 올라갈 터이다.

"올해는 마물의 약점과 과거의 전적을 연구한 레오노레의 지시에 따라 안게리카와 내가 중심이 되어 공격할 겁니다. 안타깝게도 우리는 아직 협동력이 충분치 않습니다."

코르넬리우스의 말에 안게리카가 고개를 끄덕였다. 단켈페르거와 겨뤄서 협동력의 중요성을 깨우쳤지만, 이제 막 연습을 시작한 단계다. 봄부터 보니파티우스가 견습생을 훈련시킨다고 하니 내년은 더 나아지리라.

"디터 시작 전에 견습 기사들에게 무용의 신의 축복을 내려주고 싶은데 이건 치사한 행동일까요?"

"로제마인 님의 축복은 에렌페스트가 쓸 수 있는 귀중한 전략이지요. 출발 전에 기숙사에서 디터 승리를 빌어 주신다면 이 이상 든든할 게 어디 있겠어요."

레오노레의 '기숙사에서'라는 단어에서 살펴보건대 다른 영지가 보지 않으면 그만 아니야? 라는 검정에 가까운 회색 레벨의 꼼수인 모양이다.

'단켈페르거에도 악랄하다고 소문났는데 아무렴 어때.'

견습 분관에는 마술구의 야외 개량, 밤명 등 본인의 연구 성과를 발표하는 자리다. 이때 완성된 발명품이나 연구 성과를 정리한 자료를 들고, 자신의 기술을 중앙에 팔아넘긴다고 한다. 페르디난드도 이때 자작 마술구를 발표하고, 중앙에 팔아서 큰돈을 벌었다고 들었다. 그가 졸업한 이후로 에렌페스트는 몇 년째 힐쉬르의 연구발표회가 되었다.

"하르트무트도 발표해요?"

"저는 로제마인 님을 연구하고 있는데 아직 발표할 만큼의 성과가 없습니다."

'방금 엄청난 말을 들은 것 같은데, 내가 잘못 들은 거지?'

"정확하게는 귀족원에서 배우고 사용하는 마술과 로제마인 님께서 사용하시는 축복과 가호의 차이를 연구하고 있습니다. 귀족원에서는 슈타프를 얻고 난 후부터 신의 가호를 다룰 수 있는데 로제마인 님은 슈타프 없이도 신의 가호를 내릴 수 있지 않습니까?"

"축복은 인사할 때도 쓰잖아요."

슈타프가 없어도 모두 세례식 때 마력을 방출하는 마석을 받으면 축복을 내릴 수 있다. 내 말에 하르트무트의 주황색 눈동자가 커졌다.

"마력을 방출하기만 하는 축복이 아니라 신의 이름으로 기도를 올리고, 효력을 가지는 가호를 얻는 것 말입니다. 제게는 이 두 가지가 별개인데 로제마인 님께는 같나 보군요."

하르트무트는 새로운 발견이라며 기뻐했다. 나한테도 새로운 발견이다. 내게는 전부가 신에게 기도를 올린 것이었다. 인사도, 신전에서 내린 축복도, 신의 가호도, 전부 신의 이름을 거론하고 마력을 방출한다. 서로 다른 줄 몰랐다.

'아~, 하지만 마력이 멋대로 빠져나가는 감각이랑 내가 노력해서 마력을 담을 때와 조금 다를지도? 잘 모르니까 생각은 여기까지!'

"난 하르트무트가 조금 더 유익한 연구를 했으면 해요."

"알겠습니다. 내년에는 발표할 만한 연구를 하겠습니다. 로제마인 님 연구는 1년을 걸쳐도 완성할 것 같지가 않으니까 졸업 후에 차근차근 진행하겠습니다."

씨익 웃는 눈이 나를 응시했다.

'안 돼! 나를 인생 연구로 삼지 마!'

"아 참, 로제마인 님. 힐쉬르 선생님의 올해 연구 발표 주제는 슈바르츠와 바이스랍니다."

머리를 싸매는 내게 필린느가 그렇게 알려 주었다. 힐쉬르는 새로운 의상을 만들려면 다양한 연구가 필요하다고 했다. 에렌페스트가 똘똘 뭉쳐서 착수해야 하는 일이라서 메인 연구로 삼은 모양이다.

"그래서 페르디난드 님의 자료가 시급한가 봐요. 어제 힐쉬르 선생님을 보고 깜짝 놀랐어요."

필린느의 진지한 말투에 나는 어제 있었던 상황을 떠올렸다. 올도난츠로 내가 돌아온 소식을 들은 힐쉬르는 어제 오후에 굉장한 기세로 기숙사로 쳐들어왔다. 무시무시한 표정으로 날쌔게 다가오는 형상은 도무지 제자에게 물건을 받으러 오는 사람의 모습이 아니었다.

그런 힐쉬르를 대응한 사람은 유스톡스다. 슈바르츠와 바이스의 연구 자료를 대가로 단켈페르거의 디터 재대결을 대신 거절하게 하고, 이후에도 내게 재대결을 신청하지 못하도록 못을 박아두게 했다. 자료를 넘길 때 "부탁한 일이 마무리된 것을 확인하면 나머지 절반을 넘기겠습니다."라고 유스톡스가 말하자, 힐쉬르는 당장에 행동을 개시했다고 한나. 그리고 그날 저녁 시사 전에 나머지 절반을 받으러 왔다. 폭풍처럼 와서 자료 더미를 확 낚아채고 폭풍처럼 사라졌다.

"설마 종 한 점 사이에 협상을 끝낼 줄은 몰랐습니다. 힐쉬르 선생님께 연구 외에도 잘하시는 분야가 있다는 것을 처음 알았습니다."

멍한 얼굴로 그렇게 중얼거린 하르트무트의 말에 모두가 깊이 공감했다.

'그나저나 양아버님도 그렇고, 힐쉬르 선생님도 그렇고, 에렌페스트의 윗선은 자기 흥미 위주로 움직이는 기질이 있나 봐. 야단났네.'

견습 시종에게 영지대항전은 내빈을 환대하고, 유행을 전파하는 자리다. 여태까지 에렌페스트는 학부모나 보호자들 외에 방문객이 거의 없었다고 한다. 새로운 발명품이나 주목거리가 없는데 누가 오겠는가.

영지대항전이 열리는 시간이 짧기 때문에 사람들의 발걸음은 자연스럽게 흥미가 생긴 것이나 이목을 끌고 사람이 모이는 곳으로 향한다.

보호자나 아우브 에렌페스트 부부마저도 다른 영지와 교류하려고 금방 다른 곳으로 발걸음을 돌린다. 기다려도 아무도 오지 않으니 직접 가는 것이다. 브륀힐데는 아무리 접대 실력을 갈고닦아도 발휘할 데가 없어서 땅을 쳤다고 했다.

그런데 올해는 린샴, 머리 장식, 카트르 카르, 식물지 등 어필할 물건이 잔뜩 있는 에렌페스트에 주목이 집중되고 있다. 브륀힐데는 진급식 때처럼 모두의 머릿결을 린샴으로 번지르르하게 만들겠다며 의욕을 불태웠다. 반대로 리젤레타는 "손님이 얼마나 올지 몰라 불안해서 못 견디겠습니다."라고 했다. 이번에는 영주 후보생이 나와 빌프리트 두 명인 데다가 새로운 유행이 나오고 있어서다. "지금까지와 달리 아무리 준비해도 부족할 것 같다."라며 유스톡스가 말했다고 한다. 자신들의 능력 내에서 처리할 수 있는 해프닝이면 다행이지만, 손 쓸 수 없는 사태가 벌어지면 작년보다 형편없는 결과가 나올지도 모르는 셈이다.

"……어머? 누구죠?"

갑자기 낯선 여자가 다목적 홀에 들어왔다. 풍모가 리카르다 같았지만, 진짜 리카르다는 내 뒤에 있다. 다른 사람이다. 누굴까 생각한 순간, 못 볼 것을 본 사람처럼 손으로 얼굴을 가린 트라우고트가 눈에 들어왔다. 홱 고개를 돌려서 올려다보자, 리카르다가 인상을 잔뜩 찌푸리고 있었다.

'저건 여장한 유스톡스야! 우와, 정말 품위 넘치는 아주머니로 보여!'

누구지? 하고 수상쩍은 시선을 보내는 학생들 사이를 가르며 그 여성은 천천히 다가와 우아한 동작으로 내 앞에 무릎을 꿇었다. 눈앞에 있는 사람은 익숙한 유스톡스가 아니라 피부가 탱글탱글해진 리카르다를 꼭 닮은 중년 여성이었다. 추운 겨울 날씨라서 모두 목 끝까지 올라온 옷을 입고 있다. 그래서 유스톡스도 목젖을 거의 가리고, 장갑까지 완벽하게 끼고 있다. 드러난 피부는 얼굴뿐이다. 원래부터 얼굴이 중성적이라서 화장하니까 여성처럼 빛나 보였다. 무엇을 잔뜩 집어넣었는지 리카르다보다도 풍만해 보이지만, 언뜻 봐도 위화감이 없는 점이 더 무섭다. 염색했는지 본연의 회색 머리카락이 갈색빛을 띠었다.

"오래 기다리셨습니다. 어떠십니까, 공주님?"

"……목소리도 바꿀 줄 알아요?"

"발성만 조금 바꾸면 되거든요."

목소리 톤을 바꾸면 여성스러운 목소리가 나오는 모양이다. 여성을 주의 깊게 관찰했는지, 아니면 혼자 연습하는지, 아니면 평상시에도 여장해서 그런지 동작이 매우 여성스럽고 능숙하다. 과장된 칭찬일지도 모르겠지만, 가부키나 가면극에서 여장 남자가 여성스러운 동작을 연구하고 훈련하여 일반 여성보다 여성스럽게 행동하는 것과 비슷하다.

"이거로 문제가 없다면 여성들이 모이는 다과회에도 이 모습으로 참가하게 해주세요."

"오늘 하루 동안 문제가 없다면 상관없어요."

"그럼 이 모습일 때는 저를 구드룬이라고 불러주세요."

"……구드룬?"

내가 고개를 갸웃거리는 것과 트라우고트가 비명을 지르는 것은 거의 동시였다.

"외숙부! 제발 부탁이니까 그 모습으로 제 어머님의 이름을 쓰는 건 자제해 주십시오! 유스티나라든지 유스티네라든지 본인 이름에 가까운 여자 이름도 있지 않습니까!"

"어머나, 트라우고트. 천박하게 이성을 잃으면 쓰나요. 그리고 멍청하게 본명과 비슷한 이름을 쓰는 방법밖에 모르니 당신이 실패하는 거예요."

후훗 하고 웃는 유스톡스의 여장 모습은 아무래도 트라우고트의 모친, 구드룬과 빼다 박은 모양이다. 황당해하는 사람 중에 굉장히 복잡한 표정을 짓는 학생들은 구드룬을 아는 사람인 걸까?

여장한 외숙부를 시종으로 데리고 다녀야 하는 트라우고트가 울먹이며 "제발 봐주십시오."라고 빌었다. 지금까지 그를 비판과 경멸의 눈초리로 바라보던 모두의 시선이 점차 동정 섞인 눈빛으로 바뀌었다. 어디서 "불쌍해……."라는 목소리가 들리는 듯하다.

'설마 트라우고트에게 동정심을 끌어모을 목적? 아니, 유스톡스는 분명 거기까지 생각하지 않아.'

이성을 잃은 트라우고트와 대화할 때도 여성스러움을 잊지 않는 유스톡스의 여장 모습에 하르트무트가 황당무계한 명령을 받은 사람처럼 곤란한 얼굴로 나를 보았다.

"……로제마인 님, 저기, 여장은 측근에게, 문관에게 필요한 기술입니까? 매우 한심스럽게 들리시겠지만, 제게는 저런 기술이 없습니다. 하지만 로제마인 님께서 하라고 하신다면 기꺼이 노력하겠습니다."

유스톡스에게 문관 업무를 배우라고는 했지만, 여장 기술을 익히라고 말한 기억이 없다. 나는 서둘러 부정했다.

"하르트무트는 여장하지 않아도 돼요. 원하는 정보를 손에 넣을 수 있는 여자 문관을 교육하든 협력하든 방법은 많아요. 저 여장은 유스톡스의 취미일 뿐이지, 하르트무트가 배웠으면 하는 능력이 아니에요."

내 말에 주변에 있던 견습 문관들이 노골적으로 안심한 표정을 지었다. 하지만 유스톡스는 살짝 불만스러운 표정이다.

"취미가 아니에요, 공주님. 정보를 얻는 데 가장 먹히는 방법이지요. 자신의 눈과 귀로 믿을 만한 정보를 직접 얻을 수 있는 확실하고 편리한 기술이지 않습니까?"

"……정말 효과가 좋습니까?"

"하르트무트, 속으면 안 돼요!"

순수한 얼굴로 생각에 잠긴 하르트무트의 모습에 위험한 느낌을 받은 나는 서둘러 제지했다. 그런 나를 유스톡스가 웃으며 막았다. 그리고 하르트무트는 불론이고, 그 자리에 있는 학생들에게 여장의 장점을 설명하기 시작했다.

"공주님, 속이는 것이 아니라 본인이 결정할 일이지요. 남에게 들은 정보보다 자신의 눈과 귀로 얻은 정보가 신뢰성이 높다면 여장도 하나의 기술로 보고 익히는……."

"그 입 닫아요, 유스톡스! 거기서 더 쓸데없는 말을 했다간 용서 못 해요! 장래가 유망한 오틸리에의 아들을 이상한 길로 끌고 들어가게 놔둘까 봐요!"

모친인 리카르다가 노성을 지르자, 유스톡스는 '어이쿠' 하고 어깨를 으쓱거렸다. 시종의 몸이라 끝까지 참고 있었지만, 마침내 인내심이 끊어지고야만 리카르다가 노도와 같은 설교를 시작했다.

유스톡스의 얼굴이 리카르다와 빼닮아서 꼭 리카르다가 두 사람 있는 것 같다. 한쪽은 엄마의 얼굴이고, 한쪽은 장난쳤다가 혼나는 아들의 얼굴이라 뭔가 느낌이 묘하다.

"페르디난드 도련님과 아우브 에렌페스트의 명령이라 어쩔 수 없이 너를 공주님께 붙였지만, 절대 내 의도가 아니에요! 그 모습으로 에렌페스트의 평판을 떨어뜨리는 짓을 할 시엔 제가 직접 처분할 권리를 갖고 있어요. 그걸 잊지 마세요. 알겠죠!?"

"……깊이 명심하겠습니다, 어머님."


리카르다가 유스톡스를 달래면서 겨우 도서관으로 출발할 수 있었다. 걱정스러운 리카르다와 위장을 움켜쥐는 트라우고트의 배웅을 받으며 나는 유스톡스가 아닌 구드룬과 측근들을 데리고 도서관으로 발걸음을 옮겼다. 슈바르츠와 바이스를 만나는 것도 오랜만이다.

"공주님, 왔다."

"어서 와, 공주님."

슈바르츠와 바이스가 뒤뚱거리며 다가와 "어서 와, 어서 와." 하고 주위를 빙글빙글 돌았다. 이렇게 두 팔 벌려 환영해 줘서 기뻤다. 나는 둘의 이마에 박힌 마석을 쓰다듬어 마력을 주입하면서 도서관 안을 쭉 돌아보았다. 책장이 듬성듬성 비어있다.

"솔랑쥬 선생님, 왠지 책장이 휑하네요."

"어서 오십시오, 로제마인 님. 곧 최종 시험이라서 모두 필사적이거든요. 요즘 들어 책장이 많이 비지만, 개인 열람실은 만석이랍니다."

솔랑쥬의 말대로 내가 알던 예전 모습과 다르게 오늘 도서관은 이용자가 넘쳤다. 잡담소리는 없지만, 각자가 내는 작은 소음이 잔물결처럼 끊임없이 들렸다. 동급생이 하나둘 수업을 통과하자 초조해진 걸까, 참고서와 개인 열람석 경쟁이 치열한 모양이다. 느긋하던 분위기는 어디 가고, 시험 전 특유의 긴장감이 눈에 보이는 듯했다.

"오늘 책을 읽으시려면 방에서 읽으시는 편이 좋으실 거예요."

"사실 에렌페스트에 머문 시간이 길어져서 앞으로 졸업식까지 사교 일정으로 빽빽해요. 도서관에서 느긋하게 책을 읽고 싶은 마음은 굴뚝같은데……."

"어머나, 사교는 귀족원에서 중요한 공부의 장이지요. 로제마인 님이라면 괜찮을 겁니다."

쿡쿡 웃으며 솔랑쥬가 격려해 주었다. 그 모습을 보고 있던 구드룬이 잠시 생각에 빠진 듯 뺨을 괴고 고개를 갸웃거렸다.

"하루 일정량의 사교를 끝내시면 휴식 삼아 책을 읽으셔도 막지 않겠습니다. 한 권 빌려서 돌아가죠."

"구드룬, 그래도 돼요?"

'유스톡스는 괴짜지만, 유능하고 좋은 사람이야!'

자신의 호감도가 쑥쑥 올라가는 것이 느껴졌는지, 구드룬이 입꼬리를 올리며 피식 웃었다.

"공주님은 약간의 포상이 있어야 의욕도 생기는 것 같으니까요."

"생겼어요. 그럼 얼른 책을 고르러 갑시다."

"그럴 시간은 없습니다. 슈바르츠, 바이스, 공주님이 지금까지 빌리지 않은 책 중에 한 권을 대출해 주세요."

구드룬은 도망치지 못하게 내 어깨를 덥석 잡았다. 여성스럽게 장갑까지 끼고 있어도 어깨를 누르는 힘은 그야말로 남성 그 자체다. 리카르다와는 차원이 다르다. 예상외로 투박한 손의 감촉에 내가 놀라는 사이에 슈바르츠와 바이스가 뒤뚱거리며 움직이기 시작했다.

"알겠다. 한 권."

"대출해 준다."

나는 대출 신청을 끝낸 책을 시종에게 들게 하고, 들뜬 기분으로 기숙사로 돌아갔다. 여성스럽게 사뿐사뿐 걷는 구드룬의 모습을 보니 문뜩 예전에 들었던 말이 떠올랐다.

"구드룬, 열리지 않는 서고는 어디에 있어요? 전에 얘기한 적 있죠?"

정확하게는 슈첼리아의 밤에 졸음을 쫓으려고 이야기해 준 정보다. 사서와 장서의 수에는 변화가 있었지만, 열리지 않는 서고의 존재는 그대로이리라. 어쩌면 열리지 않는 서고가 열려 버린 서고가 되어 있을지도 모르지만, 내게는 사소한 일이다.

"그런 이야기는 처음 듣습니다. 귀족원 얘기입니까?"

'열리지 않는 서고'라는 신비한 단어에 측근들도 호기심 어린 눈으로 구드룬을 쳐다보았다. 그녀는 부드러운 미소를 짓고, 천천히 고개를 저었다.

"장소는 모릅니다. 제가 재학할 당시에 있던 사서가 말해준 거예요. 왕족 외에는 열 수 없는 서고가 있다고요."

"네? 왕족 외에 열 수 없다면 저는 못 들어가잖아요!"

기대하게 해놓고 잔인하다. 내가 볼을 뾰로통하게 부풀리자, 구드룬의 눈이 커졌다.

"열리지 않는 서고에 들어가실 생각이셨어요?"

"그곳에 책이 있으면 읽고 싶다고 생각하는 게 사람 심리죠."

"……공주님과 같은 생각을 하는 사람이 얼마나 있을까요?"

구드룬은 고개를 갸웃거리며 그렇게 말했지만, 나는 석연치 않았다. 원하는 정보가 있는 곳이면 그곳이 평민촌이라도 기꺼이 뛰어들고, 여장까지 완벽하게 하는 유스톡스가 마치 자기는 지극히 '정상인'이라는 표정을 짓는다. 세상에 알려지지 않은 책이 있는데 궁금하지 않다니 뭔가 단단히 잘못됐다.

"구드룬은 열리지 않는 서고에 어떤 책이 있고, 무슨 내용이 쓰여 있는지 궁금하지 않아요?"

"들어갈 수 있는 곳이라면 알고 싶었겠지요. 하지만 왕족 외에 열 수 없다고 알게 된 시점에서 보통은 다들 포기해요. 마음만 먹으면 잠입할 수 있는 다과회와 달라요."

갑자기 일반인 같은 말을 꺼내기 시작한 구드룬을 살짝 째려보았다.

"구드룬, 그 말은 꼭 내가 이상하다는 의미로 들리는데요."

"공주님, 설마 자각이 전혀 없으세요?"

재미있어 하면서 진심으로 걱정하는 구드룬의 눈빛에 나는 말문이 막혔다. 자각이 전혀 없지는 않다.

"윽……. 조, 조금은 있어요."

그거 다행이네요, 하고 구드룬이 웃으며 가슴을 쓸어내렸지만, "조금이요?"라고 코르넬리우스가 깜짝 놀라 말했다.

'네? 조금 맞죠?'

# 왕자와 면담

 다섯 점 종이 울리면 아나스타지우스와 면담이다. 우리는 리카르다가 준비해둔 갖가지 선물을 들고 출발했다. 물론 짐을 옮기는 건 시종과 문관들이고, 내 일은 열심히 걷는 것이다. 우아하면서 아름답게, 그리고 도중에 속이 불편해지지 않게 체력 분배도 잊지 않았다. 귀족원 내를 걸어서 이동하는 것도 내게는 굉장히 힘든 일이다.

 "구드룬, 페르디난드 님도 학생일 때 왕족의 초대를 받았어요?"

 "그랬죠. 몇 번인가 함께 간 적이 있어요. 왕자뿐만 아니라 왕녀까지 페르디난드 님을 초대하셨죠. 페르디난드 님은 거기서 페슈필 연주를 선보이셨답니다."

 음악 선생의 나파회에 참가했다가 왕녀의 마음에 들어서 불려갔다고 구드룬은 알려주었다. 영주 후보생이 아니라면 전속 악사로 삼고 싶다는 말까지 들었다고 한다.

 "누구나 비슷한 경험이 있군요."

 "공주님, 뭔가 오해하시는 것 같아서 정정해 드리자면 왕족의 방에는 아무나 초대받지 못한답니다."

 구드룬은 어이없는 얼굴로 그렇게 말했다. 하지만 나와 페르디난드도 초대했고, 아나스타지우스의 그 말투로 예상컨대 에그란티느도 여러 번 불렀을 테니 그렇게 드문 일은 아닐 터였다.

 "이번 기회에 아나스타지우스 왕자님께 열리지 않는 서고에 관해서 물어봐야겠어요. 장소를 알고 계시면 열어 줄지도 몰라요."

왕족밖에 열 수 없는 서고라면 왕족에게 부탁하면 되지 않느냐며 훌륭한 아이디어를 입에 담자, 구드룬이 얼빠진 얼굴로 나를 제지했다.

"그런 질문은 삼가세요, 공주님."

"왜요? 왕족밖에 열지 못하는 서고니까 왕족에게 물으면 일사천리잖아요."

내가 고개를 갸웃거리자 구드룬은 잠시 말을 멈추고, 깊은 한숨을 내쉬었다.

"로제마인 공주님, 열리지 않는 서고는 귀족원 불가사의 중 하나입니다. 거짓인지 진짜인지 출처마저도 불분명한 소문이에요. 왕족의 귀에 들어갈 만한 이야기가 아닙니다."

"……그 말은 귀족원 7대 불가사의 같은 건가요?"

"왜 7대입니까? 나머지 여섯은 뭐죠?"

학교 괴담은 보통 일곱 가지다. 그 이유도, 나머지 불가사의가 뭔지도 모르지만.

"전 모르지만, 당신은 다른 것도 알고 있죠?"

"제가 아는 귀족원의 불가사의는 총 스무 가지 정도 있습니다."

"스무 가지 불가사의…… 많네요."

"학생들이 재미로 이야기를 만들고, 비슷한 것끼리 합치고, 고쳐져서 점점 형태가 바뀌었지요. 열리지 않는 서고뿐만 아니라 졸업식 날 밤에 춤추는 신의 동상, 시간의 여신이 장난치는 정자, 디터를 겨루는 게빈넨…… 이 중에 몇 가지는 들어봤죠?"

구드룬이 손가락을 접으며 불가사의를 하나씩 언급하자, 코르넬리우스를 비롯한 측근들이 서로 마주 보고, 천천히 고개를 저었다. 고학년인 코르넬리우스가 모른다면 유명한 화제는 아닐지도 모른다. 이 자리에 있는 누구도 아는 사람이 없자, 눈을 휘둥그레 뜬 구드룬이 "정변의 영향이 이런 데서도 나오는군요." 하고 조그맣게 중얼거렸다.

"로제마인 님, 기다리고 있었습니다. ……오늘은 안색이 좋으시군요."

아나스타지우스의 수석 시종인 할아버지, 오스빈이 나를 보고 안도하며 싱긋 웃었다. 그러고 보니 전에 여기서 갑자기 쓰러진 뒤로 한 번도 만나지 못한 채 문안 편지의 답장과 동시에 에렌페스트로 돌아갔었다. 꼭 건강 때문에 귀환 명령이 나온 것이 아니지만, 사정을 모르면 왕자의 호출로 건강이 나빠져서 에렌페스트로 돌아갔다고 오해할 소지가 있었다. 오스빈은 여태껏 나를 걱정한 것이리라.

"이젠 괜찮아요. 아나스타지우스 왕자님뿐만 아니라 모두에게 걱정을 끼쳐버렸네요."

오스빈의 안내로 아나스타지우스가 기다리는 방으로 들어갔다. 손님을 대접할 때 쓰는 의자에 앉아 기다리던 왕자가 곧바로 자리를 권해 주었다.

'어? 이상하게 왕자가 반짝이는 것 같은데?'

원래부터 화려했던 아나스타지우스의 금발이 평소보다 더 윤기가 흘렀다. 설마 에그란티느에게 린샴을 얻었나? 그렇게 추측할 정도로 번지르르했다. 그리고 외모뿐만 아니라 저번에 호출했을 때와 어딘가 달랐다. 초조하고 심란해 보이던 느낌이 싹 사라지고, 침착하고 듬직해졌다고 할까, 자신감이 넘쳐 보였다. 온화한 분위기마저 풍겨서 마치 얼굴이 같은 다른 사람으로 착각할 정도다.

"제법 오래 걸렸구나. 기다리다 목이 빠질 뻔했다."

"죄송합니다. 하지만 그 덕분에 에그란티느 님께 드릴 머리 장식이 상당히 좋은 품질로 완성되었습니다."

지금 당장 내놓으라고 할 줄 알았다. 그런데 아나스타지우스는 회색 눈동자를 가늘게 뜨며 갖가지 선물들을 시종끼리 주고받는 모습만 빤히 바라보았다.

"제가 없는 동안 무슨 일 있으셨어요?"

"무슨 일이라니?"

"아니, 왠지 분위기가 사뭇 달라 보여서 에그란티느 님과의 관계에 변화가 있었나 싶어서요."

'사내는 사흘만 떨어져 있다 만나도 달라져 있다'라는 말이 뇌리를 스친 순간, 아나스타지우스의 여유 넘치던 태도가 무너졌다.

"뭐야. 궁금하냐? 생긴 건 어리면서 연애 얘기를 무척 좋아하는군. ……흠. 네가 알려준 정보 덕분에 상태가 급속도로 진전되었으니 살짝 알려줄 수는 있지."

'엄청 길어질 것 같으니까 됐어요.'

그렇게 말하고 싶었지만, 입 밖에는 내지 않았다. 아나스타지우스가 회색 눈동자를 번뜩이며 '자, 어서 듣고 싶다고 말해.'라는 무언의 압박을 가해와서다. 설상가상 구드룬까지 '듣고 싶습니다, 공주님.'라는 눈빛을 보냈다. 눈치 있는 척 굴 수밖에 없었다.

"너무너무 궁금하네요. 호호호……."

"그럼 알려 줘야지. 다만, 맛보기만이다. 자세히 말할 수 없는 얘기가 많거든."

의기양양하게 웃으며 아나스타지우스가 입을 열었다. 자세한 설명은 할 수 없다면서도 떠벌리고 싶어 입이 근질근질한 표정이다.

"너와 이야기한 뒤, 에그란티느와 둘이서 얘기를 했지. 네 충고를 받아들여서 얼굴을 마주 보고 에그란티느의 소망과 나의 소망을 확인했다."

그녀의 입에서 소망을 끄집어낸 아나스타지우스는 그때부터 땅의 날이나 수업이 끝나고 생긴 빈 시간을 써서 그녀의 소망을 이루기 위해 왕족과 클라센부르크를 분주하게 돌아다녔다고 한다.

"아직 발표하지 않았으니 자세한 얘기는 할 수 없지만, 에그란티느가 기뻐하는 얼굴을 보았지. 처음 본 그녀의 미소는 마치 빛의 여신으로 착각할 만큼 아름다웠어."

그렇게 말하는 아나스타지우스가 환하게 웃었다. 처음 보는 그 부드러운 미소에서 에그란티느를 향한 애정이 온몸에서 뿜어져 나왔다. 솔직히 닭살이 일었다. 더는 남의 사랑 얘기를 듣고 싶지 않았다.

"그러니까 한바니도 노력한 보람이 있었고, 아나스타지우스 왕자님이 에그란티느 님의 에스코트 자리를 훌륭하게 거머쥐었다는 거죠?"

"그래. 선대 아우브 클라센부르크를 설득하는 것이 가장 힘들었다. 정말 에그란티느와 몇 번을 찾아갔는지…… 아, 미안하군. 자세한 얘기는 금지다."

'이미 듣고 싶지 않아요.'

말하고 싶어서 입이 근질근질한 아나스타지우스지만, 에그란티느를 에스코트하게 되었으니 잘 되었다. 머리 장식을 거절당할 걱정도 없고, 이 두 사람이 잘되어 간다면 에렌페스트에도 손해는 없으리라.

"그럼 에그란티느 님께 드리려고 준비한 머리 장식을 봐주세요. 제 전속이 심혈을 기울여 만든 최고의 걸작이에요."

억지로 화제를 돌린 나는 구드룬에게 눈짓으로 머리 장식을 가져오게 했다. 소리 나지 않게 조심스럽게 테이블 위에 나무 상자를 올리고, 천천히 뚜껑을 열었다. 머리 장식이 아나스타지우스에게 잘 보이도록 상자 방향을 바꿔서 건넸다.

"이것이 코라레리에 머리 장식입니다. 에그란티느 님의 분위기를 잘 살렸다고 보는데 어떠세요?"

에그란티느가 좋아하는 코라레리에라는 백합을 닮은 꽃 장식이다. 봄이 느껴지는 작은 하얀 꽃과 푸른 잎이 큰 꽃송이를 꾸미고, 주변을 장식하는 레이스가 우아하고 화려함을 더한다. 졸업식 날 에그란티느가 입을 의상이 게두르리히의 귀색인 빨강이라고 들어서 거기에 맞춘 색깔이다. 꽃술에 가까운 부분은 밝은 주황색이 감도는 빨강이고, 꽃잎 끄트머리로 향할수록 빨간 그러데이션이 들어가도록 공을 들였다.

상자에서 머리 장식을 꺼낸 아나스타지우스가 실눈을 뜨고 살펴보기 시작했다. 진지한 회색 눈동자가 머리 장식을 여러 각도에서 바라보았다. 왕족이 투리가 만든 머리 장식을 마음에 들어 할까? 나는 긴장감에 침을 꼴깍 삼키면서 그의 평가를 기다렸다.

"네가 달고 있는 머리 장식보다 훨씬 화려하군."

"제 건 평상시용이에요. 성인을 맞는 졸업식 예복에 맞춘 장식과는 또 달라요. 그리고 지금 제게는 그 머리 장식이 어울리지 않아요. 코라레리에 꽃은 매우 화려하고 크기가 커서 오히려 얼굴이 묻히거든요. 이건 에그란티느 님을 위해 만든 장식이에요. 어떠세요? 마음에 드세요?"

"그래. 이 훌륭한 장식이라면 에그란티느의 아름다움이 한층 더 돋보이겠어."

아나스타지우스가 만족스럽게 고개를 끄덕였다. 왕족의 입에서 '훌륭하다'라는 말이 나오자, 나도 모르게 함박웃음을 지었다.

'해냈어! 투리, 왕자에게 훌륭하다는 말을 들었어! 우리 투리, 대단해! 빨리 모두에게 자랑하고 싶어라.'

테이블 아래에서 주먹을 불끈 쥐고, 솟아오르는 흥분을 억눌렀다. 그때 아나스타지우스가 "넌 표정 좀 감춰라."라고 지적했다. 얼른 뺨을 눌러보지만, 입꼬리가 자꾸 제멋대로 올라갔다.

오스빈이 머리 장식을 상자에 넣고, 정성스럽게 뚜껑을 닫아서 물러났다. 그와 교대하듯 구드룬이 내 앞으로 나와서 테이블 위에 악보를 두었다. '머리를 식혀라'라고 지시하는 그녀의 눈초리에 겨우 흥분이 가라앉았다.

"빛의 여신께 바치는 이 곡은 어떤가요? 역시 제가 아니라 왕자님께서 에그란티느 님께 드리는 편이 좋을 것 같은데…….."

"그렇군. 초반에 말했듯이 이건 내가 사마. 오스빈,"

오스빈이 앞으로 나와 구드룬과 거래를 시작했다. 그동안 아나스타지우스는 악보를 훑어보고, 만족스럽게 고개를 끄덕였다. 페르디난드와 로지나의 편곡으로 훌륭하게 재탄생한 곡이다. 문제없으리라.

그 뒤로는 에그란티느의 사랑스러움과 귀족원에서 일어난 세세한 일상 얘기를 나누고, 면담을 끝내려고 할 때였다……. 구드룬이 헛기침을 했다.

'또 뭐가 남았나?'

구드룬은 왕자에게 보이지 않는 각도에서 치마 옆에 손가락으로 가위 자를 만들었다. 그리고 그 손가락을 까딱거렸다.

'슈바르츠와 바이스!'

그러고 보니 출발 전에 "영지대항전 때 도서관의 마술구에 관한 연구를 발표해도 되는지 왕자님께 여쭈어 주십시오."라고 했었는데 까맣게 잊고 있었다.

"저기, 아나스타지우스 왕자님. 마지막으로 한 가지 여쭙고 싶은데 영지대항전 때 에렌페스트의 문관이 도서관의 마술구, 슈바르츠와 바이스의 연구를 발표하고 싶대요. 왕족의 유물인데 발표해도 문제없을까요?"

"아. 딱히 문제는 없을 거다. 뭔가 새로운 발견이라도 있었나?"

나는 "몰라요."라고 대답하려다가 입을 닫고, 천천히 고개를 갸웃거렸다.

"자세한 얘기는 힐쉬르 선생님께 들으세요. 저는 에렌페스트에서 돌아온 지 얼마 안 되었고, 자세히 본 것도 아니라서요……."

"또 힐쉬르냐. 에렌페스트는 사감이 아니라 학생들의 전시나 더 늘리지 그러냐?"

아나스타지우스가 어이없다는 듯이 그렇게 말했다. 맞는 말이라 되받아칠 말도 없다.

"내년에는 학생들이 깜짝 놀랄 만한 연구 발표를 할 수 있게 전력을 다할게요."

"……기대하지 않고 기다리마."

물러나라는 아나스타지우스의 지시로 면담이 끝났다.


"페르디난드 님께서 어떤 생각으로 저를 공주님께 붙였는지 이해가 되는 면담이었네요."

기숙사에 돌아오자마자 구드룬이 관자놀이를 문지르며 그렇게 말했다.

"왕자를 상대로 공주님이 어떤 발언을 하나, 어떻게 대답하나, 심장이 조마조마했습니다. 예상이 불가능한 데다가 사전에 말씀드린 말도 잊어버리시다니요. 공주님은 사교를 하기보다 최대한 격리해야 한다던 페르디난드 님의 말씀을 지금 절실하게 통감합니다."

무사히 끝나서 다행이란 안도감이 우러나오는 구드룬의 목소리에 나는 매우 불안해졌다.

"……구드룬, 제 사교 실력이 그렇게 형편없어요?"

"언뜻 평범하게 해내는 것처럼 보이니까 더 난처하죠. 대답에도 문제는 거의 없습니다. 하지만 열리지 않는 서고 얘기를 왕족에게 하려고 하지를 않나, 사전에 말 맞춘 사항도 깜박하지를 않나, 공주님이 저지른 실수는 꼭 치명타로 이어질 것만 같아요. 측근들이 일일이 신경을 써야 할 것 같습니다. 앞으로 제 어머님과 교대로 에렌페스트에 보고서를 작성할 때 공주님의 측근 교육에 관해서도 페르디난드 님께 진언을 드려야겠어요."

보니파티우스의 교육을 받는 견습 기사들에게 페르디난드의 측근 교육까지 추가될지도 모르겠다. 귀족원에 파다하게 퍼진 페르디난드 전설을 들어 버린 측근들의 표정이 확 굳어졌다.


"공주님, 에렌페스트가 주최하는 다과회 초대장에 답신이 왔습니다."

구드룬과 교대한 리카르다가 손에 든 것은 초대장 답장이었다. 이미 회의실로 마련된 방에서 우리는 곧장 답장을 확인했다.

모든 영지가 참가하는 대규모 다과회가 될 것 같다. 방 크기가 제한

적이라서 영지마다 대표 한 사람밖에 초대하지 못하지만, 시종과 호위 기사까지 동행하면 어마어마한 참가수가 될 터였다.

"정말 이렇게 많아도 괜찮은 겁니까?"

코르넬리우스가 걱정스럽게 말하자, 브륀힐데가 적갈색 눈동자를 번뜩였다.

"영지대항전의 전초전이라고 생각합시다. 영지마다 참가자가 한 사람씩이니까 당일보다 훨씬 편할 거예요. 영지대항전 당일엔 각 영지의 아우브 부부와 귀족들, 훨씬 많은 방문객이 오시거든요. 유스톡스 님의 말씀대로 아무리 준비해도 부족할지도 몰라요."

"이쪽 주방으로는 만드는 데 한계가 있는데 어떻게 할까요?"

리젤레타의 말에 나는 생각에 잠겼다.

"에렌페스트에 의뢰서를 보내서 영지대항전 전날에 성의 주방과 카트르 카르를 판매하는 오트마르 상회에 주문해서 완성품을 귀족원에 보내 달라고 합시다."

어서 에렌페스트의 관계자에게 의뢰하지 않으면 아무리 생각해도 귀족원의 물자만으로 턱없이 부족하다. 주문 수와 금액 계산을 시종에게 맡기고, 나는 수많은 초대 손님을 어떻게 처리할지 고민하기로 했다.

그런 대규모 다과회까지 남은 기간에 에그란티느의 호출도 있었다. '아나스타지우스에게 받은 머리 장식을 어떻게 다는지 알려 달라'라는 이유라서 안 갈 수가 없었다.

아나스타지우스가 감시하고 있는 그녀의 다과회는 남성 입장이 금지다. 그래서 하르트무트와 코르넬리우스는 대기조지만, 유스톡스는 구드룬으로 변신해서 따라올 모양이다. 구드룬이 동행한다는 소리를 들은 하르트무트가 뭔가 골똘히 고민하는 듯했다.

'하르트무트가 이상한 길로 빠지지 않게 해주세요.'

"바쁘실 텐데 이렇게 불러서 미안해요. 하지만 졸업식 전에는 알아야 해서요."

에그란티느가 빛나는 미소로 맞이해 주었다. 아나스타지우스가 아닌 누가 봐도 정말 빛의 여신으로 착각할 정도로 아름답다. 사랑에 빠진 아름다운 소녀랄까, 사랑받는 여성 특유의 행복이 넘치는 화사함까지 더해져서 누구도 범접할 수 없을 정도였다.

"이렇게 훌륭한 머리 장식을 받아서 감동했어요. 혹시나 또 아나스타지우스 왕자님이 괜히 무리하게 부탁했을까 봐 걱정했거든요."

상냥한 에그란티느는 왕족이 나를 곤란하게 했을까 걱정한 모양이다. 나는 싱긋 웃으며 부정했다. 이쪽에서 비위를 맞추려고 꺼낸 제안이지, 억지 요구는 아니었다.

"제가 제안했어요. 에그란티느 님께 정말 잘 어울릴 것 같아서요……."

"어머나. ……그럼 어떻게 다는지 가르쳐 줄래요?"

에그란티느가 머리 장식을 다는 방법을 배우려고 특별히 당일 입을 의상을 입어 주었다. 머리 장식의 색상이 어울리는지 아닌지 에그란티느 자신도 확인해 보고 싶었으리라.

"어때요?"

"정말 아름다우세요. 아나스타지우스 왕자님이 아니시더라도 마음을 빼앗길 거예요."

풍성한 금발을 성인답게 묶어 올린 목 언저리의 하얀 피부가 빨간 의상에 더욱 도드라졌다. 화사한 자수가 들어간 긴 소매를 하늘거리면서 그녀는 평소와 달리 휑하게 드러난 목덜미를 어색해했다.

"이 자수는 클라센부르크 문장이에요?"

"네. 할아버님, 아니, 양아버님께서 자수 디자인에 민감하시거든요."

"손녀딸이며 양녀이신 에그란티느 님이 성인식 때 입으실 의상인걸요. 매우 잘 어울리세요."

나는 내 시종이 에그란티느의 시종에게 머리 장식을 꽂는 방법을 가르치는 것을 한쪽 귀로 들으며 의상을 칭찬했다. 장식을 머리에 꽂자, 린샴으로 윤기가 나는 금발에 큰 빨간 꽃송이가 화려하게 피고, 봄 냄새가 물씬 느껴지는 갖가지 푸른 이파리가 주변에서 흔들렸다. 이 모든 색깔이 에그란티느의 금발을 더욱 화사하게 보이게 했다.

"어머나, 너무 멋지세요."

"정말 잘 어울리세요, 에그란티느 공주님."

시종들의 반응도 아주 좋았다. 이거면 졸업식에서도 주목의 대상이다. 칭찬받은 에그란티느는 기쁜 듯 예를 표한 뒤, 머리 장식을 만지작거리며 나를 돌아보았다.

"로제마인 님, 이 장식을 달고 춤춰도 떨어지지 않을까요?"

"살짝 춤춰 보세요. 춤에 방해가 된다면 장식 위치를 바꾸든 헤어스타일을 다시 생각해야 해요. 저는 항상 위에서 아래로 꽂는데요. 봉납가무 연습 때 거치적거리지는 않았는데 가로로 꽂으면 춤출 때 떨어질지도 몰라요."

에그란티느가 천천히 팔을 들어 그 자리에서 춤을 추기 시작했다. 입으로 작은 선율을 흥얼거렸다. 몸을 빙그르르 돌 때마다 빛을 받은 잔머리가 희미하게 빛나며 그녀를 물들였다. 부드러운 움직임을 따라 긴 소매가 공기를 머금고, 마치 의지를 가진 것처럼 너풀거렸다. 입가에 띤 작은 미소에 에그란티느가 춤을 얼마나 좋아하는지 느껴졌다.

"……이거면 문제없을 것 같아요."

에그란티느가 만족스럽게 웃으며 그렇게 말했다. 나는 생각지도 못하게 에그란티느의 춤을 보게 되어 정말 기뻤다. 나는 에그란티느의 봉납 가무 팬이다.

완성된 머리 장식의 칭찬을 듣고, 선물로 가져온 린샴 한 병을 몰래 팔면 이번 방문 목적은 달성이다. 이번에는 잊은 것 없이 용건을 전부 말했다며 주먹을 불끈 쥘 때였다. 에그란티느가 도청방지 마술구를 꺼냈다.

"이걸로 잠깐 대화를 나눌 수 있을까요?"

"물론이지요."

무슨 말을 꺼낼까, 가슴을 졸이며 나는 도청방지 마술구를 쥐었다.

"졸업식 때 제가 아나스타지우스 왕자의 에스코트를 받게 된 건 로제마인 님 덕분이에요."

"아나스타지우스 왕자님의 노력이 대단했다고 들었어요."

"……그건 그렇겠지요. 아나스타지우스 왕자님은 정말 노력해 주셨어요. 왕과 지기스발트 왕자님, 그리고 할아버님을 몇 번이나 찾아뵙고, 설득해 주셨어요. 천 번의 달콤한 말보다 그 모습이 제 마음을 사로잡았어요."

'도청방지 마술구를 써서까지 자랑인가요.'

아무래도 에그란티느는 양아버지가 된 할아버님, 전대 아우브 클라센부르크를 진지하게 설득하는 아나스타지우스의 모습에 반한 모양이다. 뺨을 붉게 물들이고, 황홀하게 젖은 눈을 글썽거리며 사랑에 빠진 소녀의 아우라를 발산하는 에그란티느는 너무나도 사랑스럽고 매력적이다. 하지만 나의 상상력이 부족해서일까. 할아버지에게 졸라대는 아나스타지우스의 모습밖에 떠오르지 않았다. 실망이다.

'Nooooo! 둘도 없는 선남선녀인데 가슴 뛰는 장면이 안 떠올라.'

하지만 에그란티느가 행복하게 웃고 있으니 그거면 됐다. 자신이 정권 다툼의 불씨가 될지도 모른다며 걱정하던 때의 표정보다 훨씬 밝고 멋지다.

"우리가 졸업하면 봄에 열릴 영주 회의에서 정식으로 발표할 테니 그때까지 자세한 말은 할 수 없지만, 사태가 호전된 계기는 로제마인 님이셨어요. 정말 감사해요."

"에그란티느 님이 행복하시면 저도 기뻐요."

내가 웃으며 그렇게 말하자, 에그란티느의 미소가 살짝 어두워졌다.

"로제마인 님은…… 혹시 우리가 왕좌를 포기해도 지금처럼 축복해 주실 건가요?"

왕좌를 둘러싼 문제에 너무 깊이 관여했다고 보호자들에게 단단히 혼났던 기억을 떠올렸다. 에그란티느가 왕좌에서 멀어질 수 있다면 금상첨화. 나는 당당하게 대답했다.

"물론이죠. 전 에그란티느 님 편이에요. 왕좌에서 멀어진다고 해도 전혀 문제없어요."

자신만만하게 대답하자, 에그란티느가 화들짝 놀라며 말을 잃었다.

"……에그란티느 님, 왜 그러세요?"

"아니요. 그런 대답이 돌아올 줄 꿈에도 생각지 못해서 놀랐어요.

함부로 그렇게 대답하면 아우브께 혼나지 않아요? 영지의 방침을 정하는 사람 입장에서는 왕좌에 가까운 편이 좋을 텐데요."

"원래부터 에렌페스트는 어디에도 속하지 않은 중립 영지이고, 오히려 왕족의 존속 문제에 깊이 관여하면 혼이 나요."

가볍게 "어머나!" 하고 깜짝 놀라더니 키득키득 웃는 에그란티느의 표정에서 어두웠던 표정은 사라지고 부드러운 미소가 번졌다.

"로제마인 님은 정말 에렌페스트의 성녀세요. 제가 구원받은 기분입니다."

"뭐라도 도움이 되었다면 저야말로 영광이에요."

'어라? 내가 뭘 했나?'

영문도 모른 채 자랑만 왕창 듣고, 에그란티느의 다과회가 끝났다.


"공주님은 위험해서 사교에 내보내면 안 되겠습니다."

독순술이라도 부리는지 유스톡스가 기숙사에 돌아오자마자 머리를 싸쥐었다. 오늘도 페르디난드에게 보고서를 써야겠다고 했다.

"제가 무슨 실수라도 저질렀나요?"

"교육 부족, 인식의 차이…… 공주님 자신보다 주변이 문제입니다. 본인이 위험한 다리를 건넌다는 자각이 없으니까 심히 염려스러워요. 당장 무슨 수를 써야겠어요."

유스톡스가 매우 지친 얼굴로 그렇게 말했다. 독순술을 못 하는 다른 측근들은 영문을 몰라 고개만 갸웃거렸다.

'뭔지 잘은 모르겠지만, 일단은 미안해요.'

# 영지 전체 다과회

"출석자를 정리했습니다. 로제마인 님은 출석자의 이름과 영지를 전부 외워 주십시오."

학생들이 모인 다목적 홀에서 리젤레타가 내민 것은 에렌페스트가 주최하는 다과회에 출석할 영주 후보생, 혹은 대리 출석자인 상급 귀족 목록이다. 영지명과 참가자의 이름과 외모의 특징, 화제로 꺼낼 만한 개인 취향이 쓰여 있다.

"이 자료에는 각 영지의 특색과 특산품을 정리했습니다. 조금은 도움이 될까요?"

필린느가 자료 위에 자료를 얹었다. 다과회에서 얻은 정보를 하르트무트와 정리했다고 한다.

'히익, 이걸 전부 외우라고?'

하지만 측근의 호의를 저버릴 수는 없다. 열심히 외울 수밖에.

"로제마인 님은 사교를 거의 못 한 채로 귀환하셔서 고생이 많으시네요."

"당일에 빌프리트 오라버니가 도와주시기로 해서 그나마 다행이에요. 저 혼자였으면 정말 쩔쩔맸을 거예요."

모든 영지를 초대하기로 해서 우리 쪽 주최자는 나와 빌프리트 두 사람이다. 빌프리트의 참가로 남자 영주 후보생도 참가를 표명하기 쉬워졌는지 남자 이름이 몇 명이나 목록에 올라와 있다. 하지만 이 목록에 사진이 없어서 얼굴이 전혀 떠오르지 않는데 큰일이다. 자료를 넘거받은 나는 목록을 노려보았다. 어떻게든 초대 손님을 외우려고 했지만, 숨이 턱 막힐 듯이 가슴이 답답해졌다.

'어디 보자, 클라센부르크는 에그란틴느 님이지. 단켈페르거는……어? 레스티라우트 님이 아니구나. 한넬로레 님, 1학년. 어쩌지. 같은 학년인데 얼굴이 전혀 떠오르지 않아. 어떤 애였지? 드레반헬은 1학년인 오르트빈 님이 아니라 5학년생인 누나가 오는구나. 흠흠.'

일찌감치 수업을 끝내 버린 탓도 있지만, 나는 같은 학년인 영주 후보생마저 기억에 없다. 어렴풋이 기억하는 영주 후보생도 위의 형제가 출석한다. 단켈페르거에서 오빠인 레스티라우트가 아니라 1학년생인 한넬로레를 보내는 이유는 레스티라우트가 나를 끔찍이 미워해서인지도 모른다.

'한넬로레 님과는 친하게 지냈으면 좋겠는데. 아, 단켈페르거의 영주 후보생이니까 이 사람도 싸움을 좋아하고, 귀찮게 디터, 디터 거릴려나? 음~.'

"로제마인 님, 빌프리트 님. 에렌페스트에서 답장이 왔습니다. 영지대항전 때 요구하는 만큼 물자를 보내줄 수 없다고 합니다. 현재로서는 이것이 한계랍니다."

유스톡스가 에렌페스트의 답장을 가지고 돌아왔다. 영지대항전의 물자 증원을 부탁했는데 반대로 한도를 적어 보내 준 것이다.

"뭐라고!? 이거로 어떻게 하라는 거야!?"

빌프리트는 눈을 매섭게 뜨며 방방 뛰었지만, 나는 그래도 최대한 원조해 주려고 노력했다는 인상을 받았다. 영지대항전은 매년 열린다. 귀족원에 책정된 예산은 정해져 있어서 추가 지출은 어려웠을 터이다. 하지만 앞으로의 사업과 영주 회의를 내다보고 한계까지 추가해

줬음이 틀림없다.

"생각보다 많이 해 줬는데요? 밑져야 본전으로 얘기해볼 만하네요."

"로제마인. 이거로는 터무니없어."

"······아직 설탕이 비싸니까 어쩔 수 없어요. 예산 증액이 어려울 거라고 예상했었는데 굉장히 노력해 준 거예요. 나머진 이쪽에서 어떻게든 해결해야죠."

설탕은 내가 잠든 2년 동안 귀족 사이에서 다소 유통이 이루어졌지만, 여전히 비싸다. 그리고 굳이 말하자면 품귀 상태에 빠지기 쉬운 상품이다. 그것을 영지대항전에 전부 쓸 수도 없는 노릇이다.

"하지만 이거로는 영지대항전에서 손님을 만족시키지 못해."

"빌프리트 오라버니. 왕족은 몇 분이나 보러 오실지 아세요?"

"아마 이그나츠가 조사했을 거야."

빌프리트의 문관이 자료를 뒤지기 시작했다. 나는 빌프리트를 돌아보았다.

"오라버니, 왕족과 아우브 부부를 대접할 카트르 카르만 내는 거로 만족합시다. 이러면 해결될까요?"

"음. 왕족과 아우브 부부 한정이면 부족하지는 않겠지만, 다른 귀족은 어쩌려고?"

"빨리 오는 사람 순으로 하죠. 선착순으로 바닥나면 종료로요."

내 말에 빌프리트가 손뼉 소리에 화들짝 놀란 고양이처럼 짙은 녹색 눈동자를 크게 떴다.

"뭐? 선착순? 그게 허용될까?"

"되든 안 되든 별도리가 없는걸요. 왕족과 아우브 부부는 빠짐없이 대접해 드리고, 나머지 귀족은 자리가 있으면 드리고, 자리가 없으면 카트르 카르를 가져가게 할 거예요. 제품이 떨어지면 내년에 또 와 달라고 하고 돌려보내는 거죠."

"로제마인 공주님. 그건 다른 귀족들께 예의가 아닙니다."

유스톡스까지 반대했다. 신분이 높은 왕족과 아우브 부부를 대접하는 것까지는 좋지만, 다른 영지 귀족을 통째로 무시하면 안 되는 모양이다. 졸업생인 연인의 부모가 찾아오기도 하니, 어느 정도 수용해야 한다고 한다.

"그럼 연인의 부모처럼 꼭 방문할 것 같은 중요한 손님은 자리와 선물을 예약하게 하면 어떨까요? 당일에 갑자기 찾아오는 손님은 선착순으로 하고요."

"그거라면 조금은……."

유스톡스가 내 의견에 납득해주었고, 이 방법으로 결정되었다. 이러나서러나 개수는 부족하니까.

"한정된 물자로 어떻게 해야 가장 돋보이고, 손님을 만족시킬 수 있을까요……. 귀족 사교에 둔한 저 대신 빌프리트 오라버니가 생각해주세요."

일거리를 떠넘기자, 빌프리트가 "뭐?" 하고 싫은 기색으로 나를 보았다. 그렇게 쳐다봐도 곤란하다. 다들 내 제안은 반대하니 귀족다운 대체 방안은 그가 내야지, 별 수 있나.

"수용 인원이 한정적인데 저는 거절하는 방법밖에 모르겠어요. 물론 내년에는 우선권을 준다든지, 카트르 카르를 작게 잘라서 시식만 하게 한다든지, 선택권을 줄 생각이에요……."

"그렇군. 생각해보지."

기숙사에서 대규모 다과회와 영지대항전 준비를 병행하였고, 이윽고 다과회 당일이 되었다. 에렌페스트에 제공된 다과회실은 지층에 있는 주방 계단에서 가까운 1층 방이다. 차와 디저트를 편하게 준비하기 위해서다. 손님이 드나드는 문은 귀족원의 중앙동과 이어져 있어서 누구나 들어올 수 있지만, 기숙사와 이어진 문은 정문과 마찬가지로 기숙사생만 출입할 수 있다.

나는 시종들이 준비한 다과회실에 가서 부족함이 없는지, 차나 디저트 준비는 충분한지 확인하며 돌아다녔다. 그리고 빌프리트와 손님 분담을 상담했다. 모든 영지가 참가하므로 많은 손님이 몰려들 터였다. 나 혼자서는 도무지 다과회를 진행할 자신이 없다.

"클라센부르크와 그쪽 친구들은 네가 맡아. 나는 남자 손님과 1학년 때 같은 수업을 들은 친구, 그리고 예전에 참가한 다과회에서 알게 된 사람을 우선 접대할게."

"정말 고마워요, 빌프리트 오라버니."

견습 문관들이 정리해 준 정보 목록을 확인하는 사이에 세 점 종이 울렸다. 참가자가 기숙사에서 출발해서 이곳으로 올 동안 우리도 대기해야 했다. 모두는 각자 위치로 향했다. 종이 울리기가 무섭게 손님이 찾아왔는지, 문 뒤에서 손님의 방문을 알리는 작은 종이 울렸다. 문 여는 담당으로 대기하던 견습 시종이 깜짝 놀란 얼굴로 이쪽을 보았다.

"아렌스바흐의 디트린데 님께서 오셨습니다."

재빨리 위치에 선 우리 앞에서 문이 열렸다. 일단 준비는 끝났지만, 여전히 방에는 어수선한 분위기가 남아 있었다. 다과회실을 쭉 둘러보던 디트린데가 살짝 얼굴을 붉히더니 수줍은 듯 시선을 떨구며 뺨에 살포시 손을 댔다.

"너무 기대해서 제가 조금 빨리 왔나 보네요. 부끄럽네요. 나중에 다시 올까요?"

말 그대로 기대했다고 곧이곧대로 받아들여야 할지, 아니면 약속 시각인데 아직 준비가 안 끝났니? 라는 비아냥으로 받아들여야 할지 상당히 헷갈리는 표정이다.

"아닙니다, 디트린데 님. 종소리가 끝나기도 전에 찾아오실 정도로 기대해 주셔서 감사할 따름입니다. 어서 들어오세요."

"네. 빌프리트가 정말 보고 싶었거든요."

'아, 비아냥이었구나.'

나는 즉시 그렇게 판단했다. 나를 향한 미소에는 짙은 녹색 눈동자만 웃고 있지 않았다. 어떻게 보면 참 단순한 사람이다. 그녀의 대응은 빌프리트에게 맡기자.

"디트린데 님께서 빌프리트 오라버니를 만나고 싶으셨대요."

"사촌끼리 가졌던 다과회와 단켈페르거가 주최한 다과회에서 본 이후로 처음이네요."

"저도 만나서 기쁩니다, 디트린데 님."

"어머나, 오늘은 저한테 너무 딱딱하시네요. 요전처럼 편하게 대해 달라고 말하고 싶지만, 오늘은 손님들이 계시니 어쩔 수 없죠."

빌프리트가 인사하는 동안 나는 시종들에게 차와 디저트를 내오도록 지시했다. 빌프리트가 디트린데를 에스코트하며 마련된 자리에 앉기를 권했다. 그녀의 시종이 식기와 수저를 준비하는 동안 빌프리트가 차와 디저트를 한입씩 먹어서 보여 주었다.

"이건 에렌페스트에서 유행하는 카트르 카르라고 하는 디저트인데 오늘은 세 종류를 준비했습니다.”

꿀맛, 페리지네 맛, 룸토프 맛이다. 물론 카트르 카르 외에도 예년과 같이 기존 과자도 여러 개 준비해 뒀다.

“이건 로제마인이 고안한 디저트입니다.”

“어머. 그럼 신전에서 내는 디저트예요? 생긴 건 소박한데 맛은 정말 좋네요.”

“마음에 들어 하시니 기쁩니다.”

'저기요, 만족한 것처럼 웃고 있어도 저건 역시 신전 출신이니까 이런 궁상맞은 디저트나 만든다는 칭찬 같은 조롱이야. 눈치 좀 채요, 빌프리트 오라버니.'

사촌끼리 열었던 다과회는 매우 평화롭게 끝났다고 빌프리트가 말했었다. 하지만 빌프리트가 비웃음과 참뜻을 흘려들었거나 눈치채지 못했을 뿐, 사실은 굉장히 공격적인 자리가 아니었을까? 갑자기 엄청 걱정되기 시작했다.

디트린데를 자리로 안내하자, 연달아 손님이 하나둘 도착했다. 나는 빌프리트와 함께 입구 근처에 서서 인사하고, 자리 안내는 시종들에게 맡겼다.

“뤼디거 님, 어서 오세요.”

“초대해 주셔서 감사합니다, 로제마인 님. 한 번 찬찬히 이야기를 나누고 싶었습니다. 에렌페스트와 프뢰벨타크는 영지끼리 사이도 좋고, 우리도 사촌 관계이지 않습니까.”

뤼디거가 싱긋 웃었다. 양쪽의 부모가 형제자매라서일까? 빌프리트와 매우 닮았다. 눈에 익은 얼굴이라서 친숙함이 느껴졌다. 심지어 항상 고개를 들어서 올려다봐야 하는 내 앞에 스스로 허리를 굽혀 시선을 맞춰주는 점에서 높은 점수를 주었다.

"양녀인 저를 뤼디거 님께서는 사촌으로 인정해 주시는 건가요?"

"가능한 한 친하게 지내고 싶습니다."

플로렌치아의 친정이라면 나도 최대한 프뢰벨타크와 친목을 다지고 싶다. 마주 보며 웃는 우리 옆에서 빌프리트가 또 다른 손님을 맞이했다.

"한넬로레 님, 잘 오셨습니다."

"초대해 주셔서 감사하게 생각합니다, 빌프리트 님. 오늘이 오기를 기대했어요. 로제마인 님은…… 바빠 보이시니 나중에 다시 인사하겠습니다."

나는 뤼디거와 대화하면서 한넬로레를 힐끗 쳐다보았다. 그녀는 느닷없이 공격한 레스티라우트의 여동생 같지 않게 얌전해 보이는 소녀였다. 옅은 분홍, 혹은 보라색으로 보이는 머리카락을 두 갈래로 묶고 있었다. 긴장했는지 겁먹은 붉은 눈동자로 주변을 두리번거리는 모습이 마치 토끼 같았다.

"로제마인 님, 다과회에 초대해 주셔서 감사하게 생각합니다. 오늘은 꼭 제 친구들을 소개해드릴게요."

자리가 절반쯤 찼을 때 에그란티느가 친구와 함께 다과회실에 들어왔다. 최상급생인 에그란티느의 친구여서일까? 고학년이 많았다.

"이렇게 가까이서 뵈니 정말 아담하시네요."

나를 둘러싼 그녀들의 눈빛은 어린애를 보며 '귀엽다'를 연발할 때와 비슷한 것 같다. 물론 영주 후보생이니까 그 미소 뒤에서 다들 딴생각을 하고 있겠지만.

'내 몸집이 작아서 호의적인 건가? 아니면 에그란티느 님이 친구라

고 소개해서? 나는 이 사람들에게 어떻게 대응해야 정답일까?'

나는 속으로 고민하면서 이 뒤에 오는 손님을 빌프리트에게 맡기고 그들을 자리로 안내했다. 자리도 영지 순위대로다. 에그란티느 다음에 안내한 사람은 3위인 드레반헬 영주 후보생인 아돌피네였다. 자리를 권하자, 그녀가 싱긋 웃었다.

"강력한 독을 마시고 2년이나 유레베에서 잠들었다고 들었어요. 그런데도 매우 우수하시다고 제 동생이 그러더군요. 사실은 같은 1학년이라며 동생이 오고 싶어 했지만, 저도 로제마인 님을 정말 만나고 싶었거든요."

'미안. 남동생이 오르트빈 님이라는 것만 알고, 얼굴을 몰라!'

마음속 외침은 속으로만 삼키고, 나는 싱긋 웃었다.

"오르트빈 님은 빌프리트 오라버니와 매우 사이가 좋으시고, 우수한 분이라고 들었어요."


사교 시즌도 막바지에 접어든 현재, 영주 후보생과 대신 출석한 상급 귀족들은 서로 익히 아는 사이인지 전원이 모였을 때는 이미 잡담이 시작되고 있었다. 나는 에그란티느와 그 학우들에게 둘러싸였고, 빌프리트는 자신과 친한 그룹이 있는 곳으로 향했다.

"에렌페스트의 카트르 카르는 비록 소박해 보여도 맛은 매우 좋습니다. 아나스타지우스 왕자님도 좋아하시는 디저트예요."

에그란티느가 카트르 카르를 소개하자, 마치 그 화제를 기다렸다는 듯이 몇 사람의 얼굴이 환해졌다.

"지난번 에그란티느 님의 다과회에서 먹어봤어요. 페리지네의 풍미가 일품이더군요."

"그 카트르 카르는 로제마인 님께서 제게 주신 거였답니다. 그리고 이 머리 장식은 아나스타지우스 왕자님께서 에렌페스트에 주문해서 선물해 주신 상품이에요. 너무 멋지지요?"

'에그란티느 님, 벌써 친구들에게 선보였구나. 정말 여신님이야.'

나보다 추천을 잘하고, 영향력도 세다. 배우고 싶은 마음은 굴뚝같지만, 내겐 도무지 어려울 것 같다.

"에그란티느 님의 머릿결이 평소보다 더 고운 것도 에렌페스트의 영향이지요? 오늘 에렌페스트 여성들의 머릿결이 평소보다 빛나 보이네요."

그렇다. 오늘은 린샴을 선전하고자 진급식 때처럼 모두가 린샴을 사용했다. 대접하느라 분주한 시종들까지 머리에서 윤기가 흐른다.

"로제마인 님의 머릿결은 특별히 더 빛나네요. 만져 봐도 될까요?"

"네, 그럼요."

너도나도 내 머리카락을 만지며 머릿결을 칭찬하고, 부러워하고, 린샴을 사고 싶다며 졸랐지만 이 자리에서는 입을 닫고 있어야 했다.

"죄송하지만 거래하려면 아우브의 허가가 필요해서 제 쪽에서 확답을 드릴 수 없지만, 샘플을 드리면 어떨까요? 아주 조금 나눠드릴 수는 있어요."

"어머, 그래도 되나요?"

"개수 제한이 있어서 제 친구밖에 드릴 수 없지만요……."

물건으로 꾄 친구를 진짜 친구라고 말할 수는 없지만, 영주 후보생끼리는 이해관계가 얽혀 있다. 에렌페스트는 순위가 높지 않은 중립 영지라서, 친구로서 가치가 없다고 판단하면 그들은 다가오지도 않으리라. 그래서 영향력이 큰 에그란티느가 있는 동안에라도 나는 최대한 다른 영지 사람과 친분을 맺어둬야 했다.

"그럼 제 시종이 준비하는 동안 저는 다른 분께도 인사하고 오겠습니다."

"이렇게 많은 사람이 한자리에 모이는 다과회라서 바쁘겠네요. 열심히 하세요."

에그란티느와 그 학우들의 응원을 받으며 나는 무리에서 빠져나왔다. 브륀힐데에게 린샴 샘플을 준비하라는 눈짓을 보내고, 아직 인사를 못 한 사람들에게 인사하며 돌아다녔다.

"예전부터 여러분과 친목을 다지고 싶었습니다만, 에렌페스트에 귀환해야 해서 이런 시기에 다과회를 열어 대단히 죄송합니다. 바쁘실 텐데 여기까지 와 주셔서 감사하게 생각해요."

"로제마인 님은 영주의 양녀가 되시기 전에 신전에서 자랐다죠? 지금도 신전 의식에 참여하신다면서요? 저는 신전에 가 본 적이 없어서 일이 얼마나 많은지 모르지만, 고생이 많으시네요."

걱정 가득한 눈빛으로 그렇게 말한 디트린데의 발언에 주위가 술렁거렸다. 내가 영주의 양녀인 줄은 알아도 신전 출신이며 지금도 신전장인 사실을 아는 사람은 그리 많지 않았던 모양이다. 여기저기서 "신전 출신?"이라는 목소리가 들렸다. 그 목소리는 경멸로 가득 차 있었다. 공격할 약점을 발견한 눈빛을 한 자도 있었다.

'걱정하는 척하면서 출신 배경을 폭로하다니. 비겁해.'

나는 앞으로도 매년 봉납식을 치르러 귀환해야 한다. 이대로 '신전 출신'이라는 출생을 약점으로 놔두면 내 앞길에 걸림돌이 될 터였다. 이렇게 된 이상 도발에 응해주마. 나는 모두를 쭉 둘러보고, 여유 넘치게 웃었다.

"네. 디트린데 님의 말씀이 맞아요. 저는 집안 사정 때문에 신전에서 자랐어요. 지금은 아우브의 요청으로 신전 의식에 참여하고 있지만요. 저 같은 어린애를 성녀로 세워서 의식을 치러야 할 정도로 에렌페스트에는 마력이 궁한데, 대영지는 마력이 넘치니 부럽기 그지없습니다. 그렇죠? 빌프리트 오라버니."

"맞습니다. 저 역시 신전 행사에 참여해서 영지에 마력을 채우고 있습니다. 일이 힘들긴 해도 영주 일족에겐 중요한 임무이고, 보람이 있습니다. 물론 영주 후보생이 직접 움직이지 않아도 마력이 충분한 대영지가 부럽기도 합니다."

빌프리트의 도움을 받은 나는 "마력을 나눠 달라고 부탁하고 싶을 정도예요."라며 디트린데에게 선망의 눈빛을 보냈다. 대영지이지만, 순위가 떨어진 아렌스바흐에 이 비아냥이 먹힌 모양이다. 발끈한 그녀가 미간을 찌푸리고, 짙은 녹색 눈동자에 힘을 주었다.

"중소영지는 다들 힘들죠. 프뢰벨타크도 대영지가 부럽습니다."

뤼디거가 부드러운 미소를 지으며 그렇게 말했다.

"그렇게 궁핍한 상황에서도 로제마인 님은 곤란에 빠진 프뢰벨타크를 도와주셨습니다. 우리 영지에서는 에렌페스트의 성녀에게 깊이 감사하고 있습니다."

"그렇게 생각해 주시니 감사하네요, 뤼디거 님."

"앞으로도 영지끼리 서로 도웁시다."

'그 말은 앞으로도 잘 부탁한다는 말? 아니면 이미 보호자들 사이에서 반대한 구혼을 다시 제안하는 말인가?'

아직 프뢰벨타크가 무슨 의도인지 불확실하다. 내게 고마워하는 줄은 알지만, 앞으로 무엇을 요구해올지 모르는 일이다. 나는 뤼디거의 말에 싱긋 웃으며 명확한 대답을 피했다.

"하긴 지금은 어느 영지도 힘들 때지요."

중소영지에서 동의하는 말들이 쏟아져 나왔다. 평민 출신이라 전혀 실감이 없는 나와 달리 다른 영지 귀족들은 실제로 정변의 여파로 격변한 생활을 겪었고, 중앙의 변화를 피부로 느끼는 사람이 대부분이었다. 귀족원 상황도 상당히 많이 변했다고 유스톡스가 말했을 정도다. 인구만 감소한 에렌페스트에 비하면 다들 피해가 극심했던 모양이다.

"로제마인 님은 영지에 마력이 궁핍하다고 하시지만, 에렌페스트는 성적도 올랐고, 새로운 유행도 퍼지고 있지 않습니까?"

"우선은 마력이 필요 없는 부분부터 노력하려고 해요. 물론 마력도 올려야겠지만요."

에렌페스트의 성적이 단숨에 오른 건 마력이 필요 없는 이론 수업이었고, 유행하는 상품도 새로운 마술구가 아닌 디저트나 장신구다. 마력이 부족해서 다른 장르에 힘을 싣고 있다고 설명하자, 여기저기서 납득하는 의견이 나왔다.

"로제마인 님의 머리 장식이 너무 멋지다고 생각했었어요. 그런 식으로 마력이 아니더라도 영지에 도움이 될 수 있는 일이 있군요. 보고 배워야겠어요……."

"하지만 로제마인 님은 마력을 쓰는 곳에서도 분발하고 계시지 않습니까?"

생각지도 못한 말에 나는 목소리가 나온 쪽으로 시선을 돌렸다. 영지에 영주 후보생이 없어서 대신 참가한 상급 귀족 남성이 탐색하는 눈으로 이쪽을 보고 있었다.

"1학년인 제 여동생이 탑승형 기수를 만들던데 그것도 로제마인 님의 생각이라더군요. 어떻게 그런 기수를 만들 생각을 하신 겁니까?”

“저는 어릴 적부터 몸이 약해서 최대한 바깥바람을 맞지 않고 이동할 수 없을까 항상 고민했었어요. 그래서 그런 형태가 된 거예요.”

거짓말이다. 그럴듯한 이유에 감탄하는 사람에겐 미안하지만, ‘타고 다니는 것’이라는 말에 자동차가 생각났을 뿐이다.

“탑승형 기수는 기수 전용 의상으로 갈아입지 않아도 탈 수 있고, 짐도 실을 수 있어요. 특히 여성에게 편리해요. 다만 기수 안에 타는 형태라서 무기를 써야 하는 기사에겐 맞지 않는다고 제 호위 기사가 평가하더군요.”

호오, 하고 감탄의 목소리가 나왔다.

“훌륭한 발상이긴 한데 그 기수가 사감을 공격했다는 소문도 돌았잖아요? 결국 오해였던 모양이지만, 분명 마수를 본떠서 그런 걸 거예요. 주변에서는 아무도 안 말리던가요? 아니면 로제마인 님은 그런 무시무시한 마수를 좋아하시나요?”

디트린데의 말에 주변 시선이 또다시 내게 집중되었다. 여기서 ‘레서는 귀엽다’라는 말은 아마 공감을 끌어내지 못하리라. 어떻게 할까 고민할 때 잠시 생각하던 빌프리트가 뭔가 생각났는지 입을 열었다.

“로제마인의 기수는 힘을 중시한 결과라고 생각합니다. 몸이 약해서 강한 것을 동경하는지, 로제마인은 강한 것을 좋아하는 경향이 있습니다. 주변 사람 중에서도 기사단장에게 특히 호의적이고요. 보니파티우스 님이라든지 페르디난드 님, 칼스테드…….”

‘응? 변호해 주는 것 같지만 뭔가 이상해. 좀 빗나간 것 같아요, 빌프리트 오라버니! 내가, 언제, 강한 사람을 좋아한다고 했어요!’

그런 이상한 변호의 어디에서 감동했는지, 연기일지도 모르지만,

디트린데가 굉장히 걱정스럽고 동정 어린 눈빛을 내게 보냈다.

"그랬군요. ……약자가 강자를 동경하는 건 대충 이해가 되지만, 여성이니까 강함보다도 사랑스러움을 가지는 편이 좋을 거예요."

디트린데의 말에 몇몇은 고개를 끄덕이고, 몇몇은 내 편을 들었다.

"로제마인 님이 강한 것에 끌린다면 단켈페르거와 궁합이 잘 맞겠네요. 그렇지 않으세요, 한넬로레 님?…… 어라? 한넬로레 님은?"

"화장실에 간다고 잠깐 자리를 비웠나 보네요."

'한넬로레 님과는 또 인사를 못 했네. 오늘은 왠지 운이 나빠.'

"로제마인 님, 준비가 끝났습니다."

브륀힐데의 귓속말에 나는 인사를 끝맺고 비어 있는 자리를 보면서 내 자리로 돌아갔다. 친구에게 린샴 샘플을 나눠줄 시간이다. 자리로 돌아간 내게 기대에 찬 시선이 집중되었다. 에렌페스트의 여성들과 에그란티느의 윤기 나는 머릿결을 눈으로 직접 보고, 린샴에 관심이 생긴 여성이 많다는 것이 느껴졌다.

브륀힐데가 짓궂은 미소로 내민 작은 병을 손에 들었을 때 시야 끝에서 자리로 돌아오는 한넬로레의 모습이 눈에 들어왔다. 완전히 엇갈려 버렸다. 다과회가 끝나기 전에 한 번은 대화를 나누고 싶다, 그렇게 생각하면서 아돌피네를 선두로 영지 순위가 틀리지 않게 주의하며 에그란티느가 소개한 친구들에게 작은 병을 나눠 주었다.

"여기 있습니다. 사용 방법은 나중에 설명할게요."

"어머나, 감사하게 생각합니다."

린샴을 나눠주면서 빌프리트가 상대하는 사람들도 나를 쳐다보는 시선이 느껴졌다. 하지만 그들이 아무도 말을 꺼내지 못하는 기회를 틈타 얼른 나와 친구가 되어준 사람에게 린샴을 나누어 주었다.

"향이 정말 좋지요? 저도 굉장히 좋아한답니다."

에그란티느의 말에 작은 병에 꽂힌 코르크같이 생긴 마개를 뽑아서 향을 들이킨 사람들이 감탄의 소리를 질렀다. 각자 취향은 다르겠지만, 이번에는 모두 에그란티느와 같은 향으로 주었다.

"브륀힐데, 이분들 시종에게 사용 방법을 가르쳐줘요."

"알겠습니다, 로제마인 님."

브륀힐데가 친구들의 시종을 모아서 린샴을 쓰는 방법을 알려주기 시작하자, 샘플을 받지 못한 사람들이 참지 못하고 적극적으로 내게 말을 걸어왔다.

"로제마인 님, 그건 뭔가요? 너무 좋은 향이 나네요."

"린샴이라고 머리에 윤기를 낼 때 쓰는 상품이에요. 개수가 얼마 없어서 이번에는 제 친구들에게만 나눠줬어요."

"어쩜, 빌프리트 님의 친구에게는 나눠주지 않고요?"

니르틴데가 눈을 동그랗게 뜨고 빌프리트를 보았다. 주변 시선을 한 몸에 받은 빌프리트가 조그맣게 웃으면서 내 말을 인정했다.

"린샴을 고안한 사람이 로제마인이거든요. 그리고 저는 여성들처럼 머릿결에 관심이 없어서 이런 미용 상품은 기본적으로 로제마인에게 맡기고 있습니다."

그에 동의하듯 몇몇 남자 손님이 쓴웃음을 지었다. 빌프리트와 마찬가지로 린샴에 눈빛이 싹 바뀌는 여성을 이해하지 못하겠다고 생각하는 게 틀림없다.

"그렇군요. ……로제마인 님, 그래도 내게는 주실 거죠?"

'네? 어떻게 그렇게 받을 거라고 자신하지?'

혹시나 이건 대영지의 영주 후보생이 '나한테도 내놔'라고 명령을 내리는 상황인 걸까? 예상외의 전개에 나는 고개를 갸웃거리며 어떻게 대응해야 좋을지 잠시 망설였다.

"디트린데 님. 로제마인 님이 분명 친구들에게 나눠준다고 말했을 텐데요? 방금 당신이 한 말은 친구에게 하는 말이 아니라고 봐요."

영지 순위 1위 클라센부르크의 영지후보생인 에그란티느가 부드러운 미소로 비난하자, 먼저 린샴을 받은 친구들이 그 말에 동의하듯 고개를 끄덕였다.

'아, 이래서 중급, 하급 귀족이 온갖 횡포에서 자기를 지키려고 강한 파벌에 모이는구나.'

순위가 아래인 에렌페스트는 아렌스바흐의 명령에 따라야 한다. 하지만 그보다 더 높은 클라센부르크가 막으면 아렌스바흐는 물러날 수밖에 없다. 가족도 보호자도 아닌 에그란티느에게 보호를 받고서야 처음으로 중급과 하급 귀족의 입장을 이해했다. 동시에 그들이 자기 파벌의 정상에게 무엇을 원하는지 뼈저리게 깨달았다.

'나는 귀족원에서는 상위 영지와 최대한 친목을 다지고, 에렌페스트에서는 우리 파벌의 중급, 하급 귀족을 지켜야 하는구나.'

하지만 에그란티느의 훈수에도 디트린데는 포기하지 않았다. 마치 부당한 대우를 받은 사람처럼 크게 뜬 짙은 녹색 눈을 재차 끔뻑이더니 "여러분 눈에 그렇게 보였다니 유감이네요."라며 슬픈 표정으로 속눈썹을 파르르 떨며 시선을 떨구었다.

"저는 언제 어디서나 로제마인 님을 걱정했어요. 같은 영지 귀족에게 갑작스럽게 습격을 당해서 2년이나 잠들어야 하는 고충을 겪은 소중한 사촌인걸요."

'응? 뭐? 소중한 사촌? 누가 누구를?'

"여러분 귀에는 조금 과격하게 들렸을지 몰라도 이건 가족의 애정이 있으니까 가능한 말이죠. 로제마인 님은 다 이해하시죠? 그렇죠?"

'몰라요. 손톱만큼도.'

갑자기 손바닥 뒤집듯이 돌변한 그녀의 모습에 나는 멍하니 디트린데의 열변을 들었다. 하지만 금방 정신을 차렸다. 내 입으로 딱 잘라 부정하지 않으면 모두가 그녀의 주장을 믿어 버릴 판이다. 나는 서둘러 디트린데의 말을 부정했다.

"처음 들었어요. 예전에 우리는 사촌지간이 아니라고 하지 않으셨나요?"

"어머, 참. 로제마인 님도 제 말을 오해하셨군요. 가슴이 아픕니다."

디트린데가 풀이 죽자, 용모가 수려한 만큼 주위 남성들이 발을 동동 구르며 '안타까운 오해와 엇갈림'으로 이 일을 마무리 지으려고 했다. 그러한 분위기가 여성들의 짜증을 돋우었다. 내게 확실히 하라며 시선으로 응원을 보냈다.

"로제마인 님, 전부 오해예요. 당신은 내 소중한 사촌 동생이잖아요."

주변 여성들이 차갑게 째려보아도 디트린데는 이 연기를 끝까지 밀고 갈 속셈인 듯하다.

'오해가 아니라 이해겠지. 그런데 어쩌지? 이 연극을 어떻게 수습해야 좋을까?'

귀족다운 수습 방법을 고민하며 내가 곤란해하자, 구드룬이 싱긋 웃으며 브륀힐데가 들고 있던 작은 병을 가지고 왔다.

"공주님. 그럼 사촌 언니인 디트린데 님께도 린샴을 드리면 어떠십니까?"

그리고 살짝 내 손에 작은 병을 넘겨주었다. 동시에 '사람들 앞에서 로제마인 님이 아렌스바흐 영주 후보생의 사촌 여동생임을 똑똑히 보여주세요.'라고 적힌 종이가 손바닥에 보였다. 구드룬의 말처럼 사촌 여동생이라는 입장을 못 박아둬도 나쁘지 않을지도 모른다. 애초에 처세 차원에서 린샴을 친구에게 나누기로 한 거니까.

'온갖 말들을 들은 뒤라서 울화통이 터지지만.'

"디트린데 님께서 저를 사촌 동생으로 아끼고 계시는 줄은 몰랐습니다. 앞으로 부디 사촌끼리 사이좋게 지내요."

모든 영지의 영주 후보생들 앞에서 선언하면 물리기 어려우리라. 나는 싱긋 웃으며 린샴이 든 작은 병을 내밀었다. 그것을 건네받은 디트린데도 기쁘게 웃었다.

"그럼요. 앞으로도 친하게 지내요, 로제마인 님."

디트린데에게 샘플을 건네자, 앞다투어 다른 여자들까지 샘플을 달라고 졸랐다. 대충 세어보니 다행히 지금 이 자리에 모인 여성만이라면 양은 충분할 것 같다.

샘플을 전부 나눠주고 사용법을 설명한 뒤, 졸업식 때 에그란티느가 아나스타지우스의 에스코트를 받게 된 이야기로 화제가 바뀌었다.

"내가 아나스타지우스 왕자님의 에스코트를 받게 된 것도 전부 로제마인 님의 도움 덕분이었어요."

"정말요? 자세히 들려 주세요."

왕족이 누구를 에스코트한다는 이야기는 정치적으로 중요한 사항이라 남녀 할 것 없이 에그란티느의 말에 귀를 기울였다.

"그런데 로제마인 님은 사교가 시작되자마자 에렌페스트로 돌아가셨다면서 에그란티느 님과는 교류하셨네요?"

"첫 다과회는 음악 선생님이 초대해주셨을 때예요. 그러고 나서 돌아가기 전에 다과회에 초대해주셨어요. 저는 귀족원에 있을 수 있는 시기가 한정적이라 에그란티느 님께서 친하게 대해주시는 것만으로도 정말 마음이 든든해요."

꽤 일찍 사교를 시작하셨군요, 라며 주위가 깜짝 놀란 표정을 지었지만, 디트린데는 걱정스러운 표정으로 동정했다.

"에그란티느 님이 졸업하시면 참 불안하겠어요."

"어머나, 디트린데 님은 사소한 걸 다 걱정하세요. 그렇게 걱정하지 않아도 로제마인 님과 저는 앞으로도 사이좋게 지내기로 약속했답니다. 그렇죠?"

에그란티느가 디트린데를 견제하면서 나를 향해 미소를 지었다. 그런 여신의 미소에 나도 미소로 고개를 끄덕였다.

"저기, 로제마인 님……."

떨리는 작은 목소리에 내가 그쪽을 돌아보자, 가슴 앞에서 두 손을 꼭 쥐고, 일대 결심이라도 한 표정으로 단켈페르거의 한넬로레가 서 있었다.

"저, 로제마인 님께 드릴 말씀이 있는데……."

'다행이다. 겨우 인사할 수 있게 됐어.'

나는 의자에서 내려와 한넬로레의 앞에 섰다. 한넬로레도 아담한 체격이지만, 누가 봐도 나보다는 컸다. 올려다보니 토끼 같은 빨간 눈동자가 글썽거리며 흔들리는 것이 보였다.

"저도 제대로 인사를 못 해서 신경 쓰였어요. 왠지 오늘은 한넬로레 님과 엇갈리기만 하네요."

나는 다시 인사했다. 그러자 한넬로레는 당황하며 나를 본 후, 장단

맞추듯이 인사해 주었다.

'어라? 인사하려던 게 아닌가? 설마 나 또 실수했어?'

나는 불안해졌고, 한넬로레도 불안한 표정으로 주변을 둘러보았다. 무슨 일이 일어나는지 호기심 어린 시선들이 우리 둘을 향하고 있었다.

"오라버니 일로 로제마인 님께 드릴 말씀이 있었는데 이런 자리에서 말하기는 어려울 것 같습니다. 다음 기회에 하겠습니다."

'뭐지? 레스티라우트 님 관련으로 무슨 생트집이라도 잡으려는 건가?'

디터에서는 꾀를 부려 승리했고, 단켈페르거가 슈바르츠와 바이스의 주인이 되고 싶다는 요구를 거부했으며 재대결 요청도 사감을 내세워서 거절했다. 어쩌면 사람들 앞에서는 도무지 꺼내기 어려운 터무니없는 억지라도 부리려는 건지도 모른다.

"그것도 있고, 저와 친구가 되어주지 않을까 해서……."

한넬로레가 머뭇거리며 그렇게 말하자, 나는 브륀힐데를 쳐다보았다. 브륀힐데가 고개를 가로젓는 것을 보고, 나는 파랗게 질렸다.

'진짜 억지 부리려는 거였네! 큰일이다! 샘플은 바닥났는데! 한넬로레 님은 빌프리트 오라버니와 얘기하고 있어서 린샴에 관심이 없는 줄 알았어. 어쩌지?'

설마 대영지에는 내가 직접 가져다줘야 했던 걸까? 모든 샘플을 나눈 뒤에야 대영지가 '샘플을 받고 싶다'라고 말하면 어쩌란 건가. 대영지답게 처음부터 주장하든가. 갑작스러운 요구에 나는 머리를 싸매면서 솔직하게 대답했다.

"한넬로레 님, 대단히 죄송하지만, 샘플은 전부 나눠주고 없어요."

"……네?"

놀라움에 눈을 크게 뜬 한넬로레가 시선을 떨구고, 천천히 고개를 가로저었다. 살짝 고개를 숙인 탓에 다른 사람들 눈에는 보이지 않겠지만, 한넬로레보다 키가 작은 내 눈에는 당장에라도 울음을 터트릴 것처럼 실망한 얼굴이 훤히 보였다.

'Noooo! 엄청나게 실망한 얼굴이야! 도와줘, 유스톡스!'

내가 확 돌아보자, 싱긋 웃는 구드룬이 조용히 내 뒤로 걸어왔다. 그리고 살짝 내 어깨를 눌러 앞으로 밀면서 입을 열었다.

"로제마인 님, 솔랑쥬 선생님께 얘기 듣기로는 한넬로레 님은 도서관에 자주 오신답니다. 친구의 증명으로 공주님의 책을 빌려드리면 어떨까요?"

내가 눈을 크게 뜨고 구드룬을 돌아보자, 그녀는 걱정하지 말라는 듯이 고개를 끄덕였다. 순간 대체 그런 정보를 언제 솔랑쥬에게 들었을까 하는 의문이 뇌리를 스쳤지만, 중요한 정보에 금방 머릿속에서 지워졌다.

"어머나! 한넬로레 님은 책을 좋아하세요?"

"……아, 네. 싫어하지는 않아요."

한넬로레가 고개를 들고 끄덕였다. 도서관을 찾아가는 영주 후보생은 거의 없는데, 한넬로레는 종종 도서관에 갔었던 모양이다. 수업이 끝난 무렵부터 도서관에서 책을 읽었다면 내가 에렌페스트에 돌아간 후부터 도서관에 드나들었으리라. 그런 엇갈림만 없었다면 더 일찍 친해졌을지도 모른다.

'오오오오! 책 좋아하는 공주님 발견! 이런 사람과는 친해지고 싶어. 꼭 친해져야 해. 이건 지혜의 여신 메스티오노라의 인도가 틀림없

어! 야호!'

당장에 이 자리에서 신에게 기도를 올리고 싶을 정도로 기분이 좋아지자, 마력이 몸속을 휘젓는 느낌이 들었다. 그러나 이렇게 많은 영주 후보생 앞에서 신전 출신이라는 험담을 들은 직후다. 나는 신에게 기도를 올리고 싶은 충동을 꾹 참았다.

"저는 기사 소설책을 여러 권 갖고 있어요. 전투 중심인 소설과 사랑 중심인 소설 중에 어느 쪽을 좋아해요? 단켈페르거의 영주 후보생이시니까 역시 전투 이야기를 좋아하시나요?"

"굳이 골라야 한다면 사랑 이야기를 좋아해요."

조금 고민하던 한넬로레는 조심스럽고 얌전한 말투로 그렇게 말했다. 내성적으로 보이는 그녀가 연애 소설을 즐기는 모습을 상상만 해도 흐뭇해진다.

'한넬로레 님은 둘 다 좋아하지만, 특히 사랑 이야기를 좋아한다. 흠흠.'

그렇다면 엘비라가 쓴 기사 연애소설을 빌려주고, 감상을 들어서 취향을 파악하자. 함께 책을 만들어도 좋을 것 같다. 한없이 꿈이 부풀어 올랐다.

"그럼 바로 보내드릴게요. 책을 좋아하는 동지가 생겨서 너무 기뻐요."

내가 만면에 웃음을 띠자, 한넬로레도 안심한 듯 사랑스러운 미소를 지었다. 그리고 뭔가 생각났는지 손뼉을 쳤다.

"저기, 그렇다면 보답으로 저도 책을 빌려드릴게요. 로제마인 님은 어떤 책을 좋아하시나요?"

'잠깐만, 어떡해. 한넬로레 님은 천사인가 봐. 내게 책을 빌려주

는 귀중한 천사. 지혜의 여신 메스티오노라의 사자. 아아, 친구가 생겼어!'

흥분과 기쁨을 주체하지 못하고, 내가 신에게 기도를 올리려고 팔을 번쩍 들려고 할 때였다. 내 어깨에 놓인 구드룬의 손에 힘이 실렸다. 참으라는 뜻이다. 출구를 찾으며 온몸을 헤집는 마력을 억제하면서 나는 한넬로레를 올려다보았다.

"저는 책이라면 뭐든지 좋아하지만, 가능하면 단켈페르거에서 전해 내려오는 기사 이야기나 사랑 이야기가 있으면 읽고 싶어요."

"그럼 최대한 빨리 보내드릴게요. 부디 친하게 지내요, 로제마인 님."

기분 좋게 배시시 웃은 한넬로레가 기도를 올리려고 어색하게 들어 올린 내 손을 양손으로 꼭 쥐었다.

'이 공주님 뭐야!? 엄청 귀엽잖아! 귀여운 책벌레. 어떡해, 나 진짜 친구를 찾아 버렸어!'

한넬로레의 귀여운 동작에 나까지 입이 헤벌쭉 벌어졌다.

"저야말로 잘 부탁해요, 한넬로레 님. ……아…….."


내 기억은 거기서 끊겼다.

정신을 차린 곳은 침대 위였다. 익숙한 감각에 나는 한숨을 쉬었다.

"……오랜만에 저질렀네."

아무래도 멋진 친구가 생겨서 너무 흥분했나 보다. 기도를 올리지도, 마석에 마력을 옮기지도 못하고 몸속을 돌던 마력의 양이 유레베로 확대된 용량을 오버해 버린 모양이다.

'회복하면 책을 들고 한넬로레 님께 사과하러 가야겠네.'

# 영지대항전

몸속에서 날뛰는 마력을 꾹꾹 압축하여 정리하고, 평상시의 움직임으로 돌아온 나는 침대 옆 탁자 위에 있는 종으로 손을 뻗었다. 꼬물거리는 소리를 들었는지 종을 흔들기도 전에 리카르다가 침대 커튼을 젖히고 들어왔다.

"정신을 차리셨군요, 공주님. 이틀이나 눈을 뜨지 않으셔서 얼마나 걱정했다고요. 엉덩이가 무거운 페르디난드 도련님을 조르고 졸라 겨우 진찰하러 오시기로 했는데⋯⋯."

유스톡스가 내가 흥분해서 갑자기 쓰러졌다고 페르디난드에게 보고하며 지시를 청했더니 빈 마석을 쑥 내밀며 체내의 마력이 진정될 때까지 내버려 두라는 대답이 돌아왔다고 한다. 고작 그 일로 이틀이나 잠들 정도로 흥분한 나 스스로가 어이없을 정도다. 동시에 내내 불러서 페르디난드가 마지못해 이곳에 왔을 때 내가 깨어나 있으면 어떨지 상상해봤다. 심기 사나운 페르디난드의 얼굴과 폭풍우처럼 떨어질 잔소리를 상상하고, 핏기가 싹 가셨다.

"리카르다, 나 다시 정신을 잃을래요. 가능하면 페르디난드 님이 오시기 전에요."

"무슨 말씀을 하시는 겁니까, 공주님. 다들 걱정하고 있습니다. 마력이 진정되었으면 회복하셨을 테니 저녁 식사는 식당에서 하시지요."

식당으로 가자, 모두가 일제히 이쪽을 돌아보았다.

"로제마인 님!"

"이제야 눈을 떴네. 숙부님은 걱정할 필요가 없다고 하셨지만, 걱정을 안 할 수가 있나."

"다과회는 어떻게 됐어요?"

나는 저녁을 먹으면서 물었다. 다과회에서는 구드룬이 내 곁에 붙어있어서 리카르다는 뒤편에서 지시를 내리며 나를 챙기느라 분주하게 돌아다녔다. 그래서 다과회가 어떻게 끝났는지 모른다고 했었다. 정확하게는 "그 자리에 있었던 분께 물으세요."라고 했다.

"주최자가 갑자기 쓰러졌는데 유유하게 차나 마시며 수다 떨 사람이 어디 있겠어?"

출석한 영주 후보생과 그 측근들에게 나의 허약한 건강 상태가 노출되었다. 설상가상 잘못 건드리면 쓰러진다는 인식까지 심어준 채 서둘러 해산하게 했다고 한다.

"제일 힘들어한 사람은 손을 잡자마자 쓰러진 걸 눈앞에서 본 한넬로레 님이야. 나중에 꼭 사과해. 억지로 참으려고 하는 것 같았지만, 울고 있었어."

패닉에 빠진 한넬로레를 같은 트라우마를 가진 빌프리트가 필사적으로 달래줬다고 한다.

세례식 날 손을 잡고 뛰었다가 내가 실신해서 피투성이가 되었던 일, 눈싸움 중에 눈덩이를 맞고 기절해버려 친구와 주변을 경계하던 기사들 모두를 새파랗게 질리게 했다는 얘기를 해주었다고 한다. 나의 허약 전설은 끝이 없다.

"눈앞에서 보면 정말 충격이 크겠지만, 의식이 돌아오면 로제마인 본인은 멀쩡하다. 그러니 자책하지 말라고 누차 말해 뒀어. 네 측근도 한넬로레 님의 책임이 아니니까 걱정하지 말라고 말했는데도 본인은 위로의 말이라고 느낀 모양이야."

쉽게 못 벗어날 정도로 충격이 컸는지, 한넬로레는 "저 때문일지도 몰라요."라며 어깨를 떨구었더랬다.

"그래서 단켈페르거 기숙사까지 내가 데려다줬어. 레스티라우트 님에게도 다과회 상황을 설명하고, 한넬로레 님을 놀라게 해서 죄송하다고 정중하게 사과드렸으니까 걱정하지 마."

보물 뺏기 디터를 겨룬 직후에 열린 다과회다. 나를 악랄하다느니 성녀로 인정하지 못하겠다고 하던 레스티라우트는 빌프리트와 측근들을 죽일 듯이 노려보았다고 한다.

"우우……. 여러분께 큰 폐를 끼쳤습니다."

"꼬박 이틀이나 드러누울 줄은 몰랐다. 벌써 내일이 영지대항전이야. ……그나저나 이번엔 대체 왜 쓰러진 거냐? 특별히 한 것도 없잖아……."

빌프리트의 물음에 '책을 좋아하고, 사랑스러운 한넬로레 님 때문에 흥분해서 쓰러졌다'라고 대답하려다가 문득 깨달았다.

'왠지 변태 같지 않아? 조금은 다르게 말해야겠어. 음. 친구가 생겨서 흥분했다? 아니지, 친구가 된 것이 너무 기뻐서?'

설득력 있는 대답을 고민할 때 등줄기가 오싹해지는 낮은 미성이 머리 위에서 떨어졌다.

"왜 쓰러졌는지 나도 자세히 들어보자."

"페, 페르디난드 님!?"

나도 모르게 큰 소리를 내고, 심장이 쪼그라들었다. 고개를 돌리자, 페르디난드가 짜증 어린 눈으로 나를 내려다보고 있었다. 그 뒤에는 호위 기사로 온 에크하르트까지 있었다. 페르디난드의 연한 금색 눈동자가 '바빠 죽겠는데 대체 무슨 일을 저지른 거냐?'라며 말한다.

"리카르다가 하도 불러서 어쩔 수 없이 왔더니 아주 팔팔해 보이는구나."

"공주님은 저녁 식사 전에 깨셨습니다."

리카르다가 변호하자, 페르디난드의 얼음장 같은 미소가 평상시의 무표정으로 바뀌었다.

"어쨌거나 자세히 들을 테니 따라와라."

"저기, 하지만 내일이 영지대항전이라서 준비할 게 많은데……."

잔소리는 나중에 하라고 빗대어 말하며 동행을 거부하자, 페르디난드가 식당 안을 쭉 둘러보고 담담한 목소리로 고했다.

"영지대항전을 걱정할 필요는 없다. 그대는 빠질 거니까."

"……네?"

"로제마인은 영지대항전에 출석하지 않는다. 이건 아우브의 결정이다. 이것도 다 설명하마. 시종은 리카르다와 유스톡스로 충분하니 측근들은 내일 준비에 들어가라."

페르디난드의 선언에 어안이 벙벙해진 나는 리카르다에게 등을 떠밀리며 대화할 방으로 향했다. 에크하르트가 문 앞에 섰고, 나와 페르디난드, 그리고 유스톡스와 리카르다가 방으로 들어갔다.

"말씀하시기 전에 공주님의 상태를 확인해 주십시오, 페르디난드 도련님."

"알고 있다. 이리 와라, 로제마인."

나는 천천히 의자에 앉은 페르디난드의 앞으로 걸어갔다. 완전히 주치의다. 페르디난드가 내 목덜미와 손목을 짚으며 상태를 살폈다.

"마력은 안정을 찾은 듯하군. 무슨 일이 일어났는지 스스로는 아느냐? 유스톡스의 보고로는 책을 교환하자는 말에 흥분한 것 같다고 추측하던데."

"……거의 맞아요."

나는 처음으로 독서 친구를 만나서 흥분했다. 이곳은 책이 귀하고, 고가라서 평소에 독서를 즐기는 사람이 별로 없다. 책을 좋아하고, 편하게 친구처럼 지내도 될 만큼 가문의 위치도 비슷하고, 같은 또래 여자애를 또 언제 만나겠는가. 한넬로레는 평생 함께하고 싶은 친구다.

"책을 좋아하는 친구를 만나니까 흥분해서 신에게 기도를 올리려고 했는데 유스톡스가 말렸어요. 저 역시 다과회에서 기도와 축복은 아니라고 생각해서 참았고요. 기를 쓰고 참았는데, 이미 몸 안에서 해방된 마력이 몸속을 마구 헤집더니 앗 하는 순간에 눈앞이 깜깜해졌어요."

"용량을 넘어서 그렇다. 대충 예상했던 대로군. 지금은 마력이 안정되었으니 그쪽은 별문제가 없겠구나. 문제는 그대의 친구 관계다. 대체 어떤 아이지?"

페르디난드가 나를 힐끗 흘겨보았다. 나는 한넬로레의 모습을 떠올렸다.

"단켈페르거 영주 후보생인 한넬로레 님이에요. '토끼'처럼 사랑스럽고, 책을 좋아하는 아가씨예요. 이번에 책을 서로 빌려주기로 약속했어요. 드디어 친구와 책 얘기를 나눌 수 있게 됐다고요! 너무너무 기대되어요!"

"흥분을 가라앉혀라, 멍청이."

페르디난드는 나를 확 끌어당겨서 이마에 마석을 갖다 댔다. 그리고 곧바로 다른 마석으로 교환하며 매우 귀찮은 투로 말했다.

"그대는 그 친구에게 접촉하면 안 될 것 같은데? 또 의식을 잃 겠군."

아무래도 흥분상태가 심한 모양이다. 순식간에 색깔이 변하는 마석을 보며 "아." 하고 소리를 내자, 리카르다가 '못 말린다'라고 말하고 싶은 얼굴로 고개를 저었다.

"공주님이 쓰러지는 바람에 한넬로레 님이 곤란해지셨잖아요. 상대방을 위해서도 접촉을 삼가는 편이 좋을지도 모르겠네요."

"……흥분하지 않게 노력할 테니까 그런 가혹한 말은 하지 마세요. 처음 생긴 독서 친구라고요."

"설마 여태까지 책을 좋아하는 친구가 없었느냐?"

우라노 시절에는 비록 방향성은 달라도 각자 푹 빠진 취미가 있는 독특한 친구가 몇 명은 있었다. 하지만 마인, 그리고 로제마인이 된 이후로는 없다. 줄곧 함께 책을 만들었던 루츠마저도 책을 좋아하지는 않는다. 그에게 책은 상품이다. 독서를 즐기는 취미도 없다.

"이곳에서 살게 된 이후로 책을 좋아하는 친구는 처음 만났어요. 책이 너무 비싸서 귀족 중에도 여러 권을 가진 사람이 거의 없잖아요."

필린느도 책을 계기로 친해졌지만, 하급 귀족과 영주 후보생은 다르다. 같은 시선에서 대화하며 책을 교환할 수도 없다. 내 곁에서 측근으로 일하는 것 외에 가까이 지낼 수 없는 셈이다. 필린느에게 나는 함부로 할 수 없는 상대다. 주변 반응을 살피며 절대 선을 넘지 않는다. 어디까지나 주종 관계일 뿐이다.

"하지만 한넬로레 님은 단켈페르거의 영주 후보생이잖아요. 분명 책도 많을 거예요. 저도 한넬로레 님께 비슷하게 빌려줄 수 있게 계속

해서 책을 만들어야 한다고요."

"당분간 얌전히 있지 않겠군. 리카르다, 로제마인의 마력이 넘쳐나지 않도록 흥분할 때마다 마석으로 흡수해라."

탁 하고 책상 위에 올린 가죽 주머니가 마석 모양으로 울퉁불퉁한 형태를 띠었다. 제법 큰 마석 세 개가 들어있다는 것을 알았다.

"그건 그렇고 페르디난드 님. 왜 저는 영지대항전에 빠져야 하나요? 몸은 다 나았어요."

"유스톡스의 보고서를 읽고, 아우브가 그대가 말썽을 부리기 전에 격리해두는 편이 좋겠다고 판단해서다. 영지대항전에는 다른 영지의 아우브는 물론이고, 왕족까지 온다. 그대는 본인이 주최한 다과회에서 화려하게 쓰러졌으니 그대로 쭉 자는 것이 주변을 돕는 거다."

영지대항전은 우라노 시절의 학교생활로 비유하면 축제처럼 모두가 가장 기대하는 큰 행사다. 그런 행사에 참석하지 말라니 너무하지 않은가. 내 얼굴에 불만이 드리났는지 페르디난드가 하는 수 없다는 표정으로 팔짱을 끼고 나를 보았다.

"로제마인, 영지대항전은 영주 회의의 전야제이기도 하다. 그런 곳은 불확실한 요소가 많으니 사교가 불안한 그대를 내보내고 싶지 않은 것이 솔직한 심정이다. 조금 더 사교 기술과 체력이 몸에 붙고 나서 나갔으면 하는 거다. 만약 다른 영지의 아우브가 말을 걸면 실수 없이 대응할 자신이 있느냐? 다과회처럼 갑자기 쓰러지지 않고, 끝까지 의식을 붙잡고 있을 수 있겠느냐?"

페르디난드의 연한 금색 눈동자가 나를 응시했다. 나는 침을 꿀꺽 삼켰다. 실수 없이 할 자신은 없다. 얼마 전에도 유스톡스가 머리를 싸매고 고민하는 모습을 봤다.

"……제 사교 실력이 그렇게 형편없어요?"

"유스톡스 말로는 기본은 한다더군. 겉으로는 그럴싸하게 보이는데 가끔 왜 그런 방향으로 가는지 이해하기 어려운 발언을 툭툭 내뱉는다고 했다. 그건 그대가 전혀 다른 상식을 기반으로 움직여서겠지."

아직도 내 상식은 이곳 상식과 어긋나 있나 보다. 하지만 솔직히 말해서 어디가 어떻게 다른지 나로서는 도무지 알 수가 없다. 어긋난 포인트를 모르니까 무엇을 조심해야 하는지 이해를 못 하는 셈이다.

"페르디난드 도련님, 공주님은 이 작은 몸으로 정말 노력하고 계세요. 유레베에 2년이나 잠들었다고 생각할 수 없을 정도로 매우 우수한 성적을 거두셨고, 봉납식에 사교도 하고 계세요. 이제 막 깨어난 공주님께 또 뭘 바라십니까?"

풀이 죽어 고개를 떨군 나를 감싸듯이 리카르다가 앞으로 나왔다. 그 모습을 보면서 페르디난드가 평상시의 무표정으로 "휴식이다."라고 말했다.

"귀족원에 입학하기 전에 영주가 요구한 사항들을 로제마인은 거뜬히 해냈다. 솔직히 말하면 우리 예상을 아예 뒤집었지. 왕족과 교류할 예정도 없었고, 상위 영지와 이렇게까지 깊은 인연을 맺게 될지 몰랐다. 이 상태로 내일 영지대항전에 나가서 왕족이나 아우브들과 경솔하게 관계를 맺으면 곤란해. 더는 우리가 대처해 주기 어려워지겠지. 그러니 로제마인은 왕족과 상위 영지 아우브와의 접촉을 피하고, 휴식을 취해줬으면 하는 거다."

리카르다에게 그렇게 말한 페르디난드는 나를 쳐다보았다.

"유스톡스는 다과회에서 쓰러질 정도로 영지대항전의 준비와 사교로 몸이 지친 것 아닐까……라고 보고하더군. 그대의 건강을 생각해서 푹 쉴 수 있게 책도 여러 권 가지고 왔는데 그래도 영지대항전에 나가고 싶으냐?"

'책을 여러 권? 그렇단 말은……. 얼씨구나! 하루 내내 책 읽어도 되는구나!'

한쪽에 영지대항전의 출석, 다른 한쪽엔 꾀병으로 기숙사에서 독서 삼매경에 빠질 하루를 놓고 저울질했다. 영지대항전과 사교 때문에 도서관 출입도 제한된 나의 대답은 오직 하나다.

"제가 아직 몸이 좋지 않아서 리카르다와 기숙사에서 얌전히 지내는 편이 백번 좋을 것 같아요. 그런데 제 측근들은 어쩌죠? 그렇지 않아도 손이 모자라서 빠짐없이 영지대항전에 출석시켰으면 좋겠는데요."

내가 쉬게 되면 기숙사에서 나를 돌볼 측근이 붙어야 한다. 하지만 영지대항전에 참여할 인원과 물자도 부족한 마당에 인원수를 줄일 수는 없었다.

"내가 기숙사에 남아서 그대를 감시할 거니 측근은 필요 없다. 리카르다만 있으면 하루 정도는 별일 없겠지."

'네? 신관장님이 감시한다고? 없어도 되는데요.'

독서보다도 설교에 시간을 뺏길 것 같았던 나는 어떻게든 감시를 떼어낼 수 없을까 고민했다.

"페르디난드 님은 영지대항전을 보러 오신 거잖아요. 저는 신경 쓰지 마시고 관전하러 가세요."

"이번에는 그대의 후견인으로서, 그리고 상위 영지와의 협상을 보좌할 예정으로 영지대항전에 참여하려고 했는데 상당히 일이 골치 아파졌다."

나를 째려보는 눈빛에 고개를 갸웃거렸다. 뭔가 귀찮은 일이 있었던 걸까?

"나에 관한 이상한 전설이 생겼다며 유스톡스가 머리가 지끈거리는 얘기를 하더군. 그럴 때 내가 섣불리 영지대항전에 나타나면 걷잡을 수 없는 상황이 일어날 거라고 하던데, 대체 무슨 짓을 한 거지?"

'아, 페르디난드 전설 말이구나.'

"뭐든지 제 탓으로 돌리지 마세요. 힐쉬르 선생님이 저를 페르디난드 님의 제자라면서 페르디난드 님의 학생 시절 무용담을 귀족원에 퍼트린 것뿐이에요. 물론 사실도 있고, 다른 사람 얘기까지 섞여서 과장되게 부풀어졌다는 말은 부정할 수 없지만, 저와는 무관해요."

"다과회에서도 화제가 될 거라면서 공주님이 소문을 모으게 했다고 들었습니다만……."

"유스톡스, 쉿!"

내가 황급히 입을 막으려는 것과 동시에 페르디난드가 나를 노려보았다.


동이 트고, 영지대항전 당일. 내게는 오랜만에 찾아온 책 읽는 날. 모두가 이른 아침을 먹고, 준비하느라 분주하다.

주방에서는 작게 자른 카트르 카르를 대량으로 준비하느라 벌써 며칠째 달콤한 향이 풍겼다. 에렌페스트에서 보낸 영지대항전에 쓸 물자가 끊임없이 들어왔다. 카트르 카르가 가득 담긴 상자에서는 군침을 돋우는 달콤한 냄새가 코를 찌른다. 견습 시종들이 짐을 확인하며 지시를 내리면 일꾼들이 짐을 옮겼다. 빌프리트는 영지대항전이 열리는 경기장에서 지시를 내리고 있는 듯하다.

견습 문관들은 전시 발표에 앞서 페르디난드와 유스톡스의 주의사항을 진지한 얼굴로 메모했다. '발표를 내팽개치고 연구 수다를 떨러 기숙사로 날아올 테니 힐쉬르 선생에게는 내 존재를 함구해라'라는 것이 가장 중요한 주의 사항이었다.

견습 기사들도 마물의 약점과 공격 방법을 복습하고, 정문이 아닌 다른 문으로 기숙사를 나가서 에크하르트에게 간략한 강의를 들었다. 본인들의 부족한 협동심을 자각하는 학생들은 자각이 없는 신인보다 다루기 쉽고, 기사단에서 신입 교육을 맡는 에크하르트가 만족스럽게 말했었다. 가르친 대로 순순히 받아들이기 때문에 봄부터 보니파티우스의 훈련을 받으면 내년에는 훨씬 좋아질 거라고 했다.

"아우브 에렌페스트께서 납시었습니다!"

정신없이 준비하는 와중에 영주 부부를 비롯한 졸업생의 보호자들이 잇달아 찾아왔다. 휘황찬란한 사교용 의상을 입은 그들은 기숙사를 지나쳐 대항전이 널리는 경기장으로 지행한다. 그들 모두가 귀족원 졸업생이라 안내도 필요 없는 듯하다.

"로제마인, 드디어 눈을 떴군. 오늘 하루는 기숙사에서 쉬렴. 아직 안색이 좋지 않구나."

"걱정해 주셔서 감사하게 생각합니다, 양아버님."

책을 읽을 수 있다는 기쁨에 안색이라면 평소보다 훨씬 좋겠지만, 아우브 에렌페스트가 '안색이 나쁘다'라고 하면 나쁜 거다. 오늘은 휴식이다.

"페르디난드, 로제마인을 부탁하마. 두 사람 모두 기숙사에서 나오지 말도록."

"알겠습니다."

관전하러 가는 손님들의 발걸음이 조용해지자, 곧이어 견습 기사들이 기숙사로 돌아왔다. 지금부터 경기장에서 대기해야 한다고 했다.

"로제마인 님, 축복을 부탁드려도 되겠습니까?"

"여러분, 무릎을 꿇으세요. 무용의 신 앙리프의 가호를 내리겠습니다."

최상급생인 안게리카를 선두로 반듯하게 정렬한 견습 기사들이 무릎을 꿇고 가만히 머리를 떨구었다.

나는 슈타프를 꺼내어 오른손에 들고, 평소처럼 마력을 담았다.

"불의 신 라이덴샤프트의 권속, 무용의 신 앙리프의 가호가 여러분에게 있기를."

슈타프에서 뿜어져 나온 푸른빛이 견습 기사들 머리 위로 쏟아져 내렸다.

"주변을 잘 살피고, 서로 협력하며 배운 것을 조금이라도 활용하도록 하세요. 에렌페스트가 최고 성적을 거둘 수 있기를 기도하겠습니다."

"네!"


모두가 방을 나가고, 나는 1층에 있는 다목적 홀에서 페르디난드가 준 책을 읽으며 느긋한 시간을 보냈다. 이따금 견습 문관이나 유스톡스가 페르디난드에게 지시를 받으러 드나들 때를 빼고는 조용했다.

페르디난드는 유스톡스가 정리한 보고서는 물론이고, 빌프리트와 샤를로테의 견습 문관, 하르트무트를 비롯한 나의 견습 문관이 정리한 자료까지 훑었다. 유스톡스를 통해 문관 교육의 일환으로 과제를 냈던 모양이다.

세 점 종이 울리고, 곧바로 식당에서 맛있는 점심 냄새가 풍기기 시작했다. 조금 뒤 문관과 시종들이 왔다 갔다 하며 식사를 나르러 왔다.

"올해는 장난이 아니에요, 로제마인 님."

"에렌페스트에 이렇게 손님이 많이 몰리는 건 처음 봤어요."

점심을 먹으러 돌아온 학생들이 흥분하며 영지대항전의 상황을 알려주었다. 슈바르츠와 바이스의 연구 발표에는 중앙 연구자들이 눈을 번뜩이며 몰렸다고 한다. 힐쉬르는 열정적으로 설명했고, 아직 밝혀지지 않은 부분은 자신의 예상을 내세우며 신이 났다고 한다. 심지어 내가 고안한 스밀형 기수도 전시했고, '기수복을 입지 않아도 탈 수 있는 기수'라는 선전 문구로 여성의 관심을 끌었다고 한다.

"그 자리에 안 계시는 로제마인 님의 이름이 주위에 쫙 퍼진 느낌을 받았습니다."

"단켈페르거의 기사단장님도 오셨어요. 페르디난드 님이 아끼는 제자라는 영주 후보생은 어디 있느냐면서 찾으셨대요."

거기에 질린 표정을 지은 사람은 나뿐만이 아니었다. 함께 이야기를 듣던 페르디난드가 짚이는 데가 있는 듯한 미묘한 표정을 지었다. 어쩌면 단켈페르거의 기사단장도 페르디난드의 악랄한 작전에 무참하게 짓밟혔던 같은 세대 사람이 아닐까?

"보러 가지 않길 잘했군."

"로제마인 님이 아직 누워 계신다는 말을 들으셨는지 클라센부르크와 단켈페르거의 영주 후보생이 각자 보호자와 함께 문병 선물을 가지고 와주셨습니다. 아우브 에렌페스트가 필사적으로 대응하고 계십니다."

'와우, 양아버님, 파이팅!'

그러는 사이에 견습 기사들이 우르르 들어왔다. 경기가 끝난 모양이다. 안게리카 외에는 모두 밝은 표정과는 거리가 먼 묘한 얼굴로 나를 보았다. 축복을 내렸는데도 효과가 없었던 걸까?

"코르넬리우스 오라버니, 디터 성적은 어떻게 됐어요?"

"순위로 따지면 아직 멀었지만, 여태까지 치른 모의전에 비하면 속도는 훨씬 빨라졌습니다."

"그렇다고 하기에 다들 표정이 어둡네요."

견습 기사들과 얼굴을 마주 본 코르넬리우스가 어렵게 입을 뗐다.

"대전한 마수가 그륀이었습니다. 그것을 기수로 쓰고 있다고 생각하니 조금……."

"저는 그륀을 잘 모르는데 어떤 마수예요?"

"실로 흉포하고 냄새가 고약한 마수였습니다."

"……네? 냄새가 고약하다고요?"

조금 싫을 것 같다. 나도 얼굴을 찌푸리자, 페르디난드의 목소리가 울렸다.

"너희들. 그륀 얘기는 나중에 하고, 점심을 먹었으면 시종을 도와라. 손님이 많아서 거절도 제대로 못 하고 있다는 보고가 들어왔다."

견습 기사들이 퍼뜩 정신을 차린 듯 후다닥 점심을 먹고 곧바로 식당을 뛰쳐나갔다.

식당이 조용해지자, 나와 페르디난드도 리카르다의 시중을 받으며 점심을 먹었다. 그때 페르디난드가 "그대에게 미안하게 생각한다."라고 조그맣게 중얼거렸다.

"뭐가요?"

"오늘 영지대항전에 출석하지 못하게 해서지. 표창식에도 못 나갈 테니 말이다."

페르디난드가 말하길 다섯 점 종에 영지대항전이 끝나면 그 이후에 성적 우수자를 발표하는 시간이 있다고 한다.

"1학년 최우수자는 그대일 거라고 힐쉬르가 편지로 그러더군. 원래라면 왕에게 직접 칭찬을 듣고, 모두의 박수갈채를 받아야 하는데 이쪽 사정 때문에 결석시킨 셈이니."

"……차라리 결석이라서 다행이에요. 도무지 왕족과 대화할 자신이 없어요."

전체 영지의 영주 부부와 왕족이 참석한 자리에서 성적 최우수로 표창받고, 왕과 직접 얘기해야 하다니 불가능하다. 이번에야말로 어떤 실수를 저지를지 상상만 해도 소름이 끼친다.

"내년에는 영지대항전에 나갈 수 있게 그대를 어떻게 교육해야 할지 심각하게 고민하는 중이다. 우리와 다른 그대의 상식과 기본 사고를 어떻게 고쳐야 힐지 눈앞이 마마해. 지금까지 잘 가르쳤다고 생각했는데 이 모양이니."

"공주님은 신전에서 자라셔서 귀족의 상식에 어두우시지만, 익숙해질 수밖에요. 세월이 해결해주겠지요."

식사 시중을 들며 리카르다가 부드럽게 웃으며 그렇게 말했다.

"세례를 받고, 영주의 딸로 1년 반. 그 뒤에 2년을 잠으로 보내고 귀족원에 입학하셨잖아요? 신전에서 지낸 시간을 빼도 공주님이 귀족으로 지낸 시간은 겨우 반년 정도입니다. 이제 시작이지요."

세세한 일까지 완벽히 기억하는 페르디난드는 내가 귀족으로서 성에서 지낸 날짜를 손가락으로 세기 시작했다.

"음……. 반년은 넘은 것 같지만, 그 말대로 성에서 귀족으로 지낸 시간은 아주 짧군. 신전에서도 가르쳐서 이렇게 짧을 거라는 생각은 못 했다만……."

"귀족뿐인 성과 엄밀히 말해서 귀족이 아닌 사람들뿐인 신전은 다르지요. 신전에서는 귀족의 사고방식을 주입할 수 없어요. 귀족이 도련님밖에 없었으니까요."

리카르다의 지적에 페르디난드가 "그렇군." 하고 고개를 끄덕였다.

"페르디난드 도련님은 빨리 결과를 보고 싶으시겠지만, 사람이 성장하려면 시간이 걸리는 법입니다. 조금 더 천천히 가세요."

리카르다의 말이 맞았다. 사람은 성장하려면 시간이 걸린다. 그리고 성과 신전은 다르다. 귀족이 없는 신전에는 시종일관 신경을 곤두세워야 하는 긴장감이 없다. 그래서 페르디난드가 새로운 교육 계획을 세우면 신전에서 지내는 시간도 짧아질 것 같은 예감이 든다.

'싫은데.'

리카르다의 지적이 올바르다는 것도, 사교의 문제점을 해결해야 하는 것도 안다. 하지만 나의 안식처가 멀어지는 느낌에 기분이 우울해졌다.

# 안게리카의 졸업식

영지대항전 다음 날은 졸업식이다. 영주 부부는 각자의 기숙사 방에서 머무르고, 다른 보호자들은 일단 에렌페스트로 돌아간다.

'그래서 관람자가 적었구나.'

마력을 써서 연일 이동하는 건 부담이 크다. 중급, 하급 귀족의 보호자는 자식이 활약하는 것을 미리 알았을 때나 자식의 결혼 희망자가 다른 영지 사람일 경우를 제외하고는 영지대항전에 오지 않는 듯했다. 안게리카의 부친은 영지대항전의 디터보다 졸업식에서 선보이는 검무가 목적인지, 내일 휴가를 받고 온다고 했다. 참고로 플로렌치아의 시종인 안게리카의 모친은 오늘 주인과 함께 귀족원에서 디터를 관전하고, 내일은 업무를 쉬게 될 기라고 리젤레타가 말했다.

'정말 우수한 시종 집안에서 안게리카만 견습 기사구나.'

졸업식은 세 점 종부터 시작이다. 오전에는 봉납 가무와 검무 등의 공연이 있고, 중앙 신전에서 온 신전장이 축복을 내린다. 졸업식의 일부로 치지만 엄연한 성인식이다. 오후부터는 성인이 된 졸업생이 예복을 입고 강당에 모여서 졸업식을 치른다.

"내일도 저는 기숙사에 있어야 하는 거죠?"

저녁을 먹은 나는 다목적 홀에서 페르디난드에게 그렇게 물었다. 페르디난드도 귀족원에 묵는다고 했으니 내일도 나를 감시하리라 예상했다.

"졸업식에 참석할 중요 인물은 오늘과 같을 거다. 출석하면 오늘 빠진 의미가 전혀 없지. ……기숙사에서 책만 읽어서 불만인가?"

영지대항전을 결석했으니 졸업식도 참석을 못 하는 줄은 알지만, 에그란티느 님의 춤과 연습 장소가 달라서 전혀 보지 못한 안게리카의 검무가 너무 궁금했다. 이번이 마지막 기회인 줄 아니까 더더욱 그러했다.

"책을 읽어서 좋긴 한데 안게리카의 검무와 에그란티느 님의 봉납 가무를 보고 싶었어요. 적어도 '캠코더'만 있었으면 좋았을 텐데……."

"그게 뭐지?"

"검무나 봉납 가무를 찍어서 나중에 영상을 볼 수 있는 물건이에요. ……아. 힐쉬르 선생님이 수업 때 쓰는 마술구 있죠? 그런 느낌으로 움직임이 있어도 몇 번이나 볼 수 있는 물건이라고 하면 이해할까요."

어떻게 설명해야 쉬울지 고민하면서 말하자, 페르디난드의 눈썹이 씰룩거렸다.

"영사 마술구라면 힐쉬르가 가지고 있다. 예전에 수업용으로 만든 적이 있지. 사용할 때 마력 소비량이 터무니없어서 한 번 쓰고는 창고에 처박아 뒀었다. 하지만 그대의 마력을 마석에 옮겨서 기동하면 검무와 봉납 가무 정도는 찍을 수 있지 않겠나?"

"정말이에요!?"

'캠코더처럼 쓰는 마술구가 이미 있었다니!'

감동한 내가 기대에 찬 눈으로 페르디난드를 올려보자, 그는 매우 언짢은 표정을 지으며 올도난츠용 마석을 손에 쥐었다.

"그러면 내가 귀족원에 온 사실을 힐쉬르가 알게 되는 것이 문제지만, 그대를 얌전하게 만들려면 방법이 없군. 이 마석에 마력을 담아라. 부족하면 도중에 영상이 끊어질 거다."

그렇게 말하며 마석을 내민 페르디난드는 영사 마술구를 빌려 달라는 말을 입력한 올도난츠를 힐쉬르에게 날려 보냈다. 나는 기꺼이 배터리 업무를 받아들였다. 마석을 손에 쥐고, 차차 마력을 보냈다. 이미 흥분으로 마력이 순환하고 있어서 작업은 간단했다.

　'룰루랄라. 검무와 봉납 가무를 볼 수 있게 됐어.'

　슬슬 답장이 올 때가 됐다 싶을 때였다. 올도난츠 대신 힐쉬르 본인이 마술구와 자료 더미를 안고 기숙사로 달려왔다.

　"페르디난드 님, 귀족원에 오셨으면서 왜 더 일찍 연락하지 않으셨어요!? 보내주신 자료로 할 얘기가 산더미란 말입니다!"

　"그렇게 말하며 영지대항전을 내팽개칠 것 같아서 일부러 연락하지 않았습니다. 오랜만입니다, 힐쉬르 선생님. 이 마술구는 아직 사용할 수 있습니까?"

　페르디난드는 힐쉬르의 손에 들린 마술구를 집어 들고, 여기저기 매만지기 시작했다.

　"마력 소비량이 엄청나다고 내팽개친 마술구를 이제 와서 어디 쓰려고요?"

　"내일 있을 검무와 봉납 가무를 담아야 할 일이 생겼습니다. 마력은 로제마인이 제공할 테니 문제없습니다. ……아, 기동하는군요. 여전히 마술구 손질에 부지런하신 것 같아 대단하십니다. 이만한 정성으로 보고서도 자주 보내시지 그러셨습니까."

　본인에게 불리한 말은 넘겨 버리는지 힐쉬르는 대답 대신 그 자리에 자료를 펼치기 시작했다.

　"도서관 마술구를 두고 오늘 영지대항전에서 여러 연구자들과 토론으로 예측한 결론입니다. 중앙에서 왕족의 마술구를 연구하는 분이 계셨는데, 비슷한 마술구의 구성을 토대로 이 부분에 생명의 신과 관련된 마법진이 들어갈 것 같다고 하시더군요. 다만, 그분이 기억하는 마법진으로는 빈자리가 완벽하게 메꿔지지 않았어요."

"흠. 그것참 흥미롭군요. 대체 어떤 마법진이었습니까?"

매드 사이언티스트 모임의 열기가 후끈 달아올랐다. 문관들은 흥미진진하면서도 도통 내용을 이해하지 못한 표정으로 두 사람을 쳐다보았다.

나는 마석에 마력을 담은 후, 슬그머니 그 자리를 빠져나왔다. 영문 모를 마법진 이야기보다 모처럼 페르디난드가 가져와 준 책을 읽고 싶었다. 내 방으로 돌아와서 책을 읽고, 목욕하고, 취침했다.


그리고 다음 날 아침. 아침 식사를 끝내고 다목적 홀로 향하자, 어젯밤과 똑같은 상태로 두 사람이 아직도 이야기를 나누고 있었고, 아무렇게나 널브러진 자료가 산더미였다. 밤을 꼬박 새운 듯 에크하르트가 인상을 찌푸린 채 힘없이 벽에 기대어 서 있었다. 페르디난드의 호위 기사면 밤샘 연구 토론까지 함께 해야 하는 모양이다. 이런 풍경이 그들이 귀족원에 다닐 때 일상이었을까?

"안녕하세요, 페르디난드 님, 힐쉬르 선생님. 아직 논의는 안 끝났어요? 아침은 드셔야 하지 않나요?"

"아, 로제마인. 벌써 아침인가. 힐쉬르 선생님, 오늘은 졸업식입니다. 이쯤에 끝내시지요."

"……졸업식인가요. 이제야 길이 보이려고 하는데."

진심으로 짜증 난 듯한 힐쉬르에게 페르디난드가 어이없는 표정으로 고개를 저었다.

"오늘만큼은 참으십시오. 전에 제 후임이 없다고 한탄하시더니 유망한 제자는 찾으셨습니까?"

"네. 좀체 찾지 못하다가 올해 2학년 중에 유능한 학생이 있더군요. 하급 귀족에 가까운 중급 귀족이라 마력이 적은 게 흠이지만, 그만큼 개량 실력은 특출납니다."

발상이나 문제 해결 능력이 천재적인 페르디난드는 세상에 둘도 없는 마술구를 다수 만들어냈다. 하지만 마력의 양이 많아서 본인밖에 쓰지 못하는 발명품이 많다고 한다. 새로운 제자 후보인 학생은 그런 페르디난드의 마술구를 더 적은 마력으로 쓸 수 있게 연구하는 데 푹 빠졌다고 한다.

"저는 이렇게 연구 토론도 하고, 새로운 제자도 찾아서 과거의 즐거웠던 시간이 돌아온 기분으로 나날을 보내고 있답니다. 페르디난드 님은 졸업하실 때 앞으로 지루하고, 우울한 생활이 될 거라고 하셨는데 에렌페스트로 놀아가신 후에 조금은 즐거운 시간이 있었습니까?"

힐쉬르의 표정이 연구밖에 모르는 매드 사이언티스트에서 제자를 걱정하는 스승의 얼굴로 바뀌었다. 그런 스승의 말에 순간 말문이 닫힌 페르디난드의 눈빛이 그리움에 젖었다. 그리고 피식 웃으며 대답했다.

"질릴 새도 없고, 지루함과는 거리가 먼 시간을 보내고 있습니다."

"그 말을 들으니 조금 안심이 되네요. 페르디난드 님의 새로운 마술구, 연구 성과, 사랑 얘기, 뭐든 기다리고 있겠습니다."

그렇게 말한 힐쉬르는 자료를 대충 정리하고, 얼른 식당으로 갔다. 아침을 먹고, 서둘러 졸업식 준비를 해야 해서다. 힐쉬르와 교대하듯이 유스톡스가 식당에서 나왔다.

"페르디난드 님은 어쩌시겠습니까? 먼저 눈을 붙이시겠습니까?"

"그러지, 두 점 반 종에 깨워다오."

"알겠습니다. 편히 쉬십시오. ……에크하르트도 잠깐 자야 하지 않아? 나는 트라우고트 담당이라 푹 잤는데, 오랜만에 두 사람에게 맞추느라 피곤하지?"

에크하르트가 원망 섞인 눈으로 유스톡스를 노려보더니 페르디난드를 뒤따라갔다.

"유스톡스는 식당에서 왜 나왔어요?"

"아, 트라우고트의 시중을 들던 중에 힐쉬르 선생님이 들어오시기에 드디어 연구 얘기가 끝났다고 판단했거든요."

"……그럼 아직 식사하는 트라우고트를 버려 두고 나온 거예요?"

"어쩔 수 없지요. 제게는 트라우고트보다 페르디난드 님이 더 중요하고 우선이니까요."

유스톡스는 당연한 얼굴로 씩 웃고, 식당으로 돌아갔다.

"한 명밖에 없는 자기 시종이 다른 사람을 더 따르다니……. 식사도 목욕도 페르디난드 님의 사정에 좌우되는 트라우고트 님이 조금 가엾네요."

유디트가 자신의 룰로 자유롭게 움직이는 유스톡스의 뒷모습을 바라보며 중얼거렸다.


아침을 먹은 학생들이 하나둘 다목적 홀로 모이기 시작할 무렵, 졸업생의 부모도 전이 마법진을 통해 귀족원에 찾아왔다. 그들이 전이의 방을 나오면 대기하던 견습 시종들이 각자의 자식이 지내는 방으로 부모를 안내한다. 아이들의 졸업식 준비를 도와줘야 해서다. 부족함이 없는지 부모의 눈으로 확인해야 한다는 말이 더 적절할까?

"아버님, 어머님."

"로제마인 님, 오랜만에 뵙습니다. 이번에는……."

안게리카의 부모는 딸인 리젤레타가 말을 걸건 말건 먼저 내게 시선을 멈추었다. 곧장 이쪽으로 다가와서 인사하려는 두 사람에게 나는 가볍게 손을 흔들어서 막았다.

"긴 인사는 됐습니다. 오늘은 시간이 없거든요. 리젤레타, 부모님을 어서 방으로 안내해드려요. 안게리카는 분명 귀찮다며 준비를 하는 둥 마는 둥 했을 테니 세 사람이 대충하지 못하게 지켜보세요. 이건 명령입니다."

검무 준비는 완벽해도 졸업식 의상은 소홀하거나 검무 중심으로 헤어스타일을 정해서 화사함이 아예 배제되는 등, 안게리카에게는 불안 요소가 한둘이 아니다. 하지만 시종으로서 우수한 부모와 여동생이 투입되면 본인 마음대로 대충하지는 못하리라.

리젤레타가 씁쓸하게 웃으며 "알겠습니다."라고 대답하고, 부모를 데리고 다목적 홀을 나갔다. 이로써 안게리카 문제는 해결되었다. 내가 "이거로 됐어."라며 고개를 끄덕거리는데 어째서인지 다무엘이 다목적 홀로 들어왔다. 그는 홀을 쭉 둘러보더니 내 곁에 와서 무릎을 꿇었다.

"왜 다무엘이 여기에 있어요?"

"어젯밤에 페르디난드 님께서 대부분 측근이 졸업식에 참가하니 제게 호위 임무를 맡아 달라고 긴급히 요청하셨습니다."

힐쉬르와 밤새 토론하면 자신과 에크하르트는 오전 중에 잠을 자게 될 거라는 것까지 예상한 모양이다.

"다무엘이 왔으니까 여러분은 졸업식을 준비하러 가도 돼요."

명령을 들은 측근들이 제각기 움직이기 시작했다. 나는 그들을 보내고, 다무엘 쪽으로 돌아섰다.

"다무엘, 성에는 별일 없죠? 할아버님은 건강하시죠?"

훗 하고 웃은 다무엘이 무슨 생각을 떠올리는지, 갑자기 먼 곳을 바라보았다.

"……아주요. 아주 건강하십니다. 기사단에 달려오셔서 견습생의 교육 방침을 두고 기사단 간부와 논의하셨습니다. 봄부터 견습생들이 고생 꽤나 할 겁니다."

동정 어린 눈빛으로 알려준 말을 듣자 하니 보니파티우스의 의욕이 상당한 듯하다. 앞으로 견습 기사들의 성장이 기대된다.


두 점 반의 종은 졸업생과 졸업생을 에스코트하는 사람 외의 학생들이 모여서 기숙사를 나가는 시간이다. 주인공인 졸업생이 입장하기 전까지 그들은 강당을 준비해야 한다. 많은 시종이 주인을 배웅하는 가운데 유스톡스가 종소리에 맞춰서 페르디난드를 깨우러 가는 모습이 눈에 들어왔다. 아니나 다를까 트라우고트의 배웅은 뒷전이다.

"리카르다, 아무리 그래도 불쌍하니까 트라우고트를 챙겨주세요."

"아닙니다. 로제마인 님께 다른 시종이 붙어있을 때면 몰라도 모두가 자리를 뜰 때 제가 곁을 떠날 수 없지요."

리카르다에게 딱 잘라 거절당한 나는 조그맣게 고개를 끄덕였다. 못한다고 하는데 별 수 있겠는가.

학생들이 기숙사를 나가고 조금 지나서 페르디난드가 다목적 홀에 들어왔다. 유스톡스와 에크하르트도 함께다. 그런데 이상하게도 에크하르트가 처음 보는 예복을 차려입고 있는 것 아니겠는가.

"……오늘 에크하르트 오라버니는 호위 임무치고 웬일로 예복이래요? 무슨 일 있어요?"

"안게리카를 에스코트하는데 갑옷을 차고 갈 수는 없잖아."

"엑!? 안게리카의 에스코트를 에크하르트 오라버니가 해요!?"

내가 눈을 휘둥그레 뜨며 깜짝 놀라자, 에크하르트도 놀란 듯이 눈을 크게 떴다.

"몰랐어? 평상시에 누가 에스코트하는지 기숙사 내에서도 화제 아냐?"

"리젤레타는 아는 눈치던데 나머지는 아무도 모르는 것 같았어요. 저도 그렇고, 궁금해하는 사람이 많았거든요. 심지어 안게리카도 의아해서 어쩌면 본인도 모르는 새에 부모가 정한 게 아닐까 하는 소문이 자자했었어요. 대체 언제 그런 사이가 된 거예요?"

어제도 에크하르트는 페르디난드와 함께 기숙사에 왔다. 하지만 딱히 안게리카와 친밀하게 대화하는 모습도 없었으며 눈빛을 주고받는 낌새도 없었다. 어딜 봐도 연인 사이로 보이지 않았다.

"우린 그런 사이 아니야. 할아버님은 안게리카를 제자로 삼으신 이후로 우리 형제 중 누군가와 맺어주고 싶어하시는 낌새였어. 정말 직전까지 정하지 못했으니까 안게리카 본인도 몰랐을 거다. 스승님께 맡기겠다고만 하고, 물어보지도 않았으니까."

'아아. 할아버님한테 통째로 맡기고 머릿속에서 지웠구나.'

"안게리카를 우리 일족과 결혼시키려고 하는 할아버님 때문에 이번 겨울은 혹독했다."

보니파티우스의 핏줄과 결혼하면 영주 일족과 어깨를 나란히 하는 일족과 친족이 되는 셈이다. 일반적으로 매우 영광스러운 제안이지만, 중급 귀족인 안게리카에게는 신분이 달라도 너무 다르다. 심지어 안게리카는 기사로서의 실력은 훌륭하지만, 성격이나 사교 능력으로 보면 상급 귀족의 첫째 부인으로 적합하지 않다. 안게리카의 부모는 필사적으로 거절할 길을 모색했지만, 보니파티우스의 결정을 뒤집을 힘이 그들에게 있을 턱이 없었다.

난감한 처지에 놓인 그들과 안게리카의 장래를 고민한 끝에 보니파티우스의 손자 중에 나이가 비슷한 아이의 둘째 부인으로 들이는 방법이 최선이지 않겠느냐고 엘비라가 제안했다. 안게리카의 부모는 셋째 부인 정도가 적당하다며 간청했지만, 보니파티우스가 이를 받아들이지 않았고, 일단은 둘째 부인으로 타협했다고 한다.

"그런데 누구의 둘째 부인으로 삼느냐가 문제였지."

처음에는 트라우고트의 둘째 부인이 될 예정이었다. 아직 결혼 생각이 눈곱만큼도 없는 안게리카는 강해질 생각밖에 없는 아까운 미소녀다. 결혼이 시급한 연상보다 연하가 좋겠다고 어른들은 생각했다고 한다. 또 트라우고트는 나의 호위 기사가 될 예정이었기에 딱 맞는 조합으로 보았다.

그런데 트라우고트가 나의 호위 기사를 사임했다. 그것도 해임에 가까운 사임으로. 그래서 보니파티우스의 노여움을 샀고, 애제자인 안게리카의 결혼 후보 상대에서 잘렸다고 한다.

"일족 회의에서 트라우고트의 거취뿐만 아니라 졸업식이 코앞인 안게리카의 결혼 상대를 다시 정해야 했지. 트라우고트가 후보에서 제외되었으니 다음 후보는 우리 세 형제였어."

"나이로 따지면 램프레히트 오라버니나 코르넬리우스 님 아니에요?"

안게리카의 나이를 생각하면 에크하르트는 후보에서 거리가 멀었다.

"네 말이 맞아. 하지만 램프레히트는 아렌스바흐와의 문제가 해결되기 전까지 다른 상대를 만들지 않는 편이 좋아. 코르넬리우스는 마음에 둔 상대가 있어서 안게리카를 에스코트하고 싶지 않다고 하더군. 최종적으로 부인과 사별한 내가 적임자라는 결론이 나온 거다."

페르디난드가 결혼하기 전까지 자신도 결혼하지 않겠다며 버티던 에크하르트가 드디어 결혼이다. 꼬리가 잡혔네……라는 생각이 스쳤을 때 나는 손뼉을 쳤다.

"상대가 당분간 결혼 생각이 없는 안게리카라면 에크하르트 오라버니도 당분간은 결혼하라는 어머님의 잔소리에서 벗어날 수 있겠네요."

에크하르트가 피식 웃으면서 "그런 셈이다."라며 고개를 끄덕였다. 아무래도 아직 몇 년은 결혼할 생각이 없는 듯하다. 어떻게 보면 괜찮은 조합인지도 모른다. 다만, 에크하르트는 자기 나름의 이점을 찾아내어 수락했는데 안게리카는 아무 생각이 없어 보여서 걱정이다.

"오래 기다리셨습니다, 에크하르트 님."

안게리카의 부모가 준비를 끝낸 안게리카를 데리고 다목적 홀로 들어왔다. 강함을 나타내는 라이덴샤프트의 푸른색을 몸에 휘감은 안게리카가 보였다. 기수복같이 언뜻 치마처럼 보이는 퀼로트 복장이다. 성인이 되어서 바지 기장이 구두를 가릴 정도로 길었다.

머리를 깔끔하게 틀어 올린 성인 여성의 헤어스타일을 본 순간 얼

떨떨했다. 연하게 화장까지 한 안게리카는 매일같이 보던 나도 눈이 휘둥그레질 정도로 미인이었다.

"아아, 아름답게 꾸몄구나. 검무가 기대되네."

"최고의 검무를 보여드리겠습니다."

안게리카의 손을 잡은 에크하르트와 살짝 미소를 머금은 안게리카는 언뜻 보면 믿음직스러운 기사와 여리여리한 아가씨가 서로의 몸에 기대는 그림이다. 겉으로 잘 어울려 보이는 만큼 내면이 걱정이다.

나는 검무 의상을 입은 안게리카에게 "에크하르트 오라버니가 상대여도 괜찮아요?"라는 질문부터 꺼냈다. 안게리카는 망설임 없이 고개를 끄덕였다.

"저는 스승님께 맡기겠다고 했습니다. 스승님이 정하신 상대이니 전 아무 불만이 없어요. 오히려 에크하르트 님께 죄송스럽지만, 저는 로제마인 님을 계속 모실 수만 있다면 상대가 누구든 좋습니다."

'정말 안게리카나운 깔끔한 대답이네.'

나는 기막힘 반, 감탄 반으로 "그렇군요."라며 납득했지만, 그녀의 부모는 새파래졌다.

"아무나 좋다니. 에크하르트 님께 그런 실례가 어디 있느냐."

냉큼 안게리카를 호되게 꾸짖은 부모는 에크하르트에게 "이런 딸자식이라 지금이라도 에스코트를 관두셔도 됩니다……."라며 호소했다. 그들은 어떻게든 거절하려고 필사적이지만, 에크하르트는 상쾌한 미소로 받아넘겼다.

"그러면 제가 조부에게 혼이 납니다. 그리고 연애나 결혼에 흥미가 전혀 없는 따님이라서 더 마음에 듭니다."

세 점 종이 울리자, 에크하르트는 안게리카를 에스코트하며 기숙사를 나갔다. 페르디난드가 제작한 영사 마술구와 나의 마력을 듬뿍 담은 마석을 들고.

"안게리카와 봉납 가무에서 빛의 여신을 맡은 사람을 정확하게 찍어와 주세요, 에크하르트 오라버니."

모든 졸업생을 배웅하면 나는 오늘도 독서 삼매경이다. 다무엘은 페르디난드가 시키는 대로 서류 정리를 했다.

네 점 종이 울렸을 무렵에 모두가 돌아왔다. 점심을 먹은 졸업생은 졸업식에 출석하기 전에 흐트러진 의상을 가다듬며 대기. 검무 무대를 마친 안게리카는 예복으로 갈아입는다. 옷을 갈아입으면 곧바로 출발이다.

"에크하르트 오라버니. 어서 검무와 봉납 가무를 보여주세요."

한가하게 기다리는 에크하르트의 모습을 보고 조르자, 그는 영사 마술구를 페르디난드에게 건넸다. 촬영에도 마력이 필요하지만, 영상을 비추는 데도 마력이 대량으로 필요한 듯하다.

"난 이 뒤에도 안게리카를 에스코트하고 졸업식에 나가야 해서 비춰 주진 못해."

"그러면 지금 못 본다는 말이에요?"

"아니, 에크하르트의 마력은 없어도 된다. 보고 싶으면 그대의 마력으로 보면 된다. 이 마석에 마력을 담아라."

페르디난드가 마술구를 만지작거리며 준비하기 시작했다. 영상을 보려면 상당한 준비가 필요했다. 페르디난드가 준비하는 동안 졸업식을 치르러 졸업생이 한 팀, 또 한 팀이 출발한다. 다른 영지 학생이 에스코트하는 사람은 다과회실에서 만나는 듯하다.

"안게리카, 졸업 축하해요."

"제가 귀족원을 졸업할 수 있는 건 전부 로제마인 님 덕분입니다. 감사의 말씀을 드리고 싶습니다. 대단히 감사하게 생각합니다."

안게리카가 무릎을 꿇고 고개를 떨구자, 안게리카의 부모와 리젤레타도 마찬가지로 무릎을 꿇었다.

"로제마인 님께 저희 일족 모두가 진심으로 감사하고 있습니다. 오늘 안게리카가 무사히 졸업할 수 있게 된 건 로제마인 님과 주변 분들께서 힘이 되어 주신 덕분입니다."

퇴학을 각오했던 안게리카가 졸업해서 부모는 감격에 겨운 모양이다.

"에크하르트 오라버니, 안게리카가 실수하지 않게 에스코트 잘 부탁해요. 오라버니는 위기를 모면하는 데는 일가견이 있잖아요."

에크하르트는 내 머리를 가볍게 쓰다듬으며 안심시키고, 안게리카의 손을 잡고 나섰다. 그들에 이어서 졸업생이 나가고, 보호자와 영주 부부가 나가면 기숙사에는 졸업식과 관계가 없는 학생들만 남는다.

"페르디난드 님, 준비는 끝났어요?"

내가 다목적 홀로 돌아가자, 페르디난드가 가볍게 고개를 끄덕였다. 주위에는 몇몇 학생이 낯선 마술구에 흥미를 보이며 영사 마술구를 바라보고 있었다.

"이 판에 비출 테니 이렇게 해서 본인에게 잘 보이도록 위치를 조절해라. 위치가 정해지면 마력을 흘려보내도록."

길드 카드처럼 빛이 닿으면 무지개색으로 빛나는 A4 크기의 매끈매끈한 금속판 위치를 조정한 후에 마력을 흘려보내면 되는 모양이

다. 내가 신이 나서 마력을 흘려보내자 금속판에 영상이 비쳤다. "오
오." 하고 주변에서 감탄이 터져 나왔다.

"검무다. 굉장해. 이런 마술구가 있는 건 처음 알았습니다."

"로제마인, 나한테도 보여줘."

빌프리트가 다가오자, 내 주위로 우리의 측근들이 우르르 몰려
왔다.

솔직히 영사 마술구의 화질은 썩 좋지 않았다. 일단 컬러지만, 해상
도가 낮고, 소리도 없다. 정말 영상뿐이다. 그래도 내가 보러 가지 못
한 검무와 봉납 가무를 볼 수 있어 매우 기뻤다.

"저건 슈팅루크예요?"

"맞습니다. 안게리카는 슈팅루크를 들고 검무를 춰요. 동작마다 뿜
어 나오는 희미한 마력에 칼날이 파르스름하게 빛나는데 그것이 얼마
나 아름다운지 몰라요."

안게리카를 존경하고, 끔찍이 좋아하는 유디트가 신나게 웃으며 설
명해 주었다. 마검을 다루는 사람은 귀족원에서도 드물다고 한다. 성
장은 물론이고, 검을 다룰 때마다 마력이 필요해서 중급 귀족 중에서
는 가진 사람이 아무도 없는 모양이었다.

그녀 외에도 검무에 참가한 여기사가 있었지만, 누구보다 안게리카
가 눈에 띄었다. 서슬이 퍼렇게 빛나는 슈팅루크를 자유자재로 휘두르
는 미소녀에게는 시선을 끌어당기는 매력이 있었다.

"훌륭하네요."

감탄의 한숨을 내뱉음과 동시에 봉납 가무가 시작되었다. 에크하르
트는 마력을 최대한 아끼려고 한 모양이다. 여운을 느낄 새도 없이 이
어서 봉납 가무를 보았다.

에그란티느의 손이 유유히 움직이며 춤추기 시작했다. 나도 봉납 가무를 연습한 적이 있어서 음악을 안다. 흥얼거리며 영상을 보고 있으니 에그란티느와 함께 아나스타지우스가 등장했다. 진지하게 연습했는지, 춤추는 모양새가 제법 그럴싸했다.

'오오, 아나스타지우스 왕자님의 춤 실력이 늘었어.'

부부신인데 어울리지 않으면 어쩌나 걱정했는데 다행히 어울려 보여서 정말 기뻤다. 춤을 추면서도 시선을 교환하며 살짝 미소 짓는 두 사람의 행복한 모습을 보고 있자니 나까지 기뻐서 축복해 주고 싶어졌다.

'두 사람의 행복을 축복할게요. 저 행복한 미소가 평생 함께하기를.'

"로제마인, 마석에서 손 떼!"

"네?"

내가 고개를 드는 것과 새파랗게 질린 페르디난드가 달려오는 것은 거의 동시였다. 페르디난드가 내 손목을 잡고 팔을 번쩍 들어 올렸다. 동시에 반지에서 축복의 빛이 뿜어져 나오더니 어딘가로 날아갔다.

"대체 무슨 생각을 한 거지?"

"아, 그게 아나스타지우스 왕자님과 에그란티느 님이 영원히 행복하기를 빌었을 뿐이에요, 아, 축복해 주자는 생각도 했었어요."

방금 축복의 빛이 날아간 곳은 졸업식이 진행되는 강당이다. 갑자기 날아온 축복의 빛이 두 사람에게 쏟아지는 그림이 상상되었다. 아마 지금쯤 강당은 한바탕 소동이 벌어졌지 않을까.

"……페르디난드 님, 축복은 취소도 되요?"

"말도 안 되는 소리 마라, 멍청이."

"그렇죠? 난리 났겠죠?"

"모르지. 하지만 물어도 무조건 모르는 척해라. ……여기에 있는 사람은 모두, 방금 일어난 일은 일절 발설 금지다. 쓸데없이 입을 놀리면 스스로 목숨을 끊고 싶을 정도로 괴롭혀주마."

페르디난드는 농담으로 느껴지지 않는 차갑고 진지한 표정으로 위협했다. 페르디난드와 면식이 거의 없는 학생들은 몸을 바들바들 떨면서 연신 고개를 끄덕였다.

"일부러 격리해놨더니 이런 사태를 일으키다니…… 못 말리겠군."

페르디난드가 관자놀이를 누르며 깊고 깊은 한숨을 내쉬었다.

'미안해요, 신관장님, 하지만 고의가 아니었어요.'

# 1학년 종료

"우리가 없는 동안 별다른 일 없었나?"

졸업식에 출석한 영주 부부가 기숙사로 돌아왔다. 졸업생은 이별을 아쉬워하고, 자신의 부모에게 연인을 소개하느라 아직 강당에 남아있는 듯했다. 그렇게 설명하면서 녹초가 된 얼굴로 질베스타가 나를 노려보았다. 나는 순간 숨을 삼켰다. 저건 분명히 축복의 빛 때문에 무슨 일이 생긴 표정이다. 그리고 질베스타는 범인이 나인 줄 아는 눈치다.

"별다른 일은 없었습니다, 아우브 에렌페스트."

평소의 시치미 뗀 무표정으로 페르디난드가 한 걸음 앞으로 나왔다. 나는 반이라도 질베스타의 시선을 피하고자 슬금슬금 페르디난드의 등 뒤로 몸을 숨겼다.

"그런데 졸업식은 어떠셨습니까? 뭔가 재미있는 일이라도 있었습니까?"

"……그래, 들려주마. 내 방에 들어와라. 로제마인, 너도."

"초대해 주셔서 대단히 감사합니다만, 유감스럽게도 저는 여자아이라 남성의 방이 모여 있는 2층에는 출입할 수 없어요."

어떻게든 도망치려고 발버둥을 쳤다. 하지만 질베스타는 눈썹을 움찔하더니 저음으로 "명령이다."라고 말했고, 플로렌치아는 "나도 함께 있을 테니 걱정하지 말아요."라며 싱긋 웃었다. 꼼짝없이 잡혔다.

질베스타가 망토를 펄럭이며 방으로 향했다. 나는 어깨를 축 떨군 채 힘없이 그 뒤를 따라갈 수밖에 없었다. 측근들의 출입을 금지한 영주의 방에 영주 부부와 페르디난드와 나만 남았다. 문밖에서는 기사단장인 칼스테드와 에크하르트가 호위를 서고 있을 터였다.

"2왕자와 클라센부르크의 영주 후보생이 입장하는 모습을 가만히 지켜보는데 어디선가 갑자기 축복의 빛이 날아오더군."

두 사람의 머리 위로 빛이 쏟아졌지만, 그 축복이 어디서 날아왔는지 본 사람은 아무도 없었다고 한다. "대체 무슨 일이야?" "신전장이 뭔가 한 거야?" 하고 강당 안이 시끄러운 가운데 축복을 내린 범인으로 지목된 중앙 신전의 신전장이 팔을 번쩍 들어 소리를 죽이게 했다. 강당이 쥐 죽은 듯이 조용해지자, 중앙 신전장은 "신께서 내린 축복이다."라고 선언했다. 에그란티느의 성인이 됨과 결혼을 축복하는 것이라며.

"에그란티느 님만요? 두 사람이 아니라요?"

"축복의 빛의 양이 확연히 달랐어요. 아나스타지우스 왕자는 에그란티느 님이 선택한 상대라서 덤으로 축복받은 인상이었어요."

나는 두 사람의 행복을 빌었는데 왜 에그란티느에게만 축복이 갔을까?

"그럼 저와는 무관하겠네요. 에그란티느 님이 신들의 총애를 받으시니까 축복을 받은 거예요, 틀림없어요."

이대로 진짜 신의 축복인 거로 해둡시다, 라며 속으로 결론을 내렸을 때 페르디난드가 관자놀이를 누르며 나를 노려보았다.

"그대의 축복은 무의식적으로 감정에 따라 크게 좌우되니 한쪽에만 축복의 양이 많아도 전혀 이상하지 않지. 그것 때문에 샤를로테의 세례식 때 죽어라 연습한 걸 잊었느냐?"

"……윽."

다른 아이와 축복의 양이 같도록 필사적으로 연습했던 일을 지적하니 반론의 여지가 없었다. 내 호감도 차이로 에그란티느와 아나스타지우스에게 보낸 축복에 차이가 생기는 건 어쩌면 당연할지도 모른다.

"어쨌거나 신들의 축복으로 마무리되었으니 절대로 발설하지 말도록. 입을 조심해. 또 목격자가 있어?"

"그럼. 그 자리에 있었던 학생들도 입막음해 뒀다. 중앙 신전의 신전장이 신들의 축복이라고 인정했고, 이미 그렇게 퍼졌으니 나중에 로제마인이 내린 축복이라고 말해도 성녀의 실적이 그렇게 필요하냐며 비웃기만 할 거다."

모두가 영지로 돌아갈 때까지만 지킨다면 내년 겨울에는 신들의 축복으로 정착할 거라고 페르디난드는 말했다.

"에그란티느 님은 신의 총애를 받고 계신다. 대외적으로 그거면 충분해. 다만, 상황 파악은 해 둬야지. 앞뒤 정황을 설명해. 이번엔 대체 어느 신에게 빈 거야?"

질베스타가 매우 지친 목소리로 재촉했다. 나는 머뭇거렸다. 나를 쏘아보며 어느 신이냐고 물어도 곤란하다. 이번에는 기도하지 않았으니까.

"아나스타지우스 왕자님과 에그란티느 님이 행복해졌으면 좋겠다는 생각은 했어요. 하지만 특정 신에게 기도하지 않았어요. ……기도문도 올리지 않았고요."

의심스럽게 나를 쳐다보던 질베스타가 페르디난드를 쳐다보았다.

"틀림없다. 평소처럼 기도를 올렸다면 축복이 날아가기 전에 내가 막았겠지."

"그렇겠네요. 그럼 로제마인은 대체 뭘 하고 있었나요?"

플로렌치아의 상냥한 목소리에 다소 안심한 나는 페르디난드의 마술구로 에크하르트가 촬영한 안게리카의 검무와 에그란티느의 봉납 가무를 봤다고 밝혔다.

"……보여줘 봐. 나는 그런 영사 마술구를 본 적이 없어."

"질베스타, 이야기는 아직 안 끝났어."

"아니, 그 영상에 뭔가 비밀이 있을지도 모르잖아."

질베스타의 말에 페르디난드가 "그게 본심이군."이라고 중얼거리며 문을 열고, 에크하르트에게 영사 마술구를 가져오라고 명령했다. 페르디난드의 방에 둔 마술구가 방에 들어오고, 문제의 봉납 가무 영상이 재생되었다.

"이거 엄청나군."

"말도 안 되게 마력을 잡아먹는 마술구다. 가볍게 쓸 만한 물건은 아니지."

"저 훌륭한 봉납 가무를 다시 볼 수 있어서 너무 기쁘네요."

플로렌치아도 저 봉납 가무, 특히 에그란티느의 춤이 훌륭하다고 느낀 모양이다. 나는 신이 나서 플로렌치아를 올려다보았다.

"정말 멋지죠? 특히 여기…… '대자연의 신들께 다함께 평생 기도하라, 기도하라'라는 부분에서 저 두 사람이……."

"로제마인, 설마 그때도 그런 식으로 노래를 불렀나?"

"네. 저 영상에는 소리가 없으니까 제 입으로 노래를 달았는데요?"

내 대답에 페르디난드가 "그게 원인이군."이라며 관자놀이를 눌렀다.

"뭐가요?"

"봉납 가무의 노래가 아니면 뭐겠느냐. 봉납 가무의 노래는 본래 신에게 바치는 노래. 그대의 데뷔 무대 때도 라이덴샤프트에게 바친 노래가 축복이 되었다. 심지어 신에게 바치려고 고어로 만들어진 노래이니 그 봉납 가무의 노래가 축복을 일으켰다고 해도 과언이 아니지. 다른 이였다면 이상 사태지만, 그대에겐 흔한 일인 셈이다."

이 이상 사태가 내게는 흔하다고 단정하는 페르디난드의 말에 질베스타가 무척 난처해하면서 형용하기 어려운 시선을 보냈다.

"그걸 어떻게 하면 막지?"

"나한테 묻지 마라. 로제마인이 언제 누구를 축복하고 싶어지는지까지 관리할 순 없지 않은가."

"……선생님이 봉납 가무를 출 때는 마음을 담으라고 했을 때 조심해야겠다고 생각했었는데 설마 콧노래가 축복이 될 줄은 몰랐어요. 저도 놀랐네요."

나의 예상할 수 없는 능력치에 모두가 일제히 머리를 싸맸다.

"또 머리를 아프게 하는 사실이 있다. 로제마인은 이미 슈타프를 손에 넣었어."

인상을 팍 찡그리며 페르디난드가 말했지만, 무슨 의미인지 모르겠다. 내가 질베스타와 얼굴을 마주 보며 의아해하자, 페르디난드가 미간을 찌푸렸다.

"무엇을 위해 신의 뜻을 몸에 흡수해서 슈타프로 만드는지 까먹었나?"

"몸속의 마력을 쉽게 다루고, 신에게 기도가 쉽게 닿게 해서 가호를…… 아, 됐어. 알겠다."

질베스타가 대답하다 말고 머리를 싸쥐었다. 아무래도 내가 슈타프를 습득한 탓에 예전보다 내 기도가 훨씬 신에게 쉽게 닿게 된 모양이다.

"여기서 더 고민해 봤자 해결책도 없을 것 같군. 우선 조속히 생각해야 하는 부분부터 시작하자."

"양아버님, 해결책보다 먼저 생각해야 할 게 있어요?"

"그래. 유행의 선두주자이고, 성적 최우수를 받은 성녀로 소문난 네 혼인 상대에 관해서다. 영지대항전과 이번 졸업식에서 이미 몇 건이나 문의가 들어왔어. 의사를 보인 곳이 아직 하위 영지라 거절은 쉽지만, 상위 영지 쪽에서 제안하기 전에 서둘러서 로제마인의 혼약을 정리해 둘 필요가 있겠어."

'오오, 나 인기 짱인데!?'

혼약 제안을 몇 건이나 받는, 처음 맞는 사태에 내심 살짝 들떴다. 그때 페르디난드가 내 머리를 쿡 찔렀다.

"귀찮은 일인지도 모르고 들뜨지 마라, 멍청이. 그래서 대체 어떻게 대답한 건가?"

"당연히 에렌페스트 내에 상대가 있다고 대답했지. 봄에 빌프리트로 결정될 거라는 말을 은근슬쩍 내비쳤어. 이참에 영주 회의 때 혼약을 발표할 거라고 대답해 뒀어."

"적절한 대답이군. 로제마인을 다른 영지에 보낼 수는 없으니까. 마력 문제도 그렇고, 다른 영지에서 정상인인 척 살 녀석이 못 돼. 다루기도 여간 어렵고, 정서불안에 마력까지 폭주하는 위험물이니까."

"……위험물이요? 물건 취급은 너무하잖아요, 페르디난드 님!"

대체로 틀린 말은 아니어서 반론은 못 하지만, 물건 취급 발언에는 단호하게 항의했다.

"로제마인, 먼저 본인의 혼약이 정해졌다는 말에 반응하세요."

"하지만 제가 양녀가 된 건 에렌페스트에 이익과 마력을 가져다주기 위해서라서 처음부터 정략결혼은 기정사실이었잖아요. 도서관만 자유롭게 드나들 수 있다면 누구와 결혼하든 상관없어요."

"……안게리카와 똑같은 말을 하는구나. 주인과 신하가 무서울 정도로 닮았군."

페르디난드의 말에 "아." 하고 작은 소리가 나왔다.

'하긴 그러네. ……잠깐. 설마 나도 안습 미소녀 확정이야?'

"로제마인을 다루는 실력으로 보나, 마력 수준으로 보나 페르디난드가 가장 유력한데……."

"얼토당토않은 소리 마라, 질베스타."

그렇게 나와 혼약하기 싫으세요? 라고 말하려다가 서둘러 말을 삼켰다. 페르디난드의 얼굴이 무서울 정도로 진지해서였다.

"네 자식이 차기 영주가 될 가능성이 사라질지도 모르는 문제다. 웃어넘길 일이 아니다."

"……무슨 말이에요?"

내가 의미를 몰라서 질문하자, 페르디난드는 가볍게 한숨을 쉬었다.

"지금 현재 에렌페스트에서 차기 영주 후보로 꼽히는 사람은 총 다섯이다."

"음, 양아버님의 친자식인 빌프리트 오라버니, 샤를로테, 멜키오르. 그리고 양녀인 저와 선대의 자제인 페르디난드 님이시지요?"

"그래. 정확하게는 보니파티우스 님도 영주 후보지만, 고령이라는 이유로 본인이 사퇴했으니 귀족들 사이에서는 후계자 후보에서 보니파티우스 님을 제외한 상태다."

'그러고 보니 할아버님도 영주의 자식이었어.'

"하얀 탑에 들어간 오점을 남긴 빌프리트, 다른 영지의 영주 후보생을 데릴사위로 들여야 하는 샤를로테, 아직 세례도 받지 않은 멜키오르, 베로니카에게 멸시를 받은 나, 그리고 마력의 양을 인정받아 양녀가 되고, 인쇄와 수많은 유행의 핵심 인물인 로제마인. 객관적으로 누가 차기 영주에 적합한지 일목요연할 거다."

"하지만 저는……."

평민 출신인데, 라고 말하려던 내 입을 가로막고 페르디난드가 말을 이었다.

"진실을 모르는 사람의 관점에서 보면 나와 달리 로제마인에게는 칼스테드와 엘비라라는 부모와 조부인 보니파티우스 님, 라이제강 일족이라는 조력자가 있지."

내가 평민 출신이라는 사정을 아는 사람은 거의 없다. 그래서 나는 보니파티우스의 손녀이며 영주의 피를 이은 기사단장의 아이다. 혈통에는 하등 문제가 없다고 한다.

"앞으로 로제마인과 엘비라를 중심으로 확산할 예정인 인쇄 사업, 그리고 부모의 혈통을 고려하면 하르덴첼, 그레첼, 라이제강은 이미 로제마인 파라고 보면 돼. 특히 라이제강 백작은 아렌스바흐의 혈통에게 매번 뒤통수를 맞았지. 혈족이며 아렌스바흐와 관계가 없는 너를 차기 아우브로 강력하게 추천할 거다."

플로렌치아의 안색이 갑자기 나빠졌다. 나의 부친 쪽 조부인 보니파티우스의 부인은 라이제강의 딸이고, 모친 쪽인 엘비라의 조모도 라이제강의 딸이다. 남들 눈에 나는 완전히 라이제강의 혈족인 셈이다.

"그런 로제마인이 나와 결혼이라도 한다면 결과는 불 보듯 뻔하다. 분명 나를 차기 영주로 추켜세우겠지. 조력자가 없었던 내가 로제마인과의 결혼으로 조력자가 생긴 셈이다. 로제마인이 성인이 된 뒤에 결혼한다고 해도 이제 막 성인이 된 빌프리트나 샤를로테로는 내 상대가 안 돼."

절대 거만함이 아닌 사실이리라. 빌프리트와 샤를로테가 성인이 되어도 지금보다 더 교활해질 페르디난드를 이길 턱이 없다.

"로제마인을 다른 영지에 뺏기기 전에 대책을 세우고 싶으면 빌프리트와 혼약시켜라. 그러면 네 소망대로 빌프리트가 차기 영주가 될 가능성이 커질 거다."

"그렇군. ……그럼 페르디난드, 로제마인을 빌프리트와 혼약시키면 너는 샤를로테와 혼약할 테야?"

농담조로 그렇게 말하며 질베스타가 페르디난드를 올려다보았다. 웃을 수 없는 농담에 "헛소리 마라."라며 페르디난드가 핏대를 세웠다.

"맞아요! 그러면 샤를로테가 불쌍하잖아요! 샤를로테가 성인이 될 무렵이면 페르디난드 님은 아저씨라고요. 페르디난드 님처럼 못되지 않고, 훨씬 젊고 상냥하고 샤를로테를 소중하게 아껴주는 남성이 아니면 전 절대 허락 못 해요!"

"호오, 한 번 더 말해보려무나."

본인의 의견에 찬성해 주는데도 더 화를 내는 페르디난드가 내 볼을 잡고 쭉 찢었다.

"아야야야야! 제소하니다!"

겨우 놔준 볼을 문질거리는데 플로렌치아가 살짝 한숨을 쉬었다.

"로제마인은 빌프리트와 혼약시키겠다는 의견에 이의가 없나요?"

"성 도서실과 신전 도서실을 제 마음대로 할 수만 있다면 전혀 문제없어요."

"······빌프리트를 도와줄 건가요?"

"최대한 노력할게요."

편안하게 도서관을 운영하려면 영주가 단단히 정신을 차려줘야 한
다. 도움 정도야 얼마든지 줄 수 있다. 그런 나의 결의를 들은 페르디
난드가 콧방귀를 뀌었다.

"플로렌치아 님, 로제마인에게 도움을 바라지 마십시오. 오히려 빌
프리트가 로제마인의 고삐를 잡느냐 아니냐가 중요합니다."

"제가 무슨 미쳐서 날뛰는 말이에요!?"

"주변에 끼치는 영향을 고려하면 미쳐서 날뛰는 말이 훨씬 다루기
는 쉽지."

매우 복잡한 표정으로 우리의 대화를 듣고, 플로렌치아가 씁쓸하게
웃었다. 잠시 고민하던 질베스타가 고개를 확 들었다.

"이의가 없다면 봄 연회에 참여하는 귀족들 앞에서 빌프리트와 로
제마인의 혼약을 발표하고, 영주 회의를 통해 전 영지에 고지하겠다.
괜찮겠지?"

"알겠어요. ······빌프리트 오라버니에게도 제대로 전달해 주세요."


퇴실을 명령받고, 방에 돌아가자 에그란티느와 아나스타지우스가
보낸 편지가 와 있었다. 에그란티느의 편지에는 내 조언 덕분에 아나
스타지우스가 행동을 개시했고, 에그란티느에게도 최선의 결과를 얻
었기에 졸업식 때 내게 축복을 받고 싶었다고 적혀 있었다.

'설마 내가 보낸 축복인지 아닌지 슬쩍 떠보는 건가?'

머리 장식과 린샴도 호평 일색이고, 할아버님과 아우브 클라센부르

크도 관심을 보였으며 영지대항전에서 아우브 에렌페스트와 즐겁게 대화를 나누셨다고 쓰여 있다.

'양아버님은 얼굴이 반쪽이 되어 있었지만, 그래도 대영지 아우브들이 좋아했다면 노력하신 보람은 있겠네.'

나도 에그란티느 님의 봉납 가무를 보지 못해서 아쉬웠다는 답장을 썼다. 아나스타지우스의 편지도 '이런 중요한 의식 때 아프다니 허약해도 너무 허약한 것 아니냐?'라는 질책 섞인 내용이었다. 여기에는 '허약해서 죄송합니다. 저도 가능하면 출석하고 싶었어요. 졸업식에서 모두에게 축복을 받았다고 들었어요. 저도 두 사람을 축복합니다.'라고 답장했다. 어디까지나 그 축복은 나와 관계가 없다는 태도를 유지하며. 두 사람에게 답장을 쓴 뒤 영지대항전 때 안부를 물어 준 한넬로레에게도 사과와 감사의 편지를 썼다.

"이 편지와 책을 단켈페르거의 한넬로레 님께 전해 주겠어요?"

답장 처리를 끝낸 나는 조금씩 정리되는 내 방을 둘러보았다. 졸업식이 끝나면 내일부터 순차적으로 귀환이 시작된다.

"내일은 도서관에 가서 슈바르츠와 바이스에게 마력을 줘야겠어요. 그리고 저번에 빌린 책도 반납해야 하고⋯⋯."

"공주님, 먼저 페르디난드 도련님과 상담하세요. 다음 겨울까지 솔랑쥬 선생에게 마력을 맡겨둘 수 있을지도 모르니까요."

페르디난드에게 상담한 끝에 내 마력을 담은 마석을 빌리게 되었다. 다만, 크기가 큰 마석은 상당히 고가라서 페르디난드가 직접 찾아가 솔랑쥬와 대여 계약을 맺겠다고 했다. 나는 질베스타에게 허가를 받고, 페르디난드와 함께 측근들을 이끌고 단체로 도서관에 갔다.

"솔랑쥬 선생님은 나쁜 짓을 할 사람이 아니에요……."

"이렇게 큰 마석에 그대의 마력이 가득 차 있는데 누군가가 악용하거나 훔치기 전에 먼저 손을 써 둬야 마땅하지 않겠나. 위기의식이 전혀 없는 그대는 아무에게나 마석과 마술구를 빌려주겠지만, 한 번 빌려주면 돌아오지 않는다는 전제로 움직여라. 마력은 쉽게 빌려주는 것이 아니야."

그것이 상식이라고 하니 외워야 했다. 나는 고개를 끄덕였다. 페르디난드가 내게는 쉽게 마석을 빌려주고, 나도 두말없이 마력을 빌려줬었던 것 같은데, 보호자면 문제가 없는 걸까?

"공주님, 왔다."

"공주님, 책 읽어?"

우리를 반겨주는 슈바르츠와 바이스에게 리젤레타가 가져온 책을 반납했다. 두 마리가 주변을 뒤뚱거리며 걷는 모습을 보고, 페르디난드가 "……정말 그대가 주인이로군." 하고 놀라고, 기가 막힌 듯한 목소리를 냈다.

"로제마인 님, 그리고 페르디난드 님이 아니십니까. 오랜만에 뵙습니다."

힐쉬르가 쓸 자료를 찾으러 도서관에 종종 드나들었던 페르디난드를 솔랑쥬는 기억하고 있었다. 솔랑쥬의 인사에 페르디난드의 눈빛도 반가움으로 물들었다.

"오랜만입니다. ……제가 알던 사서는 이제 이곳에 없다는 얘기를 로제마인에게 들었습니다만, 한 사람이라도 아는 분이 계셔서 안심했습니다."

사서가 없어진 괴로운 이야기를 그녀가 직접 말하지 않아도 되도록 가볍게 언급하고 넘긴 페르디난드의 배려를 눈치챘는지, 솔랑쥬가 부드럽게 웃었다.

"솔랑쥬 선생님, 오늘은 책을 반납하고, 마력 공급을 상담하려고 왔어요. 시간 괜찮으세요?"

"그럼요. 마음 써 주셔서 감사하게 생각합니다."

졸업식 다음 날이라서 도서관에는 사람이 없었다. 심지어 책장까지 텅텅 빈 것을 보고 내 눈이 휘둥그레졌다. 전에 왔을 때는 최종 시험 직전이라서 학생들이 책을 차지하느라 책장이 비었다지만, 지금도 비어 있다니 대체 무슨 일일까?

"아직 이렇게나 반납하지 않았어요? 이미 영지마다 귀환하는 시기인데……."

"매년 심해지고 있어요. 제 힘으로는 역부족이기도 하고……."

솔랑쥬가 시선을 떨구고 슬픈 표정을 지었다. 절차대로 대출한 사람 중에도 중급 귀족인 솔랑쥬를 가소롭게 보고 반납하지 않는 사람도 있다고 했다. 열람석에 가져가는 척 몰래 들고나가는 사람은 찾을 수도 없다고 했다.

"조사를 못 한다? 그럴 리가. 슈바르츠와 바이스가 왜 있는 겁니까? 예전에는 이 도서관 마술구의 기록을 토대로 독촉장도 보냈지 않습니까?"

자기가 다녔을 무렵과 너무나도 달라져 버린 도서관의 모습에 페르디난드의 눈꼬리가 치켜 올라갔다. 하지만 주인이 아닌 솔랑쥬는 슈바르츠와 바이스에게 정보를 얻지 못하는 모양이다.

"로제마인 님께 더 큰 부담을 드릴 수가 없었습니다."

"부담이라니요. 도서위원이면 당연히 도서관 일을 도와야죠. 제가 도움이 된다면 얼마든지 도울게요."

멋대로 도우면 솔랑쥬에게 민폐니까 독서 외에는 도서관 활동을 자제했을 뿐이다. 뭐라도 일을 시켜 준다면 도서위원으로서 분발하고 싶었다.

"도서위원이 뭔지 모르겠으나 로제마인에게는 의욕과 마력이 있다. 오히려 도서관을 이 상태로 방치하면 책을 함부로 다루는 녀석에게 축복이 아니라 로제마인의 저주가 내리는 것 아닌가?"

"저주라니요. 누가 들으면 오해하겠어요."

"도서실 자료를 헤집어놨다고 피 축제를 벌이겠다는 무시무시한 발언을 내뱉지 않았느냐. 귀족원에서 살생이 일어나기 전에 대처하는 편이 좋겠군."

살생 사건을 일으킬 생각은 없지만, 책이 엮이면 어떻게 될지 나도 모른다.

"로제마인, 슈바르츠와 바이스의 주인인 그대의 일이다. 반납 기일을 넘긴 자, 무단으로 가져간 자를 영지별로 추려내라. 그동안에 나는 솔랑쥬 선생과 마석 대여를 상담하고 오마."

"알겠어요. 슈바르츠, 바이스. 도서관에서 무단으로 책을 가져간 사람과 미반납자의 이름을 영지별로 알려 주세요."

나는 페르디난드가 시킨 대로 슈바르츠와 바이스를 불러서 가져간 책을 돌려주지 않은 사람을 영지별로 리스트를 만들기로 했다. 함께 온 측근들도 풀가동이다.

"영지별, 미반납자……."

"영지별, 무단 반출……."

중얼거리는 슈바르츠와 바이스의 눈동자가 옅게 빛나더니 그 입에서 이름이 줄줄 나왔다. 나와 측근들은 그 이름을 거침없이 써 내려갔다. 리스트를 작성한 결과, 도서관 이용 매너는 상위 영지보다 하위 영지가 나쁘다는 사실을 알았다.

"에렌페스트는 없네요."

"로제마인 님께서 푹 빠져 계시는 도서관에 누가 어리석은 짓을 하겠습니까. 도서관 책을 연체라도 하면 자기 미래가 망할 텐데."

코르넬리우스가 어깨를 으쓱하며 그렇게 말하자, 주위 사람들이 동의했다. 나는 완성된 리스트를 들고 솔랑쥬의 집무실로 향했다.

"페르디난드 님, 솔랑쥬 선생님. 다 추려냈어요."

"그래, 이쪽도 마석 대여 계약이 끝났다. 그걸 보여 다오."

리스트를 보여주자, 무단 반출한 인원수를 보고 페르디난드가 미간을 찌푸렸다.

"이번에는 제가 올도난츠를 보내서 독촉하겠습니다. 낯선 성인 남성의 목소리로 녹촉하면 상대방은 중앙이 움직이 줄로 멋대로 착각할 겁니다."

그의 말대로 솔랑쥬의 목소리로는 태도가 바뀌지 않을 테고, 내 목소리는 너무 어려서 더 얕잡아 볼 가능성이 있다.

페르디난드의 엄격한 목소리라면 지레 겁먹고 책을 반납하리라.

"페르디난드 님이 도서관 운영에 협력해 주시다니, 감격했어요."

내가 감격에 겨워 고마워하자, 페르디난드의 입꼬리가 씩 올라갔다.

"로제마인, 나중에 슈바르츠와 바이스의 배에 있는 마법진을 보여 다오. 실물을 봐야겠다. 도서관 운영에 협력하는 일이다. 그 정도 상은 주겠지?"

'그게 목적이었어!? 어쩐지 일부러 도서관에 와서 독촉까지 해 주기에 웬일인가 했네!'

나는 분노에 떨면서 페르디난드에게 협력했을 때의 장단점을 떠올렸다. 이미 힐쉬르에게 자료를 넘겨받은 페르디난드가 실물을 본다고 해서 큰 문제는 없다. 또 슈바르츠와 바이스의 의상 제작에 협력해 주고, 도서관에 책이 제대로 돌아온다면 얻는 점이 더 많으리라.

"……페르디난드 님께 맡기면 틀림없이 책이 돌아오는 거죠?"

"그래. 반드시 책을 돌려주고 싶어지게끔 독촉하마."

의지가 엿보이는 페르디난드가 저음으로 '귀족원 도서관은 왕족이 관리를 위임한 것이며 그 장서는 왕족의 소유물. 귀환 전까지 반납하지 않는 자는 절도범으로 간주하고, 왕의 이름으로 각 영주에게 통달하겠다. 동시에 도서관 등록 시에 지혜의 여신 메스티오노라에게 바친 서약을 깼으므로 계약 마술을 행사한다.'라는 협박 가득한 내용을 말하고, 끝에 이름을 언급한 유례없는 공포의 독촉 올도난츠를 각 영지의 기숙사로 보냈다.

'졸업식 다음 날인걸. 아직 영주가 남아있는 기숙사도 있겠지? 호되게 혼나겠다.'


그날 도서관은 책을 들고 헐레벌떡 뛰어온 학생들, 반납 작업에 쫓기는 솔랑쥬와 슈바르츠, 도서위원으로 신나게 업무를 돕는 나, 그리고 집무실에서 바이스의 배를 관찰하며 마법진을 기록하는 페르디난드로 혼돈에 빠진 공간이었다.

도서위원 업무에 만족한 나와 바이스의 배를 찬찬히 살피고 뭔가를 깨달은 페르디난드는 기분 좋게 에렌페스트로 돌아갔다.

# 정보 매수와 마력 압축 강좌

전이 마법진을 써서 에렌페스트로 돌아온 내게 가장 먼저 달려온 사람은 샤를로테였다.

"어서 오세요, 언니! 1학년 성적 최우수를 거머쥐었다면서요? 멋져요."

귀환하자마자 쏟아지는 샤를로테의 칭찬에 기분이 하늘을 날 것 같았다. '멋지다'라는 말에 이 모든 고생이 씻겨나가는 기분이다.

"잘 있었어요? 샤를로테. 내년에도 최우수를 노려야죠."

여동생의 자랑이 되기 위해. 속마음을 숨긴 채 나는 주먹을 불끈 쥐며 결의를 보였다. 샤를로테가 몇 번 눈을 끔뻑이더니 나를 따라하듯이 주먹을 쥐었다.

"저도 내년에 1학년 최우수를 노릴 거예요. 언니의 여동생이니까요."

"함께 힘내요."

얼굴을 마주 보고 웃으며 우리는 전이의 방을 나갔다. 측근과 무리지어 움직이는 우리가 빨리 이동하지 않으면 다음에 이동할 학생에게 방해가 된다. 전이의 방을 나오면 등장하는 방에는 아직 이동하지 않은 빌프리트와 그 측근들로 매우 번잡했다.

"빌프리트 오라버니, 방에 돌아가야 하니까 지나가게 해주세요."

"미안. 자자, 이동하자."

빌프리트 무리가 우르르 이동하기 시작했다. 우리도 그들의 뒤를 따라 걸었다.

"로제마인!"

상당히 멀리서 울리는 보니파티우스의 목소리에 나는 "네!" 하고 팔을 들었다. 주위를 둘러싼 측근에게 가려서 팔을 들어도 보이지 않을지도 모른다. 하지만 보니파티우스는 바로 나를 발견했다.

"최우수를 땄다고 들었다! 잘했구나. 역시 내 손녀다!"

"할아버님, 저도 우수자로 선정되었습니다만."

"오오, 그래, 코르넬리우스. 내 손자들은 참으로 우수하구나. 훌륭하다. 으랏차!"

우렁찬 소리와 함께 보니파티우스가 무리 속에서 코르넬리우스의 양 겨드랑이에 손을 집어넣고 번쩍 들어 올리더니 뱅글뱅글 돌면서 천장으로 던졌다.

"으악!?"

'다 큰 코르넬리우스 오라버니를 던지다니 할아버님의 체력은 정말 알아줘야 해.'

내심 감탄하면서 보고 있는데 내 양쪽 겨드랑이에도 손이 불쑥 들어왔다.

"다음은 로제마인이다. 자, 높이 높이 날아라!"

"할아버님, 위험해요!"

착지한 코르넬리우스가 곧장 뛰어오며 제지했지만, 이미 늦었다. 내 몸은 이미 하늘 위로 내던져졌다. 곧 성인이라 키도 무게도 있는 코르넬리우스와 막 세례를 받은 어린애 몸인 나는 던졌을 때의 기세가 차원이 다르다.

"꺄아아아아악!"

"으앗!"

조급해진 보니파티우스의 목소리가 들린 건 내가 천장에 부딪히기 직전이었다.

주변이 위험하다며 소리를 지를 때 신체 강화로 점프한 코르넬리우스가 내 망토를 잡고 끌어당겼다. 천장에 부딪히는 위험은 피했지만, 순간 목이 졸리면서 "케엑." 하는 고통의 소리가 새어나왔다.

'죽는다!'

망토를 잡아당기는 힘에 내 몸이 방향을 바꾸고, 이번에는 코르넬리우스를 향해 떨어졌다. 이제는 목소리도 내지 못한 채 바닥으로 낙하했다.

"크윽!"

바닥과 충돌하기 직전에 나를 겨우 받아낸 사람은 영주와 함께 성에 먼저 돌아와 있던 칼스테드였다. 내 몸을 꼭 껴안고 주변을 휙 둘러보았다. 다친 사람이 없음을 확인하더니 끼무리치게 놀란 나를 리카르다에게 맡기고, 보니파티우스를 노려보았다.

"아버님, 갑자기 로제마인에게 뭐 하시는 겁니까!?"

방금 귀족원에서 돌아온 내 주변은 모두 나의 측근들이다. 보니파티우스의 행동이 손녀딸을 귀여워하는 행동임을 알고 있는 그들은 보니파티우스를 노려보기만 할 뿐이었다. 하지만 같은 행동을 다른 사람이 했다면 영주 일족의 살인 미수로 즉시 체포다.

주변 시선을 느낀 보니파티우스는 시선을 헤매더니 짝 하고 손뼉을 쳤다.

"아니, 그, 그래. 코르넬리우스에게 로제마인을 지킬 능력이 있는지 없는지 시험해 본 거지. 코르넬리우스는 합격. 음, 역시 내 손자다."

무슨 저런 오리발이 다 있을까? 칼스테드가 무서운 기세로 허리에 손을 올리고 섰다.

"아버님은 로제마인에게 접근하지 마십시오. 이러다 죽습니다."

갑작스러운 선고에 보니파티우스가 "뭣이!?"라며 소리를 질렀지만, 완전히 무시당했다.

"코르넬리우스. 아버님한테서 로제마인을 잘 지켰다. 로제마인도 전이에 어지러운 상태로 큰일을 겪었으니 오늘은 푹 쉬렴."

"네, 아버님."

힘이 빠져서 움직일 수 없는 나를 리카르다가 안아서 방으로 옮겼다. 귀족원에서와 마찬가지로 측근들이 성에 있는 내 방까지 줄줄이 따라왔다. 굉장히 이상한 기분이다. 앞으로는 성에서도 일하는 측근들 때문에 주변이 시끌벅적할 것 같다.

"어서 오십시오, 로제마인 님."

"다녀왔어요, 오틸리에."

나는 오틸리에가 정리해준 방 침대에 벌러덩 누웠다. 아직 눈이 빙글빙글 돌고, 속이 울렁거렸다.

'제발 누가 할아버님께 힘 조절하는 방법 좀 가르쳐줘!'


귀족원에서 돌아온 당일은 측근들도 정리할 짐이 있어서 각자 자기소개를 한 후에 해산했다. 다음 날은 성의 업무 설명부터 시작했다. 호위 기사는 다무엘을 중심으로 임무를 나누고, 견습 시종은 리카르다와 오틸리에에게 성의 업무를 배운다. 나는 견습 문관과 함께 영주의 소집에 대응하기 위해 하르트무트에게 정보 분류를 설명했다.

"……저번에는 이런 식으로 분류해서 필요한 부서에 귀족원에서 모은 정보를 팔았어요. 이번 소집 때도 전처럼 기사단과 문관 상층부가 동석할 거예요."

이번에는 영주 회의가 열리기 전에 정보가 많이 필요할 테니 아주 잘 팔리리라. 하르트무트가 정보 분류를 시작하기에 나는 필린느를 쳐다보았다.

"기숙사에서 모두가 만든 사본도 금액을 지급해야 해요. 누가 얼마나 베꼈는지, 잉크와 종이는 얼마나 썼는지 기록하고 있어요?"

"네. 그건 이쪽 일람표에 있습니다."

"고마워요, 필린느. 그럼 이걸 계산하세요. 페르디난드 님께 돈 준비를 부탁해 둬야 하니까요."

나는 필린느에게 사본 지급금을 계산하는 방법을 가르쳤다. 일람표에는 에렌페스트뿐만 아니라 다른 영지 학생의 이름도 많았다.

"필린느는 다른 영지 친구도 많이 사귀었어요?"

"로제마인 님께서 제시한 금액은 일반 사본 금액보다 높아서 다른 영지 학생들도 하고 싶어 했어요. 그래서 일거리를 알선하는 형태로……."

"소개비를 받고 사본 업무를 융통하는 방법은 제가 필린느에게 가르쳤습니다."

상급 귀족인 하르트무트에겐 장사꾼 기질이 있는지도 모르겠다. 필린느는 그 소개비로 꽤 짭짤하게 벌었다고 한다. 어떻게든 마력 압축을 배우기 위해 돈을 모으고 싶어요, 라며 그녀는 기쁘게 웃었다.


방에서 분류 작업이 끝나면 오후부터는 상층부와 협상에 들어간다. 모든 측근을 이끌고 우르르 몰려갈 수 없는 터라 시종은 리카르다와 브륀힐데, 문관은 하르트무트와 필린느, 호위 기사는 다무엘과 안게리카와 코르넬리우스를 데리고 가기로 했다. 레오노레와 유디트는 오후부터 보니파티우스에게 특훈을 받는다.

"대체 저는 언제 성에서 로제마인 님을 호위할 수 있습니까!?"

"보니파티우스 님의 특훈은 영주 일족의 호위 기사에게 매우 중요한 임무야. 제대로 훈련받고 와."

여태껏 귀족원에 남았던 유디트가 보라색 눈동자를 글썽거렸지만, 이것만큼은 순서가 있어서 방법이 없다. 다무엘에게 위로인지 격려인지 모를 말을 들은 유디트와 레오노레는 훈련하러 갔다.

두 사람을 보내고, 나는 영주의 집무실 근처에 있는 회의실로 레서를 타고 이동했다. 회의실에는 빌프리트와 그 측근도 불려 와 있었다. 내가 귀족원을 비운 동안의 정보를 듣기 위해서다.

"그럼 올해는 귀족원에서 어떤 정보를 손에 넣었는지 들어볼까?"

정보를 모은 문관들이 유행의 변화와 새로 발명된 마술구, 각 영지의 경계 상황 등을 설명했다. 각 정보에 관해서 부서마다 상층부가 질문하고, 작년부터 얼마나 진전이 있었는지 기록하며 회의가 진행되었다. 그리고 하르트무트가 보고할 순서가 되었다.

"구 베로니카 파 아이들이 아렌스바흐와 접촉하여 내부 사정에 관한 정보를 조금 빼 왔습니다."

질베스타가 "뭣이라고!?"라며 눈을 부릅떴다. 페르디난드는 재미있다는 듯이 입술을 비틀었다.

"지금까지는 아우브 에렌페스트의 명령도 있어서 귀족원에서도 접촉을 피했습니다만, 빌프리트 님께서 입학하시면서 사이가 좁혀진 기회를 이용했습니다. ……이건 에렌페스트의 반역 행위에 해당합니까?"

"아니, 단교한 지금 귀족원에서 정보를 모아주면 상당한 도움이 되지."

페르디난드의 재촉에 하르트무트가 보고하기를 아렌스바흐는 현재 내정이 엉망이라고 한다.

"몇 가지 입수한 정보를 짜깁기 한 결과, 차기 영주가 될 영주 후보생이 거의 없는 듯합니다. 영주를 보좌하는 일족의 마력이 격감하여 영지가 흉흉한 것 같습니다."

"뭐?"

"어지러운 영지의 내정까지 자세하게 털어놓는 자가 없어서 상세한 정황은 모릅니다. 하지만 차기 영주가 될 영주 후보생이 두 사람이고, 한 사람이 게오르기네 님의 막내딸인 디트린데 님이십니다."

그건 에렌페스트의 상층부도 전혀 모르는 정보였던 모양이다. 망치로 때린 듯한 숙식에 모두기 할 말을 잃고 생각에 잠겼다.

"차기 영주 후보가 둘이라고? 아렌스바흐에는 첫째 부인과 둘째 부인에게도 자식이 있었다. 누님에게도 아이가 셋은 있었어. 그런데 둘이라니, 대체 무슨 일이 있었던 거지?"

"대영지인데도 영지 순위가 떨어진 데는 그 일과 연관이 있을지도 모릅니다. 디트린데 님이 차기 영주를 노리고 아렌스바흐의 피를 이은 빌프리트 님께 접근하려는 건지, 아니면 차기 영주 자리를 피하려고 혼인 상대를 찾고 있는 건지 아직 알 수 없지만, 심각한 상황임은 틀림없습니다."

하르트무트의 보고에 페르디난드가 관자놀이를 누르면서 긴 한숨을 내쉬었다. 그리고 흥미진진하게 하르트무트를 보았다.

"뜻밖의 정보로군. 잘했다. ……너, 내 밑으로 들어오지 않겠나?"

"안 돼요, 페르디난드 님. 하르트무트는 제 문관이에요. 인쇄업을 책임질 중요한 핵심이라고요. 뺏어가지 마세요."

대담한 스카우트를 내가 가로막자, 하르트무트가 재미있다는 듯이 키득거렸다.

"매우 매력적인 제안입니다만, 거절하겠습니다. 로제마인 님을 연구하려면 곁을 떠날 수 없기 때문입니다."

'아차. 신관장님한테 보내서 떼어 놓는 편이 좋았을지도!?'

"로제마인 연구? 하긴 수수께끼 덩어리다만, 로제마인의 무엇을 연구하지?"

영문을 모르겠다는 듯이 미간을 찌푸리는 페르디난드에게 하르트무트가 주황색 눈을 반짝이며 또박또박하게 대답했다.

"축복을 주는 방법이 저와 다른 것 같아서 그것을 연구하려고 합니다."

"흠. 흥미로운 주제군. 진행 상황을 한 번 보여주러 오거라."

"알겠습니다. 사실 신전 시절의 로제마인 님을 알고 계시는 페르디난드 님께 이런저런 이야기를 듣고 싶었습니다."

'위험해. 왠지 엄청 위험한 관계가 성립된 것 같아.'

일부 이상한 폭주는 제쳐 놓고, 귀족원에서 모은 정보에 가치를 부여해서 가격을 매기고, 각자에게 돈을 지급하게 되었다.

"페르디난드 님, 사본 비용까지 합쳐서 지급할 거니까 예산에서 준비 부탁드려요."

"상관은 없다만 왜 그렇게 서두르지? 나중에 천천히 줘도 되지 않은가."

"마력 압축 방법을 배우고 싶으면 자기 손으로 돈을 벌라고 학생들에게 통고했거든요. 가르치기 전에 돈을 줘야 해요."

돈을 벌라는 말에 상급 귀족이 트집을 잡았던 일련의 상황을 설명했다. 페르디난드가 "못 말리는 녀석……." 하고 어이없는 눈빛으로 쳐다봤지만, 꾸짖지는 않았다.

"그런데 마력 압축을 가르칠 상대는 정했어요?"

"그래. 허가를 내린 사람에게는 이미 통달했다."

이번에 마력 압축을 가르칠 상대는 빌프리트를 비롯한 영주 일족의 측근, 그리고 새로 추가된 나의 측근, 친족이라서 허가를 받은 기베 일가다. 보니파티우스, 라이제강 일가, 하르덴첼 일가, 거기에 전에 약속한 트라우고트다. 트라우고트를 넣겠다는 말에 다들 난색을 보였지만, 나는 약속한 이상 가르치고 싶었다. 약속을 깨서 괜한 원한을 사고 싶지 않았다. 가뜩이나 유스톡스가 시종으로 붙어서 귀족원에서 고생하는데 이 정도 희망은 줘도 되지 않을까?

"구 베로니카 파 아이들은 어떻게 하기로 했어요?"

"영주 회의에서 아렌스바흐가 어떻게 나오는지 파벌의 움직임을 보고 나서 판단하려고 한다. 상황을 살피며 계약 마술의 내용을 조금 엄격하게 해서 계약하거나, 아이가 성인이 되었을 때 스스로 파벌을 정하게 하는 방향은 어떠냐? 전부 규제할 순 없으니까 말이다."

"……모두가 그 방법이 타당하다고 판단한다면 괜찮아요. 구 베로니카 파 아이들의 장래가 완전히 막히지만 않으면 돼요."

죽을 만큼 노력해도 헛고생이면 불쌍하지만, 노력 여하로 출세할 수 있는 조건이라면 불만은 없다. 나보다도 파벌을 잘 아는 구 베로니카 파 아이들도 처음부터 전부 인정해 줄 거라는 기대는 하지 않을 터였다.

"이틀 뒤까지 금액을 준비해두마. ……아, 그래. 로제마인, 이번 늦겨울에도 플랑탱 상회를 불러서 책을 팔 계획이라면 미리 신청해라."

깜빡할 뻔했다. 늦겨울에는 책도 팔아야 했다. 나는 서자판에 곧바로 '플랑탱 상회 신청'이라고 메모했다.

곧바로 신청을 끝내고, 이틀 뒤에는 정보료를 지급하는 날이다. 정보를 제공한 학생들이 한 방에 모여서 들뜬 얼굴로 나란히 서 있다. 나의 측근들도 마찬가지다. 나는 돈을 지급하는 측에 리카르다와 다무엘을 데리고 앉아 있었다.

작년과 마찬가지로 정보를 사들인 각 부서의 지체 높은 사람에게 들은 칭찬과 격려의 말과 함께 한 사람씩 돈을 건넸다.

"기사단장이 기뻐하셨습니다."

"아우브의 문관이 당신을 칭찬하였습니다."

그렇게 말하며 돈을 건네면 받는 사람은 스스로 자랑스러워지는지, 상급 귀족의 자제도 자기가 번 돈에 눈을 반짝였다. 스스로 해냈다는 미소를 보니 흐뭇해졌다.

"로제마인 님, 목표 금액을 모았습니다. 이거면 마력 압축을 배울수 있지요?"

"그럼요, 다음에는 마력 압축 수업 때 만나겠네요."

지급이 끝난 다음 날이 마력 압축을 가르치기로 한 날이다. 봄을 축하하는 연회까지 며칠 남지 않아서 시간이 촉박하다. 나는 내 방으로 돌아가면서 "다들 잘했어요."라며 측근들을 칭찬했다.

"로제마인 님, 4단계를 가르쳐 주시나요?"

이미 마력 압축 방법을 배운 안게리카의 관심은 오로지 4단계에 쏠려 있었다. 오직 그것만을 위해 수업을 통과했을 정도니까 당연할지도 모르지만.

"수업도 합격했으니까 제대로 가르쳐 줄게요. 다만, 4단계는 내 측근들에게만 공개하기로 했으니까 다른 날 따로 측근만 모아서 가르치려고요. 다른 측근들이 모두 마력 압축 방법을 익혔을 때의 이야기예요."

모두가 미소를 짓는 가운데 제일 좋아하는 사람은 필린느였다. 그녀는 하르트무트에게 업무를 배우면서 정보 수집은 물론이고 사본까지 만들었고, 그 노력에 상응하는 금액을 받았다.

"필린느, 기분 좋아 보이네요."

"이제야 저도 다른 사람들과 같이 마력 압축 방법을 배울 수 있게 되었으니까요."

필린느는 뺨을 상냇빛으로 물들이며 활짝 웃었다. 유복하지 않은 하급 귀족 집안에서 태어난 필린느는 어릴 적부터 갖고 싶은 물건이 있어도 항상 참았다고 한다. 이번에도 부모가 마력 압축을 배울 수 있게 지원해 줄 거란 기대도 없었는데 스스로 필요한 금액을 벌어서 기쁜 모양이다.

"특히 어머님이 돌아가시고, 아버님이 재혼하신 뒤부터 힘들어서……. 로제마인 님께서 돌아가신 어머님의 이야기를 책으로 만들어 주셔서 얼마나 기뻤는지 몰라요."

말끝을 흐렸지만, 전처의 자식인 필린느와 그녀의 남동생은 계모에게 온갖 구박을 받았으리라. 필린느에게는 친모가 해준 이야기가 어릴 적 소중한 추억이며 그것을 형태로 남기는 책 제작에 관심이 컸다고 한다. 하지만 내가 2년간 잠들어 버리는 바람에 책 제작이 중단되었다. 잊지 않으려고 부지런히 이야기를 기록하는 생활이 그녀의 일상이 되었다고 했다.

"한 번은 이야기를 적어둔 종이도 빼앗겼었는데 아버님이 돌려주셨어요. 로제마인 님께서 주신 종이였거든요."

영주 일족에게 하사받은 물건을 함부로 다루면 그 불경이 돌고 돌아 자신에게 재앙으로 찾아올지도 모른다. 그래서 필린느가 가지고 있는 종이는 건드리지 말라고 부친이 계모에게 톡톡히 다그쳤다고 한다.

"여름에 새 동생이 태어나면서 저와 남동생은 가문의 걸림돌이 되었어요. 제가 집을 비우는 동안 남동생이 어떤 취급을 받으며 살지 너무 걱정되어요."

필린느는 나의 측근이 되었으므로 원한다면 성에 방을 마련해 줄 수도 있다. 하지만 아직 세례를 받지 않은 남동생은 방법이 없다.

"남동생에게도 분명 신의 가호가 있을 거예요."

"감사합니다."


다음 날, 마력 압축을 가르치는 날에 필린느는 일을 쉬었다. 몸 상태가 나쁘다는 연락과 함께 날아온 올도난츠에서 "제 돈 돌려주세요!"라며 멀리서 소리치는 필린느의 목소리도 함께 들렸다.

"필린느를 구하러 가야 해요……."

"로제마인 님, 이미 마력 압축을 배우려는 귀족들이 모여 있습니다. 필린느의 집까지 갈 시간은 없습니다."

하르트무트가 몸을 일으키려는 내 어깨를 누르며 그렇게 말했다.

"무시하라는 말이 아닙니다. 로제마인 님께서 이대로 내버려 두실 분도 아니시고요. 하지만 오늘만큼은 그보다 더 중요한 일이 있습니다. 로제마인 님께서 자비로우신 줄은 알지만, 하급 귀족 한 명 때문에 수많은 상급 귀족과의 약속을 내팽개치시면 안 됩니다."

하르트무트의 말에 다른 측근들도 동의했다.

"만약 약속을 깨시면 그 원인이 된 필린느가 나중에 귀족들에게 무슨 소리를 듣겠습니까……."

"로제마인 님의 행동에 필린느의 평가까지 좌우됩니다."

"그리고 돈을 뺏긴 것뿐입니다. 목숨이 위험한 긴급 사태도 아니지 않습니까?"

"마력 압축 수업 때문이라면 측근에게 4단계를 가르칠 때 함께 가르치시면 됩니다. 지금은 참으십시오."

모두가 입을 모아 나를 말렸다. 나는 주먹을 꼭 쥔 채 '그래도 필린느를 돕고 싶나'라는 말을 목구멍으로 집어삼켰다.

"알겠어요. 귀족들에게 마력 압축을 가르치러 갈게요."

내가 갑자기 뛰쳐나가지 못하도록 측근들에게 단단히 둘러싸인 상태로 마력 압축을 가르칠 방으로 이동했다. 그 방에는 이미 많은 귀족이 모여 있었다. 빌프리트를 제외한 영주 일족의 호위 기사에게 이미 마력 압축을 가르친 상태라 이번에는 문관과 시종이 많았다.

마력 성장을 고려하면 어릴수록 성장 속도가 빠르다. 또 결코 저렴한 금액이 아니라서 부모 대신 아이만 수업에 보낸 사람도 있는 듯했다. 젊은 사람도 많았다. 예외라면 제일 앞줄에 진을 친 보니파티우스와 친족에 해당하는 기베 부부 정도다. 보니파티우스보다 고령자인 기사를 보고, 나는 눈을 부릅떴다. 설마 저 나이에 마력을 키우려는 걸까?

'마력 압축으로 몸에 부담이라도 가면 덜컥 가실 것 같아서 무서운데.'

"생명의 신 에이비리베의 엄격한 선별을 통한 특별한 만남에 축복을 기도함을 허가해주십시오."

나와 초면 부지의 귀족들이 연이어 인사하러 왔다. 필린느를 생각하면 혀가 빠삭빠삭 마르고, 자꾸 마음이 초조했지만, 그 감정을 얼굴에 드러낼 수는 없다. 영주의 양녀답게 웃음 가면을 쓰고 인사를 받았다.

가장 고령인 할아버지가 힘없이 비틀거리는 다리로 내 앞에 다가왔다. 그는 간병인이 필요한 상태로 내 앞에 눈물을 글썽이며 무릎을 꿇었다.

"전대 기베 라이제강입니다. 생명의 신 에이비리베의 엄격한 선별을 통한 특별한 만남에 축복을 기도함을 허가해주십시오."

"허가합니다."

"이렇게 로제마인 님을 뵈었으니 죽어도 여한이 없습니다."

'대뜸 첫인사부터 무거워! 죽을 각오를 하고 왔어.'

"오늘은 증손녀가 되시는 로제마인 님을 무슨 일이 있어도 만나 뵙겠다고 라이제강 백작을 겨우 설득해서 오셨다고 합니다."

'……뭐라고? 증조할아버지!?'

리카르다가 속닥이며 알려준 정보에 의하면 나를 만났다며 울면서 기뻐하는 이 쇠약한 할아버지는 칼스테드의 조부이며 나의 증조부라고 한다. 증조부라는 존재는 우라노 때도 본 적이 없다. 살아서 만난 것이 기적인 느낌이다. 언제 돌아가셔도 이상하지 않을 정도로 고령인 분이며 은퇴한 후로 사교와 거리를 두고 항상 저택에서 지낸다고 한다.

"증조부님을 만나 뵙게 되어 저 역시 정말 기쁩니다. ……앗!?"

내가 축복의 빛을 돌려주자, 증조부는 눈을 감은 채 그대로 그 자리에 쓰러졌다. 그리고 움직이지 않았다. 눈앞에서 갑자기 쓰러지는 모습을 목격한 나는 휘둥그레진 눈으로 멍하니 응시할 수밖에 없었다.

"……제 축복의 마력 때문이에요?"

"괜찮습니다, 로제마인 님. 종종 있는 일이니까 걱정하지 마십시오."

'이걸 어떻게 걱정 안 해!'

조용하던 주위가 순간 시끄러워지면서 사람들이 증조부를 실어 갔다. 아무리 목숨에 지장이 없다고 해도 도무지 진정되지 않았다. 마력 압축을 시도했다간 틀림없이 멀고 높은 곳으로 오르리라. 마력 압축을 가르치기 선이라시 디행이라며 자신을 달랬다.

'깜짝이야. 내 심장까지 멈추는 줄 알았네.'

처음으로 눈앞에서 누군가가 쓰러지는 경험을 한 나는 지금까지 나 때문에 트라우마가 생긴 주변 사람에게 속으로 사과했다.

증조부가 퇴실하고 조금 뒤 드디어 술렁거림이 진정되었다. 현 라이제강 백작이 송구스러워하며 인사하러 다가왔다.

"기베 라이제강입니다. 생명의 신 에이비리베의 엄격한 선별을 통한 특별한 만남에 축복을 기도함을 허가해주십시오."

"허가합니다."

"할아버님 때문에 놀라게 해서 대단히 죄송합니다. 최고신의 부르심이 있기 전에 꼭 한 번이라도 좋으니 로제마인 님을 만나고 싶다고,

오직 그것만을 바라셨습니다. 저 역시도 로제마인 님을 뵙게 되어 기쁘기 그지없습니다."

현 라이제강 백작은 젊었다. 칼스테드보다 나이가 조금 더 많을까? 눈이 야심으로 불타는 것처럼 보였다. 친족인데도 지금까지 만나게 하지 않은 이유를 알 것 같았다. 아마 빌프리트와의 혼약이 내부에서 결정된 뒤라서 허가가 떨어진 것이리라.

"그럼 지금부터 마력 압축 방법을 알려드리겠습니다. 우선 요금을 내고, 계약서에 서명을 부탁드립니다."

나는 요금을 징수하는 문관과 전국 범위의 계약 마술을 관리하는 질베스타를 손으로 가리켰다. 계약 마술 용지에 서명하는 절차는 질베스타가 지켜보았다. 왜냐하면 나는 얼굴과 이름이 일치하는지 모를뿐더러 마력 증가가 영주 주도로 이뤄지는 것처럼 보이기 위해서다.

참가자에게 요금을 징수하고, 계약서에 서명이 끝나자, 나는 또다시 다무엘을 조수로 쓰면서 마력 압축 방법을 가르쳤다. 이번에 가르치는 건 3단계다. 역시 실제로 보여주면 이미지가 잘 떠오르나 보다. 압축이 쉬워졌다는 사람이 대다수였고, 다들 이불 주머니 방식은 처음 봤다고 입을 뗐다.

"방법을 배워도 결국은 각자의 정신력에 따라 압축량이 달라집니다. 업무에 지장이 가지 않는 범위 내에서 마력을 키우세요."

주의 사항도 잊지 않고 설명했다. 이제 마력 부작용이 일어나도 본인 책임이다.

"이미 성장이 끝난 어른도 어떻게 하느냐에 따라 마력 농도를 높일 수 있다니……. 감탄했습니다. 혼자만 알면 유리했을 지식을 영지를 위해 이렇게 다른 영주 후보생에게도 가르치시는 관대함에 감복했습니다.”

기베 하르덴첼이 기분 좋게 그렇게 말하며 방을 나갔다. 그 뒤를 이어 빌프리트와 그 측근이 방을 나간다. 진지한 얼굴로, 누가 봐도 마력을 압축하면서 걷는 모습을 발견하고 나는 얼른 그들을 불러 세웠다.

“왜?”

“빌프리트 오라버니의 호위 기사들이 마력 압축을 늦게 배워서 성급한 심정은 이해하지만, 단체로 마력 압축을 하면서 행동하면 위험해요.”

그들은 나의 지적에 당황하며 서로를 보았다. 모두가 본인의 마력 압축에 집중하느라 주위를 보지 못한 것을 깨달은 모양이다.

“부작용도 조심해야겠지만, 아무쪼록 호위 임무에 지장이 생기지 않게 주의하세요. 빌프리트 오라버니는 모두가 마력 압축을 틈틈이 할 수 있게 근무 형태를 재검토하시고, 근무 중에는 압축하지 못하게 명령하시는 편이 좋을 거예요.”

“음. 그래야겠군.”

빌프리트가 고개를 끄덕이고, 호위 기사들도 압축을 멈춘 듯했다. 무리 지어 퇴실하는 그들을 보내고, 나는 질베스타와 페르디난드에게로 달려갔다.

# 필린느의 집안 사정

"양아버님, 페르디난드 님, 이젠 필린느를 도우러 가도 되나요?"

"……그러고 보니 네 측근 하나가 없군. 그런데 도우러 간다니 무슨 말이야?"

질베스타가 미간을 찌푸렸다. 하지만 그걸 나한테 물어도 어쩔 수가 없었다. 내가 아는 건 오늘 아침에 날아온 올도난츠의 소식뿐이다.

"저도 잘 몰라요. 아침에 올도난츠가 날아왔는데 몸이 아프다는 여성의 목소리가 나오고 조금 멀리서 돈을 돌려달라고 소리치는 필린느의 목소리가 들렸어요."

이야기를 듣던 페르디난드가 톡톡 두드리던 관자놀이에서 손을 떼고, 몇 번 눈꺼풀을 끔뻑인 후, 나를 빤히 바라보았다.

"그걸 듣고도 뛰쳐나가지 않았구나. 조금은 성장했나?"

"측근들이 총출동해서 저를 막았거든요. ……시간이 지나니까 냉정함이 조금 돌아왔어요."

정확하게 말하자면 눈앞에서 갑자기 쓰러진 증조부에게 완전히 혼을 빼앗겼다.

"필린느의 입장을 존중해서 곤란하지 않게 구하려면 어떻게 해야 할까요? 그 돈은 필린느가 마력 압축을 배우려고 모은 돈이에요. 부모가 지원해 주지 않으니까 스스로 벌겠다고 귀족원에서 정보를 모으고, 사본을 만들고, 각지의 이야기를 수집하면서 피땀 흘려 모은 돈이에요. 드디어 마력 압축을 배우게 됐다며 그렇게 좋아했는데……."

아이의 성장을 바라야 할 부모가 방해할 줄은 꿈에도 생각하지 못했다. 필린느는 집이 가난해서 부모에게 조를 수 없었기 때문에 자기 힘으로 노력했다.

"부모가 자식의 돈을 가로챘다고?"

"급료를 가족에게 내는 건 하급 귀족들 사이에서는 흔한 일입니다. 하물며 미성년자이고, 본가에 살고 있다면 더더욱 그렇습니다."

필린느와 같은 하급 귀족인 다무엘의 말에 질베스타가 길게 한숨을 쉬었다.

"그대가 관리했어야 했어."

"맞아요. 하지만 부탁하지도 않았는데 이쪽에서 돈을 맡아두겠다고 할 수는 없어요. 명령이 되니까요."

사실은 지급한 돈에서 마력 압축 비용을 빼고 주는 방법도 생각했다. 그러는 편이 준비할 돈도 적고, 편하다고 질베스타도 말했다. 하지만 성취감을 느끼게 하려면 치옴 스스로 번 돈을 손에 쥐여주는 것이 중요했다. 그 금액에서 자신에게 투자할 금액을 낸다면 부모에게 의지할 때보다 돈에 관해 진지하게 배울 수 있다. 돈을 대하는 마음가짐을 가르치려고 현금을 건넸는데 오히려 역효과를 낳았다.

"마음은 이해하겠다만, 가정 문제에 끼어들 자격이 그대에게는 없어."

"필린느는 제 측근이니까 제가 그 불이익에서 지켜줘야 해요. 그게 주인의 역할이잖아요. 귀족원에서 에그란티느 님께 보호를 받았을 때 그렇게 배웠어요."

"흠. 틀린 생각은 아니다. 문제만 일으키는 줄 알았더니 조금은 성장했군."

나는 다시 관자놀이를 두드리면서 생각에 잠긴 페르디난드에게 물었다.

"주인의 역할은 배웠는데 어떻게 지켜야 정답일까요? 필린느가 상처받지 않게 최대한 원만하게 해결하고 싶어요."

"가정 문제에 그대가 간섭하면 일이 커진다. 원만하게 해결하고 싶다면 그 측근에게 다시 돈을 벌게 해서 다음번부터 그대가 돈을 맡아 두면 되지 않은가?"

페르디난드는 깨끗하게 잘라 말했다. 원만하게 해결하고 싶다면 건드리지 말라는 뜻이지만, 그러지 못하니까 상담하는 것 아닌가. 나는 입술을 꽉 깨물었다. 그때 발연기 같은 말투로 갑자기 하르트무트가 소리쳤다.

"앗, 야단났다. 제가 그만 필린느에게 돈을 잘못 준 것 같습니다."

그는 전혀 야단스럽지 않은 말투로 그렇게 말하며 주변을 둘러본다.

"필린느가 가져간 건 다른 영지 학생에게 줘야 하는 돈이고, 본래 필린느에게 줘야 할 돈은 로제마인 님께서 가지고 계십니다."

그럴 리가 없다. 나는 모든 돈을 지급했다. 다른 영지에 지급할 몫도 내가 관리하고 있으니까. 갑자기 하르트무트가 무슨 소릴 하는지 영문을 몰라 고개를 갸웃거리는데 페르디난드가 피식 웃었다.

"그거 큰일이군. 로제마인, 다른 영지에 지급할 돈을 그대의 측근이 가지고 가서 멋대로 사용하면 영지 간에 문제가 될 거다. 지금 당장 원래 줘야 할 돈을 가지고 가서 도로 찾아와라. 이번에는 잊지 말고 마력 압축에 쓸 금액을 빼고 주도록."

그 말을 듣고서야 겨우 이해한 나는 고개를 크게 끄덕였다.

"영지 간의 문제로 번지면 큰일이죠. 지금 당장 필린느의 집에 돈이 바뀌었다고 사과하러 가야겠네요."

"갑자기 찾아가면 일이 커지니 필린느의 부친인 카시크에게 이유를 설명하고 동행하라고 명령하마. 돈을 준비해서 여기로 돌아오너라."

"네!"

필린느의 집에 갈 대의명분을 얻은 나는 즉시 기수를 타고 내 방으로 날아갔다. 마력 압축을 배우기를 사양한 리카르다와 오틸리에가 눈을 휘둥그레 뜨고 맞아주었다.

"리카르다, 다른 영지 학생에게 주려고 보관해 둔 돈을 내와 주세요."

두 사람에게 사정을 설명하면서 돈을 가져오게 했다. 필린느에게 줄 돈과 같은 금액에서 마력 압축 수업료와 소은화 한 닢을 뺐다. 번 돈을 전부 집에 가서다주지 않고, 필린느가 자유롭게 쓸 약간의 돈이 있어야겠다고 생각해서였다.

"공주님, 성에 필린느의 방을 마련해주는 편이 좋지 않겠습니까? 그런 허위 보고로 일까지 쉽게 만드는 집안이 본인 잘못은 아니지만, 언젠가 그녀의 과실이 될 것 같아요."

리카르다가 걱정스러운 얼굴로 그렇게 말했다. 그 말마따나 필린느만 생각한다면 그 방법이 제일이리라. 하지만 집에 있는 남동생을 두고 과연 성에 들어오려고 할까?

"……필린느가 원한다면 그렇게 할게요. 하지만 성에 들어오기 싫어할지도 몰라요."

나는 필린느의 가족에게 건넬 돈을 하르트무트에게 들게 하고, 기수를 꺼냈다.

"갑시다."

하급 귀족의 저택에 모든 측근을 거느리고 들이닥칠 수도 없는 노릇이었다. 성 밖으로 나가야 해서 호위 기사는 모두 데리고 가야 했지만, 문관과 시종은 임기응변과 눈치가 빠른 리젤레타와 하르트무트를 데리고 가기로 했다.

"저희는 일단 필린느의 방을 준비해놓고 기다리고 있겠습니다. 필요해졌을 때 준비가 되어있지 않으면 안 되잖아요."

귀족원에서 측근으로 함께 활동했던 브륀힐데는 상급 귀족이지만 필린느를 귀여워했다. 걱정스러운 적갈색 눈동자의 배웅을 받으며 우리는 페르디난드가 기다리는 방으로 돌아갔다.

"저희 왔습니다, 페르디난드 님."

"이쪽은 사정 설명을 끝냈다. 로제마인이 돈을 잘못 건네줘서 폐를 끼치게 됐군, 카시크."

갑작스러운 호출에 쭈뼛거리는 하급 문관에게 페르디난드가 말을 걸었다. 하얗게 질린 얼굴로 무슨 말이라도 순종하겠다는 태도를 보이는 필린느의 부친에게 나도 돈을 잘못 건넨 실수를 사과했다.

"정말 미안하게 됐어요. 혹시나 금액이 부족했으면 영지 간의 문제가 될 뻔했어요."

"그, 그런 일이 있었습니까……."

카시크는 마력 압축에 관련된 정보를 모으느라 바빠서 겨울 동안 눈만 붙이러 집에 돌아갔던 탓에 집 안에서 무슨 일이 일어나는지 모르는 듯했다. 영지 간 문제로 번질 뻔한 일에 자신의 가족이 엮였다는 말을 듣고, 핏기가 가셨다.

안내를 맡은 카시크를 따라 각자 기수를 타고 필린느의 집으로 달려갔다. 나의 실수를 사과하면서 행동을 감시하려고 후견인인 페르디난드도 함께했다.

"이쪽입니다."

하급 귀족의 저택이 모여 있는 남쪽 귀족가에 필린느의 집이 있었다. 광대한 성과 비교하면 별 볼 일 없는 규모지만, 평민의 집보다 훨씬 넓고 깨끗한 집이다. 면적만 따지면 오트마르 상회보다 넓으리라.

"어머, 어서 오십시오."

후처라는 얘기만큼 필린느의 계모는 상당히 젊은 여성이었다. 얼굴에 피로가 엿보이는 건 여름에 태어난 아기가 있어서일까?

"요나사라, 급한 용건이네. 필린느가 큰돈을 갖고 집에 갔다는데 들은 거 있나?"

"……그 애가 무슨 짓을 저질렀나요? 어제 자기가 영주 일족의 측근이라며 거짓말을 하더니 근돈을 갖고 돌아왔기에 이상하다고 생각했어요. 하급 귀족이 로제마인 님의 측근이라니요. 어린이 방에서 맹세를 거절당한 일도 잊고 망언을 퍼붓고 다닌답니다."

요나사라는 정말 짜증난다는 듯이 그렇게 말하고, 내게 폐를 끼쳤다며 정중히 사과했다.

"오해하고 있는 것 같아 정정하는데 필린느는 나의 측근입니다. 귀족원에서 정식으로 임명했어요."

못 믿겠다는 듯이 눈을 크게 뜬 요나사라를 바라보며 나는 천천히 같은 말을 반복했다.

"필린느의 말은 거짓이 아닙니다. 나의 측근이 맞아요."

"그런…… 그럴 리가……."

가볍게 고개를 젓는 요나사라를 보면서 나는 싱긋 웃었다.

"필린느가 아프다면서요? 병문안하게 해주세요. 그리고 필린느의 책임이 아니라는 것을 설명하고, 어제 준 돈도 돌려받아야 합니다."

"그, 그건…… 그 애 몸이 아직 성치 않아서 몸이 약하신 로제마인 님께 안내해 드릴 수는 없습니다. 급하시다면 돈은 바로 가지고 올게요."

누가 봐도 수상하게 허둥대는 모습에 나는 페르디난드를 힐끗 쳐다보았다. 페르디난드가 하르트무트를 쳐다보며 살짝 턱을 치켜들었다. 하르트무트를 보내라는 의도를 파악한 나는 살짝 고개를 끄덕이며 환하게 웃었다.

"내 몸을 걱정해 줘서 고맙네요. 하르트무트, 요나사라와 함께 가서 금액에 문제가 없는지 확인하고 오세요. 리젤레타, 나를 대신해서 아픈 필린느에게 걱정할 것 없다고 전하세요. 나는 이곳에서 대기할 테니 걱정하지 말고요."

내가 갈 수 없다면 측근을 보내면 그만이다. 필린느를 향한 요나사라의 악심을 봤으니 필린느의 안전을 확인하기 전까지 돌아갈 생각은 추호도 없다. 하르트무트와 리젤레타에게 다무엘과 유디트를 호위로 붙였다. 금액을 확인하려면 보는 눈이 많은 편이 좋다.

응접실에서 우르르 나가는 그들을 보내고 조금 지났을 때, 멀리서 굉장한 소리와 비명이 들렸다. 무심코 벌떡 일어나려는 나를 테이블 아래에서 뻗은 페르디난드의 손이 붙잡았다. 동시에 안게리카와 에크하르트가 무기를 들고 경계 태세에 들어갔다.

하지만 그 뒤로는 잠잠했다. 무서울 정도로 연락도, 보고도 없었다.

"대단히 죄송하지만, 잠시 확인하고 오겠습니다."

카시크가 그렇게 말하며 응접실을 나가자, 그와 동시에 "비켜주십시오."라는 다무엘의 날카로운 목소리가 울렸다.

"필린느!"

망토에 몸을 감싼 상태로 다무엘에게 안겨서 응접실로 들어온 필린느의 얼굴에는 뺨을 맞은 자국이 있었고, 새잎 같은 눈동자는 절망과 눈물에 젖어 있었다. 그 뒤로 리젤레타가 제대로 된 보살핌을 받지 못한 듯한 서너 살 된 남자아이를 데리고 왔다.

"필린느, 대체 무슨 일이에요?"

내가 묻자, 필린느는 천천히 나를 보더니 깜짝 놀라 눈을 크게 떴다.

"로제마인 님, 부탁드립니다. 제 남동생, 콘라트를 제발 살려주세요."

필린느가 울면서 꺼낸 이야기는 계모가 남동생을 학대하고 있으며 콘라트의 소중한 마술구까지 빼앗았다는 내용이었다. 마술구는 귀족의 아이가 태어났을 때 받는 물건인데, 아이가 귀족원에 입학할 때까지 마력을 마석에 모아두는 중요한 마술구다. 그런데 요나사라가 마술구와 마석에서 마력을 전부 뽑아내고, 등록해 둔 콘라트의 마력을 삭제하여 초기화했다. 그리고 새로 태어난 본인의 아이에게 주었다고 했다. 사교로 바빠진 카시크가 집을 자주 비우고, 필린느가 귀족원에 입학해서 돌아오지 않는 겨울 동안 일어난 일이라고 한다.

"이대로면 콘라트가 죽어버릴 거예요! 이미 마력이 가득 차서……."

"하지만 그건 남의 집안 사정이다. 영주의 딸인 로제마인이 관할할 사안이 아니야."

내가 입을 열기도 전에 페르디난드가 그렇게 말했다. 잘 생각하고 말하라며 나와 필린느에게 못을 박으려는 의도였다. 나는 무릎에 올린 주먹을 꽉 쥐었다.

"네, 페르디난드 님의 말씀대로 이건 저희 집안 문제입니다. 애초에 로제마인 님의 귀에 들어갈 만한 이야기도 아니지요. 필린느, 측근으로 뽑혔다고 우쭐대는 거니? 네 주제를 톡톡히 알아야지."

본인의 아기를 안은 요나사라는 응접실에 들어오려고도 하지 않고, 문 근처에 서서 그렇게 말했다. 자기 자식과 마술구를 꼭 껴안고 경계심까지 드러낸 표정으로 우리를 쭉 돌아보았다.

하지만 나는 그냥 넘어갈 수 없었다. 마술구가 없으면 몸 안의 마력이 넘쳐서 죽어 버리는 건 귀족도 신식도 마찬가지다. 몸을 잠식하는 뜨거운 열 속에서 죽어가는 감각을 나는 아주 잘 안다.

"페르디난드 님, 저는 콘라트를 죽게 내버려 둘 수 없어요."

"세례도 받지 않은 아이는 사람으로 치지 않는다."

예전에도 몇 번이나 들었던 그 말에 눈을 질끈 감았다. 그 사고방식에는 도무지 익숙해지지가 않는다. 지금 눈앞에 있는 살아있는 생명을 사람으로 치지 않는다니, 나는 그렇게 생각할 수가 없었다. 나는 가정 문제의 당사자인 카시크를 쳐다보았다.

"집안 문제니까 내가 간섭할 일은 아니겠지요. 하지만 아이가 죽을지도 모르는 사태를 그냥 두고 넘어갈 수 없습니다. 당신 생각은 어떤가요?"

"아내에게 얘기는 들었습니다만, 이렇게 바로 강행할 줄은 몰랐습니다."

하지만 결국 그 말을 들어놓고도 새로운 마술구를 사주지 않았다.

이미 결론은 나왔다. 둘 중 하나는 귀족으로 키우지 않겠다는 뜻이다.

"그럼 어쩔 건가요? 새로운 마술구를 살 건가요?"

"저희 집에는 그럴 만한 여유가 없습니다. 마력이 많은 아이를 우선시하겠습니다."

"아버님!?"

필린느가 비명과 같은 소리를 질렀지만, 우리 앞에서 확실히 선언한 카시크는 이미 결론을 낸 듯했다. 귀족이 마력이 많은 아이를 우선시하는 것은 당연하다. 나의 측근들은 시선을 떨구고 슬픈 표정을 지을 뿐, 누구도 반박하는 이가 없었다.

카시크의 말을 듣던 요나사라는 콘라트에게 빼앗아서 마력을 재등록한 마술구와 자기 자식을 지키려는 듯이 꼭 안고 안도의 숨을 내쉬었다. 소중한 자식을 지키고자 하는 어머니의 표정에 내 기분은 매우 복잡해졌다.

자신의 생명줄인 마술구를 빼앗기고, 아버지에게 버려진 콘라트는 멍하니 서 있었고, 필린느는 닭똥 같은 눈물을 뚝뚝 흘리며 남동생을 지그시 바라보았다.

"그럴 수가…… 그럼 콘라트는……."

"내가 데려갈게요. 이대로 최고신의 인도로 멀고 높은 계단을 오르게 할 처지라면 신의 집에서 산다 해도 별 차이가 없겠지요."

내 말에 카시크와 요나사라가 곤란하다는 듯이 얼굴을 찌푸렸다.

"로제마인 님. 죄송합니다만, 저희 집에는 청색 신관으로 살게 해줄 여유도 없습니다. 앞으로 지출도 많아질 테고, 비록 하인이 되겠지만 콘라트의 마력도 저희 집에는 필요해요. 그리고…… 로제마인 님께서 필린느를 측근으로 받아주셔서 대단히 영광이지만, 그에 걸맞은 생활용품을 사 주기도 쉽지 않은 실정입니다. 필린느가 사임하게 해 주십시오.”

요나사라의 얘기를 듣던 필린느가 슬픈 표정으로 시선을 떨구었다. 그 표정은 겨울에 어린이 방에서 그림책을 포기하던 표정과 같았다. 이렇게 뭐든지 집안 사정으로 줄곧 참아왔으리라.

“나는 내 측근을 지킬 의무가 있어요. 필린느에게는 성에 방을 마련해 줄 거고, 업무에 필요한 물건은 빌려줄 거니 걱정하지 않아도 됩니다. 필린느, 집에 부담 주지 말고 성에서 살도록 해요. 난 당신을 포기할 생각 없어요. 리젤레타와 함께 필요한 짐을 챙겨오세요.”

순간 기쁨에 표정이 환해진 필린느가 콘라트를 보고, 죄지은 사람처럼 얼굴을 푹 숙였다.

“필린느, 콘라트는 신전에서 거둘게요. 죽게 내버려 두지 않아요.”

“로제마인 님도 저렇게 말씀하시니까 어서 가요.”

리젤레타가 재차 새촉하자, 필린느가 걱정스럽게 몇 번이나 콘라트를 돌아보면서 무거운 발걸음으로 짐을 정리하러 갔다.

“콘라트, 널 치유해 줘도 되겠니?”

“로제마인 님, 그런 과분한…….”

“카시크에게 묻지 않았어요.”

나는 허리를 숙여서 콘라트와 시선을 맞추었다. 제대로 된 보살핌도 받지 못하고, 여러 차례 폭행을 당한 흔적도 있었다. 나보다도 몸집이 작은 남자아이다.

“아픈 건 싫지?”

그렇게 말한 나는 슈타프를 꺼냈다. 그 순간, 콘라트의 얼굴이 싹 굳으면서 도망치려고 발버둥 쳤다. 아무래도 슈타프로 마력의 공격을 받은 적이 있는 듯했다. 나는 얼른 슈타프를 숨기고, 요나사라를 쳐다보았다.

"저희 집안 문제입니다. 버릇을 고쳐 준 거예요."

요나사라가 희미하게 웃었다. 나쁜 행동이라는 자각이 없음이 틀림없다. 나는 슈타프로 치료하기를 포기하고, 반지에 천천히 마력을 담았다.

"물의 여신 플류트레네의 권속인 치유의 여신 룽슈멜이여, 나의 기도를 듣고, 거룩한 힘을 내려주소서. 상처 입은 아이를 치유할 힘을 내 손에 주소서. 당신께 바치는 거룩한 선율, 지상에 파문을 일으키시어 청명한 가호를 내려주소서."

반지에서 나온 녹색 빛이 콘라트를 휘감으며 상처를 치유했다. 눈을 크게 뜬 콘라트는 자기 몸을 바라보고 "안 아파."라며 조그맣게 중얼거렸다.

"나는 로제마인, 당신 누나의 주인이에요. 이제 당신의 마력을 흡수할 마술구는 없습니다. 이 집에서 이대로 마력의 열에 먹히고 싶나요? 하인으로 살고 싶나요? 아니면 신전 고아원에서 살겠나요."

"로제마인 님, 저희 집은 청색 신관을……."

요나사라가 말을 꺼낸 순간, 콘라트가 몸을 움찔하고 떨었다. 나는 슥 하고 팔을 들어서 그녀의 말을 막았다.

"난 콘라트를 청색 신관으로 들이겠다는 말은 한마디도 하지 않았어요. 부모가 없는 아이, 회색 신관으로 들일 겁니다. 이제 이 집안과는 이별이에요. 죽은 아이라고 생각하세요."

"하인을 잃어서 아쉽긴 하지만, 인연을 끊어야 한다면 저는 상관없습니다."

갑자기 기분이 좋아진 그녀를 보고 깜짝 놀란 콘라트가 나를 의아하게 바라보았다.

"고아원에 오면 맛있는 밥과 깨끗한 침대도 주고, 교육도 시켜줄게요. 절대로 이렇게 폭행을 당하며 살지 않을 겁니다. 하지만 당신이 이 집에서 살고 싶다면 그 뜻을 존중할게요. 맛있는 밥 먹고 싶지 않아요?"

잠시 고민하며 여기저기 눈치를 보던 콘라트는 마지막에 내게 시선을 멈추고 입을 열었다.

"……배고파요."

"그렇군요. 그럼 필린느가 준비를 마치면 함께 가요."

리젤레타와 함께 짐을 꾸린 필린느가 응접실로 들어왔다. 요나사라에게서 콘라트를 보호하는 위치에 서 있는 나를 보고, 안도와 포기가 섞인 복잡한 표성을 시었다.

"필린느, 콘라트는 나와 신전에 가기로 했어요."

필린느는 슬픈 듯 눈썹을 떨더니 불만과 분노에 찬 눈으로 부친을 올려다보았다.

"아버님, 콘라트의 마술구는 어머님 유품이에요. 그런데 어째서 요나사라 님의 횡포를 못 본 척하시나요."

의붓동생에게 준다며 빼앗은 마술구는 원래 필린느의 친모가 쓰던 물건이었던 모양이다. 어머니의 유품을 콘라트에게서 뺏고, 등록된 마력을 새로 갈아치운 계모의 행위를 용서할 수 없다며 필린느가 입술을 떨며 말했다. 결단한 부친과 마술구를 빼앗은 계모를 있는 힘껏 노려보면서.

"이미 새로 마력을 등록한 것을 이제 와서 어쩌겠느냐. ……그리고 마력이 강한 아이를 우선 하는 게 당연하지."

딸의 필사적인 호소에도 카시크의 태도는 변함없었다. 부친에게 자신의 말과 마음이 닿지 않음을 깨달은 필린느의 눈동자에 실망의 빛이 퍼지고, 눈물이 뚝 떨어졌다. 눈을 꼭 감은 필린느의 고개가 아래로 떨어졌다.

'빼앗긴 마술구가 돌아가신 어머니 유품이었다니.'

마력이 강한 아이를 후계자로 삼고 싶어 하는 귀족의 사정은 알고 싶지는 않지만 잘 안다. 하지만 그렇다고 아이에게 어머니의 유품을 빼앗는 짓은 이해할 수 없다.

"페르디난드 님, 아기에게 주는 마술구는 가격이 어떻게 되나요?"

"새것을 사려면 소금화 다섯 닢은 하지 않겠나? 소재도 비싸고, 높은 마력이 없으면 만들 수가 없지."

자신은 산 적이 없어서 잘 모른다며 페르디난드가 중얼거렸다. 결혼도 하지 않은 페르디난드가 유아용 마술구 가격을 정확히 알 턱이 없었다.

"필린느, 내가 돈을 빌려줄게요. 어디까지나 빌려주는 겁니다. 그 돈으로 어머니의 마술구를 사세요. 소중한 유품이잖아요."

"저렇게 억지로 마력을 덮어씌운 낡은 마술구라면 소금화 세 닢도 안 될 거다."

페르디난드가 그렇게 말하며 길드 카드와 비슷하게 생긴 무지개색 카드를 쑥 꺼내서 카시크에게 내밀었다.

"카시크, 저 마술구를 사겠다. 소금화 세 닢이다. 불만은 없겠지."

위압적인 페르디난드의 말에 거역도 못 하고, 카시크는 숨을 삼키며 비슷한 카드를 꺼냈다. 카드를 맞댄 카시크가 아기의 손에 들린 마술구로 손을 뻗었다.

"이러지 마세요. 이건 우리 아이 마술구예요!"

"새로 사면 돼."

"싫어요! 언제 살 수 있을지도 모르잖아요!"

요나사라가 저항했지만, 카시크는 강압적으로 마술구를 뺏어서 페르디난드에게 내밀었다. 페르디난드는 건네받은 마술구를 내 앞에 두었고, 나는 그 모친의 유물을 필린느에게 주었다.

"감사하게 생각합니다, 페르디난드 님, 로제마인 님."

필린느가 마술구를 꼭 껴안으며 눈물을 흘렸다. 이번에는 기쁜 미소로. 그녀의 돌아온 미소를 보고 내가 안도의 숨을 내쉬는데 고개를 숙여서 눈가를 닦은 필린느가 얼굴을 홱 들고, 날카로운 눈동자로 모친과 계모를 올려다보았다.

"아버님, 요나사라 님, 저는 로제마인 님의 측근으로서 성에서 살겠습니다. 콘라트가 없는 이곳에는 두 번 다시 돌아오지 않겠습니다."

안색이 싹 변한 카시크와는 대조적으로 요나사라는 안도의 한숨을 내쉬었다. 필린느의 초록색 눈동자가 결별의 빛을 띠었다.

"시간의 여신 드레팡아의 실이 겹치는 날은 오지 않겠지만, 신들의 가호와 함께 존체 만안하시길 바랍니다."

그렇게 인사한 필린느는 콘라트의 손을 잡고 자신의 집을 나왔다.

# 콘라트를 신전으로

"로제마인, 지금 신전으로 데리고 갈 생각이냐? 이런 건 예정에도 없던 일이다."

필린느의 집을 나온 순간, 페르디난드가 날카로운 눈빛으로 나를 내려다보았다. 마치 자식이 버려진 고양이를 주워온 것을 보고 "원래 있던 자리로 돌려놔."라며 눈에 쌍심지를 켜고 화내는 엄마의 표정이다. 이곳이 신전이거나 나 혼자 있는 자리였다면 보나 마나 '생각 없이 아무거나 주워오지 마'라며 분명 화를 내리라. 하지만 나는 안다. 으름장을 놓고, 귀족으로서 자신의 이익을 우선하지만, 어지간한 이유가 아닌 이상 학대에 시달리는 아이를 내버려 둘 사람이 아니라는 것을.

"제가 신전장이고, 고아원 원장이잖아요. 이런 아이를 보고 어떻게 그냥 두고 나와요. 페르디난드 님은 그럴 수 있겠어요?"

"……하는 수 없지. 지금 신전에 가자……라고 말하고 싶지만, 그 대의 호위 기사는 미성년자가 많아서 일단 성에 돌아가야겠다."

페르디난드가 미성년자가 많은 나의 측근들을 보며 그렇게 말하자, 하르트무트가 싱긋 웃었다.

"페르디난드 님, 인쇄업에 투입될 견습 문관은 신전 출입은 물론이고, 평민 상인과도 대화할 줄 알아야 한다는 조건이 있습니다. 부디 저를 데려가 주십시오."

일에 열성적이라기보다 성녀가 나고 자란 신전에 가보고 싶어 하는 표정으로 보이는 건 내 착각일까. 하지만 그 조건이라면 필린느도 데리고 갈 수 있다.

"페르디난드 님, 견습 문관은 괜찮지 않을까요? 앞으로는 자주 신전에 드나들게 될 테고……."

내가 견습 문관의 출입 허가를 요청하자, 유디트가 "저요!" 하고 번쩍 손을 들었다.

"로제마인 님, 저도 안게리카와 함께 호위하고 싶습니다."

"견습 문관이면 몰라도 견습 호위 기사의 임무 범위는 귀족가까지다. 앞으로 임무 범위에 신전을 포함할지 말지는 아우브 에렌페스트와 협의할 사항이니까 오늘은 돌아가거라."

페르디난드는 신전 시종에게 지금부터 신전으로 출발한다는 것, 동시에 고아 한 명을 데리고 간다는 말을 하얀 새로 통지했다. 그리고 유디트, 레오노레, 리젤레타, 코르넬리우스를 힐끗 쳐다보았다. 페르디난드의 명령은 거스를 수 없다. 유디트는 아쉬움에 고개를 떨구면서 성까지 타고 갈 기수를 소환했다.

"유디트, 아쉽겠지만 저도 성인이 되기 전까지 신전에 들어갈 수 없었습니다."

안게리카가 자신의 기수를 소환하면서 "유디트도 빨리 성인이 되면 됩니다."라고 약간 의기양양하게 말했다. 유디트는 미소를 지으면서 "안게리카, 신전은 어떤 곳입니까?"라고 물었다. 잠깐 하늘을 보며 생각하던 안게리카가 싱긋 웃었다.

"신전은 맛있는 곳입니다."

나는 어안이 벙벙해진 유디트를 동정했다. 그렇게 말하면 누가 알겠는가.

"유디트, 신전에는 내 전속 요리사가 있어서 귀족원에서 먹었던 맛

있는 식사가 나와요. 안게리카는 아마 그 말이 하고 싶은 걸 거예요."

"네!? 기사 기숙사와는 차원이 다르잖아요! 또, 또 뭐가 있나요……."

신전 얘기를 처음 듣는지, 유디트가 보라색 눈동자를 반짝이며 안게리카를 올려다보았다. 글쎄요, 라고 잠시 생각에 잠긴 안게리카가 손뼉을 쳤다.

"신전은 벅찬 곳입니다."

"네?"

또다시 등장한 의미심장한 말에 유디트가 설명을 바라며 나를 쳐다보았지만, 나도 무슨 말인지 모르겠다. 고개를 가로젓는 나를 보고, 안게리카가 말했다.

"신전에서는 모두가 문관처럼 서류도 처리해야 하고, 에크하르트 님께서 훈련 상대가 되어 주십니다. 처음부터 끝까지 제게는 벅찬 곳입니다."

기가 찰 정도로 엉뚱한 기준이다. 신전에 간 적이 있는 코르넬리우스는 "신전은 그런 곳이 아니야."라며 고개를 저었고, 가본 적이 없는 사람들은 고개만 갸웃거렸다.

"혼약자이신 에크하르트 님과 훈련하셔서 즐겁다니 애인 자랑도 참! 부러워요."

'응? 애인 자랑? 방금 그게 자랑이야?'

꺅꺅거리며 오두방정을 떠는 유디트의 기준도 이해하기 어렵다. 통하는 건지 통하지 않는 건지 모를 안게리카와 유디트의 대화에 모두가 입을 쩍 벌렸지만, 그렇게 반응한 이유도 다양했다. 안게리카의 여동생인 리젤레타는 눈을 크게 뜨고, 나와 안게리카를 번갈아 보았다.

"모두가 문관의 일을 한다고요……? 설마 언니가 서류 작업을 한단 말이에요!?"

"아니에요, 리젤레타. 그때 전 문을 지키고 있습니다. 혼자서요."

안게리카는 기세등등한 얼굴로 말했지만, '하긴 서류 작업은 못 하니까'라고 납득한 측근은 동정 어린 시선을 보냈다. 다들 안게리카의 성적을 알고 있어서다.

"언니가 귀족원에서도 모자라 신전에서까지 로제마인 님께 누를 끼치는 줄 알았잖아요. 앞으로도 서류 작업에는 절대 손대지 마세요, 언니."

"네. 신전 시종들은 다들 유능해서 제게 일을 맡기려고 하지도 않습니다."

안게리카가 서류 작업을 도우면 대체 얼마나 난장판이 되는 걸까? 사람을 매우 불안하게 만드는 발언을 하며 리젤레타는 자신의 기수를 소환했다.

"로제마인, 수다 떨지 말고 어서 준비해라. 그리고 호위 대상은 모여 있는 편이 좋으니 그대의 기수에 그 꼬마와 견습 문관들을 태우도록."

"알겠습니다."

성으로 돌아가는 미성년 일행을 보내고, 나는 하르트무트와 필린느, 콘라트를 레서버스에 태웠다. 집을 떠날 때 안도의 표정을 짓는 콘라트와 그런 남동생을 보며 불안함에 표정이 어두워진 필린느는 손을 꼭 잡고 있었다. 하르트무트는 다인용으로 크게 만든 레서버스를 가까이서 처음 보는지, 탑승한 후에 구석구석을 둘러보았다.

"하르트무트, 가만히 앉아 있어요. 그리고 이동 중에는 질문 금지예요.”

“……이동 중에 질문한 사람이 있었습니까?”

“유스톡스요.”

그 모습이 눈앞을 스쳤는지 하르트무트가 피식 웃었다.

선두로 출발한 페르디난드에 이어서 레서버스가 출발했다. 처음 기수를 탄 콘라트가 “우와!”하고 놀라움에 소리를 질렀다. 우리는 호위 기사로 주위를 둘러싸인 채, 하늘을 달리며 신전으로 이동했다. 하급 귀족의 저택이 모여 있는 남쪽 귀족가에서, 북문과 가까운 곳에 있는 필린느의 집은 신전과 그리 멀지 않다. 귀족문을 뛰어넘어서 귀족 구역으로 진입하는 신전 정문에 도착했다.


“어서 오십시오, 신전장님, 신관장님.”

페르디난드의 시종 외에도 프랑과 모니카까지 마중을 나와 주었다. 새로운 고아가 온다는 소식에 빌마도 함께였다.

“내가 고아 신청 서류를 작성하는 동안 그대는 아이에게 밥을 먹여라.”

페르디난드의 지시대로 나는 신전장실에 콘라트와 측근들을 데리고 가서 니콜라에게 식사를 준비시켰다.

“갑작스럽게 미안하지만, 부탁해요, 니콜라.”

“이제 곧 네 점 종이 울릴 때라서 마침 잘됐어요.”

니콜라가 식사를 준비하는 동안, 나는 그 자리에 있는 신전 시종들을 하르트무트와 필린느에게 소개했다.

“신전에서 시종을 맡은 프랑, 잠, 모니카, 빌마예요. 빌마는 고아원을 관리하고 있어요. 식사를 준비하는 사람이 니콜라이고, 공방에 있는 길과 프리츠는 차차 소개할게요. 이쪽은 하르트무트와 필린느, 성에서 일하는 나의 측근들이고, 견습 문관이에요. 앞으로 인쇄업 관련 업무로 신전에 자주 올 거예요."

소개하는 사이에 니콜라가 접시를 하나씩 테이블에 세팅했다.

"오늘은 부드러운 빵과 채소 수프, 그리고 베이컨을 구웠습니다. 로제마인 님께서 오실 줄 몰라서 조금 소박해요. 그리고 다른 분들은 이 과자를 드세요. 급하게 만들었습니다."

룸토프와 잘 휘저은 폭신한 생크림을 두른 크레이프가 나왔다. 내가 그것을 한 입 베어먹자, 모두가 먹기 시작했다. 크레이프를 먹은 필린느와 하르트무트의 눈이 휘둥그레졌다.

"신전에서는 이런 디저트를 먹습니까?"

"로제마인 님이 계시는 이곳에서만이요. 페르디난드 님은 디저트에 흥미가 없으셔서 신관장실에는 내지 않습니다. 어떻습니까, 하르트무트? 신전은 맛있는 곳이시요?"

우아하게 크레이프를 먹으면서 대답한 사람은 안게리카였다. 호위 기사는 교대로 식사해야 해서 매번 계급이 높은 안게리카의 순서가 먼저였다. 굶주린 배를 부여잡으며 호위를 서는 다무엘은 입맛을 다시며 디저트를 먹는 하르트무트와 필린느에게 어깨를 으쓱거리며 말했다.

"이 신전의 고아원에서는 청색 신관이 먹다 남은 식사를 신의 은총으로 먹기 때문에 기사 기숙사보다 맛이 뛰어나. 양도 많고."

놀라움에 눈을 크게 뜨는 필린느에게 다무엘이 고개를 끄덕이며 설명을 덧붙였다.

"청색 신관의 시종이 될 수 있도록, 로제마인 님의 공방에서 책 만드는 일을 할 수 있게 세례 전부터 글자와 계산을 가르치고 있어. 회색 신관은 신의 가르침에 충실해서 폭력을 행사하는 사람도 없어. ……콘라트에게는 그 집보다 이곳 생활이 훨씬 좋을 거야."

"그렇게 말씀해 주시니 안심이 됩니다."

다무엘이 신전의 내부 상황을 설명하자, 필린느가 안도의 한숨을 쉬었다.

"프랑, 신관장님이 오시려면 아직 시간 있죠? 플랑탱 상회 앞으로 편지를 쓸 테니까 길이나 프리츠에게 보내도록 하세요."

"책을 판매하는 날이 정해졌습니까?"

그렇게 물으면서 프랑이 편지를 쓸 준비를 했다. 이미 공방은 성에서 판매할 준비를 마쳤다고 했다.

"로제마인 님, 어떤 편지를 쓰시는지 제가 봐도 괜찮으시겠습니까?"

"……네."

하르트무트가 본다면 딱딱하고 예의 차린 표현으로 써야 한다. 실수로라도 '귀족원에서 최우수를 땄어요, 대단하죠? 우후후훗.'이라고 쓰면 안 된다. 앞으로 문관이 출입하게 되면 편지를 쓸 때도 꽤 애를 먹을 것 같다. 살짝 우울해지면서 플랑탱 상회에 보낼 편지를 썼다.

그동안 페르디난드가 콘라트를 고아원에 받아들일 서류를 만들어 왔다. 귀족 자제를 청색 신관으로 맡은 적은 과거에도 있었지만, 회색 견습 신관으로 받은 전례가 없어서 기록에 남겨두고 싶다고 했다.

테이블 앞에서 페르디난드와 내가 나란히 앉고, 필린느와 콘라트가 맞은편에 나란히 앉았다. 안게리카와 하르트무트는 내 뒤에 섰고, 다무엘은 치워지는 크레이프를 미련 가득 바라보았다. 먹을 타이밍을 놓친 모양이다.

"그럼 콘라트는 일시적으로 고아원에서 맡겠습니다. 필린느가 돈을 모으면 고아와 회색 신관을 살 수 있으니까 언젠가는 함께 지낼 수 있을 거예요."

내 말에 페르디난드가 엄격한 얼굴로 나를 보았다.

"잠깐만. 어디서 생활할 생각이지? 필린느는 그대가 방 하나를 내줘서 성에서 살게 됐지만, 남동생까지 성에 들일 수는 없다. 본인의 힘으로 돈을 모아 자가를 사는 것도 말처럼 쉽지 않지. ……그리고 아무리 노력해도 이 아이는 이제 귀족이 될 수 없어."

"왜요? 마술구도 돌려받았으니까 세례 전까지 돈을 모으면……."

필린느의 모친이 남긴 유아용 마술구는 되찾았다. 거기에 새 마석을 넣어서 마력을 모으면 나머지는 필린느가 데리러 와주기만을 기다리면 되는 것 아닌가. 나는 그렇게 생각했는데, 귀족으로 사는 일은 그렇게 간단하지 않은 모양이다. 필린느가 슬픈 표정으로 시선을 떨구고, 다리 위에 놓은 모친의 마술구를 쓰다듬으며 중얼거렸다.

"돈은 모을 수도 있고, 빌릴 수도 있지만, 마력은 모을 수가 없거든요."

나도 마석에 마력을 모으고 있는데 대체 무슨 소리란 말인가. 이해하지 못하는 내게 페르디난드가 한숨 섞인 말로 설명해 주었다.

"가문을 이을 수 없게 된 하급 귀족의 자제와 영주의 양녀가 된 그대를 똑같이 보면 안 되지. 세례식 전부터 자력으로 마력을 압축해온 그대처럼 모두가 어릴 때부터 마석을 몇 개나 물들일 수 있는 건 아니다. 하급 귀족은 타인의 마력이 섞이지 않게 저 마술구를 써서 여러 해에 걸쳐 수업에 쓸 마석을 몇 개나 준비해야 하지."

"페르드난드 님의 말씀이 맞습니다. 콘라트는 이제 곧 다섯 살이 돼요. 지금까지 모은 마석은 다 없어졌어요. 지금 마술구와 마석이 있어도 이미 늦었어요."

"그럴 수가……."

그 학대 부모에게서 떼어놓고 후원하면 두 남매가 함께 사이좋게 지내게 될 줄 알았다. 하지만 귀족의 상식으로는 가능성이 없는 모양이다. 콘라트를 귀족 사회에 되돌려 보내려고 했던 내 생각을 알게 된 페르드난드가 관자놀이를 누르며 나를 보았다.

"로제마인, 신전장이면서 고아원 원장인 그대가 할 수 있는 일은 부모에게 버림받은 아이의 목숨을 구하는 것이지, 귀족의 생활을 보장해 주는 것이 아니다. 그것을 착각하지 말도록. 그리고 측근 한 사람만 편애하면 문제가 되니 제발 언행을 조심해라. 영주의 양녀이면서 신전장이기에 더욱 넘지 말아야 할 선이란 것이 있어."

지적받은 나는 어금니를 꽉 깨물었다. 맞는 말이다. 비슷한 사정으로 데리고 온 귀족의 자제에게 모두 똑같이 대우해 줄 수는 없다. 그때그때 기분에 따라 우열을 가리면 전 신전장과 뭐가 다르단 말인가.

"로제마인 님, 그렇게 의기소침해 하지 마세요."

필린느가 콘라트에게로 시선을 돌리며 싱긋 웃었다.

"콘라트가 안전하게 살 수 있는 장소가 있는 것만으로 안심이에요. 혹시나 그대로 멀고 높은 곳으로 이어지는 계단을 오를까, 항상 노심초사했었거든요. 그리고 로제마인 님은 제 어머님의 유품까지 되찾아 주셨어요. 진심으로 감사드립니다."

열심히 일해서 최대한 빨리 빚을 갚겠다고 필린느가 말했다.

"돈을 모으면 콘라트를 사서 꼭 귀족끼리가 아니더라도 함께 살고 싶어요. 하나뿐인 제 남동생이니까요."

필린느의 미소를 보고, 함께 웃는 콘라트를 보고, 나는 확신했다. 마력으로 우열이 가려지고, 이번처럼 마술구를 빼앗겨서 죽어가는 아이는 없어야 한다고.

"……페르디난드 님, 콘라트 같은 아이가 많나요?"

"마술구가 비싸니까. 하급 귀족 중에는 있겠지."

"이번처럼 괴롭게 살고 있을 귀족의 아이를 어떻게 구할 수 없을까요?"

가능하면 평민 신식도요, 라는 내 말에 페르디난드뿐만 아니라 하르트무트와 필린느까지 놀란 표정을 지었다.

"인쇄업도 모자라 그런 데까지 손을 뻗을 생각이냐? 멍청이가 따로 없군."

"하지만 걱정되잖아요. 게다가 영지에 마력이 부족한 지금은 그런 아이를 고아원에 들이면 조금은 상황이 좋아질 것 같은데요……."

에렌페스트는 마력 부족이 심각하다. 약간의 마력이라도 끌어모아야 하는 실정이다.

"마력이 부족한 지금은, 그렇지. 귀족의 수가 채워지면 어떻게 되겠나? 불필요한 존재를 잘라 내겠지. 감정적으로 움직이지 말고, 앞일을 생각해. 매번 코앞의 일만 보지 말란 말이다."

나는 윽 하고 숨을 삼켰다. 지당한 말씀이다. 하지만 마력이 있으면 가능한 업무 범위도 넓어지리라. 일단 땅에 마력을 채운 뒤에 다음 할 일을 찾으면 그뿐이다. 귀족으로 인정하지 않는 마력을 가진 회색 신관을 사회에 도움이 되게 하고, 스스로 먹고살 수 있게 돈을 벌 길을 만들면 된다. 귀족으로 살 수는 없어도 다른 삶이 있다. 죽음보다는 훨씬 나으리라.

'내가 뭘 할 수 있을까?'

"거기까지. 그만 생각해."

"네?

"그대는 한 번 생각에 빠지면 엉뚱한 방향으로 빠지지 않느냐. 그리고 그렇게 큰 문제는 아우브의 판단도 필요하다. 지금은 딴생각 말고, 본인 일이나 마저 마무리 지어라."

"알겠어요."

'그래도 난 생각할래!'

테이블 아래에서 불끈 주먹을 쥐었다. 그 순간 옆에서 페르디난드가 한숨을 쉬었다.

"얼굴에 다 보인다."

서둘러 손으로 뺨을 감싸자, 페르디난드가 나를 날카롭게 째려보았다.

"개인의 가정사에 일일이 참견하면서 귀족 사회를 발칵 뒤집어 대혼란에 빠뜨리기 전에 인쇄업 업무부터 해. 문관이 되려면 견습 문관의 실무를 경험해야 한다. 도서관 사서가 되고 싶다고 했지?"

먼저 본인이 해야 할 일부터 처리하라며 페르디난드가 타일렀다.

"우선은 눈앞에 닥친 책 판매회다. 플랑탱 상회에 통달했겠지?"

"걱정하지 마세요. 공방도 준비가 끝났다고 프랑에게 보고받았어요."

내가 잠자는 동안에도 샤를로테와 측근들이 페르디난드에게 판매 신청을 하고, 매년 플랑탱 상회가 성에서 책을 팔았다. 그래서 어느새 관례 행사가 되었다. 올해 판매회가 어떨지 기대된다.

# 판매회와 반성회

올해 판매회에도 어김없이 여러 손님이 책을 사 갔다. 누가 봐도 가장 인상적이었던 건 구매 줄의 제일 앞자리를 차지한 증조부였을 것이다. 며칠 전 내게 축복을 받자마자 갑자기 쓰러졌는데 부활해 계셨다. 무려 간병인까지 데리고, 지팡이를 짚고 비틀비틀 걸으면서 플랑탱 상회 앞까지 가서 "전부 한 권씩." 하고 모든 종류를 사 갔다.

시작부터 거금이 덜컥 들어오자, 벤노를 비롯한 상회 사람들이 깜짝 놀라 숨을 삼키는 것이 보였다. 상품 종류가 적었던 초반이면 몰라도 종류가 많아진 지금에 와서 모든 종류를 구매하는 손님은 없었다.

"리카르다, 증조부님은 부자시네요."

"책 제작자가 공주님과 엘비라 님이셔서 손자며느리와 증손자의 책을 직접 구매하고 싶으셨답니다. 이제 막 회복하신 몸이라 라이제강 백작이 노심초사하셨습니다."

'아이고, 증조할아버지, 너무 애쓰시다가 또 쓰러지면 어떡해요!'

조마조마하게 퇴실까지 지켜본 나는 나를 지켜보는 주변의 마음이 질릴 정도로 이해되었다.

'우우, 무서워서 못 보겠다. 이러니까 매번 나보고 제발 가만히 있으라고 혼내는구나. 버려 버린 자중을 다시 찾아와야겠어.'

조마조마한 시간이 지나자, 새로 세례를 받은 아이들이 카루타와 트럼프를 갖고 싶어 했고, 어른들이 책을 사러 왔다. 가장 인기 있는 책은 여성 손님이 많아서인지 엘비라가 쓴 연애 기사 소설이었다. 올해도 귀족원의 사랑 이야기가 인기였다. 이건 다과회에서 폭넓은 세대의 여성에게 들은 이야기를 토대로 엘비라가 쓴 소설이다. "이 이야기에 등장하는 그 사람은 그 사람 아닐까요?" "이 얘기 들은 적 있어." 하고 모든 세대가 그리움에 젖어서 신나게 떠드는 이야기가 있는 듯했다.

그리고 올해 인기 상품은 '로제마인 특선 레시피집'으로 전체 상품 중에 가장 많이 팔렸다. 이 레시피는 엘라와 푸고가 만들기 쉬운 기본 요리를 고르고, 니콜라가 열심히 레시피를 적고, 빌마가 그림을 그리고, 하이디가 연구한 잉크를 써서 만든 첫 컬러 책이다. 내친김에 마지막 페이지에는 이탈리안 레스토랑의 광고도 실었다.

첫 컬러 인쇄는 등사판 인쇄로 시행했다. 검정 일색이던 때와 비교하면 상당한 시간과 비용이 들었다. 색깔이 겹치는 부분이 빗나가지 않게 하는 작업이 가장 어려웠다고 했다. 공방 인쇄 담당자가 진이 빠져 있더라고 길이 보고했었다.

전부 열 종류의 레시피를 실은 얇은 책이지만, 기존의 책 중에서 가장 비싸다. 그래도 콩소메 만드는 방법이나 파스타 요리가 실려 있어서 겨울 사교 시즌 때 성의 전속 요리사들의 요리를 먹어본 귀족은 하나같이 그 책을 원했다. 지금까지 해왔던 요리법과 상당히 달라서, 책을 산다고 요리사가 레시피대로 만들 수 있다고 장담할 수는 없다. 불 조절이나 시간에도 익숙해져야 한다고 주방 담당자들이 입을 모았다. 참고로 아직 성에서만 먹을 수 있게 천연 효모를 만드는 방법은 싣지 않았다.

"그럼 내일은 아침을 먹고 일단 신전으로 돌아가자. 일정은 플랑탱 상회와의 면담뿐이니 저녁 식사 전에는 성에 돌아간다는 것을 염두에 두고 준비해라."

"알겠어요."

신전의 고아원 원장실에서 플랑탱 상회와 반성회를 열어서 다음에 인쇄할 책과 하르덴첼 출장에 관해서 의논하기로 했다. 판매회 때 고아원으로 소집하라고 말해뒀고, 그 자리에서 의논할 사항을 정리한 서류에 가족에게 보낼 편지도 끼워 두었다. 오랜만에 루츠와 벤노를 만날 준비는 완벽하다.

"저도 신전 회의에 참여하고 싶습니다, 로제마인 님."

하르트무트가 그렇게 말을 꺼냈다. 그 순간 내 머릿속에 떠오른 건 '싫다'였다. 요전에 신전에서 편지를 쓸 때처럼 옆에서 빤히 쳐다보면 품위를 지킨 행동만 해야 하기 때문이다. 앞으로는 계속 이런 상황을 견뎌야 하는 걸까.

'모처럼 모두를 만날 기회인데.'

저번에는 되고, 이번에 안 된다고 할 명분이 없었다. 하는 수 없이 동행을 허가하려고 할 때 페르디난드가 곤란한 얼굴로 거절했다.

"안 된다. 내일모레는 각지의 기베가 추천한 문관들과 회의가 있다. 그것이 끝나면 정식으로 인쇄업이 가동하겠지. 그때까지 아우브의 허가를 받을 수 없으니 하르트무트와 필린느는 신전에 데려갈 수 없다. 제지 공방과 인쇄 공방을 세울 때 필요한 물건과 절차를 써서, 문관에게 나눠 줄 서류로 준비해 둬라."

"알겠습니다."

페르디난드는 두 사람에게 일거리를 주고, 반론을 막았다. 하르트무트에겐 미안하지만, 나는 둘을 데리고 가지 않게 되어 가슴을 쓸어

내렸다. 페르디난드와 일 처리가 느린 질베스타를 위해 기도하고 싶을 정도다.

'괜찮아. 진짜로 기도하진 않아. 얼굴은 살짝 헤벌쭉하겠지만.'

다음 날, 나는 아침을 먹고, 페르디난드와 함께 신전으로 이동했다. 호위 기사는 다무엘과 안게리카이고, 미성년자 호위 기사는 평상시처럼 성에서 대기다. 그동안 보니파티우스에게 견습생 특별 훈련을 받는다고 한다.

"견습 기사들을 위해서라도 빨리 돌아와 주십시오, 로제마인 님. 할아버님께서 의욕에 넘쳐 계시면 불안해서 참을 수가 없습니다."

영주 일족의 호위 기사로 보니파티우스에게 훈련을 받았던 코르넬리우스는 견습 기사들이 죽을지도 모른다는 불길한 말을 중얼거리며 배웅해 주었다.

'내가 있다고 해서 할아버님이 설렁설렁하지는 않으실 텐데.'

신전에 도착하자마자 신전장실로 온 페르디난드와 네 점 종부터 있을 플랑탱 상회와의 반성회를 대비해서 사전 회의를 했다.

"플랑탱 상회에 할 질문 사항과 명령은 이 정도겠군……."

나는 페르디난드의 말을 서자판에 메모하면서 "그러네요."라고 대답했다.

"아마 평민촌 정비나 문관 선출을 비롯한 평민 측에서 정한 사항과 의문점, 요청도 있을 테니까 보고가 끝난 후에 아우브와도 면담해야 할 것 같아요."

"지금 면담 예약을 넣어두겠습니다."

내 말이 떨어지자마자 유스톡스가 움직였다.

페르디난드와 대강의 회의를 끝내자, 프랑이 차와 디저트를 가지고 왔다. 오늘도 다무엘이 저번에 못 먹었다며 한탄하던 크레이프다. 그것도 반죽에 파루 주스까지 사용한 럭셔리 크레이프다. 단 음식을 좋아하지 않는 페르디난드의 크레이프는 크림이 적은 대신 룸토프가 많고, 내 것은 잘게 자른 파루 과육을 섞어 넣은 크림이 가득 들어가 있다. 파루 과육을 씹으면 과즙이 쭉 나와서 행복한 기분이 들었다. 맛있는 겨울 디저트지만, 곧 파루가 열리는 계절이 끝날 때라 이것이 올해 마지막 파루다.

"……또 새로운 디저트를 늘린 건가."

"속에 넣은 재료만 조금 달라서 그렇지, 크레이프 자체는 전부터 계속 있었어요."

디저트를 먹은 뒤, 나는 페르디난드가 꺼낸 도청방지 마술구를 손에 쥐었다. 그런 나를 페르디난드가 살짝 표정을 일그러뜨리며 불쌍하게 쳐다보았다.

"앞으로는 신전에도 문관이 동행하게 될 거다. 고아원 원장실의 비밀의 방을 사용하는 건 오늘이 마지막이다."

주위 사람을 물리고, 특정 상인만 비밀의 방에 들일 수 없게 된다. 페르디난드의 말이 무겁게 내 몸을 짓눌렀다. 하르트무트가 동행하고 싶다고 한 순간, 머릿속에 떠오른 것과 같았다. 이제 안 되겠구나.

"……오늘 신관장님이 하르트무트의 동행을 막아주신 건 루츠와 이별할 시간을 주려고 그러신 거예요?"

"대뜸 금지하는 것보다 그대 나름의 방식으로 매듭을 짓게 해 줘야겠다고 생각해서다."

페르디난드가 시선을 떨구며 천천히 한숨을 쉬었다.

"귀족원에 들어가기 전까지 가족과 지낼 수 있었던 그대를 억지로 갈라놓았고, 그 불안감을 해소해 줘야겠다는 생각에 지금까지 눈감아 줬다만, 그대는 이제 귀족원에 입학했다. 앞으로는 어떤 회의에도 문관이 따라다니겠지. 눈감아 줄 수 있는 것도 여기까지다."

"⋯⋯그러네요."

봐줄 수 있는 한계까지 페르디난드는 기다려주었다. 그것을 알고 있기에 나는 아무 말도 할 수 없었다.

"무엇보다도 곧 있을 봄 연회에서는 빌프리트와의 혼약 발표도 있다. 혼약자가 있는 여성이 평민 남성을 비밀의 방에 들였다는 소문이라도 나면 체면 손상이 심해지겠지. 플랑탱 상회의 평판에도 흠이 생길 거다. 그대도 그걸 원하지 않겠지?"

까다롭고 막무가내인 귀족을 대응하면서 죽기 살기로 가게를 키우고, 에렌페스트를 이리저리 뛰어다니는 벤노와 루츠, 그리고 구텐베르크들. 그들의 노력을 내가 망칠 수 없다. 나는 고개를 끄덕였다.

"오늘은 비밀의 방에 유스톡스를 들여보내마. 유스톡스는 그대의 사정을 잘 알고 있고, 플랑탱 상회와도 이미 아는 사이다. 내가 동행하는 것보다는 마음이 편할 거다."

오늘 반성회에서는 문관이 모이는 다음 회의에서 올라올 의제를 두고 얘기해야 하므로 반드시 문관이 참가해야만 한댔다. 하지만 사실은 내가 정말 완벽하게 이별했는지 확인하는 역할도 유스톡스에게 있으리라. 그게 아니면 내가 그들에게 응석 부릴 수 있는 비밀의 방까지 동행시킬 이유가 없다.

"⋯⋯알겠어요. 유스톡스를 데리고 갈게요."

네 점 종 전에 나는 유스톡스와 나의 시종들과 고아원 원장실로 이동했다. 오늘은 플랑탱 상회 사람들과 점심을 함께 먹으며 느긋하게 대화할 수 있게 해주어서다.

　"오늘 면담 시간은 신관장님이 설정하신 거죠? 네 점 종이라니 드문 일이네요."

　"조금이라도 시간을 많이 주려는 페르디난드 님의 배려입니다."

　"신관장님은 솔직하지 못하셔서 배려인지 아닌지 알기 어려워요."

　"어제오늘 일이 아니지요. 그분은 원래 솔직하지 못해서 어려운 분입니다." ．

　유스톡스가 피식 웃으며 동의했다. 세례를 받은 페르디난드에게 붙은 시종은 모두 베로니카가 매수한 자들뿐이었다. 좋아하는 것은 빼앗기고, 싫어하는 것은 강요당하는 유년 시절을 보낸 페르디난드는 아무도 감정을 눈치채지 못하게 무표정을 몸에 익혀서 자신을 지켰다고 한다.

　"페르디난드 님의 눈에 공주님 감정이 그대로 드러나서 단순, 아니, 매우 어리숙해 보이는 겁니다. 게다가 귀족의 표현으로 돌려서 말하면 엉뚱하게 이해하시기 때문에 공주님에게는 굉장히 알기 쉬운 태도를 보이고 계십니다."

　'그게 알기 쉬운 태도면 내 태도는 대체 얼마나 알기 쉽다는 거야?'

　입술을 삐죽이고 있는데 플랑탱 상회 사람들이 찾아왔다. 프랑이 2층으로 안내해 주고, 인사하는 동안에 니콜라가 요리를 날랐다.

　"오늘은 마르크와 루츠도 함께 먹어요. 식사는 제 시종들이 챙겨줄 거예요."

　동석한 유스톡스와 나를 당혹스러운 눈빛으로 번갈아 보는 루츠에게 길이 시중을 들었다.

"로제마인 님의 초대입니다. 부디 앉으시지요."

길의 말에 깜짝 놀란 루츠가 고개를 끄덕이고, 예의 바르게 의자에 앉았다. 내가 잠자는 2년 동안 신전에서 예절을 배웠다는 말은 들었지만, 정말 예절이 제대로 몸에 배어 있었다. 벤노에게 처음 점심 초대를 받았을 때 요리를 마구 집어 먹던 루츠의 모습은 어디에도 없었다.

성인으로 착각하리만치 성장한 길은 '고아원에서 가장 악동이며 반성실의 단골'이었다는 것이 당장 믿기 어려울 정도로 완벽한 시종이 되었다. 해야 할 일을 땡땡이쳐서 반성실에 들락날락했다는 말과 거리가 멀어 보일 정도로 움직임이 빠릿빠릿했다.

잠에서 깬 이후로 계속 정신없이 바빠서 이들과 이렇게 느긋하게 마주할 시간이 없었다. 자세히 보면 두 사람은 장족의 발전을 했는데 떨어지고 싶지 않다고 생각하는 자신이 굉장히 어린애처럼 느껴졌다. 울면서 매달리고 싶은 나와 달리 두 사람은 헤어져야 하는 사정을 설명하면 현실을 받아들일 것이 틀림없다.

"매출은 괜찮았습니다."

점심 식사가 시작되고, 전채요리를 먹으면서 판매회의 반성회를 시작했다. 책 판매는 기본적으로 성에서 이루어지기 때문에 현재는 인쇄협회의 회장인 플랑탱 상회가 통째로 판매를 떠맡았다고 한다.

"레시피 책이 잘 팔렸다니까 다음은 푸고, 엘라, 일제의 신작 레시피 책을 만들면 어떨까요? 매출 일부를 연구비용에 대면 종류도 다양해질 거예요."

"하지만 에렌페스트에서는 전체 매출이 조금씩 떨어지는 추세입니다. 살 만한 귀족은 대부분 사 버린 것이 가장 큰 이유겠지만……."

책을 구매할 능력이 되는 사람은 많지 않다. 플랑탱 상회는 슬슬 신규 손님을 개척하고 싶다고 했다. 하지만 그러려면 영주의 허가가 필요하다. 나는 콩소메 수프를 먹으면서 다른 영지에 퍼트릴 수 있는 책과 팔고 싶지 않은 책을 머릿속에서 나누었다.

"귀족원에서 높은 성적을 유지하고 싶으니까 성경 그림책과 앞으로 만들 참고서는 아직 팔지 않을래요. 그 외에 기사 소설이나 악보를 팔아볼까 해요. 다만, 거래할 영지 수를 늘렸을 때의 혼란 상태를 고려하면 내년 이후에야 되겠지만요. 인쇄 공방을 늘리지 못하면 대응도 어려워져요. 올해는 공방 수를 늘리는 쪽에 힘을 실어 주세요. 다음은 참고서 인쇄예요."

혼란 상태라는 말에 벤노가 복잡한 표정으로 고개를 끄덕였다.

"그리고 예의범절 실용서는 거의 팔리지 않은 것 같네요……."

애써 투리가 고안한 예의범절 실용서는 판매가 저조했다. 남몰래 매출을 관찰하고 있었던 나는 조금 실망했다. 그때 루츠가 "아, 그건 구매층이 달라서 그렇습니다."라며 폭신폭신 빵을 집으면서 알려주었다.

"유능한 교사를 고용하지 못하는 하급 귀족이나 귀족과 친분이 있는 부호, 그리고 귀족과 친분이 있는 직영지 촌장과 다른 촌장에게는 팔리고 있습니다. 전혀 나쁘지 않은 매출입니다."

예의범절이 몸에 밴 사람밖에 없는 성에서는 수요가 없지만, 다른 곳에서는 판매가 호조라고 했다.

"하르덴첼로 가는 도중에 들린 직영지 마을에서는 핫세 마을의 사건을 예로 들어, 예절을 모르면 큰 사달이 날지도 모른다고 선전하면서 팔고 다녔었습니다."

루츠가 자신만만하게 "아주 잘 팔렸습니다."라며 입꼬리를 씩 올리는 모습에 나는 웃음이 터졌다. 그렇게 말하면 누가 안 사겠는가. 전신전장의 방식에 물든 곳은 비단 핫세뿐만이 아니다. 남의 일이 아닌 셈이다.

"성의 판매 추이를 살펴보면 귀족에게 인기가 있는 소설 장르는 하르덴첼 쪽이 강한 것 같습니다. 로제마인 님의 어머님께서 쓰신 소설책이 가장 많이 팔렸습니다."

마르크가 가늘게 뜬 눈으로 사태 술찜을 바라보며 보고했다. 현재 엘비라가 쓴 연애소설은 귀족 여성의 마음을 사로잡았다. 파벌의 도움도 있었겠지만, 귀족이니까 귀족이 좋아하는 내용을 쓸 수 있는 것이리라.

"매출로 따지면 하르덴첼에 지고 있습니다. 에렌페스트에도 관심을 끄는 상품이 필요합니다."

어린이용 성경도, 카루타와 트럼프 완구도 대부분이 구매했기 때문에 이제는 판매율이 저조하리라. 지금부터 몇 년 앞을 내다보고 참고서도 만들 생각이지만, 당장 이익이 될 상품이 필요하다. 그런 벤노의 말에 나는 고기를 썰면서 잠시 생각에 잠겼다.

"문구 쪽에 힘을 실으면 어때요?"

"책과 종이에 관련된 문구라면 대체 어떤 물건을 말하는 겁니까?"

"종이를 모아둘 때 쓰는 '파일'이나 '바인더' 같은 물건이에요. 또 상인을 타깃으로 서식을 인쇄한 주문서를 만들면 어떨까요? 앞으로는 다른 영지에서 상인들이 많이 오게 될 거잖아요. 사전에 서식을 정해두면 편하지 않을까요?"

제각기 서식이 다른 서류는 처리하기가 번거롭다고 설명하자, 마르크가 절실히 동의하는 얼굴로 재차 고개를 끄덕였다. 처리하기 편하도록 쓰는 것도 일이랬다.

"그러고 보니 길드장의 질문도 있습니다. 거래할 영지를 한정하겠다고 들었는데 허가를 받은 상인과 그렇지 못한 상인을 어떻게 구분하면 됩니까?"

디저트로 나온 푸딩을 숟가락으로 찌르면서 벤노가 나를 보았다. 지금까지는 찾아오는 상인과 거리낌 없이 거래했지만, 앞으로는 선별해야 한다. 아무에게나 팔아도 될 만큼 물건이 없어서 영지를 선별하게 된 것이니까.

"……그건 좀 생각이 필요하겠네요. 오토는 뭐라던가요?"

"영지마다 다르다는 말밖에 할 수 없다고 합니다. 자기는 행상인 출신이라 영주의 명령을 받고 오는 상인까지는 자세히 모른답니다."

오토와 구스타프마저도 자세히 모르는 상인의 사정을 내가 알 턱이 없다.

"다른 영지는 어떻게 하는지 조사해 봐야겠네요. 아니면 다른 영지가 따라하지 못하는 에렌페스트만의 독자적인 표시를 만들면 확실하려나……."

순간 내 머릿속에 주인선(朱印船) 무역이 떠올랐다. 영주가 면허증을 내준 상인만 거래할 수 있게 하는 시스템을 만들면 가려내기 쉽지 않을까? 다만 면허증을 얼마나 발행할지, 정말 그만큼 효력이 있는 수단인지, 나의 상식으로 판단하기에는 위험했다.

"일단 양아버님께 여쭤볼게요. 영주 사이에 정해진 약속이 있을지도 모르니까요."

"부탁드리겠습니다."

'역시 누군가와 함께 먹는 밥은 맛있구나.'

그런 감상에 젖으며 이들과 함께 먹는 마지막 점심 식사를 마쳤다. 플랑탱 상회의 점주인 벤노와는 회식할 기회가 있겠지만, 다프라 견습생인 루츠와는 아마 없으리라. 어쩌면 십 년 후쯤에 그런 기회가 올지도 모른다. 하지만 지금의 내게는 매우 먼 미래처럼 느껴졌다.

"로제마인 님, 이쪽은 이번 매출 자료이고, 이쪽이 하급 문관에 관한 의견, 이쪽이 마을 정비에 관해서 정리한 자료입니다."

"고마워요. 아우브에게 전달할게요. 그리고 이건 아우브의 명령이에요."

벤노의 말과 함께 루츠가 자료를 내밀었다. 그 자료 속에 끼어있는 편지를 발견한 나는 얼른 자료 더미를 문갑에 넣고 뚜껑을 닫았다. 동시에 내가 건넨 자료 속에서 봉투를 발견한 루츠는 유스톡스를 힐끔거리며 눈치를 살폈다.

'편지 교환도 이번이 마지막일까?'

각오는 했지만, 가슴이 아프다. 울고 싶은 심정을 억누르면서 나는 프랑에게 비밀의 방을 열어 달라고 명령했다.

"벤노, 마르크, 루츠. 긴히 할 말이 있습니다. 호위 기사는 다무엘, 시종은 길과 프랑. ……그리고 문관은 유스톡스."

비밀의 방에 들어갈 마지막 멤버에 유스톡스의 이름이 나온 순간, 루츠가 믿을 수 없다는 듯이 눈을 크게 떴다. 마르크는 살짝 시선을 떨구었고, 벤노는 '마침 올 것이 왔구나'라는 듯이 눈을 질끈 감았다. 프랑이 열어준 문 너머를 힐끗 본 나는 루츠에게 있는 힘껏 미소를 지어 보였다.

"중요한 이야기예요."

# 약속

내가 방으로 들어가자, 뒤이어 모두가 따라 들어왔다. 나는 길이 빼준 의자에 앉아 프랑이 조심스럽게 문을 닫는 모습을 확인하고, 천천히 모두를 둘러보았다.

호위인 다무엘은 평소처럼 내 뒤에 섰고, 프랑은 문 앞, 길은 시종의 정위치인 오른쪽 옆에 자리를 잡았지만, 플랑탱 상회의 세 사람은 이러지도 저러지도 못하는 얼굴로 유스톡스와 나를 번갈아 보았다.

"루츠, 벤노 씨, 마르크 씨, 오늘 자리에는 유스톡스도 있지만, 하던 대로 거기에 앉으세요. 유스톡스는 모든 사정을 아는 사람이니까 걱정하지 말고요."

"네?"

깜짝 놀란 루츠가 소리를 지르며 유스톡스를 올려다보았다. 유스톡스는 장난스럽게 눈썹을 씰룩이며 루츠를 내려다보았다.

"페르디난드 님의 명령으로 평민촌에서 마인을 조사한 사람이 나다. 그래서 2년 동안 플랑탱 상회와 공방을 맡았었다. 오늘 이 자리에 동석하게 된 것도 페르디난드 님의 명령이시다."

유스톡스의 말에 듣기 싫은 말을 들은 사람처럼 루츠가 정면에 앉으면서 나를 걱정스럽게 쳐다보았다.

"로제마인 님, 신관장님께서 무슨 말씀을 하시던가요?"

"루츠, 부탁이니까 평소처럼 말해 줘."

"평소처럼이라니……."

방 안을 빠르게 둘러본 루츠는 천천히 한숨을 내쉬고, 곤란한 듯 눈을 질끈 감았다. 그리고 녹색 눈동자로 나를 지그시 바라보았다.

"알았어. 대체 무슨 일이야?"

귀에 익은 목소리와 말투에 안도감과 동시에 엄청난 쓸쓸함이 덮쳤다. 자연스럽게 눈 안쪽이 뜨거워졌다. 일그러진 시야에 이쪽을 향해 손을 뻗으려는 루츠와 벤노가 보였다. 나는 무릎 위에 올린 주먹을 꽉 쥐었다.

"이 비밀의 방을 사용하는 건 오늘로 마지막이래. 그래서 제대로 헤어지고 오래……."

눈을 적시며 일렁이던 눈물이 누구의 것인지 모를 한숨과 함께 뚝 떨어졌다. 주먹을 타고 떨어지는 눈물방울을 바라보는데, 벤노의 신음 같은 소리가 들렸다.

"역시. 네 어린 겉모습이나 사고방식은 둘째 치고, 남의 눈에는 이미 열 살이다. 귀족의 딸이 열 살이나 되었으니 비밀의 방을 못 쓰게 할 때가 되었지."

쓸쓸한 표정을 짓는 벤노의 말에 루츠가 깜짝 놀라 눈을 크게 떴다. 이별을 예상하지 못한 사람은 루츠뿐이고, 벤노와 마르크는 이미 이렇게 될 줄 예상한 눈치였다.

"나이도 그렇지만, 로제마인 님께서 개인적으로 편애하며 거래하는 상인이 거의 없기 때문입니다."

마르크가 차분하게 그렇게 말하면서 곤란한 듯 웃었다.

"로제마인 님께서 플랑탱 상회와 길베르타 상회를 편애한다는 소문은 이미 상인들 사이에서도 퍼졌습니다. 이럴 때 신전에 있는 비밀의 방에 평민 남자를 불러들였다는 소문이라도 나면 로제마인 님은 물론이고, 저희도 타격이 클 겁니다.”

사람들이 플랑탱 상회의 업적이 전부 나의 총애 덕분이라고 생각하면 앞날에 영향이 생긴다. 특히나 직원의 의욕이 크게 저하된다고 벤노가 말했다. 나 때문에 플랑탱 상회에 악평이 나오게 할 수는 없다.

“아~, 하긴 성녀에게 그런 흠집이 생기면 곤란하겠지?”

“그 문제만이 아니야. 곧 혼약 발표도 있어.”

어안이 벙벙한 얼굴로 루츠가 재차 눈을 끔뻑거렸다. 눈썹이 이상하게 일그러진다.

“……누구?”

“나. 나와 영주의 아들인 빌프리트 오라버니의 혼약 발표야.”

이 말에는 벤노와 마르크도 놀랐는지, 두 사람의 눈이 휘둥그레졌다. 루츠는 혼약과 내가 머릿속에서 전혀 이어지지 않는 듯한 얼굴로 고개를 갸웃거렸다.

“……뭐?……그러니까, 혼약? 빠, 빠르지 않아?”

“응. 귀족원에서 많은 일이 있었거든. 성가신 일을 피하려면 그래야해.”

“하긴 넌 어딜 가도 문제를 일으키긴 해.”

어이없는 얼굴로 그렇게 말한 루츠는 매우 곤란한 표정을 지으며 “더는 내가 어떻게 도와줄 수 있는 문제가 아니네.”라며 쓸쓸하게 웃었다. 그 복잡한 미소가 내 가슴을 조였다.

평소처럼 루츠에게 꼭 안기고 싶은데 손을 뻗을 수가 없다. 나는 무릎 위에서 주먹을 쥐었다 폈다 하면서 치마에 지는 주름을 빤히 쳐다보았다. 매달리고 싶어도 매달릴 수 없는 벽이 있는 느낌, 보지 않으려고 했던 것을 직시해야 할 때가 와 버린 느낌……. 지금 이 마음을 어떻게 말로 설명할 수 있으랴.

"……혼약한 귀족 여성이 평민 남성을 비밀의 방에 데리고 들어가면 체면에 심한 금이 갈 거라고 신관장님이 그랬어."

"아니지, 혼약한 여성이 다른 남성을 밀실에 들이면 귀족이 아니라도 나쁜 소문이 돌아."

넌 여전히 상식이 부족하구나, 라며 루츠가 얼른 지적했다. 내가 입술을 내밀자, 루츠는 벤노의 버릇이 옮은 것처럼 머리를 벅벅 긁었다.

"아~, 어쨌든 간에 이제 여기서 못 만난다는 말이지? ……넌 정말 그래도 괜찮아?"

"……전혀 괜찮지 않아."

본심과 함께 눈물이 맺혔다. 지금까지도 전혀 괜찮지 않았다.

"루츠가 내 존재를 인정해 주고, 건강을 챙겨 주면서 함께 종이와 머리 장식을 만들고, 벽에 부딪히면 함께 해결책을 고민하고, 쓸쓸하고 불안해서 참을 수 없을 때는 함께 있어 주고, 헤어진 가족에게 편지를 보내 줬으니까……. 그래서 겨우 여기까지 올 수 있었어."

나 혼자서는 절대 할 수 없는 일들이다.

"네가 괜찮지 않다면……."

그렇게 입을 뗀 루츠의 말을 나는 손을 들어서 제지했다.

"괜찮지 않지만, 이제는 어쩔 수가 없어. 귀족원에 가기 전만이라고 관대하게 봐 줬는데 2년 동안 잠을 잔 탓에 내가 불안정하니까 하는 수 없이 눈감아 줬던 거야……. 원래라면 훨씬 예전에 헤어졌어야 했어."

루츠의 얼굴이 심하게 일그러졌다. 벤노와 마르크가 시선을 피하며 고개를 숙였다.

"함께 있으면 안 되는 이유는 짜증 날 정도로 잘 알겠는데, 그래도 모르겠어. 나는 왜 2년이나 자 버렸을까? 왜 2년이나 잤는데 몸이 다 낫지 않았을까? 왜 이렇게 갑작스럽게 헤어져야 할까? 왜 열 살이라서 그래야 하는지 모르겠어."

루츠의 손이 나를 달래주려고 뻗어왔다. 그 도중에 손이 멈추고, 주먹을 꽉 쥔다.

"……울지 마."

신음하는 듯한 저음이 루츠의 입에서 새어 나왔다. 고개를 들자, 루츠는 일어서서 이를 꽉 깨물고, 분한 듯한 표정으로 나를 내려다보고 있었다.

"이젠 울지 마, 마인!"

루츠의 질책과 '마인'이라는 이름을 듣고 깜짝 놀라 순간 눈물이 멈췄다.

"앞으로는 아무리 울어도 나는 널 달래주지 못해, ……그러니까 이제 울지 마."

필사적으로 고통을 참는 얼굴로 자신의 무력함을 한탄하듯이 그렇게 말하고, 루츠는 다시 의자에 앉았다.

고요한 침묵이 내려앉은 가운데, 나를 가만히 쳐다보는 유스톡스의 시선이 느껴졌다. 페르디난드에게도 공통되는, 사람 속을 꿰뚫어 보려는 눈빛이다. 마음이 약해진 내가 무심코 시선을 피하고 고개를 숙이려고 할 때 "있지, 마인." 하고 루츠가 이름을 불렀다. 그 목소리에 나는 고개를 빳빳이 들고, 시선을 움직였다.

"예전에 숲에 가면서 얘기한 꿈, 기억해?"

그 질문에 나는 지게를 지고, 장작과 숲의 은혜를 모으러 숨을 헐떡이면서 숲까지 걸어갔던 무렵을 떠올렸다. 루츠가 페이스메이커 역할을 해주고, 아이들을 챙기는 투리가 있고, 랄프가 있고, 페이가 있었다. 어린아이들보다도 걸음이 느린 나는 항상 제일 먼저 출발하고, 제일 마지막에 도착했다.

꿈 얘기를 나눈 건 필사적으로 점토판을 만들던 무렵이었던 것 같다. 그 시기에는 시민권도, 행상인의 생활도, 그 직업의 주변 인식도 전혀 몰랐다. 그만큼 자유로웠고, 무서울 것이 없었다.

"그때 루츠는 행상인이 되고 싶다고 했었지?"

그리움에 살짝 미소가 지어졌다. 그리움에 잠긴 나와 달리 루츠는 진지한 얼굴로 고개를 끄덕였다.

"맞아, 그때 나는 줄곧 다른 마을에 가보고 싶었어. 행상인이 되어서 이 마을을 나가고 싶었어. ……그 꿈이 네 덕분에 이루어졌어. 지금은 구텐베르크가 되어서 마을 밖에도 나가. 핫세에도 가고, 일크너에도 가고, 하르덴첼에도 갔어. 하르덴첼은 마차로 가기엔 멀어서 도중에 다양한 마을에도 들렀어. 나는 이미 다양한 곳에 가고 있어. 앞으로도 갈 거야. 인쇄 공방을 세우러."

자신이 간 마을 이름을 대며 손가락을 세던 루츠의 비취 같은 녹색 눈동자가 나를 똑바로 바라보았다.

"……네 꿈은 뭐였는지 기억해?"

루츠의 물음에 나는 몇 번 눈을 깜빡이면서 기억을 더듬었다. 그 무렵에는 글자를 남기고 싶었다. 종이도 잉크도 없고, 체력도, 팔심도 없고, 키도 작고, 돈도 없고, 온통 없는 것투성이인 상태로 기록 매체를 만들겠다고 기를 썼었다. 오직 책을 읽고 싶어서, 읽고 싶어서 미칠 지경이었다.

"……책에 둘러싸여서 사는 것. 한 달에 몇 권이나 새로운 책이 나오고, 그것을 전부 사서 평생 읽으며 살고 싶다고……."

'아, 그랬어. 그때와 비교하면 굉장히 풍족해졌구나.'

종이를 만들었다. 잉크를 만들었다. 인쇄기를 만들었다. 영주의 주도로 책을 보급하기 위한 토대를 마련했다. 책 만들기를 업으로 삼은 협력자도 생겼다. 책을 좋아하는 귀족원 친구가 생겼다. 신전과 성에도 도서실이 있고, 지금의 내 신분으로 자유롭게 드나들며 책을 읽을 수가 있다. 나는 내가 원하고, 바랐던 것들을 손에 넣은 것이다. 나는 내 손을 보고, 루츠를 보았다. 루츠가 고개를 한 번 끄덕였다.

"아직 에렌페스트에서 만들어지는 책은 1년에 몇 권이지만, 이 상태로 인쇄 공방을 늘리다 보면 조만간 한 달에 한 권이 한 달에 몇 권으로 빠르게 책이 늘어날 거야."

에렌페스트뿐만 아니라 하르덴첼에도 인쇄 공방이 생겼다. 인쇄 사업을 시작하고 싶은 기베는 그 외에도 있다. 구텐베르크 팀이 지역을 돌며 기술을 가르친다면 인쇄 공방은 비약적으로 늘어나리라. 그 말은 내가 무엇보다도 바랐던 책이 많아지는 것과 마찬가지다.

"내가 늘려줄게. 너를 위해 책을 계속 늘려줄게."

"……루츠는 왜 그렇게까지 열심히 해 주는 거야?"

전에도 같은 질문을 한 적이 있다는 생각이 들었을 때 루츠가 당연한 걸 묻느냐는 듯이 피식 웃었다.

"네가 내 꿈을 이루어 줬잖아. 그러니까 네 꿈은 내가 이루어 줄게. 너를 위해 책을 잔뜩 만들어서 보내줄 테니까 울지 마. 너는 웃으면서 책이 오기만 기다리면 돼."

루츠의 말을 듣고, 기쁘다기보다 뭔가 묘한 위화감이 들었다. 줄곧 함께한 루츠가 내게 '기다리고 있으면 된다'라고 한다. 기다리면 책을 가질 수 있다는 말은 매우 기쁘지만, 루츠에게 들으니 와닿지 않았다. 무엇이 걸리는지 미간을 찌푸리며 생각하다가 문득 정신이 들었다.

"……난 못 해."

"응?"

와닿지 않는 게 당연하다. 우리는 지금까지 함께 해왔다. 종이와 머리 장식을 만들 때도, 신전에서 고아를 구할 때도, 성에서 책을 팔 때도, 장소가 다르고 담당하는 업무가 달라도 나는 그저 멍하니 기다리고 있지만은 않았다.

"내가 고안한 물건은 루츠가 만든다. 루츠가 책을 만들어서 내게 준다면 나는 입만 벌리고 멍하니 기다리는 것이 아니라 내가 할 수 있는 일을 해야 해. 할 일도 하지 않고, 기다리기만 하면 루츠가 만들어 준 책을 읽을 자격이 없어."

내 말에 루츠가 씩 웃었다. 벤노가 "그래, 바로 그거야. 울고 있을 여유가 있다면 일해. 벌어. 그리고 이익을 내."라며 적갈색 눈동자를 번뜩였다.

"구텐베르크가 기분 좋게 일할 수 있게, 조금이라도 많은 책을 만들 수 있게, 협력하고, 지원할 거야. ……아빠와도 약속했듯이 나는 이 마을과 모두를 지킬 거야."

"그러네요. 플랑탱 상회와 구텐베르크는 앞으로도 계속 귀족과 관련된 사업을 하게 될 겁니다. 을의 처지인 저희를 지켜 줄 사람은 영주의 양녀가 되신 로제마인 님뿐입니다."

마르크의 격려와 같은 말에 내가 고개를 끄덕이며 반응하자, 루츠가 일어서서 내 앞에 섰다. 그리고 손을 내밀었다.

"약속이야. 이렇게 만나지 못해도 나는 너를 위해 책을 만들게. 이 약속은 영원히 유효야."

나도 일어나서 루츠의 손을 잡았다. 잡은 손과 배에 힘을 주고 선언했다.

"이렇게 만나지 못해도 나는 루츠와 모두를 위해 무엇을 할 수 있을지 생각할 거야. 약속해."

손을 잡은 채 서로 마주 보며 웃었다. 약속이다. 여기서 헤어져도 우리는 '책 만들기'라는 같은 방향을 향해서 걸어가리라.

"그럼 안녕. 약속 지켜."

"루츠도."

서로 약속한 후, 루츠와 모두는 비밀의 방을 나갔다. 길이 그들을 신전 문까지 배웅했다. 이미 눈이 팅팅 부은 나는 비밀의 방에서 모두와 헤어졌다.

"유스톡스."

"네, 공주님?"

"저 지금 웃고 있나요? 루츠는 안심하고 돌아갔을까요?"

유스톡스가 가만히 고개를 끄덕였다.

"웃고 있으십니다. ……다만, 그렇군요. 성에 돌아갈 때까지 시간이 있으니 비밀의 방을 쓰시는 건 어떠십니까? 감정을 숨겨야 하는 고귀한 귀족 여성은 비밀의 방에서 혼자, 마음을 추스른답니다."

고아원 원장실에 있는 비밀의 방을 쓰면 시종이 움직일 수 없으니 신전장실에 있는 비밀의 방을 쓰는 편이 좋다고 유스톡스가 제안했다.

"지금까지 이 비밀의 방은 공주님의 가족이며 평민 상인들과의 관계였군요."

유스톡스의 비유가 내 가슴속에 스며들었다. 내게 평민촌에 있는 가족은 본모습을 드러낼 수 있는 비밀의 방 같은 존재인 셈이다.

"그러네요. 가족이 이제는 문을 열 수 없게 된 비밀의 방, 루츠와 모두는 천막만 치면 조금은 자유로울 수 있는 침대, 몸을 덮고 자면 내일 더 힘내자고 생각하게 되는 이불이라고 할까요. ……비밀의 방도 침대도 없어지면 나는 어디에서 쉬어야 할까요?"

노숙도 강행하는 기사처럼 강해져야 하는 걸까? 그런 생각을 하며 나는 쓸쓸하게 웃었다.

내가 비밀의 방을 나가자, 살짝 미간을 찌푸린 프랑이 베일을 가지고 와서 내 머리에 씌웠다. 울어서 빨개진 내 얼굴을 다른 사람이 볼 수 없게 해주었다. 안심한 순간, 프랑이 "실례하겠습니다."라고 양해를 구하고, 나를 안아 놓렀다.

"로제마인 님이 피곤해하셔서 제가 신전장실로 모실 테니 이곳은 모니카와 니콜라가 정리해 주십시오."

프랑은 모니카와 니콜라에게 지시를 내린 후, 성큼성큼 걷기 시작했다. 나는 내 발로 걷겠다고 말하려다가 입을 다물고, 프랑에게 몸을 기댔다. 주인과 시종의 선을 넘지 않는 프랑에게는 이것이 최대한의 배려와 스킨십임을 깨달아서다.

'여전히 신관장님과 똑같이 어려운 사람이라니까.'

다무엘과 안게리카가 호위하며 따라왔다. 유스톡스는 내 옆을 걸었다. 신전장실에 도착하자, 프랑이 나를 비밀의 방 앞에 내려주었다.

"공주님, 성에 돌아가실 시간이 되면 부르러 오겠습니다. 그때까지 비밀의 방을 쓰십시오. 이 문갑에는 소중한 물건도 들어있지요?"

서류 사이에 낀 가족의 편지를 알고 있다는 듯한 뉘앙스로 그렇게 말하며 유스톡스가 여기까지 가져와 준 문갑을 건네주었다.

"감사하게 생각합니다, 유스톡스."

나는 신전장실에 있는 비밀의 방에서 문갑 속 편지를 꺼내어 펼쳤다. 성에서 판매회를 할 때 내가 플랑탱 상회를 통해서 보낸 편지의 답장이었다. 투리의 머리 장식을 왕자가 칭찬했다는 것, 귀족원에서 1학년 최우수를 땄다는 내용에는 모두가 칭찬을 아끼지 않았다.

'마인, 잘했구나. 고생 많았지? 건강 나빠지지 않게 몸 챙기렴. 엄마는 그게 제일 걱정이구나.'

'투리는 왕자님께 칭찬받고, 마인은 귀족 중에서 최고가 되다니 내 딸들 정말 장하다. 아빠의 자랑거리다.'

'머리 장식을 만드는 장인이 많아졌지만, 마인의 머리 장식은 내가 만들 수 있게 노력할게. 다른 사람한테 맡기면 삐질 거야.'

편지를 펼치는 순간부터 울고 싶어졌고, 읽으면서 눈물이 멈추지 않았다. 앞으로 항상 문관이 따라다니면 이런 사소한 연락도 주고받지 못하게 된다.

"엄마, 아빠, 투리……."

나의 비밀의 방은 질베스타와 맺은 계약 마술이라는 문에 막혀 이제 들어가지 못한다.

"벤노 씨, 마르크 씨, 루츠……."

이제는 울면서 어리광 부릴 수 있는 이불도 없다.

"약속은 지켜도…… 울지 말라는 말은 못 지키겠어, 루츠."

# 나와 신관장

바닥으로 가라앉은 의식 속에서 어렴풋이 나를 부르는 소리가 들린다. 아직 일어나고 싶지 않다. 이대로 깊은 수면의 바다에 잠겨 있고 싶다. 그렇게 생각해도 나를 부르는 목소리는 멈추지 않았다.

"로제마인, 일어나."

"우……."

누군가가 내 몸을 흔들기에 하는 수 없이 천천히 눈을 떴다. 눈꺼풀이 부어서 무겁다. 너무 울어서인지 관자놀이 주변이 지끈거리고, 아직 열이 나는 것 같다.

"신관장님, 유스톡스, 에크하르트 오라버니……?"

시야에 늘어온 인물들이 왜 내 곁에 있는지 영문을 몰라 주변을 둘러보고, 내가 비밀의 방에 있었다는 기억이 떠올랐다. 아무래도 편지를 읽고 울면서 잠들었던 모양이다. 나는 페르디난드와 그 뒤에 서 있는 두 사람을 보면서 책상에 엎드렸던 몸을 천천히 일으켰다. 이상한 자세로 자서 여기저기가 삐걱거리며 쑤신다.

"아야야……."

"얼굴이 말이 아니군."

일어남과 동시에 페르디난드가 미간을 찌푸리며 그렇게 말했다.

"꼴이 한심스러울 정도다."라는 연타에 나는 입술을 쭉 내밀었다.

"여자애한테 말이 너무 심하잖아요."

"사실이지 않으냐."

'정말 못됐어.'

"울어서 눈은 불어 터지고, 편지에 얼굴을 대고 자서 뺨에 글자가 읽힐 정도다."

페르디난드의 지적에 살짝 뺨을 만지고, 정신없이 잤던 책상을 본 나는 히이이익! 하고 숨을 삼켰다.

"안 돼에에에에에! 글자가 다 번졌어!"

"다 읽은 편지는 놔두고 그 참담한 얼굴부터 어떻게 해라."

"제 얼굴보다 편지가 중요해요!"

눈물 때문에 잉크가 번진 상태로 말라서 쭈글쭈글하고 버석해진 편지를 들고, 나는 머리를 싸맸다.

"신관장님, 이 편지를 원래대로 돌려놓는 멋진 마술 없어요!?"

"잉크를 깔끔하게 지우는 마술구라면 안다만?"

"그러면 글자가 완전히 없어지잖아요!"

무표정으로 "그런 셈이지."라며 페르디난드가 고개를 끄덕이자, 유스톡스가 웃음을 참으려고 입을 틀어막았다. 페르디난드는 나를 내려다본 채 귀찮은 듯 한숨을 내쉬었다.

"……생각보다 씩씩하군."

성에 갈 시간이라고 프랑이 연락용 마술구를 빛내도 곯아떨어진 나는 전혀 눈치채지 못했다. 혹시나 비밀의 방에서 쓰러졌을까 걱정한 프랑의 연락을 받고 페르디난드가 상황을 보러 오게 된 것이라고 했다.

"비밀의 방에 들어갔더니 책상에 엎드려서 의식이 없는 공주님 때문에 간 떨어지는 줄 알았습니다. 주무신다는 걸 알고 나서 가슴을 쓸어내렸어요."

한 박자 쉬고 "페르디난드 님이." 하고 유스톡스가 말을 이으려고 할 때 페르디난드가 "쓸데없는 말은 삼가라."라며 노려본 후, 나를 보았다.

"반성실 사건이 떠올랐을 뿐이다. 다른 이유는 없어."

"페르디난드 님, 반성실 사건이 뭡니까? 무슨 일이 있었던 겁니까?"

궁금함에 눈을 반짝이는 유스톡스를 가볍게 손을 들어 제지한 페르디난드는 내 이마와 목덜미에 손을 댔다.

"열은 없군. 맥박도 정상. 마력도 안정적인 것 같구나."

"몸 상태는 둘째 치고, 힘이 하나도 없어요. 해롱해롱해요. 하지만 목표는 정해졌으니까 괜찮아요. 목표를 향해 힘낼 수 있어요."

도서관을 설립하고, 전력을 다해 책을 빽빽하게 채우겠다고 선언하자 페르디난드가 인상을 팍 찌푸렸다.

"힘이 없어 보이시는 잎디만, 그래, 됐다. 일단 차마 눈 뜨고 볼 수 없는 그 얼굴부터 어떻게 하자."

"신관장님의 심한 말투부터 어떻게 해 주시죠. 욕도 참 다양하게 하시네요."

내가 불평을 털어놓으면서 페르디난드 쪽을 바라보자, 슈타프를 꺼낸 페르디난드가 갑자기 "숨을 참아라."라고 했다. 영문을 몰라서 "네?" 하고 고개를 갸웃거리는 동시에 사방팔방에서 물방울이 얼굴을 노리고 날아왔다.

"푸흐흡!?"

그것이 예전에 핫세의 작은 신전에서 아버지의 망토를 세척했던 마술임을 깨달았을 때 내 얼굴을 물방울이 휩싸더니, 어느 순간 다시 사라졌다. 느닷없이 얼굴을 덮친 탓에 물을 마셔 버렸지만, 그 수분도 싹 사라지고, 물이 코를 역류한 감각만 남았다.

"콜록! 콜록! 코가 따가워요!"

"멍청하긴. 숨을 참으라고 하지 않았느냐!"

페르디난드가 깜짝 놀라며 말했지만, '숨을 참아라'로 끝내지 않고 '세척 마술을 쓸 테니까'라고 이유라도 설명해 줬으면 시키는 대로 했을 것이다. 내 등을 두드리는 유스톡스의 손길을 느끼며 페르디난드를 노려보았다.

"신관장님은 설명이 너무 부족해요!"

내 지적에 페르디난드는 콧방귀를 뀌면서 "치유해 줄 테니 눈을 감아라."라며 이번에는 이유도 포함해서 알려주었다. 시키는 대로 눈을 감자, 페르디난드의 손이 내 눈가를 덮었다. "룽슈멜의 치유여."라는 중얼거림과 함께 부드러운 녹색 빛이 차오르며 눈덩이가 부은 느낌이 슥 사라졌다.

"감사하게 생각합니다, 신관장님."

"이러면 조금은 보이느냐. 정말 손이 많이 가는 녀석이구나."

귀찮아하는 페르디난드의 시선이 내 손 안에 있는 편지에서 멈췄다. 눈을 가늘게 뜨고, 편지를 응시하는 것이 느껴졌다. 왜 그럴까, 생각하는데 갑자기 넓게 펼쳐진 페르디난드의 손이 뻗어왔다.

'빼앗으려고!?'

나는 얼른 편지를 등 뒤로 숨겼다. 그때 페르디난드의 손이 내 머리 위에 올라오더니 고개가 홱홱 젖혀질 정도로 머리를 마구 휘저었다. "참 잘했다."라면서 머리를 좌우로 흔드는 탓에 눈앞이 핑 돌았다. 나는 홱홱 흔들리는 풍경에 당황하면서 그를 말렸다.

"잠깐만요. 뭐예요, 대체!?"

"……칭찬해 주는 걸 깜박한 것 같아서다."

머리를 마구 흔드는 것이 페르디난드 나름의 칭찬 표현인 걸까? 앞으로는 페르디난드에겐 칭찬받지 않아도 될 것 같다.

"제가 뭔가 칭찬받을 일을 했어요?"

"최우수를 따지 않았느냐. 후견인이면서 보호자인데도 칭찬해 주지 않은 것을 그 편지를 보고 떠올렸다."

"혹시 신관장님도 최우수를 땄을 때 칭찬받았어요?"

내 질문에 페르디난드가 부드럽게 눈을 가늘게 뜨고, 소중한 추억을 떠올리는 표정을 지었다. 지금까지 본 적이 없었던 누군가를 연모하는 표정이 페르디난드의 얼굴에 떠올랐다. 처음 보는 표정에 내 기분이 굉장히 이상해졌다. 그러고 보니 나를 표창식에 못 나가게 해서 미안하다고 했었다. 최우수를 땄던 기억이 그에게는 매우 기쁘고 소중한 추억이었는지도 모른다.

"……신관장님은 누구한테 칭찬받았어요?"

"아버님이다."

세례식을 계기로 성에 들어오게 된 페르디난드는 처음부터 북쪽 별채에서 살아야 했다. 생활 공간이 달라서 아버님인 선대 영주와 대화할 기회는 저녁 식사 시간뿐. 그때는 베로니카가 동석하고 있어서 조금이라도 접촉을 피하고 싶었던 페르디난드는 누군가가 질문하지 않는 이상, 묵묵히 먹기만 했고, 그런 생활이 귀족원에 입학하기 전까지 이어졌다.

1학년 때 최우수를 받은 그날 밤, 페르디난드는 처음으로 아버지의 방에 불려갔다. 귀족원의 기숙사는 남녀의 방이 2층과 3층으로 나

뉘고, 영주 부부도 서로 방이 달라서 베로니카가 간섭하러 올 수가 없다. 그날 성에 들어오고 처음으로 아버지와 아들만의 시간을 가졌다고 한다.

그 자리에는 질베스타도 있었고, 두 사람이 최우수를 받은 페르디난드를 칭찬해 주었다. 귀족원에서 있었던 일들을 질베스타가 빠짐없이 보고했고, 부친은 그 얘기를 온화한 표정으로 눈을 가늘게 뜨며 들었다. 평상시에는 눈도 마주쳐 주지 않는 아버지가 자신과 시선을 맞대고, 이야기를 들어준다. 아무런 방해도 없이 남자 셋이서 진지하게 대화를 나눈 귀중한 시간이었다고 한다. 그 이후부터 영주 부부가 귀족원을 방문할 때면 밤에 짧게 이야기할 시간을 마련해 줬다고 한다. 자주 가질 수 없는 아버지와의 시간에 칭찬받고 싶어서 전력을 다한 결과가 페르디난드의 전설이 된 셈이다.

"그때 선대 아우브가 이런 식으로 신관장님을 칭찬하셨어요?"

다른 칭찬 방법 없어요? 신대! 리고 생가했더니 페르디난드는 "아니, 달랐다."라며 단박에 고개를 저었다. 눈이 핑글핑글 도는 칭찬 방법은 페르디난드의 독자적인 방식이었나 보다. 어쩐지 칭찬에 상냥함이 전혀 없더라니.

"그럼 선대 아우브가 하셨던 것처럼 칭찬해 주세요."

"아버님이 내게 하셨던 것처럼?"

자, 칭찬해! 하고 내가 양팔을 펼치자, 페르디난드는 내가 앉았던 의자에 앉았다. 그리고 내 몸을 끌어당겨서 가볍게 껴안았다. 설마 귀족의 부자지간이 껴안을 거라고 생각하지 못했던 나는 충격에 눈이 휘둥그레졌다. 내가 무심코 "으앗!?" 하고 놀라움에 소리를 지르건 말건 페르디난드는 여태껏 들어본 적이 없는 상냥한 목소리로 말했다.

"잘했다, 페르디난드. 에렌페스트의 영주 후보생으로서 충분히 해주었다. 넌 내 자랑이다."

"……신관장님의 아버님이 상냥한 분이셨다는 건 알겠는데 이왕이면 이름은 로제마인으로 바꿔 주시죠."

이게 무슨 내 칭찬이냐. 나는 뾰로통한 얼굴로 다시 하라고 요구했다.

"잘했다, 로제마인. 에렌페스트의 영주 후보생으로서 충분히 해 주었다. 넌 내 자랑이다."

이번에는 제대로 된 칭찬이었지만, 좋았던 추억의 감상이 깨졌는지 페르디난드의 말투가 대본 읽는 사람처럼 딱딱했다. 제대로 칭찬할 마음이 있는 걸까?

"저기, 조금 감정을 담아서 해 줬으면 좋겠는데요……."

내가 다시 불평하자, 이번에는 "이거로 만족해라."라고 콧방귀를 뀌면서 몸을 홱 떼어냈다. 횡포도 이런 횡포가 없다. 분명 페르디난드는 아버님께 이런 취급을 당하지 않았을 터였다. 후견인이며 부모 대신인데 나를 너무 심하게 다루는 것 아닌가?

'하지만 정말 남을 칭찬해본 적이 많이 없나 봐.'

분개한 직후에 나는 슬쩍 한숨을 쉬었다. 원래부터 가족이나 사람과의 관계가 깊지 못하고, 인간관계가 서투른 사람인 줄은 알고 있었다. 그런데 부친과의 교류가 1년에 고작 며칠이었다니 생각보다 심각하다. 나도 우라노 시절에는 남을 칭찬한 적이 거의 없었지만, 평민과 부대끼면서 타인의 좋은 점을 말하고, 칭찬하면서 거부감이 없어졌다. 페르디난드에게도 그런 교육이 필요하지 않을까? 앞으로도 내가 칭찬받으려면.

"······신관장님, 저도 열심히 할 테니까, 1년에 몇 번은 이렇게 칭찬해 주세요."

"최우수를 받으면 생각해보지."

'자, 잠깐만. 갑자기 장벽이 높아졌어!'

너무나도 먼 여정에 눈앞이 아찔해진다. 페르디난드의 칭찬은 포기해야 할지도 모르겠다. 평민촌과의 연결고리가 없어진 지금, 내 앞길은 인정에 말라 버린 가시밭길이 될 것 같았다.

# 에필로그

칭찬을 조르는 그녀에게 조건을 걸자, 로제마인이 희미하게 웃으며 시선을 떨구었다. 그것은 귀족원의 도서관 출입을 포기했을 때, 평민과 헤어져야만 했을 때 등, 그녀가 무언가를 포기할 때 보이던 표정이다. 지금은 무엇을 포기했을까. 그것을 깨달은 유스톡스는 얼굴을 찌푸리고, 자신의 주인에게 간언했다.

"페르디난드 님, 공주님에게 그 정도는 해 주셔야 합니다. 조금 전에도 보고 드렸다시피 공주님은 비밀의 방과 편히 쉴 침대를 잃으신 셈입니다. 여태까지 공주님의 마음을 안정시키는 역할을 평민들에게 떠넘기셨으니 앞으로는 후견인의 의무로서 책임을 다하셔야지요."

로제마인이 금색 눈을 동그랗게 뜨고, 유스톡스를 올려다보았다. 포기의 표정이 사라진 얼굴에서 흥미와 호기심이 불쑥 모습을 드러냈다. 그런데 페르디난드는 되받아치고 싶은 충동을 억누르고 유스톡스의 진짜 의도를 잡으려는 복잡한 표정을 지었다. 그가 관자놀이를 두드리면서 로제마인을 보았다.

"책임이라고 해도 로제마인에겐 이제 새로운 가족이 있지 않은가."

그 새로운 가족이 로제마인의 마음에 안식을 주고 있다고 진심으로 확신한다면 평민들과의 이별을 페르디난드가 가슴 아파할 이유가 없다. 유스톡스는 정말 그걸로 만족하느냐는 의미를 담아 양쪽 눈썹을 씰룩거렸다. 이쪽의 의미를 정확히 받아들인 듯한 페르디난드가 인상을 찌푸리고 로제마인을 보았다.

"……로제마인, 그대에게 평민촌에 사는 가족이 비밀의 방이고, 플랑탱 상회가 침대라면 칼스테드와 질베스타는 뭐지?"

"아버님과 양아버님은…… 문이에요. 외부의 침입을 막아서 저를 지켜주면서도 바깥으로 나가지 못하게 하는 문……."

생각에 잠긴 후 꺼낸 로제마인의 대답에 "그렇군." 하고 페르디난드가 중얼거렸다. 아무리 생각해도 새로운 가족은 그녀에게 안식을 주는 상대가 아니었다. 로제마인이 느끼는 마음의 거리감이 이해가 되는 비유였다.

"재미있는 비유네요. 그럼 엘비라 님과 제 어머님은 어떤 존재입니까?"

유스톡스는 갈색 눈동자를 반짝이며 다음 질문을 했다. 어떤 형태든지 그녀가 주변 사람을 어떻게 생각하는지 아는 것이 중요하다. 평민촌에서 자란 그녀는 우리와 다른 가치관을 가지고 있으니까. 페르디난드와 에크하르트가 표정을 살피는 가운데 로제마인이 잠시 생각에 잠겼다.

"어머님과 리카르다는 난로예요. 밝고, 따뜻하고, 생활에 꼭 필요하지만 너무 가까이 가면 화상을 입어서 다가갈 수가 없어요."

"흠. 흥미롭군."

페르디난드가 재미있다는 듯이 살짝 입꼬리를 올렸다. 그 뒤부터 잇달아 나오는 주변 인물의 이름에 로제마인은 일일이 대답했다.

"안게리카와 코르넬리우스를 비롯한 오라버니들, 호위 기사는 책장이에요. 제 소중한 물건을 지켜주거든요. ……그렇게 따지면 다무엘은 열쇠 달린 서궤예요. 제 비밀을 알면서도 입을 닫아 주고 있으니까요."

"내 예상보다 훨씬 다무엘을 아끼는구나."

페르디난드의 말에 유스톡스도 동의했다. 다무엘을 마음에 들어 하는 줄은 알았지만, 설마 코르넬리우스보다 아낄 줄은 몰랐다.

"플랑탱 사람과 신전의 시종은 집무 책상이에요. 일하는 곳이면서 책을 펼쳐서 읽는 곳이기도 하죠. 공사가 양립하고, 제 생활에 없어서는 안 되는 것이에요."

유스톡스의 머릿속에는 '집무 책상'과 '생활에 없어서는 안 되는 것'이 잘 이어지지 않았다. 로제마인이 어떤 기준으로 사람을 판단하는지 파악하기 어려운 비유다.

"집무 책상을 사적 공간으로 보는 사람은 공주님뿐일걸요?"

"취미로 독서를 즐길 수 있는 장소니까 사적인 곳이기도 할 텐데요."

'독서를 즐기는 장소라면 상당히 소중하다는 뜻인가.'

유스톡스는 순간적으로 그렇게 판단했다. 리카르다에게 '책만 있으면 밥을 굶어도 된다고 하신다'라는 말을 들은 적이 있다. 또 귀족원에서 책에 집착하는 모습을 몇 번이나 직접 보았다. 신전 시종들은 반드시 필요하면서 마음을 치유하는 상대이기도 한 모양이다. 로제마인의 대답은 뭐든지 평민촌과 관련이 깊으면 깊을수록 높이 평가했고, 귀족에게는 애착심이 적었다. 함께한 시간이 짧으니 어쩔 수 없지만, 앞날이 불안해졌다.

이름 몇 개를 들던 페르디난드가 잠시 생각에 잠겼다.

"로제마인, 앞으로 그대가 의지해야 할 사람은 혼약할 빌프리트인데 지금 그대에게 빌프리트는 어떤 존재지?"

"빌프리트 오라버니요? 음……. 등받이 없는 의자요. 앉아서 한숨

돌릴 수는 있지만, 기댈 수는 없어요. 2년 동안 성장했고, 엉망이었던 세례 전에 비하면 노력했다고 생각해요. 하지만 기대고 싶은 안정감은 없어요."

로제마인은 자신의 본모습을 보이며 의지할 대상이 아니라고 단언했다.

'빌프리트 님은 시원할 정도로 딱 잘라 버리는군.'

트라우고트를 호위 기사에서 사임하게 유도할 때도 느꼈지만, 그녀는 자신에게 필요한 사람과 그렇지 않은 사람을 확실히 구별했다. 고아원에서는 자비로운 성녀로 불리지만, 누군가가 목숨을 잃는 상황을 극단적으로 싫어할 뿐 모든 사람에게 자비롭지는 않다.

'그나저나 빌프리트 님과의 사이가 이래서는 안 돼.'

"하긴 믿음직스럽진 않지. 등받이 정도는 달 수 있게 따끔하게 교육해야겠군."

"가능하넌 필길이도 달아주세요."

"흠. 고려해 보마."

'과연 빌프리트 님께서 페르디난드 님의 교육을 따라갈 수 있을까?'

로제마인은 투덜거리면서도 페르디난드의 어려운 과제를 모두 해냈다. 하지만 모두가 그럴 수 있는 건 아니다.

'적당이라는 것을 모르는 사람이 선생을 맡고 있으니까.'

페르디난드는 베로니카에게 약간의 트집도 잡히지 않으려고, 그리고 선대 영주에게 칭찬을 받으려고 공부를 게을리 한 적이 단 한 번도 없었다. 그가 영주 후보생으로 인정받으려면 귀족원의 높은 성적이 필요했다. 그래서 더욱 양녀인 로제마인을 철저하게 교육하려고 했다. 하지만 그 성적과 향상심은 위험을 초래한다.

"공주님, 전 라이제강 백작은 어떻게 생각하십니까?"

"증조부님이요? 난 로나 책장 위에 놓아두는 섬세한 장식물…… 모래로 만들어진 것처럼 톡 하면 와르르 부서질 것 같은 물건이요. 멀리서 보고 있기만 해도 가슴이 조마조마해요."

에크하르트가 큭큭 웃으며 "하긴 증조부님은 건드리면 안 될 것 같긴 해."라고 말했다. 그러면서 조금 엄격한 표정을 지으며 로제마인을 보았다.

"하지만 그 약해 보이는 세공품은 의외로 단단하고 위험한 존재야, 로제마인. 증조부님은 너를 차기 영주로 삼으려고 움직이기 시작하셨어. 라이제강을 중심으로 하르덴첼, 그레첼, 제지업을 제일 먼저 도입한 일크너와 힘을 합칠 생각이지. 영주의 양녀가 되고, 차기 영주 후보에 적합한 마력의 양과 실적을 가진 로제마인은 라이제강에 희망의 빛이며 삶의 마지막에 내려준 신들의 선물이라고 하셨어."

"영주가 될 생각이 없다고 하면 절망해서 돌아가실 것 같은데 괜찮을까요? 전 정말 영주가 될 생각이 없어요."

평민 출신인 로제마인은 영주가 될 수 있는 존재가 아니다. 그녀를 혼약으로 영지에 묶어두려고 질베스타가 제일 먼저 생각한 혼약자 후보는 페르디난드. 차기 영주로 앉히고 싶은 친아들이 아니었다. 그렇게 보면 사실 질베스타는 로제마인을 차기 아우브는커녕 빌프리트의 부인으로 삼을 생각도 전혀 없었으리라.

"우리도 그대를 영주로 앉힐 생각은 없다. 빌프리트와 혼약을 공표하면 다소 진정되겠지만, 오랜 세월을 살아온 전 라이제강 백작은 교활한 사람이야. 그대처럼 단순하고, 어수룩한 아이를 손바닥 위에서 살살 굴리는 것 정도야 누워서 떡 먹기다. 앞으로는 인쇄 때문에 라이제강과 접촉이 많아지겠지만, 그대는 최대한 나서지 말고, 엘비라에게 의지하도록. 절대 가까이 접근하지 마. 그리고 처음에는 척이라도 좋으니 빌프리트에게 의지하는 것처럼 행동해. 차기 영주를 보좌하는 모습을 보여줄 필요가 있을 거다.”

'과연 그거로 충분할까.'

앞으로도 로제마인이 귀족원에 유행을 퍼트리고, 최우수 성적을 받아서 상위 영지와 접촉한다면 에렌페스트가 감당하기 어려운 사태가 되리라. 실제로 올해도 갑작스럽게 벌어진 사태에 영지대항전과 졸업식에 로제마인을 내보내지 않았다.

'로제마인 님의 사교 교육과 빌프리트 님의 교육만으로는 부족하지 않을까?'

유스톡스는 그렇게 생각했지만, 괜찮은 대책이 없었다. 이럴 때는 살짝 힌트만 주고, 그 이후에는 묵묵히 주인의 지시에 따르면 된다.

“빌프리트 님의 교육보다 먼저 시급한 것이 있다고 생각합니다만…….”

페르디난드는 빌프리트의 교육에서 손을 떼고 싶어 하고, 그런 건 빌프리트의 부모와 측근이 해야 할 일이다. 굳이 남의 일에 손댈 필요는 없다. 페르디난드가 해야 할 일은 그가 귀족 사회에 끌어들인 로제마인을 지키는 것이다.

귀족의 신분을 가져도 그녀의 알맹이는 여전히 평민이다. 앞으로도 약속한 대로 온 힘을 다해 평민촌을 지키리라. 그런 그녀의 행동이 귀족과의 대립을 끌어들일 가능성이 크다. 계약 마술을 해지한 뒤에 문관이나 영주와 나눴던 대화를 보면, 로제마인이 정면으로 영주에게 반기를 들 가능성도 없지 않아 있다.

그런 사태가 벌어지지 않게 그녀를 교육하고, 귀족 사회에 수용하는 범위 내에서 그녀의 요구를 들어주고, 타협해야 한다. 그렇게 해줄 수 있는 사람은 그녀의 출신을 알고, 무엇보다도 평민과의 관계를 바라는 그녀의 마음을 아는 사람뿐이다.

유스톡스의 시선과 의견을 들은 페르디난드는 입을 다물었다. 잠깐 생각에 잠기며 시선을 떨군 뒤 로제마인을 보았다.

"로제마인, 그대에게는 평생을 안고 가야 하는 비밀이 있어. 남들에게 쉽게 말할 수 없는 비밀이. 그것 때문에 그대가 귀족 사회에 적응하지 못한다고 유스톡스가 지적하더군. 원래는 그 비밀을 아는 사람이 더욱 세심하게 도와줘야 한다고."

로제마인이 깜짝 놀라 유스톡스를 올려다보았다. 그 시선을 보고 유스톡스는 가볍게 고개를 끄덕였다.

"누구나 익숙지 않은 상식에 적응하려면 힘이 드는 법입니다. 그것도 잠깐의 눈속임이 아니라, 그 안에서 평생 살아가야 한다면 더욱더 그렇죠. 그래서 저는 금지만 하지 말고, 그 이유도 자세히 알려드려야 한다고 말씀드렸습니다. 루츠가 그렇게 말하더군요."

변장해서 정보를 얻으려면 그곳의 상식까지 알아야 한다. 유스톡스는 잠시만 견뎌내면 되었다. 하지만 로제마인은 평생 위장한 채 살아야 하는 처지다. 오늘 유스톡스는 비밀의 방에서 꾸밈없는 로제마인과 그들의 행동을 처음 보았다. 페르디난드를 잘 따르며 스스럼없이 대화하던 모습도 로제마인의 완전한 본모습이 아니었음을 알았다. 로제마인의 위장 실력은 유스톡스의 예상보다 훨씬 뛰어났다.

"유스톡스, 루츠와 무슨 얘기를 했어요?"

"공방에서 일하면서 나눈 잡담 같은 겁니다. 저와 공방 직원은 공통

된 화제가 거의 없어서 공주님 얘기가 자주 나왔었지요. 신전의 회색 신관과 플랑탱 상회, 구텐베르크들이 하는 이야기가 마구 뒤섞여서 상당히 재미있더군요. 공주님은 줄곧 병치레가 잦고, 허약해서 바깥에도 나가지 못한 데다가 꿈속에서 나눈 신들의 이야기로 지식을 얻어 고아를 구한 성녀라서 이쪽 상식을 잘 모르시는 거라고요."

유스톡스는 공방에서 나눴던 대화를 떠올리며 웃었지만, 로제마인은 고개를 갸웃거릴 뿐이었다.

"흠, 그래요? 그래서 루츠는 뭐라고 하던가요?"

"공주님을 어디가 다른지, 어떻게 다른지, 어떻게 해야 정답인지 일일이 지적해야 하는 고객이라고 평가했었습니다."

루츠의 말을 전하자, 로제마인보다 페르디난드가 뭔가 깨달은 바가 있는 듯했다. 잠시 생각에 잠겨 있던 페르디난드가 무언가 결심한 얼굴로 로제마인을 보았다.

"유스톡스도 그렇게 말하니 앞으로는 그대의 행동을 세심하게 관찰해서 지적하도록 하마. 무엇보다 귀족 사회의 적응이 급선무이고, 비밀은 최대한 지켜야 하니까."

로제마인은 그 결심을 달갑지 않은 표정으로 들었다. 하긴 완벽주의자인 페르디난드가 교육과 감시의 눈을 강화하겠다고 선언하면 좋아할 사람은 아무도 없으리라.

'아니면 귀족 사회에서 살려면 필요한 것으로 받아들일까?'

"로제마인, 비밀을 안고 살아가는 건 결코 쉽지 않다. 하지만 그 비밀이 새어나갔을 때 일어날 파문을 생각하면 반드시 지켜야 해. 그건 이해하지?"

"신관장님도 비밀이 있어요?"

대답을 질문으로 되돌린 로제마인을 페르디난드가 힐끗 노려보았다.

"쉽게 털어놓지 못하니까 비밀인 거다. 대답하지 못하는 줄 알면서 묻지 마. 멍청이."

"죄송합니다."

순순히 사과하면서도 "신관장님한테도 비밀이 있구나."라고 로제마인은 중얼거렸다.

'뭐, 이래저래 있으시겠지.'

유스톡스도 알아내지 못한 비밀이 있을 터이다. 페르디난드는 남몰래 혼자 움직일 때도 많았다. 귀족원에서 고생한 시종의 관점에서 보면 그런 점이 질베스타와 닮았다.

"잘 들어라. 그대와 빌프리트의 혼약을 발표하면 영지가 또다시 움직일 거다. 이쪽은 최대한 귀족을 통합할 수 있게 움직이려고 하니, 그대도 언행을 조심하고, 무슨 일이 일어나기 전에 반드시 상담해라. 특히 봄에 가기로 한 하르덴첼. 그곳은 엘비라의 고향이고, 그대를 차기 아우브로 삼으려고 움직이려는 라이제강 계열의 귀족들이 있는 땅이야. 칼스테드와 엘비라도 함께 보낼 계획이지만, 부주의한 언행은 피하도록."

"네."

공주님은 온순한 얼굴로 고개를 끄덕였지만, 본인 스스로 무엇이 부주의한 언행인지 모르고 있을 테니 완벽하게 피하기는 어려우리라. 아무리 우수한 엘비라라도 로제마인의 이해할 수 없는 언행을 보조하고, 완전히 감싸주기는 쉽지 않다. 칼스테드는 사람의 감정에 조금 둔한 면이 있다. 하르덴첼에서 무슨 일이 일어날 것만 같은 예감이 강하게 들었다.

유스톡스의 불안과는 달리 페르디난드는 대화를 끝내고 자리에서 일어났다. 로제마인을 부르러 왔을 뿐인데 이야기가 길어져 버렸다. "출발 시간이 늦어졌군."하고 말하면서 페르디난드는 문으로 향했다. 그 뒤를 쫓는 로제마인을 보고, 유스톡스는 문득 떠올랐다. 그러고 보니 그는 어떤 존재인지 미처 묻지 못했다.

"공주님, 조금 전 이야기의 연장이지만, 페르디난드 님은 공주님에게 어떤 존재입니까?"

로제마인은 페르디난드를 올려다보면서 고민에 빠졌다.

"……장의자요. 책을 읽을 수 있고, 편하게 쉴 수도 있지만, 몸을 완전히 맡기고 자면 몸 구석구석이 아프기도 하고, 감기에 걸려서 크게 고생해요."

"호오……. 장의자 말이군요."

유스톡스는 대답을 빈복히면서 터을 쓰다듬었다. 책도 읽고, 쉴 수도 있다는 말은 귀족뿐만 아니라 신전의 시종을 통틀어서 제일 신뢰한다는 뜻이다. 어린아이 상대로도 엄격한 페르디난드를 그녀가 이토록 잘 따를 줄은 몰랐다.

유스톡스는 남들이 알지 못하는 주인의 다정함을 이해하는 로제마인의 머리를 쓰다듬으며 칭찬해주고 싶었지만, 장의자라는 평가를 받은 그의 주인은 다르게 느낀 모양이다.

"흠. 실로 흥미로운 대답이로군, 로제마인."

평가가 불만이었는지 페르디난드의 목소리 톤이 평소보다 살짝 가라앉았다. 그러면서 얼굴은 생글거리는 억지웃음이다. 그 웃음에 속아 넘어가지 않을 정도로 페르디난드를 파악한 로제마인은 새파랗게 질려서 뒷걸음질 쳤다.

"네? ⋯⋯아, 우⋯⋯."

당황한 로제마인이 뭐라도 변명하려고 입을 뻐끔거렸다. 그런 그녀의 모습에 더욱 깊이 웃는 페르디난드가 성큼성큼 다가갔다.

'아, 재미가 불만을 뛰어넘었구나.'

페르디난드의 표정과 말투가 예전과 조금 달라졌다. 남과 이런 식으로 대화하는 주인의 모습은 상당히 흥미로웠다. 방해할 생각은 없으니 마음껏 만끽하길 바랐다. 유스톡스도 에크하르트도 페르디난드의 측근이다. 주인이 만족하면 그거로 충분하다.

그 뒤, 로제마인이 어떻게 되었는지는 상상하지 않아도 알리라.

시
간
의
흐
름
과
새
로
운
약
속

인적이 드문 신전 안이 쥐 죽은 듯이 조용하다. 고아원 원장실을 나온 우리는 앞장서는 길의 뒤를 조용히 걸었다. 신전의 귀족 구역으로 들어가는 정문에 마차가 준비되어 있었다. 처음엔 주인님이, 이어서 마르크 씨가 마차에 올라탔다. 나도 두 사람의 뒤를 이어 마차에 올라타려다가 움직임을 멈췄다. 고개를 돌려보니 길이 평소처럼 우리를 배웅해 주고 있었다.

"길⋯⋯."

지금까지 비밀의 방에 동석해 온 길이라면 지금 로제마인의 상태도 잘 알 터였다. 나는 길의 검정에 가까운 보라색 눈동자를 빤히 바라보았다. 그 순간, 영주 일족의 전속 상인다웠던 자신의 미소가 묘하게 일그러지고 있음을 자각했다.

"로제마인의 상태, 잘 지켜봐 줘."

"굳이 말하지 않아도 난 로제마인 님의 시종이니까 그럴 거야."

편해진 내 말투에도 길은 기저하기는커녕 오히려 똑같이 편한 말투로 당연하다는 듯 부탁을 들어주었다. 그런 길의 말에 안도감이 가슴에 퍼졌다. 동시에 이제 로제마인에게 힘이 되는 사람이 자신이 아니라는 현실이 다시 닥쳤다. 가슴에 표현할 수 없는 통증을 느끼고, 입술을 잘끈 깨물면서 나는 마차에 올라탔다.

바로 덜컹하고 크게 흔들리며 마차가 움직이기 시작했다. 깔끔하게 다듬어진 신전 내의 돌바닥을 지나, 마차 전용 정문을 지났다. 더는 상인답게 표정을 관리할 수가 없었다. 억지로 지었던 미소가 순식간에 무너져 내렸다.

'젠장!'

나는 고개를 숙이고 무력하기 짝이 없는 내 손을 노려보았다. 귀 안쪽에서 '왜 2년이나 잤을까'라며 한탄하던 로제마인의 비통한 목소리가 맴돌았다. 그건 틀림없는 로제마인의 본심이다. 그렇게 우는데도 이제 나는 예전처럼 꼭 안아서 달래고, 안심시켜주지 못한다. '예전과 똑같다'라든지 '아무것도 변한 건 없다'라는 위안의 말도 꺼낼 수 없을 정도로 서로의 입장과 상황이 달라졌다. 감정이 휩쓰는 대로 눈물을 흘리던 그 얼굴이 눈을 감아도 사라지지 않았다.

'녀석이 불안정해져도 내가 흔들리지 않으면 괜찮다고 주인님은 말씀하셨지만⋯⋯.'

주인님은 사전에 계약 마술을 해지해야 하는 플랑탱 상회의 입장을 설명해 주셨다. 그 덕분에 마음을 추스를 수 있었고, 불안정해진 로제마인을 달래줄 수도 있었다. 하지만 '비밀의 방을 사용하는 건 오늘로 마지막이다'란 이별 선언은 너무나도 갑작스러웠다.

'주인님은 알고 계셨어.'

내겐 마른하늘에 날벼락 같은 소리였지만, 주인님과 마르크 씨는 예상한 듯한 말투였다. 나는 그것이 은근히 불만스러워서 천천히 시선을 들었다. 그러자 가만히 내 모습을 살피던 주인님과 눈이 마주쳤다.

"⋯⋯왜 가르쳐 주지 않으신 겁니까?"

입에서 흘러나온 말이 내 생각보다 다분히 비판적인 울림을 띠었다. 나 스스로 놀란 나머지 무심코 입을 틀어막았다. 하지만 주인님은 이를 꾸짖지 않았다. 오히려 눈썹을 씰룩이며 "무슨 얘기지?"라고 되물었다. 나는 마르크 씨의 반응을 힐끗 살폈지만, 그 역시 꾸짖는 눈빛이 아니었다. 안심한 나는 입을 열었다.

"주인님과 마르크 씨는 비밀의 방을 쓸 수 없게 될 줄 알고 계셨죠?"

"아, 그거 말이군……. 딱히 숨길 생각은 없었어. 프리츠에게 들었을 때 너는 일크너에 가 있어서 말할 기회를 놓친 거야."

주인님은 팔짱을 낀 채 미간을 찌푸리며 로제마인이 잠든 2년도 전에 프리츠가 한 얘기를 들려주었다. 귀족원에 입학할 무렵이면 비밀의 방을 못 쓰게 될 거라고 했다고 한다. 어차피 성인이 되면 결혼 문제로 신전을 나올 예정이라는 말도.

"그 얘기를 들었을 때는 비밀의 방을 사용하지 못하게 되어도 거래에 지장이 없게 해 둬야겠다고 생각했었어. 그런데 그 녀석이 갑자기 2년이나 잠들어 버린 거야. 강압적이고 제멋대로인 귀족에 대응하느라 그 뒷일을 생각할 여유가 전혀 없었어."

주인님의 말대로 그 2년 동안 엘비라 님은 터무니없는 주문을 하고, 회색 무녀가 핫세에서 출산할 수 있게끔 환경을 갖추고, 하르덴첼에 가느라 바빴다. 우리와 귀족 사이에서 중개해 주던 로제마인이 없어진 탓에 신성 써아 힐 업무가 대폭 늘었다. 산처럼 쌓인 일거리를 닥치는 대로 처리하는 것 외에 아무것도 할 수 없었다.

'만약 내가 비밀의 방이 금지될 줄 알았다고 해도 로제마인이 잠자는 동안에는 주인님처럼 대책을 뒤로 미뤘을 거야.'

그만큼 여유가 없었던 날들을 떠올리면 불만이라는 눈이 사르르 녹았다. 그 눈이 사라진 자리에 얼굴을 들이미는 건 불안이다.

"그럼 주인님. 전 제 역할을 해낼 수 있을까요? 앞으로 녀석은 혼자 힘으로 일어날 수 있을까요?"

그 물음에 주인님은 나를 빤히 바라본 뒤, 복잡한 미소를 지었다. 쓴 약을 억지로 삼킨 사람 같기도, 눈을 가늘게 뜨며 눈부신 빛을 바라보는 것 같기도 했다.

"그럼. 넌 잘해냈어. 네 말에 로제마인은 두 다리로 굳건히 일어섰고, 고개를 들었어. 녀석은 스스로 눈물을 멈추고, 앞을 향해 나아갈 거야."

내가 "약속이야."라고 말했을 때 로제마인은 분명 앞을 보았다. 주인님의 말이 진짜였으면 좋겠다. 하지만 내 가슴속에는 쉽게 단정할 수 없는 것이 남아 있었다. 납득해야 하는 줄 알면서도 상실감이 컸다.

"루츠는 여기서 내리세요."

마르크 씨가 그렇게 말하며 손에 들고 있던 목패로 마차 벽을 두드렸다. 마차가 길가에 멈췄다. 창문에 보이는 풍경은 플랑탱 상회로 가는 큰길에서 꺾은 지점이었다. 주인님이 나를 마차에서 내리게 했다.

"투리를 불러와. 오늘 있었던 일을 녀석의 가족에게도 알려야지. 귀족 문관이 신전에서 간섭하게 되면 편지도 주고받기 어려워질 테니까."

주인님은 마치 달래듯이 그렇게 말한 뒤, 내 머리를 가볍게 토닥였다. 견습생을 칭찬하거나 달랠 때 주인님은 종종 이렇게 머리를 토닥인다. 지켜보고 있다고 말해 주는 듯해서 마음이 든든해지기도 하고, 기쁘기도 하지만, 오늘만큼은 무겁게 처진 마음이 가벼워지지 않았다. 그래도 고개를 끄덕인 나는 마르크 씨가 내민 목패를 손에 들고 마차에서 내렸다.

"춥다……."

눈 내리는 날이 줄어들고, 날이 갈수록 햇볕이 따스해졌다. 겨울의 끝이 다가옴을 느꼈지만, 바람은 여전히 찼다. 다시 움직이는 마차를 배웅한 나는 코트 옷깃을 세우고, 아직 눈이 남아 있는 길을 걷기 시작했다.

'투리에게 이 말을 어떻게 전하지.'

투리는 분명 큰 충격을 받으리라. 편지의 왕래마저 끊기게 된다는 사실을 알면 권터 아저씨와 에파 아줌마는 울지도 모른다. 하지만 그 모습을 상상하니 조금은 마음이 가벼워졌다.

'주인님과 마르크 씨면 안 되었던 거야.'

똑같이 비밀의 방 출입이 금지되었지만, 사업적인 시선으로밖에 말하지 않는 주인님과 마르크 씨와는 상실감을 나누지 못한다. 마인의 장례식이 끝난 뒤에도 그랬다. '울 여유가 있으면 움직여. 돈을 벌어.' 라고 질타했지만, 나의 상실감까지 공유해 주지 않았다. 내가 심정을 토로해서 다시 일어설 수 있었던 건 마인의 가족과 상실감을 공유하고 서로를 달래며 앞날의 목표를 정했기 때문이다.

'이 시간이면 투리는 아직 공방이겠구나.'

그렇게 판단한 나는 길베르타 상회를 지나 직접 코린나 님의 공방으로 발걸음을 옮겼다. 이 공방에는 길베르타 상회의 견습생이었을 때부터 심부름을 다녀서 아는 사람이 많았다. 공방 안에 들어가자 잘 아는 재봉사가 달려왔다.

"어머, 루츠잖아? 오늘은 무슨 일이야? 또 키가 자랐네? 슬슬 새 견습복을 주문하려고?"

"아니요, 오늘은 주인님의 전언이 있어서 왔어요. 투리를 불러 주세요. 이 목패에 적힌 대로 복잡하게 할 이야기가 있어 플랑탱 상회에 데리고 갔으면 하는데 외출 허가 받을 수 있습니까?"

생글생글 웃으며 연거푸 쏟아지는 질문을 흘러 넘긴 나는 마르크 씨에게 받은 목패를 건네면서 부탁했다. 곧이곧대로 대답했다가는 언제까지고 본론을 꺼내지 못한다는 건 이미 몇 년 전에 파악이 끝났다.

"외출 허가를 내줄 수는 있는데…… 곧장 플랑탱 상회에 가는 거다? 둘이서 도중에 샛길로 빠지면 안 돼."

"……네? 아, 아니에요. 저와 투리는 그런 사이가 아니에요!"

아무리 아니라고 해도 그녀는 의미심장한 미소를 머금은 채 "투리불러올게."라며 안쪽으로 들어갔다.

'아, 젠장……. 하지만 우리도 그런 시선으로 보는 나이가 됐구나.'

주위에서 빈민촌 출신 동지라며 애틋하게 지켜보던 나이는 이미 지났다. 그런 눈빛은 이미 얼마 전부터 눈치챘었다. 투리에게 마음이 있는 랄프나 처음 연인이 생겨서 들뜬 페이를 비롯한 주위에 연애를 시작하는 사람이 하나둘 늘었다. 이렇게 상사의 명령을 전하러 온 것뿐인데 투리와의 사이를 의심하고 놀릴 정도다. 투리를 위해서라도 최대한 주위에 오해를 사지 말아야겠다는 생각도 들었다.

'겉모습이 예전과 변함이 없어서 부자연스럽게 느껴질 뿐이지, 녀석도 나이는 먹었어. 녀석에게 혼약자가 생겨도 이상할 게 없지.'

나는 귀족원의 사정을 잘 모르지만, 그래도 아직 이르다는 생각은 사라지지 않았다. 답답하고 개운치 않은 기분을 조금이라도 뱉어내고자 한숨을 내쉴 때 아까의 재봉사와 함께 코트를 걸친 투리가 나왔다.

"늦어서 죄송해요!……어라?"

어지간히 서둘렀는지 투리는 살짝 숨을 헐떡이고, 뺨이 상기해 있었다. 살짝 긴장한 얼굴로 주변을 둘러보더니 고개를 갸웃거렸다.

"플랑탱 상회의 주인님이 부르신다고 하지 않으셨어요?"

"지금부터 가게에 갈 거니까 그거나 마찬가지지. 이렇게 예상치 못하게 애인을 만나니까 더 두근거리지?"

"저와 루츠는 그런 사이가 아니에요."

투리가 곤란한 얼굴로 그렇게 말했다. 동감이다. 주위가 이렇게 관심을 보이는 건 혹시나 오해를 살 만한 행동을 했었나?

"부끄러워하긴. 이런 기회라도 없으면 루츠를 못 보잖아. 좋겠네."

말이 전혀 통하지 않는 동료에게 등 떠밀려 밖으로 나온 투리는 맥빠진 얼굴로 나를 보았다. 나는 플랑탱 상회에서 지내니까 괜찮지만, 투리는 앞으로도 계속 이런 식으로 놀림을 당할 게 틀림없다. 그렇게 생각하니 왠지 내가 미안해졌다.

"……미안. 이렇게 시끄러워질 줄 몰랐어. 불편하지?"

"루츠는 잘못 없어. 오히려 휘말리게 해서 미안해. 그런 얘기를 좋아하는 사람들이거든. 코린나 님이 계시면 이렇게까지 심하게 장난치지는 않는데, 크누트 님이 태어난 이후로 공방에 오시는 날이 줄었거든……."

입으로는 어쩔 수 없다고 했지만, 그 표정은 우울해 보였다. 나와 접촉하는 횟수를 줄이는 편이 좋겠지만, 마인과 관련된 보고를 아무에게나 맡길 수도 없는 노릇이다.

"놀림을 당하지 않으려면 다른 사람이 전언 담당을 맡는 편이 좋겠지만…… 그럴 수도 없는걸."

"아……. 일부러 불러내는 걸 보면 중요한 일이지? 얼른 가자."

투리는 금방 용건을 헤아렸는지, 눈이 깔린 길인데도 걸음을 재촉했다. 반대로 지금부터 꺼내야 할 용건을 떠올린 내 발걸음은 더욱더 무거워졌다.


투리를 데리고 플랑탱 상회 2층에 도착하자, 주인님이 우리를 응접실로 불렀다. 주인님은 귀족 방문용 의상에서 평상복으로 갈아입은 상태였다. 가게에 나가 있는 마르크 씨를 대신해서 다프라 견습생인 내게 주인님의 뒤에 서라고 지시했다.

"여기까지 오게 해서 미안하구나, 투리. 내가 널 부를 용건이라면 하나밖에 없지만……."

"로제마인 님 신변에 무슨 큰일이라도 생겼나요?"

손님용 의자에 앉은 투리가 고개를 홱 들어서 주인님을 보자, 청록색 땋은 머리가 흔들렸다. 각오를 다진 파란 눈동자가 다음 말을 재촉했다. 그 강렬한 눈빛은 이별을 받아들이고, 앞을 바라보던 마인과 똑같았다.

주인님은 신전에서 있었던 일을 순서대로 얘기했다. 나이가 차서 우리는 신전 고아원 원장실에 있는 비밀의 방에 출입하지 못하게 되었다는 것, 우리 사정을 아는 다무엘 님뿐만 아니라 다른 귀족 측근이 로제마인의 주위를 에워싸게 된다는 것, 문서 교환도 측근 문관을 통해야 하는 탓에 편지를 몰래 끼워서 보내기 어렵게 되었다는 것……. 그런 주인님의 설명을 투리는 마인처럼 이성을 잃고 울지도 않고, 담담하게 들었다.

"이쪽 보고는 여기까지다. ……앞으로 어쩌고 싶은지 생각이 많겠지. 둘이서 얘기를 나눠도 돼. 나는 집무실에 있을 테니까 끝나면 불러."

사무적인 보고를 끝낸 주인님은 나를 힐끗 보고 응접실을 나갔다. 투리는 주인님이 나가는 모습을 빤히 지켜보고, 완전히 문이 닫히자 나를 돌아보았다. 나를 보는 파란 눈동자가 걱정스럽게 일그러졌다.

"루츠, 여기에 앉을래? 안색이 너무 안 좋아."

주인님이 앉아 있던 자리 뒤에서 우두커니 서 있었던 나는 무거운

다리를 이끌며 손님용 의자에 힘없이 털썩 앉았다. 표정을 관리할 필요가 없어진 순간, 갑자기 무거워진 몸과 머리를 스스로 지탱할 수가 없었다.

"……신전에 있는 비밀의 방에서만큼은 로제마인 님이 아니라 마인으로 만날 수 있었는데 이제 그 장소마저 완전히 사라졌어. 녀석을 앞에 두고 달래줄 수도 없고, 터놓고 일 얘기를 할 수도 없게 됐어. 너희 가족과 약속했는데, 편지 교환도 이제 못 해…… 이번에야말로 정말 마인과 헤어진 거야."

앞으로 만날 수 있는 건 로제마인 님이지, 우리가 아는 마인이 아니다. 그렇게 생각하자 눈물이 왈칵 쏟아져 나왔다. 우는 얼굴을 보이기 싫어서 고개를 숙이자, 머리 위에 투리의 손이 살짝 올라왔다.

"그랬구나……. 하지만 나이나 상황 변화 같은 귀족님의 사정을 너와 벤노 씨가 어떻게 할 수 있는 게 아니잖아. 네가 속상해할 것 없어."

천천히 머리를 쓰다듬어주는 손길이 다정하다. 어쩔 수 없는 일이라며 현실을 받아들이는 목소리는 차분했다. 하지만 오히려 내 마음은 더욱 날뛰었다.

"아니야! 난 싫어. 상대에게 감정을 읽히지 않으려고 억지로 웃고, 품위 있는 말투로 진심이 통하는지 아닌지 모를 대화밖에 못 하잖아! 너도 그렇게 생각하잖아!"

'이별을 받아들이라는 말이 아니야! 이 불합리한 상황에 나와 함께 화내 달라고!'

내가 동의를 구하며 고개를 들자, 잠시 생각에 잠기던 투리가 천천히 고개를 가로저었다.

"난 말이야. 너처럼 그렇게 비통하지 않아. 편지를 주고받지 못하게 되어서 아쉽긴 하지만, 싫다기보다 정말 어쩔 수 없는 일이라고 생각해."

나는 망치로 머리를 맞은 듯한 충격을 받았다. 상업상의 의사소통을 걱정하던 주인님과 달리 투리라면 상실감을 나눌 수 있을 줄 알았는데 아니었다.

"왜, 어떻게, 그래……?"

"응~? 그야 우리 가족은 이미 훨씬 전부터 신전 입구에서 잠깐 보거나, 업무 외에는 만나지 못했는걸. 네가 싫다던 그런 모습으로밖에 대화해 본 적이 없어. 그래서 네가 비밀의 방을 못 쓰게 되었다고 해도 그렇게 실감이 없어."

무언가가 가슴을 관통했다. 알고 있으면서도 몰랐다. 비밀의 방에서 마인과 평소처럼 만날 수 있는 사람은 나와 주인님뿐이다. 가족으로 만나는 것이 금지된 투리네 가족은 녀석이 본모습을 보여주는 비밀의 방에 출입할 수가 없다. 말투가 귀족답지 못했던 초반에만 비밀의 방에 들어가 봤을 뿐이다.

"……미안. 내 생각밖에 못했나 봐……."

지금까지 꾸밈없는 마인과 만날 기회가 있었던 자신이 투리에게 우는소리를 하다니 갑자기 죄책감이 밀려왔다. 그런 죄책감도 투리는 웃으면서 날려 버렸다.

"그러니까 속상해하지 말라니까. 나도 편지를 못 주고받게 되어서 속상해. 하지만 카밀이 못 보게 편지를 숨기는 것도 한계였는데 마침 좋은 기회인지도 몰라. 네가 가지고 와준 카루타 있지? 그거로 글자를 익히기 시작해서 글자만 보면 사족을 못 쓰거든."

루츠와 투리의 비좁은 집에는 쌓여가는 편지를 숨겨둘 장소도 마땅치 않고, 카밀 몰래 편지를 쓰기도 쉽지 않다.

"지금은 카밀이 못 찾게 길베르타 상회에 있는 내 방에 편지를 보관하고 있는데 혹시나 누가 볼까 봐 상자를 열기도 무서워. 급한 용건이나 식사하라고 부를 때 누가 방 안에 들어오기도 하잖아? 나도 우리 가족도 요즘엔 마인의 편지를 두 번 읽기가 힘들어."

다양한 곳에서 각자의 사정이 달라지고 있다. 나는 카밀에게 마인의 사정을 숨긴다는 얘기도 들었다. 카루타와 그림책을 카밀에게 주는 사람도 나다. 그런데 마인의 가족 사정도 달라졌음을 이해하지 못했다.

"……이제는 마인과 너희 가족을 이어주기 위해 내가 할 수 있는 일이 없어."

"그렇게 자신을 몰아세우지 마. 지금 난 너처럼 울고 싶을 만큼 괴롭지 않지만, 이것도 다 지금까지 네가 노력해 준 덕분이야."

그렇게 나를 격려해준 두리는 미소 지으며 손수건으로 내 눈물을 닦아 주었다.

"우리 가족도 일로는 직접 만날 수 있게 됐는걸. 마인이라면 분명 왕족의 의뢰품 같은 성가신 주문을 또 할 거야. 그러면 주변에 귀족이 잔뜩 있는 곳에서도 납품할 때는 만날 수 있어. 아빠는 신전장님과 친하다고 핫세의 호위에 매번 투입되고 있고, 핫세로 가는 호위 병사 업무는 없어지지 않잖아? 너보다는 횟수가 적겠지만…… 그래도 만날 수는 있어."

하긴 적게나마 마인과 가족이 만날 기회가 생겼으면 좋겠다는 생각에 동분서주했다. 비밀의 방은 사용하지 못하게 되어도 마인과 가족을 이어주는 연결고리는 아직 남아있다.

"이젠 서로가 쉽게 떨어질 수 없는 입장이 되었어. 그러니까 괜찮아. 너도 구텐베르크이니까 만날 수 있잖아? 봄에 어디 간다고 하지 않았어?"

"응, 하르덴첼에 가. 편리하지만 이상한 녀석의 기수를 타고……."

그렇게 투리에게 앞으로의 예정을 설명하니 조금은 마음이 가벼워졌다. 비밀의 방이 없어져도 우리가 해야 할 일은 전혀 변함이 없다고 생각할 수 있게 되었다.

"비밀의 방이 없어져서 걱정되는 건 오히려 녀석인가……."

마인이 흐느껴 울더라고 말했지만, 투리는 조금 걱정스러운 표정을 지은 후, "……마인도 괜찮을 거야."라며 미소 지었다.

"왜 그렇게 생각해?"

"왜냐면 난 마인을 응원하려고 머리 장식을 만들고 있어. 귀족 사회에서도 마인과 함께 있으려고……. 넌 마인을 위해서 책을 만들잖아. 마인에게도 우리 마음이 전해지고 있을 거야. 난 마인을 믿어."

왠지 투리에게 진 기분이다. 내 쪽이 마인을 못 믿고 있었는지도 모른다. '아무리 괴로워도 책을 위해서라면 버틸 수 있어!'라고 마인은 말했었다. 귀족 사회에서 괴로운 일이 있어도 행복할 수 있게, 녀석이 혼자서도 노력할 수 있게 나는 책을 만들면 된다. 마인과 약속한 대로 앞으로 나아가기만 하면 된다.

"왠지 속이 후련하네. ……너한텐 항상 이상한 모습만 보이는 것 같아."

"괜찮아. 마인의 이상한 모습에 비하면 전혀 이상하지 않아. 그리고 난 마인의 언니잖아. 여동생이 저지른 뒤처리는 내가 해야지."

이상한 모습을 보여도 된다는 말에 안심했다. 마인과 관련된 얘기는 가족에게도 말할 수 없다. 약한 소리를 뱉을 수 있는 곳이 있어서 다행이었다.

　조금 마음이 진정된 나는 다음 날 공방에 갔다. 마인이 괜찮은지 확인하고 싶어서였다. 나와 눈이 마주친 길이 밖으로 나오라고 손짓했다.

　"프리츠, 루츠와 도구를 확인하고 오겠습니다. 숲의 상황도 들어두고 싶고요……."

　길이 프리츠에게 말을 걸자, '숲'이라는 단어를 들은 녀석들이 작업을 멈추고 달려왔다. 내내 고아원 안에서만 작업하느라 바깥에 나가고 싶어서 몸이 근질근질한 얼굴이다.

　"길, 루츠. 나도 같이 작업할래요. 이제 숲에 갈 수 있나요?"

　"여러분은 구텐베르크가 출장 가기 전에 익혀야 할 업무가 있습니다. 길, 다녀오세요."

　프리츠는 전부 눈치챈 얼굴로 가까이 다가온 모두에게 작업을 계속하라고 지시하고, 우리에게 외출 허가를 내려 주었다. 나와 길은 숲에 가져갈 바구니와 지게 등 공방 도구를 꺼내어서 나이프나 손도끼 날이 상하지 않는지, 바구니 매듭이 느슨해지지 않았는지, 추운 날씨 속에서 점검을 시작했다.

　"저기, 길. 로제마인 님은 상태가 어떠셔?"

　길은 청색 견습 무녀였을 무렵부터 마인을 모셨고, 지금껏 비밀의 방에 동행했던 시종이다. 그래서 비밀의 방과 그 외의 장소에서 행동이 전혀 다른 마인을 안다.

　"잠시 신전장실에 있는 비밀의 방에 틀어박히셨는데 나올 땐 웃고 계셨으니까 괜찮겠지. 지금은 성에 가셔서 이곳엔 없지만."

"그렇구나……."

역시 울었던 모양이다. 그래도 귀족다운 얼굴로 성에 돌아갔나 보다. 마인이 무너졌으면 어떡하나 걱정했는데 다시 아픔을 딛고 일어섰다면 다행이다.

"영주님의 허가가 떨어지면 귀족 측근이 신전에 드나들게 된대. 그래서 상황이 많이 바뀌었나 봐. 문서도 전부 문관을 통해야 하고……."

"상황 설명은 주인님한테 들었어. 이제 편지는 못 보낼 거래."

"응. 너나 플랑탱 상회 사람들한테는 상황이 어렵게 됐네."

길은 고개를 끄덕인 후, 검정에 가까운 보라색 눈동자로 나를 쳐다보았다.

"그런데 난 신전 시종이니까 귀족 측근들이 돌아가면 로제마인 님이 주무시기 전에 너희 정보를 섞어서 보고드릴 수는 있어."

"뭐……?"

모두가 방법이 없다며 포기할 때 아직도 애쓰려는 길의 모습에 깜짝 놀랐다. 그런 나를 보고, 길은 아주 조금 쑥스러워하면서 분한 표정을 지었다.

"편지는 증거가 남고, 보관이 곤란하니까 보고할 때 살짝 귀띔하는 게 다지만……."

"귀족에게 걸리면 어쩌려고. 왜 그렇게까지 하는 거야?"

내가 무심코 질문하자, 그리운 듯 눈을 가늘게 뜬 길이 평민촌이 있는 방향을 바라보았다.

"……난 좋아했어. 너와 프랑과 함께 마인 님을 그 집까지 돌려보내드리던 그때 말이야. 이 집 저 집에서 밥 짓는 냄새가 나고, 그날 있었던 일들로 수다를 떨며 걸었잖아."

생각난다. 마인이 청색 견습 무녀였던 시절이. 지금은 멀어져 버렸지만, 신전 일이 끝나면 프랑과 길과 함께 집까지 걸어갔었다.

"마인이 못 걸어서 프랑이 안고 걸은 적도 있었지?"

"맞아, 맞아. 큰길가 노점이 마감한다고 떨이를 왕창 내놓은 거로 군것질하느라 배불러서 저녁도 못 먹고 마인 님이 가족한테 혼이 났었지……."

프랑과 길과 평민촌을 걸었던 적은 그리 많지 않다. 마인이 청색 견습 무녀였던 기간이 짧았으니까. 그래도 그리운 추억이 새록새록 떠올랐다. 한때의 추억을 나누며 함께 웃는 나와 길의 얼굴이 눈물로 얼룩졌다.

"사실은 말이야, 그때 아무리 열심히 모셔도 결국 마인 님이 가족에게 돌아가는 게 싫었어. 갈 때는 즐거운데 프랑과 둘이서 신전에 돌아가는 길이 너무 쓸쓸했거든. 하지만 집에 도착했을 때 '나 왔어'라고 말하며 안심하는 마인 님의 미소가 좋았어."

길이 진심을 털어내며 거칠게 눈물을 닦았지만, 눈물은 마를 새 없었다. 그건 나도 마찬가지다.

"나도 사실은 신전에 오기 싫었어. 할 수만 있다면 점점 귀족이 되는 마인을 막고 싶었어. 하지만 신전에 들어가지 않으면 마인은 살 수가 없었고, 귀족이 되어야만 지킬 수 있는 것들이 너무 많았어. 지금은 진심으로 감사해. 하지만 비밀의 방이 사라져서 너무 괴롭고, 마인이 걱정돼."

내 말에 길이 연신 고개를 끄덕였다.

"나도 괴로워. 비밀의 방에서는 너희와 마인 님의 변하지 않는 모습에 안심했거든. 그래서 더는 그렇게 마인 님이 울고 웃지 못한다고 생각하면 괴롭고, 분해."

같은 상실감을 느끼고, 함께 화를 내주는 길의 말에 점차 내 마음이 안정되었다. 투리도 공유해 주지 않았던 상실감을 공유할 수 있는 사람이 있다는 것에 몹시 안심했다.

"그래서 네가 그 가족과 로제마인 님을 이어줬듯이 이번에는 내가 평민촌과 로제마인 님을 이어줄 거야."

길이 눈물을 거칠게 닦아서 여기저기 빨개진 얼굴로 당당하게 말했다. 그 결의를 들은 나는 크게 숨을 내쉬었다.

지금까지 내가 해온 일은 틀리지 않았다. 그 무렵부터 형태를 바꿔 오면서 지금에 다다랐다. 지금까지도, 앞으로도 우리가 할 일은 마인을 최대한 지지하는 것뿐이다.

"길, 너한테 맡길게."

나는 눈물로 젖은 손을 바지에 쓱쓱 닦은 후, 길을 향해 손바닥을 들어 올렸다. 길이 씩 웃고, 똑같이 손을 옷에 닦아서 짝 하고 손바닥을 맞부딪쳤다.

"그래, 나한테 맡겨. 귀족의 눈을 피해서 정보 교환 정도는 할 수 있게 해 볼게."

나와 길 사이에 남자들만의 새로운 약속이 생겼다.

졸업식과 축복의 빛

오늘은 귀족원 졸업식입니다. 오전에 열리는 봉납 가무와 검무를 끝내고, 모두가 점심을 먹으러 강당을 빠져나갔습니다. 대부분이 기숙사 쪽으로 향하지만, 다른 영지 사람이 에스코트해 주는 여성은 일단 다과회실로 들어갑니다. 영지와 관계없이 출입할 수 있는 다과회실이 만남과 해산의 장소로 지정되어서입니다. 저는 아나스타지우스 님께 에스코트를 받으며 클라센부르크의 다과회실로 들어갔습니다.

"돌아오셨군요, 에그란티느 님."

다과회실에 들어가자 측근들이 맞이해줍니다. 저를 마중하러 미리 돌아온 겁니다. 평소보다 사람 수가 적었습니다.

"할 수만 있다면 이 손을 놓고 싶지 않다, 나의 빛의 여신이여."

아나스타지우스 님이 아쉬운 듯 제 손끝에 입술을 갖다 댑니다. 할아버님께 허락을 받은 이후부터 아나스타지우스 님은 가끔 이렇게 장난을 치고는 합니다. 얼굴이 달아올라 평정심을 유지하기가 어려우니 그러지 말라고 간곡히 부탁했시만, 세 밀을 들이주길 않습니다.

"어쩜……." 하고 측근들이 숨을 삼키는 시선을 느낀 저는 부끄러움에 얼굴이 뜨거워집니다. 요즘 들어 아나스타지우스 님 때문에 이렇게 마음이 흔들릴 때가 많습니다. 특히나 오늘은 어둠의 신의 의상을 입고 있어 평소보다 늠름해 보여서 그런지 안절부절 어찌할 바를 모르겠습니다.

"아나스타지우스 님, 장난은……."

"오후에 다시 데리러 오겠다."

손을 빼면서 제가 약하게 항의하려고 하자, 아나스타지우스 님은 피식 웃으며 발걸음을 돌렸습니다. 왕족을 쫓아가며 항의할 수도 없는 노릇이라 저는 그저 지켜볼 수밖에 없습니다. 살짝 원망하는 눈초리로 쏘아봐도 아나스타지우스 님은 기쁜 듯이 웃었습니다. 그런 미소를 보이면 도무지 강력하게 항의할 수가 없어서 항상 흐지부지 넘어가기 일쑤입니다.

왕족인 아나스타지우스 님이 방을 나가자, 측근들이 참았던 웃음을 터트리며 키득키득 웃기 시작했습니다.

"선대 아우브께 허락을 받으시고 오늘 이 날을 맞이하게 돼서 대단히 기쁘신가 봐요. 아나스타지우스 님은 정말 에그란티느 님께 푹 빠져 계시네요."

"왕족에게 저토록 열렬한 구애를 받으시다니, 역시 에그란티느 님이세요."

"너무 잘 어울리세요. 어둠의 신과 빛의 여신을 춤추시던 두 분이 어찌나 아름답던지 넋을 잃고 봤다니까요."

제각기 아나스타지우스 님이 얼마나 헌신적인지를 말하자, 부끄러움에 저는 도무지 가만히 듣고 있을 수가 없었습니다.

"어서 식당에 가요. 할아버님이 기다리시겠어요."

저는 아직도 화끈거리는 뺨을 가볍게 누르며 조금 빠른 걸음으로 기숙사 쪽으로 걷기 시작했습니다.

점심을 먹으러 식당에 들어가니 할아버님, 영주 부부, 차기 아우브인 사촌 부부, 그리고 사감 선생인 프림베르가 이미 식사를 시작하고 있었습니다. 같은 테이블에 앉으라는 할아버님의 말에 저는 할아버님과 프림베르 선생 사이에 마련된 자리로 향했습니다. 식사를 나르는 시종이 따뜻한 수프를 제 앞에 놓습니다.

"에그란티느, 오늘 봉납 가무는 훌륭했다."

"감사합니다, 할아버님. 오늘은 저 자신도 만족스럽게 췄다고 생각했는데 여러분도 그렇게 느끼셨다니 기쁘기 그지없습니다."

오늘은 무대 위에서 춤을 출 때 갑자기 제 주위로 마력이 흐르며 신들에게 간택을 받은 듯한 기분마저 들 정도로 신비한 느낌이 들었습니다. 연습 때와 달리 관객이 많아서였을까요? 아니면 신들을 모시기 위해 설치된 무대가 특별해서였을까요? 평상시보다 춤추는 시간이 부쩍 짧게 느껴졌고, 무아의 경지에 달했을 정도였습니다.

'가능하다면 다시 한번 그런 춤을 춰 보고 싶어요.'

졸업한 후에는 혼인 준비도 해야 하고, 혼인하면 봉납 가무를 출 시간이 없을 겁니다. 그걸 알면서도 다시 한번 바랄 수밖에 없었던 행복한 시간이었습니다.

"오늘의 너와 비교당할 내년의 빛의 여신이 불쌍해지더구나."

"내년에는 드레반헬의 영주 후보생이 빛의 여신을 맡겠죠?"

영수 부부의 말에 서는 내년에 졸업할 영주 후보생들을 떠올렸습니다. 순위가 높은 영지의 영주 후보생이 어둠의 신과 빛의 여신을 맡는 경우가 많으므로 내년에는 아마 드레반헬의 아돌피네 님이 빛의 여신을 맡으시겠지요.

"아나스타지우스 왕자는 연습을 꽤 했나 보더구나. 너와 나란히 춤춰도 덜 떨어져 보이지 않더군."

"할아버님, 그렇게 말씀하시면 아나스타지우스 님께 실례예요."

"허나 너만큼 열심히 연습한 사람이 어디 있느냐. 같이 춤추는 사람이 안쓰러워 보일 정도다."

손녀딸 사랑이 넘치는 할아버님의 말씀에 모두가 어색하게 웃습니다. '죽은 3왕자의 딸로서 부끄럽지 않게 행동해라'넌 언젠가 왕족으로 돌아가야 한다' 하고 부담감을 짊어지고 자라온 저도 어색한 웃음밖에 나오지 않습니다.

"너도 성인이 되었고, 아나스타지우스 왕자와 혼약도 정해졌다. 네 부모도 신들이 계시는 멀고 높은 곳에서 안도하고 있을 게다."

가족이 암살당하고, 혼자 남은 저는 클라센부르크로 거처를 옮겼습니다. 어느 날 저는 세례를 받기 전이라 어린이 방에서 유모의 도움을 받으며 저녁을 먹고 있었습니다. 관례대로 저녁을 먹고, 다른 가족들이 식사하는 식당에 취침 인사를 하러 갔습니다. 얼마 전까지 어린이 방에서 함께 밥을 먹었던 오라버니가 가족과 함께 식당에 있는 모습을 보고 부러워진 저는 어서 빨리 세례를 받고 싶었습니다. 그날은 치열했던 분쟁이 겨우 끝났다며 모두가 기뻐했었습니다. 부모님과 유모들의 표정도 밝고, 식당 분위기도 화목했던 것을 기억하고 있습니다. 그날의 인사가 마지막이 될 줄 꿈에도 생각하지 못했었습니다. 그때의 저에게 내일은 오늘의 연장전. 평생 같은 날들이 이어지리라 믿어 의심치 않았었습니다.

하지만 제 일상은 갑작스럽게 사라졌습니다. 인사하는 제게 웃음 짓던 오라버니가 갑작스럽게 구토하더니 그대로 정신을 잃었습니다. 여기저기서 비명이 터져 나오고, 식당 전체가 발칵 뒤집혔습니다. 그러자 그 뒤로 언니가, 기미한 시종이, "어서 에그란티느를 어린이 방으로."라고 명령하던 어머님이 차례차례 쓰러졌습니다. 유모는 저를 둘러업고 식당을 빠져나가면서 떨리는 목소리로 괜찮다는 말을 반복했지만, 결국 가족과 두 번 다시 만날 수 없게 되었습니다.

늦은 밤, 무시무시한 숨바꼭질과 술래잡기가 끝나고, 무슨 일이 일어나고 있는지 영문도 모른 채 저는 낯선 장소에서 낯선 사람들에게 둘러싸인 생활을 보내게 되었습니다. 왜 아버님과 어머님께 아침저녁 인사를 못 하게 되었는지, 다과회라고 거짓말하며 어린이 방에 놀러 와 주던 언니와 오라버니가 오지 않게 되었는지, 제가 그 이유를 알게 된 건 그로부터 시간이 훨씬 지난 뒤였습니다.

할아버님이 "원수를 갚았다."라며 자랑스럽게 말씀하셔도 제 머릿속에는 쓰러지던 가족의 모습만 떠오를 뿐, 전혀 기쁘지 않았습니다. 정권 다툼은 이기든 지든 죽은 자의 시체만 산처럼 쌓일 뿐입니다. 저는 무슨 일이 있어도 이 다툼에서 도망치겠노라고 굳게 결심했습니다.

"넌 정말 네 어미를 닮아가는구나. 내 딸도 왕자에게 열렬한 구애를 받았었지."

과거를 회상한 사람은 저 혼자가 아니었나 봅니다. 기분이 좋으신 할아버님이 그렇게 말씀하셨습니다. 저도 어머님을 닮았다고 생각할 정도이니 주위 사람 눈에는 얼마나 닮아 보일까요?

클라센부르크에는 어머님이 왕족과 혼인한 것을 기념하여 할아버님이 주문한 부모님의 초상화가 있습니다. 언니도 혼약 얘기가 오가던 무렵이었기에 화가가 그린 미완성 초상화가 남아 있습니다. 하지만 오라버니의 초상화는 없습니다.

'이젠 오라버니의 얼굴도 가물가물해. 아버님이 우리 둘의 금발은 어머님께 물려받았다며 머리를 쓰다듬어 주시던 기억이 있으니까 나처럼 금발이었지만.'

클라센부르크에서는 저를 언젠가 결혼해서 왕족 신분을 되찾을 공주로 대해주었습니다. 모두가 잘 돌보아 주었지만, 다른 영주 후보생에 비하면 꼭 손님을 대하는 듯해서 왠지 모르게 혼자 겉도는 존재 같았습니다.

'할아버님이 저를 특별히 아껴주셔서 그렇겠지만요.'

지금의 영주 부부와 저는 마음을 터놓는 사이는 아닙니다. 물론 미래의 왕비로서 친절히 대해주기는 했지만, 다른 영주 후보생처럼 가족 같은 교류는 없었습니다. 그리고 혼약할 때 아나스타지우스 님이 지기스발트 왕자와 싸우고 싶지 않다고 호소한 탓에 지금은 관계가 더욱 어색해졌습니다. 할아버님은 제가 왕족으로 돌아가면 그만이라고 생각하시지만, 아우브는 제가 왕비가 아니면 드레반헬에 뒤쳐질 거라고 생각하는 모양입니다.

제가 지금의 영주가 아닌 선대 영주인 할아버님의 양녀라서 어쩔 수 없는 측면도 있지만, 에렌페스트의 양녀인 로제마인 님과 빌프리트 님을 보면 조금 부럽기도 합니다.

"……그런데 아름답게 자라준 너에게 아주 잘 어울리는 그 머리 장식을 만든 에렌페스트의 영주 후보생은 오늘도 불참했느냐?"

아우브의 목소리에 모두의 시선이 제 머리 장식에 집중되었습니다. 얇은 실로 꼼꼼하게 만들어진 머리 장식은 정말 뛰어나고 훌륭합니다. 아나스타지우스 님께서 머리 장식을 선물해 주신 곳이 귀족원이어서 할아버님과 숙부님도 실물을 본 건 영지대항전이 치러지는 아침이었습니다.

클라센부르크에서 로제마인 님은 '에렌페스트의 새로운 유행을 만들어낸 인물'일 뿐만 아니라 제 마음을 얻기 위해 '아나스타지우스 왕자를 변화시킨 사람'으로 유명합니다. 로제마인 님과 친분을 가지려고 했지만, 그러지 못한 영주 부부를 보면서 프림베르 선생이 살짝 한숨을 내쉽니다.

"어제 영지대항전도 결석한걸요. 아직도 병중인가 봅니다."

"흠, 자네가 1학년 최우수라고 하기에 조금은 무리를 해서라도 영지대항전에는 나올 줄 알았더니……."

왕에게 직접 칭찬을 받고, 다른 영지의 영주 부부가 모이는 성적 발표식은 무리를 해서라도 출석하는 편이 좋은 자리입니다.

"로제마인 님은 아나스타지우스 님이 초대한 자리에서도 쓰러지셨대요. 그때는 사흘이나 깨어나지 못했다고 하니까 이제 슬슬 깨어날 때가 되지 않았을까요?"

"사흘씩이나……?"

의심스러운 목소리가 나오는 것도 당연합니다. 사흘이나 의식이 없었음에도 사교를 속행하다니, 보통은 생각할 수도 없는 일입니다. 보통은 바로 주치의가 있는 영지로 돌려보내는데 말이지요. 실제로 로제마인 님은 건강 문제로 귀환이 앞당겨졌다는 연락을 준 적이 있습니다.

"원래부터 허약했다던데 2년 동안 유레베에서 잠든 영향도 컸을 거예요. 로제마인 님은 처음부터 수업을 빨리 끝내 버리고 귀환할 예정이었다고 하니까요. 아마 몸이 허약해서 영지대항전에 출석하기 전까지 쉴 생각이 아니었을까요? 아마 에렌페스트에서도 로제마인 님이 다과회에서 쓰러질 거라는 계산은 하지 못했을 거예요."

제 생각이지만, 분명 보호자들이 로제마인 님의 몸에 무리가 가지 않게 예정을 짰을 겁니다. 하지만 유행이 퍼지는 속도를 에렌페스트가 미처 계산을 못했고, 부담이 훨씬 컸을 거라고 생각합니다.

"저도 에그란티느 님의 말씀에 동의합니다. 평상시에도 자주 쓰러지는 몸이라면 슈타프를 얻으러 심층의 방에 들어갈 때 누군가는 우려했겠지요. 하지만 사감인 힐쉬르도 그렇고, 로제마인 님의 측근은 아무런 주의도 주지 않았고, 걱정하는 것 같지 않았어요. 아마 지금이 특수한 시기겠지요."

저와 프림베르 선생의 말에 할아버님과 영주 부부가 근심스러운 표정을 지었습니다.

"어제 영지대항전을 보아하니 예상보다 훨씬 많은 사람이 에렌페스트에 몰리더군. 그만큼 주목받는 영주 후보생이다. 조금이라도 빨리 안면을 터야 할 터인데…… 어렵군."

"아버님 말씀대로 다른 영지보다 한발 먼저 친분을 쌓는 것이 최선이지만, 다른 영지도 안면을 트지 못한 건 마찬가지입니다. 클라센부르크가 늦은 것이 아니라 오히려 다른 영지에 비하면 에그란티느를 통해 더 교류가 깊어졌다고 볼 수 있겠지요."

할아버님께 그렇게 말한 아우브는 단단히 못을 박듯 우리를 쳐다보았습니다.

"프림베르, 에그란티느. 로제마인 님은 수업을 통과하자마자 곧바로 영지로 귀환해서 같은 학년 중에도 교류한 자가 거의 없다고 보고받았는데 여전히 그러하더냐? 에렌페스트의 또 다른 영주 후보생을 통해서 교류를 가진 영지는 없고?"

아우브의 질문에 프림베르 선생이 "로제마인 님에 관련해서는 다른 보고를 받지 못했습니다." 하고 고개를 끄덕였습니다.

"빌프리트 님이 여러 영지와 교류하는 것 같았지만, 썩 깊게 사귀지는 않는 인상입니다. 어떤 영지와 여러 번 만나면서 깊이 교류하는 분위기는 아직 없어요. 굳이 말하자면 단켈페르거와 만나는 횟수가 많았네요. 또 아렌스바흐와 프뢰벨타크의 사촌끼리 다과회를 열었다는 정보를 다른 사감에게 들었습니다."

"아렌스바흐와 프뢰벨타크……. 혈연관계면 관계가 깊어지기 쉽지. 주의해야겠군."

"로제마인 님이 자리를 비울 때였고, 빌프리트 님은 머리 장식이나 린샴 같은 유행 상품은 본인 영역이 아니라 하셨다고 합니다. 유익한 정보는 없었다고 프라우렘 선생이 투덜댔거든요."

프림베르 선생의 정보가 사실이라면 지금은 제가 로제마인 님과 가장 친한 영주 후보생이 맞을 겁니다. 하지만 로제마인 님이 교류를 원하던 영주 후보생이 있었다는 사실을 떠올렸습니다.

"아 참. 다과회에서 로제마인 님이 단켈페르거의 한넬로레 님과 친해지고 싶어 했던 것 같아요. 그러고 바로 의식을 잃어서 다과회 자체가 중지되는 바람에 정확하지는 않지만요……."

"단켈페르거라고……? 그러고 보니 영주 딸이 1학년에 하나 있었지. 영지대항전에서 주목을 끈 상품들이 그쪽으로 흘러 들어가면 일이 귀찮아질 텐데."

"교류가 많던 에그란티느 님이 졸업하시면 타격이 크겠군요. 그 뒤로 입학할 여자 영주 후보생이 있었던가요?"

안색이 어두워진 영주 부부가 앞으로의 교류에 관해 고민하기 시작했지만, 할아버님은 고개를 저으셨습니다.

"상대는 아직 1학년이다. 어떤 상대인지 판별하는 건 나중에 해도 돼. 이 머리 장식과 린샴의 정보를 갖고 싶지만, 지금은 영지 간에 관계를 바꾸는 데만 집중해도 좋지 않겠나?"

지도를 보면 클라센부르크와 에렌페스트는 근접해 있습니다. 하지만 에렌페스트와의 접경 지역은 적설이 많고, 여름철의 짧은 기간에만 통행이 허용되어 항시 경계문이 닫혀 있는 상태입니다. 과거에 아이젠라이히라는 영지였으며 지금도 아이젠이라고 불리는 그 지역은 예전에 광산이 많아서 사람 출입도 많았습니다. 그러나 광맥이 바닥이 난 뒤부터 볼품없는 방치된 땅이 되었습니다. 마을과 마을의 거리가 심하게 멀고, 아이젠에는 강력한 마수가 자주 출현해서 행상인들도 거의 지나가지 않을 정도입니다.

"귀족가에서 상당히 멀기도 하고, 그 지역은 도무지 다루기가 어렵단 말이지……."

"하지만 에렌페스트와 활발히 교류해서 그 머리 장식을 클라센부르크에서도 만들 수 있게 해야 해. 로제마인 님께 너와 혼약을 타진해볼까?"

아우브가 아들인 차기 아우브를 쳐다보자, 사촌 부부가 진지한 얼굴로 생각에 잠깁니다. 언젠가 둘째 부인을 얻어야 하는 줄은 알지만, 갑자기 얘기가 나오면 누구나 당황하기 마련입니다.

"영지의 순위나 나이로 보면 둘째 부인으로 적합할지도 모릅니다. ……다만, 마력이 맞아야 한다는 전제로요."

싱긋 웃으며 견제하는 차기 아우브의 말에 모두가 쓴웃음을 짓습니다. 1위인 클라센부르크의 영주 후보생과 13위인 에렌페스트 영주 후보생은 혼인이 어려우리라고 여겨집니다.

"하긴 앞으로 성적을 지켜봐야겠지만, 드레반헬의 영주 후보생을 누르고 최우수를 거머쥔 아이다. 가능하지 않을까? 일단은 영주 회의에서 에렌페스트에 혼약을 제안해보마."

앞으로의 방향이 정해졌을 때쯤 식사가 끝나고, 저는 아우브의 허가 하에 자리를 떴습니다. 오후에 있을 졸업식 준비를 서둘러야 했습니다.

"여러분은 천천히 계시다 오세요."

"클라센부르크의 영주 후보생으로서, 왕족의 혼약자로서 응당한 모습을 기대하마."

"할아버님의 기대에 부응할 수 있게 노력하겠습니다."

식당을 나와 방으로 돌아오니 피로감에 한숨이 나왔습니다. 최근들어 아나스타지우스 님과 다과회를 너무 즐겨서일까요. 졸업식을 앞둔 점심이었는데도 아무런 느낌도 없고, 상당히 무미건조한 대화로 느껴졌습니다.


춤을 추느라 흐트러진 머리와 화장을 고치고, 성인식 예복으로 맞춘 빨간 옷으로 갈아입었습니다. 이 옷에 수놓인 자수는 할아버님이 몇 번이나 수정을 요청하고, 왕족인 아버님이 사용하신 클라센부르크 특유의 무늬를 심은 겁니다. 저는 클라센부르크의 영주 후보생으로서 세례를 받았습니다. 다시 말해 현재는 왕족이 아닙니다. 그런 제 의상에 왕족의 무늬를 수놓으면 불경에 해당하지 않을까 걱정했지만, 할아버님은 단행하셨습니다.

"너무 잘 어울리십니다, 에그란티느 님. 에렌페스트의 장인은 솜씨가 뛰어나네요. 꼭 함께 맞춘 것처럼 머리 장식과 의상의 조합이 완벽합니다."

시종들이 칭찬해 주었습니다. 거울에 비친 제 모습을 보니 머리를 올리고, 화장해서인지 평상시보다 훨씬 어른스러워 보입니다. 빨간 코라레리에를 본뜬 머리 장식이 의상과 저에게 정말 잘 어울립니다.

다과회실로 이동한 저는 시종이 미리 데워준 모르빈 의자에 앉았습니다. 모르빈은 보온성이 뛰어난 돌인데, 데워서 앉으면 몸이 천천히 따뜻해집니다. 긴장을 풀어주고, 편안해서 제가 좋아하는 의자랍니다.

"에그란티느 님, 아나스타지우스 왕자님께서 오셨습니다."

"오, 나의 아름다운 빛의 여신이여. 빛을 받아 반짝이는 머리는 명주실처럼 가늘고, 당신을 볼 때마다 만지고 싶은 마음이 커지오. 코라레리에 꽃마저도 당신의 아름다움을 돋보이게 할 뿐이지 않은가. 난 당신의 어둠의 신으로서……."

"아나스타지우스 님, 그만하면 충분해요. 강당으로 가셔야죠."

"몇 번을 칭찬해도 부족하지만, 이동할 시간이군."

아나스타지우스 님은 훗 하고 웃으며 제 손을 잡았습니다. 저를 똑바로 바라보는 회색 눈동자가 어찌나 상냥한지, 심장이 두근거리면서도 시선을 뗄 수가 없는 신비한 기분이 듭니다.

다과회실을 나와서 강당으로 향하자, 회랑에 졸업생들이 에스코트 상대와 함께 영지 순위대로 줄지은 모습이 보였습니다. 왕족인 아나스타지우스 님이 제일 먼저 입장해야 하므로 저희는 그들의 시선을 받으면서 맨 앞줄까지 걸어갔습니다.

"신들의 축복을 받으며 귀족원을 졸업하는 성인들의 입장입니다. 아나스타지우스 존 첸트 트라오크발과 에그란티느 토터 아도티 클라센부르크."

호명을 받고 입장하니 정면에 천장 높이까지 이어지는 계단과 그곳에 쭉 세워진 하얀 신상이 눈에 들어왔습니다. 계단 위에 창문이 있는지 내리쬐는 몇 줄기 빛에 신상이 손에 든 금속 신구와 마석이 빛을 뿜어내는 것처럼 반짝입니다. 계단 아래에는 신들에게 봉납하는 물건이겠지요. 꽃과 나무 열매, 향로 등이 진열되어 있습니다. 저는 저 물건들이 어떤 의미가 있는지 모르지만, 로제마인 님이라면 알고 계실지도 모릅니다.

계단 앞에는 성경을 든 중앙 신전장이 흰 옷을, 그 주변 신관들은 푸른 옷을 입고 서 있습니다. 지금부터 우리는 그들 앞에 있는 무대 위에 일렬로 서게 됩니다. 오늘 하루 내내 제단 앞에 서 있어야 하는 그들도 고생이겠네요.

강당 내에 모인 수많은 사람들이 졸업생을 박수로 맞아줍니다. 경건한 마음이 든 저는 한 번 시선을 떨구었다가 아나스타지우스 님을 올려다보았습니다. 그도 온갖 감정이 가슴속을 차지하고 있을지도 모릅니다. 그리운 듯하면서도 자랑스러운 얼굴로 강당 안을 둘러보고, 저를 내려다봅니다.

가볍게 고개를 끄덕이는 아나스타지우스 님에게 맞춰서 저는 발을 내디뎠습니다. 둘이서 천천히 걷기 시작할 때였습니다. 뜬금없이 우리 앞에 금색 빛이 쏟아져 내렸습니다.

"뭐지!?"

아나스타지우스 님은 재빨리 저를 끌어안고, 슈타프를 꺼내었습니다. 저는 빛이 시작되는 곳을 찾으며 천장을 올려다보았습니다. 하지만 제단 위와 달리 강당은 벽면에만 창문이 있고, 천장에는 빛이 쏟아질 만한 창문이 없었습니다. 마치 금색 빛이 하얀 천장에서 쏟아져 내리는 것처럼 보입니다. 대체 무슨 일이 일어나는 걸까요.

빛이 떨어진 건 고작 몇 초였습니다. 하지만 강당에 있는 모든 사람의 시선과 목소리를 빼앗는 데는 충분한 시간이었습니다. 졸업생을 맞이하는 함성으로 가득했던 강당에 박수가 멈추고, 쥐 죽은 듯한 침묵이 퍼지며 모두가 일제히 빛이 떨어지는 곳을 찾으려고 여기저기 두

리번거립니다.

"······대체 뭐지? 무슨 일이 일어난 거야?"

"마치 축복의 빛 같았어."

그런 중얼거림과 동시에 강당 안이 시끄러워지기 시작했습니다. 빛을 받은 당사자인 제 눈에는 보이지 않았지만, 첫인사 때 주고받는 축복이 대량으로 떨어지는 것이 관람석에서 보였다고 합니다.

"······축복이라고?"

의아스러운 듯 중얼거린 아나스타지우스 님은 슈타프를 든 손을 내렸지만, 경계를 풀지는 않았는지 저를 꼭 안은 채 매서운 눈빛으로 주변을 둘러보았습니다.

"축복이라면 신전장이 뭔가 한 거 아냐?"

어딘가에서 갑자기 그런 목소리가 들리고, 축복의 범인으로 지목된 중앙 신전의 신전장은 잠시 고민하듯 턱을 쓰다듬었습니다. 하지만 정면에서 그를 보고 있던 저는 압니다. 그야말로 빛을 보고 가장 놀라서 강당 안을 두리번거렸다는 사실을.

'이 상황을 어떻게 수습할까요?'

그렇게 생각하자, 주위의 청색 의상을 입은 신관들과 의논을 끝낸 중앙 신전장이 손을 천천히 들어 올렸습니다. 조용히 하라는 지시에 관중들이 하나둘 입을 닫습니다. 다시 강당이 조용해지자, 중앙 신전장이 서서히 입을 엽니다. 위엄 있는 목소리가 강당에 울려 퍼집니다.

"저 빛은 내가 내린 축복이 아니라 신들의 축복이다. 신들이 에그란티느 님의 성인이 됨과 결혼을 축복하는 것이오."

"아나스타지우스 님이 아니라······ 저요?"

그의 당당한 선언 내용을 저는 바로 이해할 수 없었습니다. 중앙 신전장은 대체 무슨 말을 하는 걸까요? 그의 한마디로 왕좌를 포기하겠다고 선언한 아나스타지우스 님과 제 입장이 왕족 내에서 어떻게 바뀔지 모르는데 어쩜 저런 무책임한 말이 다 있을까요.

저는 무심코 왕족이 앉은 자리를 힐끗 쳐다보았습니다. 이곳에서는 모두의 표정이 잘 보이지 않았지만, 지기스발트 왕자의 마음은 편치 않을 겁니다. 당황함을 숨기지 못한 저는 눈앞에 있는 아나스타지우스 님의 검은 망토를 잡았습니다. 그도 뭔가 걱정한 표정입니다. 마찬가지로 앞으로 무슨 일이 일어날지 불안해진 것이 틀림없습니다. 그렇게 생각할 때 아나스타지우스 님이 조그맣게 "……로제마인인가?" 하고 중얼거렸습니다.

"……로제마인 님? 왜 여기서 그 이름이 나오나요?"

아나스타지우스 님은 내 몸을 더욱 끌어안듯이 하며 귓속말로 속삭였습니다.

"축복으로 도시관에 있는 마술구의 주인이 되었다고 솔랑쥬와 로제마인에게 들은 말이 생각났어. ……설마."

너무나도 생뚱맞아서 대체 무슨 말을 하는지 영문을 알 수 없었습니다. 하지만 로제마인 님 본인이 그런 적이 있다고 보고했었던 모양입니다.

"아직 건강이 회복되지 않았다던데, 본인이 그런 보고를 했었다면 중앙 신전장이 말하는 신들의 축복보다는 신빙성이 있지 않을까요?"

예전에 저는 혼인을 피하려고 신전으로 들어갈 생각에 성의 도서실에 있는 신전 관련 자료를 읽은 적이 있습니다. 클라센부르크는 역사가 오래된 땅이라 방대한 자료가 있어야 마땅한데 대부분 신전에서 보관하는지 성에는 자료가 많지 않았습니다.

하지만 성에 있는 몇 없는 자료에 '제사를 올리자, 축복의 빛이 쏟아져 내렸다'라는 기록이 있었습니다. 저는 이야기 속의 비유적 표현인 줄 알았는데 과거에는 당연한 일이었는지도 모릅니다.

"녀석은 이 자리에 없어도 이상한 짓을 저지르는군. 귀족원에 있는 동안에는 말리지도 못하고, 보고만 받아야 하는 아우브 에렌페스트가 안쓰럽기까지 해."

이렇게 어마어마한 축복을 내리는 방법은 귀족원에서도 가르치지 않지만, 영주 후보생이 신전에 들어가는 오랜 관습이 남아 있는 에렌페스트에서는 예부터 내려온 제사가 남아있을까요? 그렇다면 아우브 에렌페스트는 알고 계실지도 모릅니다.

중앙 신전장의 말을 완전히 믿는 눈치는 아니지만 다들 신들의 축복으로 일단 납득하고 졸업식을 다시 시작하려는 분위기가 되는 가운데, 곤란한 표정으로 팔짱을 낀 아우브 에렌페스트의 모습이 눈에 띄었습니다.


"역시 에그란티느는 신들도 축복하는 왕족의 공주다. 훌륭하도다. 너를 끝까지 지켜낸 것이 내 자랑이구나."

제가 기숙사로 돌아올 때, 할아버님이 술을 마시며 축복의 빛에 관해 흥겹게 말씀하셨습니다.

"할아버님, 무슨 말씀이세요!?"

"누가 봐도 축복의 빛이 네게 더 쏠리지 않았느냐."

머리에서부터 냉수를 뒤집어쓴 것 같았습니다. 중앙 신전장의 무책임한 발언이라고 생각했는데 관람석에서 지켜보던 모두의 눈에 그렇게 보이고, 할아버님과 같은 생각을 했다면 또 상황이 달라집니다.

"왕자는 네가 고른 상대라서 덤으로 축복을 받은 것처럼 보이더구나."

아우브의 말에 현기증이 일었습니다. 지기스발트 왕자에게 왕좌를 양보하겠다는 아나스타지우스 님의 선언으로 왕좌 다툼이 일단락되고, 저도 분쟁을 피했다고 생각했는데 이러면 사태가 나쁜 방향으로 흐르지 않을까요?

'이제 와서 할아버님이 무슨 말을 하시더라도 왕과 지기스발트 왕자가 아나스타지우스 님의 선언을 철회하지는 않으시겠지만.'

왕을 지지하는 클라센부르크는 비록 영향력이 큰 대영지이긴 하지만, 그래도 왕족의 지위가 더 높습니다. 저를 왕족으로 세우려는 욕심에 독단적으로 행동하면 왕의 셋째 부인의 출신 영지인 단켈페르거나 지기스발트 왕자에게 아돌피네를 시집보낼 예정인 드레반헬에 반감을 살 겁니다.

'더는 유르겐슈미드에 전쟁은 없어야 해요.'

과거의 정변으로 얼마나 많은 귀족을 잃었나요. 얼마나 많은 나라가 힘을 잃었는지 모르는 사람은 없습니다.

"할아버님, 저는 왕족의 공주가 아니라 클라센부르크의 영주 후보생이에요."

"신들도 인정하는데 무슨 소리냐. 넌 누가 뭐라 해도 왕족의 공주다. 지금은 고인이 된 3왕자의 딸이 아니냐. 혼인으로 네가 왕족의 지위를 되찾게 되어 얼마나 기쁜지 모른다."

왕족의 공주라고 해도 저는 세례 전에 클라센부르크에서 자랐고, 영주 후보생의 교육을 받았습니다. 왕족의 교육은 받지 않았습니다. 아주 어릴 적에 별궁에서 클라센부르크로 이동한 직후에 생활과 교육이 확연히 달라져서 당황했던 기억이 있습니다. 왕족과 영주 후보생은 교육부터가 다른 셈입니다.

왕자와 혼인하게 되면 조금은 왕족의 교육을 받겠지만, 영주 후보생으로 자란 제게 왕족의 타고난 무언가를 기대하면 당황스럽기만 합니다. 태어날 때부터 왕족의 교육을 받아온 지기스발트 왕자나 아나스타지우스 님과 동급으로 볼 존재가 아닙니다.

'하지만 중앙 신전장이 신들의 축복이라고 단언해 버렸으니 성가신 일들이 일어날지도 모르겠어요.'

이대로 저와 아나스타지우스 님이 혼약하고, 아돌피네 님을 아내로 맞기로 한 지기스발트 왕자가 대영지의 지지를 받으며 왕좌를 잇는 길이 최선입니다. 하지만 이번 축복의 빛을 계기로 앞날이 원만하지 않을 것 같은 불길한 예감이 듭니다.

'만약 그렇게 되면 그 분쟁 속에는 로제마인 님이 있지 않을까……?'

아나스타지우스 님은 의심하고 있지만, 꼭 로제마인 님이 그 축복의 빛을 보냈다고 단정할 수는 없습니다. 하지만 저는 아무런 근거도 없이 그녀라고 확신했습니다.

# 후기

오랜만입니다, 카즈키 미야입니다.

이번 「책벌레의 하극상~사서가 되기 위해서라면 뭐든지 할 수 있어~제4부 귀족원의 자칭 도서위원Ⅲ」을 구매해 주셔서 감사합니다.

최근까지 귀족원 생활이 이어지다가 오랜만에 신전의 일상부터 이야기가 시작됩니다. 브리기테를 대신해서 안게리카가 드나들면서 신전에도 약간의 변화가 생겼습니다. 서류 업무를 못 해서 항상 문만 지키는 귀족 안게리카. 귀족답지 않으면서 거만함이 없는 그녀에게 신전 시종들은 호감을 느낍니다.

로제마인이 성으로 귀환하면서 드디어 귀족원에서 안정적인 사교가 시작되는가 싶더니 에렌페스트의 유행을 궁금해하는 여성들의 다과회 초대가 물밀 듯이 쏟아집니다. 영지의 순위상 거절할 수 없는 빌프리트는 혼자 전전긍긍하고, 로제마인이 귀족원에 돌아오자마자 모든 영지를 한데 모아서 다과회를 열게 됩니다.

로제마인은 출석하지 못한 채 귀족원에서는 졸업식이 거행되었습니다. 안게리카도 무사히 졸업입니다. 부모가 얼마나 가슴을 쓸어내렸을까요. 에그란티느와 안게리카의 졸업식 모습이 컬러 일러스트로 나왔으니 아름다운 두 사람을 봐주세요.

그러는 가운데 평민과의 관계가 하나씩 하나씩 끊어집니다. 마인과 루츠의 계약이 해지되고, 비밀의 방까지 사용할 수 없게 됩니다……. 그래도 루츠가 꾸짖어 주니까. 여기까지 '약속'을 지키며 노력해 온 만큼 또다시 만나리라는 확신이 있으니까. 로제마인은 이에 굴하지 않고, 앞을 나아갈 수 있게 됩니다.

이번 단편은 루츠 시점과 에그란티느 시점입니다.

루츠 시점에서는 갑작스럽게 닥쳐온 로제마인과의 이별을 루츠가 어떻게 받아들이는지, 스스로 어떤 결정을 내리는지 써 보았습니다. 구텐베르크로서 출장 외에도 길과 루츠의 우정이 끈끈해지는 에피소드입니다. 투리를 통해 평민 가족에게도 일어나는 변화를 느끼셨으면 좋겠습니다.

에그란티느 시점에서는 다른 영지 귀숙사의 모습과 졸업식 때 하늘에서 쏟아진 축복을 주제로 써 보았습니다. 평범하게 기숙사를 관리하면서 영지대항전과 졸업식에서 영주들을 접대하고, 출신 영지를 위해 귀족원에서 정보를 모으는 평범한 사감의 모습을 볼 수 있습니다. 이것이 일반적이에요. 에렌페스트가 이상한 거지요. 이 단편을 쓰는 도중에 점점 상상력이 부풀어 오른 건 에그란티느의 과거 에피소드입니다. 왕좌의 다툼을 피하려고 신전에 들어갈 생각까지 한 그녀의 트라우마가 시작된 계기입니다.

이번 권에서는 인터넷판 독자 여러분이 애타게 기다리신 단켈페르거의 한넬로레가 일러스트에 등장했습니다. 그리고 필린느의 남동생인 콘라트, 1부 때부터 엄청난 인기를 자랑하는 여장한 유스톡스, 구드룬. 신전 시종인 잠. 성인이 되어 안게리카와 에그란티느도 헤어스타일이 바뀌었습니다. 속은 똑같지만요.

알려드립니다.
드라마 CD 2탄이 TO북스 온라인 스토어에서 동시 발매합니다. 이번 권의 클라이맥스에 맞춘 시나리오입니다. 드라마 CD에는 '왕족의 의뢰품'이라는 투리 시점의 단편이 실려 있습니다. 샘플 듣기는 공식 사이트에서.
www.tobooks.jp/booklove_dramacd2/index.html

그리고 놀랍게도「책벌레의 하극상」관련 서적이 4개월 연속 간행하게 되었습니다!
9월에「4부Ⅳ」, 10월에「귀족원 외전, 1학년생」, 11월에「오피셜북 3」, 12월에「4부Ⅴ」가 4개월 연속 발매됩니다. 8월에는 코믹판 7권도 발매되니 책벌레가 5개월 연속 나오는 셈이네요. 와우!

새 기획인 「귀족원 외전 1학년생」은 사이드 스토리인 한넬로레와 빌프리트 시점의 단편이 수록된 외전인데 한 권으로 만들기엔 부족하여 책의 3분의 2가 새로운 이야기입니다. 기본적으로는 로제마인의 시점에서 볼 수 없는 측근과 다른 영지의 모습을 그렸습니다. 유디트 시점, 안게리카 시점 등 지금까지 쓰지 않은 캐릭터의 단편을 가득 실을 예정입니다. 예정인 이유는 후기를 쓰고 있는 지금도 원고가 완성되지 않아서입니다. 마감과 씨름하며 매일 필사적으로 고민하고 있습니다.

그리고 「오피셜북3」은 「오피셜북1」과 구성이 비슷하고, 시이나 님의 일러스트가 가득 담긴 부록입니다. 제 단편과 Q&A, 스즈카 씨&나미노 씨의 단편 만화, 작년 말에 인쇄박물관에서 배부한 MAP도 수록할 예정입니다. 기대해주세요.

이번 표지는 평민촌이 메인입니다. 로제마인의 표정이 가슴 아프네요. 컬러 일러스트는 귀족 멤버들을 메인으로 삼았습니다. 견습 문관들, 에그란티느와 안게리카의 졸업식, 다과회 출석자, 그리고 페르디난드와 로제마인의 그 장면까지 넣어주셨습니다. 시이나 유우 님, 감사합니다.

마지막으로 이 책을 구매해주신 여러분께 최상급의 감사를 바칩니다.

4부 IV는 초가을에 나올 예정입니다. 그때 또 만납시다.

2018년 4월  카즈키 미야

## 어려운 요구

등받이 정도는 달 수 있게 교육해야 겠군

그러면 빌프리트 에겐

안정감을 추가해 주세요

가능하면 팔걸이도 달아서

또 폭신폭신한 쿠션도 있으면 좋겠고요. 그리고 발 받침대도 있고 사이드 테이블에 따뜻한 음료와 달콤한 과자까지 있으면 완벽해요

으아, 그러면 빌프리트 님은 반드시 죽어

그렇군 추진해 보마

## 이곳의 상식과 비상식

마술은 아니겠지?

어떻게 움직이는 거지?

로제마인 '캠코더'라는 물건은

벼락같은 힘을 작은 용기에 담아서 써요

콰앙ㅡ!!

우르릉

전지로 움직이는 데요

전지 대신 쓸 수 있다고 배웠어요

찌릿

찌릿 찌릿

학교에서는 뿌리채소나 과일로도 감자나 레몬 같은거

네!? 폭발!!

그러면 폭발 하겠군

# 책벌레의 하극상 [4부] 귀족원의 자칭 도서위원 III

초판 1쇄 발행  2019년 7월 15일
초판 2쇄 발행  2021년 12월 10일

**저자** 카즈키 미야

**발행인** 원종우
**발행처** (주)이미지프레임

**주소** (13814) 경기도 과천시 뒷골로 26, 2층
**영업부** 02-3667-2653  **편집부** 02-3667-2654  **팩스** 02-3667-2655
**메일** edit01@imageframe.kr  **웹** vnovel.kr

**ISBN** 979-11-6085-909-6 04830